Doutor Pasavento

Doutor Pasavento

Enrique Vila-Matas

Tradução

José Geraldo Couto

COSACNAIFY

A Paula de Parma

Sumário

1 O desaparecimento do sujeito

I

Passeávamos pela chamada *alameda do fim do mundo*, uma melancólica trilha junto ao castelo de Montaigne, quando me perguntaram:

– De onde vem a sua paixão por desaparecer?

Meu amigo desejava saber de onde vinha aquela ideia de desaparecer que eu tanto anunciava em escritos e entrevistas, mas que acabava nunca colocando em prática. A pergunta me pegou desprevenido, porque naquele momento eu caminhava distraído, pensando absurdamente num gol marcado por Pelé na remota Copa do Mundo da Suécia. Por isso, não escutei muito bem a pergunta e pedi que a repetisse.

– Não sei – terminei respondendo depois de um instante –, ignoro de onde vem, mas suspeito que paradoxalmente toda essa paixão por desaparecer, todas essas tentativas, digamos, suicidas são por sua vez desejos de afirmação do meu eu.

Soaram muito pertinentes essas palavras *ensaísticas*, ditas ali, nada menos que no berço do gênero literário do ensaio. Como se sabe, Michel de Montaigne escreveu seus livros no alto de uma das torres de seu castelo nas proximidades de Bordeaux. Escreveu-os num estúdio e biblioteca no terceiro andar da torre. Ali inventou o ensaio, esse gênero que com o tempo ficaria ligado à construção da subjetividade moderna, construção da qual participaria igualmente Descartes, que também decidiu se enclausurar num lugar solitário para pensar; no seu caso, no bem aquecido aposento de um abrigo de inverno em Ulm. De modo que se pode dizer que o nascimento do sujeito moderno não se deu em contato com o mundo, mas sim em cômodos isolados, nos quais os pensadores estavam a sós com suas dúvidas e certezas, a sós consigo mesmos.

Enquanto subia pela estreita e íngreme escada em caracol que conduzia ao gabinete e à biblioteca de Montaigne, e engatando com a resposta que tinha dado pouco antes a meu amigo, pensei no mistério do desaparecimento dos homens. Montaigne, para não irmos longe, havia estado *ali* uma infinidade de vezes, aquela era a casa dele, no alto da torre havia inventado o ensaio, e no entanto não parecia restar nem sua mais remota sombra nos lugares por onde havia passado.

Olhei para meu acompanhante e a imaginação me fez vê-lo diferente de como o tinha visto até então. Ao observá-lo com mais atenção, vi, ou acreditei ver, que era Deus.

– De onde vem a sua paixão por desaparecer? – voltou a me perguntar.

Fortis imaginatio generat casum, quer dizer, uma forte imaginação produz o acontecimento, diziam os clérigos nos tempos de Montaigne. O mesmo se pode dizer de minha visão de Deus naquele exato momento. Lá no alto da torre, julguei descobrir que Deus repetia pelo menos duas vezes suas perguntas. Parecia algo torpe, no mínimo. Teria aquele Deus inteligência suficiente para, por exemplo, escrever ensaios? Encarei-o para voltar a responder, e então vi que já havia deixado de ser Deus para voltar a ser a pessoa que me acompanhava. A visão passageira se dissipara. Respirei aliviado. Seguramente, nem me havia feito a pergunta. Meu amigo não era estúpido a ponto de insistir em perguntas já respondidas. Olhei para as vigas do teto, onde Montaigne havia gravado sentenças gregas e latinas que ainda se encontravam em perfeito estado de conservação.

– De onde vem a sua paixão por desaparecer? – ouvi que voltavam a me perguntar.

Meu amigo não havia dito aquilo. Estava em pé, junto a uma das janelas, como se quisesse ver exatamente o mesmo que Montaigne via, em seu tempo, por aquela abertura. Estava imóvel. Não, não podia ter sido ele. Além disso, parecia ausente por completo. Então quem havia dito aquilo? Seria um eco? Seria uma voz que vinha do interior de mim mesmo? Seria o fantasma do berço do ensaio?

2

Algumas semanas depois, sonhei que alguém a quem chamavam *dottore* Pasavento havia desaparecido, no alto da torre de Montaigne, perto de Bordeaux, sem deixar rastro, nem sequer uma pegada. O *dottore* era parecido com o escritor basco Bernardo Atxaga, um bom amigo há muitos anos. Pensei no quanto os escritores apareciam na minha vida, nos meus sonhos, em meus textos. Embora a grande maioria costume ser gente vaidosa e mesquinha, há uma rara seção minoritária de escritores que têm anjo* e que são muito mais fascinantes do que o resto dos mortais, pois são capazes de nos levar

* A expressão "tener ángel" significa ter simpatia, encanto, graça. Mais adiante, o autor fala de "escritores da secão angélica". [N.T.]

com assombrosa facilidade a outra realidade, a um mundo regido por uma linguagem própria.

Quem disse que a palavra escritor cheirava a cachimbo apagado, dedos manchados de tinta e pantufas puídas? Não, senhor. Quase todas as escritoras e escritores da seção dos que têm anjo são seres adoráveis, que fumam e pensam diante de Olympias portáteis muito antigas, seres atormentados que parecem estar vivendo em um mundo à parte. Costumam ficar angustiados e ser muito inteligentes e, caso não estejam ou não sejam, fazem de tudo para dar essa impressão. Lembro-me especialmente de um escritor dessa seção angélica, que num filme chamado *Em um lugar à parte* vivia num hotel cujo quarto tinha uma grande janela que dava para um abismo e o mar, numa cidade sem nome. Lembro também que sempre desejei algum dia ser como o protagonista daquele filme e viver em algum lugar que tivesse o mesmo encanto daquele hotel diante do abismo. Quem disse que todos os grandes escritores decepcionam se a gente os conhece de perto? Não, senhor. Os dessa rara seção angélica são encantadores e vivem em lugares sempre muito abismais.

Imaginei de repente que subia num trem na estação de Atocha, em Madri, porque teria combinado me encontrar naquela tarde com Bernardo Atxaga, em Sevilha. Na banca de revistas da estação, eu comprava dois romances dos quais se falava muito naqueles dias. Um deles trazia a epígrafe: "No fim, tudo perde o sentido, mas a máquina de escrever permanece comigo". Os dois eram espanhóis e deles se dizia que estavam mudando a história da literatura. A possibilidade de que a Espanha pudesse voltar a intervir no curso da história me pareceu, inclusive, aterradora. Assim mesmo, comprei os dois romances e me dispus a viajar com eles para Sevilha, onde, naquela tarde, me encontraria com Atxaga. Fazia quatro anos que não o via, desde que ele se trancou em sua casa de Zalduondo para escrever e quase desapareceu, feito o *dottore* Pasavento no alto da torre de Montaigne. Tínhamos sido convidados a participar de um debate em Sevilha, falar de um tema de que eu não me lembrava naquele momento. Depois do longo tempo que havíamos passado sem nos ver, eu tinha sobretudo vontade de abraçá-lo, contar histórias dos últimos quatro anos, repetir e talvez melhorar gestos e risos de encontros anteriores.

Subi no trem com os dois livros e me perguntei se me faria bem confirmar que, de fato, aqueles que diziam que os dois romances tinham acabado de revolucionar a história da literatura não estavam enganados. Um deles se chamava *Fantasia poética*, e o outro, *Errava por Paris um carro fúnebre*. O título do primeiro, embora de gosto duvidoso, me fez pensar imediatamente no escritor Robert Walser, que em certa ocasião qualificou de "fantasia poética" seu romance *Jakob von Gunten*, um dos meus livros preferidos. Eu pensava em Walser com frequência. Apreciava a secreta ironia de seu estilo e sua premonitória intuição de que a estupidez avançaria sem freios pelo mundo ocidental. Intrigava-me a grande originalidade de suas relações com o mundo da consciência. E sempre considerei infelizes, mas muito belos, seus melancólicos passeios pelo manicômio de Herisau, onde, seguindo o destino de Hölderlin, esteve internado durante 23 anos, até o fim de seus dias. Desde que passou a viver no manicômio até sua morte, não havia escrito uma única linha, afastou-se radicalmente da literatura. Morreu na neve, num dia de Natal, enquanto caminhava pelos arredores daquele sanatório. Dele se disse que é o mais secreto de todos os poetas, e certamente isso não está longe da verdade, pois para Walser tudo se convertia no exterior da natureza, e o que lhe era próprio, mais íntimo, ele negou ao longo de toda a vida. Negava o essencial, o mais profundo: a sua angústia. Como ele mesmo dizia em *Jakob von Gunten*, dissimulava seu desassossego "no mais profundo das trevas ínfimas e insignificantes".

Em Walser, o discreto príncipe da seção angélica dos escritores, eu pensava com frequência. E já fazia anos que ele era meu herói moral. Admirava a extrema repugnância que lhe causava todo tipo de poder e sua precoce renúncia a qualquer esperança de sucesso, de grandeza. Admirava a sua singular determinação de querer ser como todo mundo quando na realidade não podia ser igual a ninguém, porque não desejava ser ninguém, e isso era algo que sem dúvida lhe dificultava ainda mais o desejo de ser como todo mundo. Admirava e invejava sua caligrafia, que, no último período de sua atividade literária (quando se entregou àqueles textos em letra minúscula conhecidos como *microgramas*), foi se tornando cada vez menor e o levou a substituir o traço da pena pelo do lápis, porque sentia que este se encontrava "mais perto da desaparição, do eclipse". Admirava e invejava seu lento mas firme deslizamento em direção ao silêncio. O escritor mexicano Christopher Domínguez Michael chegou a dizer que em meus livros a aparição rotineira de Robert Walser era tão necessária como a de Sandokan no ciclo salgariano.

Ao tomar assento no trem, voltei a pensar que, se aqueles dois romances espanhóis fossem realmente tão bons como diziam, eu não poderia suportar. Melhor seria não passar da leitura dos títulos. Contemplei as capas com vagar e decidi que, para ocupar meu tempo durante a viagem, *escreveria* mentalmente os dois romances. Sobretudo o que me trazia a lembrança de minhas leituras de Walser. Com o outro tentaria fazer um esforço até conseguir que o belo e tenebroso título acabasse por fazer algum sentido. Desse modo, quando me encontrasse com Atxaga em Sevilha, se ele por acaso desejasse saber de que tratavam os dois bem-sucedidos romances espanhóis, teria sempre algo para lhe contar, sobretudo acerca do primeiro, o que eu relacionava com Walser e que me parecia mais fácil de inventar.

O mais curioso foi que, algumas semanas depois de ter imaginado essa viagem a Sevilha, me convidaram realmente para que fosse àquela cidade debater com Bernardo Atxaga sobre as relações entre realidade e ficção. Uma casualidade enorme. Não pode ser, pensei num primeiro momento. Não, não pode ser. Mas claro que podia. Não era a primeira vez que a ficção aparecia em minha vida e, sem quase precisar de palavra, pretendia dar forma à realidade.

A voz do homem que me falou por telefone e me convidou a Sevilha tinha um timbre metálico. Num determinado momento da conversa, a voz se perdeu um pouco, quando ele disse: "Em suma, queremos que o senhor e o senhor Atxaga nos falem de como a realidade dança com a ficção na fronteira". Permaneci calado durante alguns segundos, irritado. A realidade dançando com a ficção na fronteira! Quantas vezes tinha ouvido falar sobre aquilo? Decidi aceitar o convite, mas deixando minha marca pessoal, fazendo um comentário extravagante, só para que ele soubesse quem estava do outro lado da linha. "Está bem", eu disse, "aceito o convite. Além do mais, já faz tempo que estava querendo me reunir com o *dottore* Pasavento." Houve um silêncio. "Levarei minha libré particular", acrescentei, tentando dizer algo ainda mais estranho, e nesse caso totalmente incoerente. "Não compreendo", disse então o que havia telefonado. "Muito menos eu entendo essa história de dança na fronteira", respondi.

O convite tinha data e hora. Oito da noite de 16 de dezembro de 2003. Para que o imaginado algumas semanas antes coincidisse o máximo possível com a realidade, arranjei as coisas de modo que, na manhã de 16 de dezembro, dia em que devia me reunir com Atxaga, em vez de estar em Barcelona, onde morava, eu me encontrasse em Madri e partisse da estação de Atocha para participar do debate sobre realidade e ficção, que aconteceria à noite, no mosteiro da ilha da cartuxa de Sevilha.

À uma da tarde de 16 de dezembro, logo depois de sair o AVE, o trem de alta velocidade que liga Madri a Sevilha, senti falta – pois o círculo então se fecharia – dos dois romances espanhóis. Em tudo o mais a realidade era quase idêntica ao que eu havia imaginado semanas antes. Mas estava claro que esses dois romances não existiam, pertenciam exclusivamente ao mundo da minha imaginação. Era a única coisa que impedia que a ficção e a realidade se encaixassem perfeitamente, o que, pensando bem, não deixava de ser um alívio: não era nada mau saber que os dois romances haviam desaparecido com a mesma velocidade com que um dia eu os imaginara. E, por alguns momentos, tive uma louca satisfação conjeturando a desaparição dos dois romances geniais que eu não havia escrito. Alguém os depositava no cume do Everest, junto às toneladas de lixo, de dejetos envenenados que há ali, e uma tempestade de neve os fazia sumir de uma vez.

O trem de alta velocidade arrancou e, enquanto nos fones de ouvido que a comissária havia me dado, eu ouvia música flamenca no volume máximo, abri pausadamente o jornal e encontrei nele uma entrevista do escritor argentino Alan Pauls, que no dia anterior havia lançado, em Madri, seu romance *O passado*. Eu assisti à coletiva que ele deu e suas palavras a respeito da lentidão na arte me chamaram a atenção: "É uma experiência única adormecer assistindo a um filme de Tarkovski e acordar, de repente, com uma de suas imagens".

Comecei a me perguntar como enfocaria minha fala daquela noite em Sevilha, o que diria ali na ilha da cartuxa sobre as relações entre realidade e ficção. Pensei que poderia contar que, não fazia muito tempo, havia imaginado que me encontrava em Sevilha com Atxaga e como, algumas semanas depois, a ficção acabava por se tornar realidade. Mas, enquanto pensava no tom que escolheria para falar de tudo isso, de repente uma dúvida importante me assaltou: Bernardo Atxaga iria mesmo a Sevilha? Fazia quatro anos que não o via, ele cumpria quatro anos de retiro quase monástico e, levando em conta os comentários dos que ultimamente o haviam esperado em lugares aos quais não compareceu, eu não tinha muita certeza de que ele fosse de fato ao encontro em Sevilha.

E se meu trajeto de trem no final se convertesse numa viagem parecida com a do protagonista de *Le Roi Cophetua*, de Julien Gracq, uma narrativa que havia me impressionado em outros tempos? A novela é a história de um jovem que, no começo da Primeira Guerra Mundial, marca um encontro com um amigo na propriedade deste, no povoado de Bray. Viaja longas horas de trem, sempre ansioso diante do *acontecimento* que o espera, o reencontro com o amigo. Mas, quando chega à casa, encontra apenas uma criada que lhe preparou um jantar para que esperasse a chegada do patrão, que não chega nunca. Na manhã seguinte, a criada havia desaparecido, o amigo não tinha chegado e o protagonista iniciava, com certo estupor e perplexidade, a viagem de volta. Não havia acontecido nada, ou quem sabe, sob a aparência de que nada havia se passado, *acontecera* muita coisa?

ei que em Julien Gracq as histórias adotam sempre a forma nerário, são percursos de caráter iniciático, animados constantemente pela busca do conhecimento e pela espera do que vai acontecer. E também pensei que se acontecesse a mim o que sucedia ao viajante de Bray, isto é, se Atxaga não se apresentasse e, portanto, *nada* acontecesse, eu poderia comentar, no mosteiro da cartuxa, a ausência de meu amigo basco e deslocar o tema da minha fala para o tema geral da Ausência. Se Atxaga não comparecesse, supriria eu mesmo a meia hora reservada a sua fala e dissertaria sobre um tema que me obcecava havia muito tempo. Porque mais que Ausência, a palavra exata, o tema sobre o qual eu poderia falar se Atxaga faltasse, era o que mais vinha me perseguindo nos últimos tempos, o tema do Desaparecimento.

Podia falar de Maurice Blanchot, por exemplo, que era amigo de Julien Gracq e que, ao escrever sobre *Le Roi Cophetua*, havia refletido amplamente sobre os desaparecimentos. De fato, o tema percorria toda a sua obra ensaística. Em certa ocasião, por exemplo, perguntaram a ele sobre o rumo que a literatura estava tomando. "Para onde vai a literatura?", perguntaram. "Vai em direção a si mesma, em direção a sua essência, que é o desaparecimento", respondeu Blanchot, impassível.

Se Atxaga não comparecesse ao encontro, eu me estenderia em torno do tema do Desaparecimento. Mas preferia que ele comparecesse. Enquanto pensava nisso e o trem ia deixando Madri para trás, minha mente foi se desviando do caminho e vi a mim mesmo andando por uma alameda no fim do mundo. Eu me dei conta de que era o lugar ideal para escrever de verdade, tal como eu entendia que se devia escrever, mas também para se despedir da literatura, o que era outra forma de escrever de verdade: um lugar ideal para se colocar diante do abismo e tratar de ir mais além e, portanto, desaparecer. Mas para a desaparição era necessária certa valentia e que o medo – sempre pensei no medo como nosso único mestre – me ajudasse.

Eu me vi caminhando por aquela alameda, cujo nome parecia indicar que passeava próximo ao além, e voltei a escutar a pergunta:

– De onde vem a sua paixão por desaparecer?

Entrei num breve sonho e quase pude tocar uma espécie de sentimento de bela infelicidade, um estado de ânimo ao qual eu aspirava. Até que, de repente, abandonando aquelas sensações, olhei pela janela do trem e, ao ver as terras secas e tristes de Castela, considerei uma experiência única haver voltado à realidade daquela maneira, tão bruscamente, com aquela súbita e feroz imagem de Castela, que parecia surgida das profundezas de um filme de Tarkovski.

Quando, recuperado do choque que havia tido com aquela cena, voltei à minha posição anterior de explorador de abismos no fim do mundo, pensei na tão utilizada imagem literária da fugacidade das paisagens de janela de trem. E também na própria literatura e no fato de que a característica mais notável desta consistia precisamente em escapar a toda determinação essencial, a toda afirmação que a estabilizasse, pois nunca se podia fixá-la num ponto certo, sempre havia que encontrá-la ou inventá-la de novo. Pensei nisso enquanto o trem avançava com velocidade de ave rápida, deixando para trás estações com nomes de povoados impossíveis – Balagón foi o que registrei naquele momento –, apenas entrevistos. Retomei os fones de ouvido e vi que a música continuava sendo andaluza, mas havia transitado pela bossa nova, pela rumba e pelo pop de Rosario Flores. Uma música que, com exagerada antecipação, já parecia anunciar Sevilha, embora a paisagem da janela, de filme de Tarkovski, dissesse a verdade e fosse sóbria e castelhana. Era como se a Andaluzia quisesse se fazer presente ali, antes da hora, para depois desaparecer quando eu chegasse a ela. Lembro que olhei o longe com tanta intensidade que até julguei presenciar o momento em que uma folha caía e, sem fazer ruído, tocava a linha do horizonte.

3

"Há episódios de nossa vida ditados por uma discreta lei que nos escapa."

Assim eu poderia começar minha fala daquela noite em Sevilha e passar a contar ao público da cartuxa a história da minha recente expedição pela Rue Vaneau de Paris. Tinha a impressão de que não dispunha de uma história mais adequada para ilustrar até que ponto a ficção e a realidade se fundiam em minha vida.

Ensaiei mentalmente a forma como podia contar minha história da Rue Vaneau. Podia começar dizendo: "Há episódios...", e em seguida continuar pela farmácia Dupeyroux, no número 25 da Rue Vaneau, e explicar como entrei nela para comprar aspirinas francesas, porque me haviam dito que eram melhores que as espanholas. Estava me hospedando por três dias no Hôtel de Suède, ao lado da farmácia. Viajara a Paris para promover um livro meu que havia sido traduzido para o francês, e a editora de Christian Bourgois tinha me arrumado aquele hotel na Rue Vaneau. Nada teria acontecido se a jovem farmacêutica não tivesse reagido de forma tão espontânea e surpreendente. Desmentindo que as atendentes daquela cidade estão sempre de mau humor, ela me perguntou se o que me dava dor de cabeça era passear por Paris. Sou tímido e, além disso, aquela pergunta me pegou de surpresa. Precisamente porque sou tímido, às vezes reajo com certa agressividade verbal. Minha resposta teve pouco a ver com o que ela me perguntou, mas muito com a verdade. "Vá com cuidado, porque fiz uma busca detalhada sobre esta farmácia na internet", eu disse.

Era isso mesmo. Desde o dia em que soube, por intermédio da minha editora na França, que me hospedaria no Hôtel de Suède da Rue Vaneau, eu havia me dedicado a reunir no computador algumas informações sobre a rua em que ia passar três dias. Tinha selecionado e anotado cinco dados: no número 1 bis (há uma placa que o registra) viveu durante 25 anos, até sua morte, o escritor André Gide; no 20 se encontra a embaixada da Síria; no 24, a bela mansão de Chanaleilles, construída em 1770, em que Antoine de Saint-Exupéry morou em 1931, e adquirida pelo multimilionário grego Niarchos, em 1951; no 25, a histórica (histórica porque assim dizia a internet) farmácia Dupeyroux; no 31, o Hôtel de Suède.

Havia anotado esses cinco dados só para ter uma noção mais detalhada do *que poderia encontrar* naquela pequena rua na qual iria passar três dias. Mas a verdade era que, quando entrei naquele lugar em Paris para comprar aspirinas, nem me lembrava mais de que estivera observando, até o último detalhe, a fotografia da fachada da farmácia. E mais: se a funcionária não tivesse feito aquela inesperada pergunta, eu nem teria me lembrado de minhas atividades de espionagem virtual. Mas, seja como for, o fato é que a pergunta da farmacêutica pôs em marcha o conto que eu publicaria um mês depois num suplemento cultural espanhol: uma transcrição fiel, mas sem dúvida excessivamente precipitada, do que *percebi* na Rue Vaneau ao longo dos três dias em que fiquei por ali.

relato não começava na farmácia, mas antes, com a nar-
minha chegada ao Hôtel de Suède e contava como, ao entrar no quarto que a editora havia reservado, a primeira coisa que notei foi que a janela dava para a Rue Vaneau e para os jardins de Matignon, a residência do primeiro-ministro da França. Depois, o conto narrava como eu havia saído do meu aposento e passeado longamente por Paris e como, ao voltar à Rue Vaneau, fizera uma incursão na farmácia Dupeyroux, onde ocorreu o, digamos assim, episódio das aspirinas. Contava isso e como, a seguir, entrei no hotel, onde o jornalista que me esperava me disse que acabava de cruzar com Daniele Del Giudice, escritor e aviador, autor de *Quando a sombra descola do chão*, um belo romance em torno da realidade e da metáfora do voo. Eu era amigo de Del Giudice. Porém, mais do que pensar nele, minha atenção se concentrou no invisível e talvez misterioso nexo que parecia de repente ligar a mansão de Chanaleilles (onde vivera o escritor e aviador Saint-Exupéry) com a Rue Vaneau, onde acabavam de me falar de Del Giudice, também escritor e aviador.

Isso tudo eu contei no apressado relato do suplemento cultural espanhol, no qual também expliquei que, depois da associação mental entre os dois escritores-aviadores, pensei que o Hôtel de Suède, a mansão de Chanaleilles e a farmácia já haviam, de alguma forma, se *relacionado* comigo. Dos cinco dados da Rue Vaneau que eu selecionara, só dois faltavam aparecer, André Gide e a embaixada da Síria. Eles também se *manifestariam*?

Na noite daquele mesmo dia, na porta do hotel, Christian Bourgois, depois de um de seus lendários silêncios, me falou de repente da mansão de Chanaleilles, suponho que para que eu reparasse na casa mais ilustre daquela rua. Ficou um pouco surpreso quando eu disse que já havia ouvido falar da mansão e que sabia, por exemplo, que Saint-Exupéry tinha vivido nela, e que também sabia que Niarchos a comprara em 1951. Deve ter se perguntado como era possível que eu conhecesse tantos detalhes, mas não disse nada. Pouco depois, para romper de novo o silêncio, Bourgois desviou o olhar para outra das mansões da Rue Vaneau, uma que estava a quatro passos do hotel. Ninguém em Paris, pensei, sabia quem eram os proprietários daquela misteriosa casa. Embora sem dúvida estivesse habitada, ninguém nunca havia sido visto entrar ou sair dela. Às vezes, de noite, acendiam-se umas luzes discretas, única e exclusivamente no térreo e em apenas três das doze janelas desse andar.

No dia seguinte, ao ir fotografar a placa recordativa da casa de André Gide, muitos policiais estavam por ali (sempre há, é a polícia que guarda os arredores de Matignon) e preferi não me complicar, vai que lhes ocorresse começar a me perguntar sobre o meu interesse em fotografar aquele imóvel. Tomei o café da manhã no bar da esquina e logo voltei ao hotel. Sentia certa frustração, por que negar? Uma das coisas que antes de viajar eu havia decidido fazer quando estivesse na Rue Vaneau era retratar aquela placa, que teria como destino a minha coleção de fotos de placas recordativas de todo o mundo. Sentado numa das poltronas do saguão do Suède, pensei que Gide, Chanaleilles, a farmácia e o hotel já haviam, de um modo ou de outro, entrado diretamente em minha vida ali na Rue Vaneau, haviam se *conectado* comigo, o único elemento que faltava era a Síria. Pensei que era bastante improvável que aquele país emitisse algum sinal para mim. O que eu sabia sobre a Síria? Nada. Tão somente que a capital da Síria era Damasco, o que havia aprendido na escola. E o que mais? Embora não conhecesse seu nome, sabia como era fisicamente o presidente da Síria, havia visto em algumas fotos que usava bigode, era bastante jovem e alto e costumava se vestir segundo o estilo ocidental. Não sabia muito mais do que isso sobre a Síria.

Algumas horas depois, na sala de espera da rádio independente Aligre, vi algo que entendi como um sinal que, em forma de mensagem do mundo exterior, talvez estivesse tentando me indicar que insistisse e insistisse em mergulhar ainda mais minha atenção sobre a Rue Vaneau. É que, terminada a entrevista que concedi naquela emissora de rádio independente (no número 42 da Rue Montreuil, a vinte minutos de táxi do Hôtel de Suède), fiquei por um tempo no saguão da emissora observando uns recortes de jornal nos murais e descobri de repente, entre eles, uma carta de Julien Green com elogios àquela rádio. Era uma carta escrita por Green da sua casa, no número 9 da Rue... Vaneau.

Eu não sabia que Green (que eu tanto lera no meu tempo de escola) também havia vivido na Rue Vaneau. Pouco depois, fui me informar e soube que o *Diário* de Green abarca um período de setenta anos (1926-96) contra os 62 anos do *Diário* de André Gide (1889-1951), que é o segundo classificado no ranking dos recordes de diários escritos por franceses. Só por isso a Rue Vaneau já deveria ser considerada uma rua excepcional, pois teve como vizinhos, durante muitos anos, os dois recordistas máximos da escrita de diários de toda a história da literatura francesa.

Cada vez mais a Rue Vaneau parecia querer adentrar-se na minha vida. Naquele mesmo dia, ao voltar da Rádio Aligre, julguei perceber algo talvez exagerado, mas que pensei que, por via das dúvidas, era melhor levar em conta, e é que me pareceu que o estranho e profundo silêncio da Rue Vaneau ocultava algo como o infernal e surdo horror de mundos à beira do grito, mundos muito reprimidos e calados a ponto de explodir. Mas depois pensei que era uma impressão muito literária e paranoica, e a esqueci. No entanto, essa impressão voltou quando, caminhando pela Rue Vaneau ao entardecer daquele mesmo dia, ao voltar ao hotel para dormir, vi como que de passagem (mas vi perfeitamente) as três janelas iluminadas da enigmática mansão da Rue Vaneau e observei que as lâmpadas tinham poucos watts, e também vi três angustiadas silhuetas, muito empertigadas e imóveis, numa daquelas janelas. E foi então que, ao chegar ao meu quarto, pensei que há episódios de nossa vida ditados por uma discreta lei que nos escapa. Pensei nisso sobretudo quando, pouco depois, tendo ligado a televisão e olhando da janela para os jardins do primeiro-ministro da França, o locutor do telejornal do Canal 1 disse que, na Síria, o presidente Bachar Al Assad acabava de mudar de primeiro-ministro.

Foi impossível, para mim, não pensar que aquilo era muita coincidência e talvez o sinal de *algo* que eu devia levar muito em conta. E não sabendo muito bem o que fazer, fiz literatura, desviei minha atenção de novo para a casa das sombras imóveis e tendo em vista o conto que ia publicar no suplemento cultural acabei anotando isto: "Será melhor que, para o meu próprio bem, sepulte a lembrança de umas discretas luzes que há numa mansão da Rue Vaneau. Não vi nada. Não é meu trabalho investigar que espécie de calada ameaça surge do mais profundo da Rue Vaneau".

Assim, fazendo literatura ao sugerir que havia uma discreta e indefinida ameaça no centro de Paris, eu fechava o conto que enviei ao suplemento cultural. Ao falar dessa ameaça, eu me baseara nas vagas intuições que me chegaram da muito casual coincidência do episódio envolvendo a televisão e o primeiro-ministro sírio e os jardins do primeiro-ministro francês. O fato é que escrevi o conto, enviei-o a Madri e, precisamente no dia em que foi publicado, li no mesmo jornal que o Estado de Israel acabava de bombardear o território sírio.

Na minha casa, em Barcelona, lembro que fiquei desconcertado, me perguntando se continuariam lá, empertigadas e imóveis na mansão misteriosa da Rue Vaneau, as três silhuetas. Ou se já estariam em movimento e a calada ameaça, um pouco literária no princípio, havia se convertido em realidade? De onde vinha aquela ameaça? Fazia mais sentido do que eu podia imaginar aquele infernal e surdo horror de mundos à beira do grito que eu julgara detectar naquela rua?

E por fim, quando uns dias depois os jornais noticiaram que os reis da Espanha se encontravam em visita à Síria, comecei a suspeitar que o próprio conto, livre já de seu autor, tomara o lugar de minha escrita e continuava por conta própria, a seu modo, sozinho. Eu havia passado meio século sem saber nada sobre a Síria e de repente esse país começava a ganhar uma importância inesperada. Diariamente, passei a comprar o jornal com a suspeita de que nele me esperavam novas notícias sobre a Síria que poriam em evidência que eu havia colocado cedo demais o ponto final no conto que enviei ao suplemento.

4

Ah, a Rue Vaneau! Não sei se todo mundo sabe que, quando se fica sozinho durante muito tempo, a gente descobre cada vez mais coisas onde para os outros não há nada.

Alguns dias depois (pensei que continuaria contando naquela mesma noite na cartuxa de Sevilha), estava tranquilo em minha casa de Barcelona, na hora da sesta, quando me telefonaram da editora francesa e me disseram que, em virtude de alguns assuntos que haviam ficado pendentes sobre a divulgação de meu livro, eu devia voltar a Paris. Tinham me reservado de novo um quarto na Rue Vaneau. Viajei numa quinta-feira à tarde e, ao chegar ao Hôtel de Suède, vi que o quarto não era o mesmo daquele de minha estada anterior. Desta vez, para chegar ao quarto, tinha que atravessar um pequeno jardim interno e subir a pé umas escadas. Meu quarto não dava para os jardins de Matignon, mas para os fundos do edifício. Era o número 7, lembro bem. A grande surpresa me esperava no dia seguinte, quando telefonei à editora e perguntei por Christian Bourgois. Atendeu Eve, sua sobrinha. Depois de um breve silêncio, reconheceu minha voz e me disse que Bourgois não se encontrava em Paris, pois tinha precisado viajar de última hora. Perguntei para onde havia ido. "Está na Síria", disse Eve Bourgois, e eu julguei que fosse uma piada ou que houvesse entendido mal. Mas não, era verdade. Por motivos familiares, Bourgois tivera que viajar a Damasco e lamentava não poder me ver naquela ocasião.

Naquele mesmo dia, comprei o *Le Monde* e ali, entre as notícias, voltava a aparecer a Síria: "Os reformistas sírios creem que os Estados Unidos representam uma recusa a mudanças". E claro que as sombras imóveis da estranha mansão da Rue Vaneau voltaram à minha memória. E enfim, ao longo de dois dias, fiz meu trabalho, sob o carinhoso olhar de Eve, relações-públicas da editora. Fui a várias entrevistas e a duas livrarias e, quando tudo estava terminado, voltei a Barcelona. Ali continuei comprando os jornais e vendo a cada dia como meu conto se escrevia por conta própria.

As manchetes que dia após dia eu encontrava ("Bush fez a Síria saber que confia no reforço da vigilância em sua fronteira", por exemplo) pareciam empenhadas em fazer com que minha história da Rue Vaneau não tivesse fim.

Um dia, decidi retomar meu conto sírio e acrescentar a ele todas essas histórias, inclusive a da surpreendente viagem de meu editor francês a Damasco, Síria. Ampliei meu relato com os novos acontecimentos e enviei-o a um suplemento cultural mexicano. Com o conto já enviado, mas ainda não publicado, voltei a Paris, desta vez por minha conta. Fui para assistir à inauguração de uma exposição de fotografias de Daniel Mordzinski, que eu havia conhecido duas semanas antes em Barcelona. Como viajava através de uma agência, fui parar num outro hotel que não o Suède, um hotel na Rue Littré. Na festa de abertura da mostra, Fernando Cavallo, um amigo de Mordzinski, logo de cara me falou da "calada ameaça" da Rue Vaneau. Compreendi que havia lido meu conto no suplemento cultural espanhol e comentei com ele que não era invenção, que eu havia percebido de fato aquela ameaça. "Se você comprar um livro que se chama *Paris Ouvrier*", disse ele, enigmático, "verá que a ameaça na Rue Vaneau tem mais tempo do que você imagina."

Intrigadíssimo, no dia seguinte comprei *Paris Ouvrier*, de Alain Rustenholz, e não demorei a encontrar ali mais informações sobre a Rue Vaneau. No número 38, em outubro de 1843, Karl Marx se instalara com a família. E ali, no 1º de maio (curioso dia para nascer) do ano seguinte, viera ao mundo Jenny Marx, sua primeira filha. E naquela casa, em 26 de agosto do mesmo ano, havia nascido a grande amizade entre Marx e Engels. Inclusive há uma pintura de 1953 de Hans Mocznay (que hoje se encontra no Deutsches Historisches

Museum de Berlim) na qual se veem os dois intelectuais num apartamento no número 38 da Rue Vaneau, em fins de agosto de 1844, entre livros e papéis, conspirando – nascia o comunismo – junto a uma mesa com toalha branca.

Compreendi que não me restava outro remédio senão dar uma nova olhada na Rue Vaneau, a rua onde havia nascido o comunismo. Era domingo e a farmácia estava fechada. Continuava havendo muita polícia na rua, mas, como sempre, estava toda concentrada junto à antiga casa de André Gide. Quase não se viam transeuntes. A enigmática mansão, à luz do dia, não possuía mistério algum. A de Chanaleilles, por sua vez, reluzia mais esplendorosa do que nunca. Intuía-se que a mansão misteriosa era habitada, mas isso era tudo. Era preciso esperar a noite para que aparecessem as imóveis e empertigadas silhuetas na janela da luz de poucos watts. Fotografei o 38 da Rue Vaneau, o edifício de apartamentos de luxo no qual não havia reparado em passagens anteriores e cuja fachada vi que havia sido restaurada recentemente.

Na segunda-feira, ao voltar a Barcelona, enviei um e-mail à redação do suplemento mexicano esperando poder chegar a tempo de incluir em meu texto o dado crucial do apartamento de Karl Marx, mas me responderam que nada se poderia acrescentar ou mudar, pois o conto já tinha sido publicado. Procurei-o na internet e lá estava. Era lamentável ver que faltavam precisamente os dados talvez mais interessantes, os que inesperadamente *dariam forma* a toda a história da minha expedição por aquela rua.

Continuei navegando pela internet e no Google busquei de novo a Rue Vaneau e encontrei uma fotografia da sala de um apartamento perfeitamente mobiliado num edifício que chamavam, com léxico capitalista, de *Jardim do Éden* e que ficava no número

38 da rua. O apartamento tinha lava-louças, jardim interno, forno de micro-ondas e televisor com DVD. Tinha visto aquele anúncio na minha primeira inspeção digital, mas não considerei relevante anotar o endereço da agência norte-americana que alugava, no centro de Paris, um apartamento mobiliado. Alugavam-no por noite, mas o anúncio não dizia que Karl Marx tinha vivido ali nem advertia, naturalmente, sobre o fantasma que, em forma de difusa ameaça, percorre a Rue Vaneau. E evidentemente não havia nenhuma alusão no anúncio às silhuetas empertigadas e imóveis da janela dos poucos watts, e tampouco se dizia nada dos jardins de Matignon nem da Síria nem da histórica farmácia Dupeyroux. O apartamento saía muito caro, 540 dólares por noite.

5

Não abandonei o AVE. O trem em que vamos (em que eu ia) continua avançando, marcha sigilosamente enquanto, na solidão radical deste quarto de hotel, com uma janela que dá para o abismo, eu lembro que não tardei a descartar a história da Rue Vaneau na hora de decidir sobre o que dissertaria na ilha da cartuxa. Descartei-a porque, de repente, me pareceu mais atraente a ideia de, à noite em Sevilha, desenvolver uma história a partir da primeira imagem que o acaso me trouxesse à mente no momento de começar minha fala. Uma espécie de pequena história improvisada diante do público da cartuxa. Um salto triplo sem rede, uma maneira de demonstrar, ao vivo, como trabalha espontaneamente a imaginação criadora, como casualmente se vai construindo uma história. Uma maneira de demonstrar a mim mesmo que era capaz de correr esse tipo de risco diante do público.

Lá fora chove. Fora de onde, poderia se perguntar alguém que se debruçasse agora, por acaso, sobre este caderno em que escrevo estas notas. Fora deste quarto de hotel onde estou. Tenho um aposento com uma grande janela que dá para um abismo que desliza poderosamente em direção à cidade e ao mar. Daqui vejo a bonita, a belíssima cidade. E vejo também uma folha que cai no fio do horizonte. Lá fora, efetivamente, chove. E eu ainda não sei muito bem como devo enfocar as linhas que se seguem, mas suspeito que poderiam dar passagem ao enigma do habitante do quarto contíguo ao meu.

Meu vizinho do lado tem a mesma vista (o mesmo mar, chuva, abismo e horizonte que eu vejo), mas tem um terraço, algo que não tenho. À noite, se o tempo está bom, fuma Havanas puros, em silêncio, contemplando o mar. Às vezes, quando saio à janela, ele me olha e se limita a sorrir. Outras vezes, me fala brevemente sobre o tempo ou as condições do mar. É italiano, "italiano do Norte", me disse, e fala bem o espanhol; chegou no mesmo dia que eu, há duas noites. Como o vejo no terraço trabalhando durante as tardes com um computador portátil, às vezes me pergunto se não será um escritor. Adota poses muito próprias de alguém que está escrevendo um romance. Não quero lhe perguntar se escreve, não quero que o mistério e o feitiço se quebrem. Às vezes penso que nós dois somos como Gide e Green, a dupla de vizinhos em disputa pelo diário mais longo da história da França. Ele não sabe que escrevo, por sorte não sabe. Não pode me ver escrever porque escrevo à mão neste Moleskine, e o faço com um lápis, sentindo que este lápis me aproxima mais calidamente do que uma caneta à ideia de desaparecimento, de eclipse. Escrevo como um possesso, no interior de meu quarto. Não quero que o vizinho me veja, pois penso que dois escritores, um tão perto do outro, supondo que o italiano também seja escritor, são às vezes uma bomba-relógio.

Meu vizinho, em todo caso, trabalha com hábitos diferentes dos meus, digo isso sobretudo pelo computador portátil. Aqui, eu escrevo à mão, porque me sinto mais próximo à ideia de desaparecimento, mas também por motivos mais prosaicos, porque deixei na minha casa a engenhoca moderna com que trabalho. À medida que o lápis vai traçando as letras deste texto, noto que cada vez mais detesto esse aspecto tão mecanizado da escrita em computador; me encanta, me anima ter voltado ao lápis. Às vezes meu vizinho me lembra fisicamente o escritor italiano Angelo Scorcelletti, mas só às vezes. Se alguém tivesse conseguido me localizar neste esconderijo e desejasse me perturbar, não poderia fazer isso melhor do que me colocando no quarto ao lado de um escritor. Às vezes, tenho vontade de eliminar a dúvida e estou a ponto de perguntar de supetão se ele sabe quem é Scorcelletti. Ou de dizer simplesmente: "O senhor é Scorcelletti, não é?".

E eu, com quem me pareço? Certamente tenho algo de equilibrista que, numa alameda do fim do mundo, está caminhando pela beira do abismo. E acho que me movo como um explorador que avança no vazio. Não sei, trabalho em meio a trevas e tudo é misterioso. Só sei que me fascina escrever sobre o mistério de que exista o mistério da existência do mundo, porque adoro a aventura que há em todo texto que se põe em marcha, porque adoro o abismo, o próprio mistério, e adoro, sobretudo, essa *linha de sombra* que, ao ser atravessada nos coloca no território do desconhecido, um espaço em que de repente tudo nos parece muito estranho, sobretudo quando vemos que, como se estivéssemos no estágio infantil da linguagem, temos que voltar a aprender tudo, com a diferença de que, quando crianças, parecia que podíamos estudar e entender qualquer coisa, enquanto, na idade da linha de sombra, vemos que o bosque de nossas dúvidas nunca se tornará claro e que, além disso, o que vamos encontrar a partir de então serão apenas sombras e trevas e muitas perguntas.

Então, quando nos acontece algo assim, acho que o melhor que podemos fazer é seguir adiante, ainda que seja só para ter a impressão de sermos empurrados para a frente por nossa própria renúncia a avançar. Olho para o meu vizinho e o vejo, agora que não chove, em plena ação ao cair da tarde, e me divirto e ao mesmo tempo me angustio imaginando que está introduzindo mudanças em sua página, cortando aqui e ali, alterando a ordem do escrito, uma tarefa quase infinita, o mistério da criação. Olho de novo para o meu vizinho e me dá a impressão de que sabe muito bem o que tem em mãos, não parece afetado pela linha de sombra e treva. Meu vizinho parece um escritor que tem tudo muito claro. Eu diria que escreve sem problema de obscuridade nenhuma. Não se parece nada com aquele poeta inglês que, de acordo com Chesterton, era obscuro porque tinha sempre tão claro o que ia dizer que não via razões para explicá-lo.

Sou amigo da tenebrosa linha de sombra destes anos nos quais tudo por fim se tornou incompreensível e, quando nos falam do mundo, já não sabemos de que se trata, e sentimos que precisamente isso poderia ser o começo de algo que poderia nos manter muito entretidos, talvez obcecados, por um longo período, ainda que, isso sim, sempre estupefatos, sem entender nada, sem saber de que se trata toda esta maldita confusão da vida, da morte e de outras ninharias, sem uma única ideia válida para compreender o mundo, e melhor nem dizer, para compreender a Síria.

6

Abramos espaço aqui para uma história, como diria Montaigne (falava assim às vezes, quando queria introduzir um relato dentro de seus ensaios). Abramos espaço àquela que foi sempre a minha primeira lembrança de infância – há quem vá modificando-a, eu não –, e para isso digamos, antes de mais nada, que nasci em 1948 em Barcelona, no mesmo ano em que em Nova York, ao longo do East River, a partir dos escombros dos matadouros de Turtle Bay, como numa corrida com o espectral voo dos aviões, os homens acabavam de construir a sede permanente das Nações Unidas. Eu nasci em março daquele ano em Barcelona e, cinquenta anos depois, num sábado à tarde, na minha primeira viagem a Nova York, entrei no edifício das Nações Unidas e, pela mão de Telma Abascal, então funcionária da ONU, subi de imediato no fulgurante elevador até o gigantesco e elegante lavabo de senhoras que há no último andar daquele arranha-céu que, quando nasci, era o maior projeto urbanístico do mundo.

Dali contemplei uma impressionante vista do *skyline* da cidade, e me lembrei da hoje em dia cada vez mais maltratada Declaração Universal dos Direitos Humanos e ri angustiado ao me dar conta de como o tempo ia passando veloz desde aquela distante tarde de dezembro de 1948 em Barcelona, na qual, nem chegado ainda ao primeiro ano de vida, me levaram à casa de meu avô paterno para que lhe desse uma última alegria antes de morrer. Meu avô estava fraco, mas sorridente em seu leito de morte. Saudei-o e, ao que parece, superei o que se esperava de mim, pois pronunciei a primeira palavra de minha vida, disse "Adeus". E minha avó ficou comovida. E eu não voltei mais a ver meu avô. Poucos dias depois, ele morreu, desapareceu para sempre. Era italiano de nascimento e homem de grande coragem, nunca soube muito mais que isso sobre ele.

Minha primeira lembrança, relacionada com a imagem de minha aparição no mundo, já está ligada, portanto, a uma ideia de despedida e desaparição. Talvez tenha sido essa a causa de eu sempre ter dito a mim mesmo que quem quiser ir além deverá desaparecer. De uma coisa acredito estar certo: me parece que foi precisamente meu desejo por dar um passo além o que me levou a me dedicar à escrita, fazendo com que a minha aparição como escritor fosse acompanhada de uma forte vontade de dissimulação e desaparecimento no texto. Comecei, então, a escrever só para mim mesmo, sem ânimo de publicar (tal como estou fazendo agora) e sabendo perfeitamente que a literatura, como o nascimento para a vida, continha em si mesma sua própria essência, que não era outra senão o desaparecimento. No entanto, mais tarde, publiquei um livro, e isso arruinou o enfoque radical de meus começos. Eu havia me iniciado no mundo das letras considerando que escrever era um desapossar-se sem fim, um morrer sem detenção possível. Publicar complicou tudo. Me converteu pouco a pouco num escritor relativamente conhecido em meu país e isso me pôs em contato com o horror da glória literária. "Se uma pessoa busca o sucesso, só tem dois caminhos, ou o consegue ou não o consegue, e ambos são igualmente ignominiosos", disse Imre Kértesz.

Agora, neste quarto de hotel, escrevendo só para mim mesmo, espero estar me libertando do escritor no qual me tornei. Encerrado aqui, conto a história de minha viagem de trem a Sevilha e simultaneamente vou ensaiando ideias que me servem para estudar a mim mesmo e a minhas solidões. Creio que quem está escrevendo tudo isto, com seu frágil lápis e rodeado de outros lápis e um bom número de apontadores, já não é exatamente o escritor de antes, o que havia conseguido um nome, uma certa fama, e que tinha começado a se sentir agoniado por haver atraído a atenção de alguns leitores. Agora sou mais que um discreto literato escondido, um narrador de escrita privada que olha da janela para o vazio e para o mar, e que sabe que, se uma pessoa observa durante muito tempo o abismo, o abismo acabará por observá-la também.

7

Eu disse que escrever é um desapossar-se sem fim, um morrer que não se pode frear. E agora creio que me cabe dizer que, naquele dia, quem ia frear era o AVE, que avançava a toda a velocidade rumo a Ciudad Real, onde faria uma breve parada. Creio que me cabe dizer também que pensei em voltar a colocar os fones de ouvido, mas não encontrei o mesmo prazer de pouco antes com a música andaluza e decidi mudar de estação. Escutando *Underground* de Tom Waits, pensei que, embora tenha sido sempre grande a atração que eu sentia por esse tipo de viagem que fazemos sem ideia de retorno e que nos abre portas e pode mudar nossa vida, minha atração sempre tinha sido maior por aquele outro tipo de viagens ou excursões breves, sem aventuras nem imprevistos, que nos conduzem em poucas horas de novo a nosso porto, todas essas viagens que outrora nos levavam ao quintal da casa familiar nos verões da infância e agora nos levam a nossa casa.

Mas como, naquele momento pelo menos, aquela não me parecia uma viagem sem retorno tampouco pensada para voltar logo para casa (ninguém me esperava lá), acabei me perguntando que tipo de viagem era a que eu estava fazendo naquele dia. E não soube o que responder. Talvez descobrisse à medida que fosse avançando e se revelando a história que toda viagem, importante ou insignificante, leva dentro de si. Pensei nisso e em como era curioso ver como a paisagem mudava de acordo com a música que eu escutasse. Agora, com Tom Waits, os campos de Castela se tornavam melancólicos e urbanos, a ponto de um olmo no horizonte chegar a me parecer a luz verde de um semáforo da Quinta Avenida de Nova York. Já se sabe, *fortis imaginatio generat casum.*

Poderia comentar tudo isso à noite em Sevilha, quando me encontrasse com Atxaga e tivesse que falar em público sobre as relações entre realidade e ficção? Poderia, evidentemente. Mas pensei que por ora seria melhor descansar depois de haver dado tantas voltas ao redor de como deveria enfocar minha fala naquele dia na ilha da cartuxa e de já ter descartado algumas ideias. E o fato é que todas as que me ocorriam, apesar de reunir as melhores condições para analisar as relações entre realidade e ficção, desapareciam com a mesma facilidade com que apareciam, como se o Desaparecimento estivesse querendo me indicar que era apenas sobre ele que eu tinha que falar naquela noite em Sevilha, pois no fundo era ele o único tema, o único e verdadeiro centro de minhas obsessões naquele dia.

Buscando outra forma de ocupar o tempo, voltei a abrir o jornal que havia comprado na estação de Atocha e que mal tinha lido, e foi ali que encontrei a notícia de que, no dia seguinte, se completariam cem anos do primeiro voo dos irmãos Wright, numa praia da Carolina do Norte, o primeiro voo da história. Concentrei-me na leitura da história que contavam ali sobre aquele dia que marcou o início da era da aviação e o mundo jamais voltaria a ser o mesmo. E li que, para os que têm medo de voar, provavelmente será perturbador saber que os físicos e os engenheiros aeronáuticos ainda promovem discussões acaloradas em torno da pergunta fundamental: o que mantém os aviões no ar? Pelo visto, não existe uma resposta válida que seja simples. Embora a explicação mais comum diga que o ar viaja mais rápido sobre a superfície mais curva da parte superior da asa do que sobre a parte inferior e plana, o certo é que essa explicação, ainda que verdadeira, não explica realmente por que o ar que flui sobre a asa se move mais rapidamente. E não saber isso causa uma grande confusão. Na realidade, ninguém entende, pois, por que podemos voar. Mas muitos de nós voamos, mesmo sem entender nada.

Li isso e me perguntei o que teria acontecido se tivesse lido a tal história num avião. Talvez tivesse me assustado. Por sorte, viajava de trem e a canção de Tom Waits, *Underground*, me remetia antes a uma viagem subterrânea, uma viagem de metrô sem muitos riscos. Metrô, trem, avião. Pareceu que faltava o automóvel para completar o quadro de honra dos transportes que eu mais utilizava. De repente, uma notícia que encontrei no jornal sobre a Síria me fez lembrar novamente da Rue Vaneau e isso me fez lembrar da guerra do Iraque e dos bombardeios das tropas norte-americanas, o que, por sua vez, me trouxe à lembrança as conferências que W. G. Sebald havia feito em Zurique, no final do outono de 1997, com o título *Guerra aérea e literatura*, conferências sobre o silêncio de culpa que sempre envolveu a barbárie das bombas dos Aliados sobre a Alemanha durante a Segunda Guerra Mundial.

De repente, olhando a data no jornal, caí em mim: W. G. Sebald não havia morrido numa estrada de Norwich, num acidente de carro em 14 de dezembro de 2001, e a triste notícia não tinha sido divulgada no dia 16? Pensei que o automóvel que o matou merecia o qualificativo de fúnebre, e me lembrei de *Errava por Paris um carro fúnebre*, um dos títulos daqueles dois romances espanhóis que um dia eu havia imaginado. E essa lembrança me levou de novo a Robert Walser, e recordei que existia um fio de conexão entre os dois escritores. W. G. Sebald passara toda a infância junto ao avô materno, que não só tinha o costume das longas caminhadas, como Walser, mas também, além disso, fisicamente se parecia muito com este e, como se não bastassem as coincidências, morreu na neve enquanto passeava, parece que no mesmo dia em que Walser morreu.

Se Walser escreveu elegantes fantasias poéticas e conhecia a fundo a arte de desvanecer-se, a literatura de W. G. Sebald muitas vezes remete a uma espécie de poética da extinção, da consternação do escritor ao ver que tudo ao seu redor se desumaniza ou desaparece e que inclusive a própria História se desvanece. "Isto não é um lamento geral", diz W. G. Sebald, "porque a desaparição sempre existiu, mas nunca neste ritmo. É aterrador observar quanto dano e extinção foram provocados nos últimos vinte anos, e o processo de aceleração parece incontrolável. Convém que a literatura assuma a responsabilidade dessa consternação." W. G. Sebald era consciente da necessidade de uma literatura que denunciasse o ritmo mortal dos desaparecimentos e tinha algumas dúvidas, mas também certas esperanças, acerca da capacidade de resistência da escrita e do papel fundamental que esta podia desempenhar na sobrevivência da história da memória humana. Talvez por isso, comentou um dia, muito deliberadamente, como o assombrava que um rastro desaparecido no ar ou na água durante anos pudesse permanecer visível através da palavra escrita. Esse comentário está em seu livro *Os anéis de Saturno*, em que, depois de nos dizer que esteve examinando no *Sailor's Reading Room* de Southwold as anotações do caderno de navegação de uma patrulha marinha ancorada num cais no remoto outono de 1914, reflete sobre os rastros que se desvaneceram e diz: "Sempre que decifro uma dessas notas, me assombra que uma estrela já extinta há muito tempo no ar ou na água possa continuar sendo visível aqui, no papel".

Uma estrela de mortos. "Todos esses mortos ao nosso redor, onde sepultá-los senão na linguagem?", pergunta Adonis, o poeta sírio-libanês que comecei a ler dias depois do fim da minha experiência na Rue Vaneau. Como tudo o que me acontece em relação à Síria, eu soube, um belo dia, por acaso, da existência desse poeta, e me pus a lê-lo. Nascido em 1930 em Qassabine, no norte de seu país, fala, num de seus melhores poemas, de gente que se veste com as roupas do amanhã e as acha apertadas. Eu também acho apertadas minhas roupas do amanhã, pensei enquanto o trem de alta velocidade entrava lentamente na estação de Ciudad Real e eu constatava que, depois de conseguir fugir de minhas especulações sobre o que dizer à noite na ilha da cartuxa, havia terminado, no entanto, enredado no denso novelo do mundo de W. G. Sebald, o mundo da extinção e da escrita. Era como se cada vez mais o tema do desaparecimento me atraísse com mais força que o das relações entre realidade e ficção. E então, ainda que pudesse me equivocar, decidi dar já por certo que no fundo era ele, o Desaparecimento, o único tema e o verdadeiro centro de minhas obsessões naquele dia e que sobre ele deveria orbitar minha fala aquela noite em Sevilha.

Mas o que eu podia dizer sobre o desaparecimento? Já estava farto, como o poeta sírio Adonis, "do aperto de minhas roupas do amanhã" e de não poder dispor nunca de nada na hora de expressar minha vida, exceto minha morte e desaparição. Mas isso eram apenas palavras, literatura. De repente, decidi que devia deixar de rodeios e desaparecer, eu mesmo. Desaparecer, esse era o grande desafio. Tratava-se de não esquecer que eu sempre havia pensado que se deve tentar ser infinitamente pequeno, que isso certamente é a própria perfeição. Mas como conseguir ser tão infinitamente pequeno a ponto de desaparecer por completo? Não parecia simples. Bastava lembrar do caderno de navegação do *Sailor's Reading Room*. Ninguém some completamente, disse a mim mesmo. Pensei que uma desaparição absoluta era impossível e que, sendo assim, estava claro que aquilo que para W. G. Sebald havia sido motivo de alegria ou esperança para mim não podia ser mais angustiante.

8

Com a Ciudad Real ficando para trás, pensei no feitiço das despedidas radicais, no encanto das despedidas radicais dessas pessoas que tanto admiramos quando sabemos que foram capazes de mandar tudo ao diabo, bateram a porta e simplesmente partiram, não sem antes dizer "vocês ficam aí, idiotas".

Quando nos dizem que alguém "deixou todo mundo plantado", nós, em silêncio, com raiva contida, aprovamos esse impulso audaz, purificante, elementar. Como não aprovar se todos odiamos nossa casa, detestamos o lar, o fato de ter que estar nele? Eu, pelo menos, já tinha começado a jurar de morte a minha casa. Era um entusiasta da "Teoria dos abandonos", um poema de Philip Larkin: "Todos odiamos nossa casinha,/ ter que estar nela:/ eu detesto meu quarto,/ seus móveis especialmente escolhidos,/ a bondade dos livros e da cama/ e minha vida perfeitamente em ordem".

Mas pensei sobretudo no feitiço daquele fascinante começo de *Thomas, o obscuro*, o estranho romance de Maurice Blanchot. Escreve-se sempre por desejo de aventura. Ainda hoje, quando da grande janela deste quarto de hotel olho para o abismo, logo me vem à lembrança a fascinação que um dia senti por essa estranha arrancada do romance de Blanchot, essas primeiras páginas nas quais Thomas, segundo nos é contado, se atreve a adentrar o mar profundo, com tempo muito ruim, e está a ponto de se afogar, mas finalmente alcança a orla. O extraordinário dessas primeiras páginas é que o leitor não lê, em nenhum momento, as angústias de morte de alguém que está se afogando, nem sua luta desesperada com as ondas, e sim uma experiência estranha e radical. O mar lhe escapa, e com isso ele perde simultaneamente a sensação do próprio corpo. Ele próprio e o mar parecem ser objeto de um só pensamento que avança como se fosse um explorador que caminha no vazio. Em vez de pensar na sua salvação, ele se joga por completo – como eu acabava de fazer com a sombra – no que o ameaça. Não se pode dizer que nada aconteça, mas toda a sua ação é interior, e está voltada a alcançar a si mesmo como o morto que já é. O que Thomas vive no início desse romance é sua transformação naquilo que pensa, naquilo que escreve.

Ao se entregar à linguagem, abandona a vida real. Morre e, no entanto, permanece vivo. Imaginei-o naquele momento – e sigo imaginando agora – num lugar com uma grande janela que dá para um abismo que desliza poderosamente para uma cidade e um mar. Em outro tempo, quando vivia em sua cidade natal, odiava a sua casinha e detestava a sua cama e o quarto onde tinha seus móveis especialmente escolhidos, mas agora – sim, agora – abandonou a vida real e só tem que se ver com palavras, um mar no qual se perde e no qual tem, ainda assim, a sensação de estar numa situação de plenitude. Solidão, loucura, silêncio, liberdade. Sua experiência só se pode expressar mediante paradoxos e dele dizer, por exemplo, que, assim como ao trem de alta velocidade que vai a Sevilha, domina-o a sensação de ser impulsionado para a frente precisamente por sua renúncia a avançar. Isso lhe traz uma grande sensação de bem-estar, ou melhor, de bela infelicidade.

9

Uma folha cai, sem ruído algum, e toca a linha do horizonte, lá na *alameda do fim do mundo*. Na minha imaginação, tudo se passa num único instante. Em seguida, sigo às voltas com palavras e com um mar no qual me perco. E depois, olhando pela janela, me vem à lembrança o momento em que, durante aquela viagem a Sevilha, pensei que à noite, na cartuxa, poderia falar do genial criador de *A vida e as opiniões do cavalheiro Tristram Shandy*. Em lugar da Rue Vaneau ou de improvisar uma história sem rede de proteção sobre como trabalha espontaneamente a imaginação criadora, falar de Laurence Sterne, que com esse livro praticamente inventou o romance-ensaio, um gênero literário que muita gente julga uma inovação de nossos dias, quando, na realidade, o romance-ensaio, com seu tratamento peculiar das relações entre realidade e ficção, já existia desde que Sterne, bom leitor de Cervantes e de Montaigne, o inventara.

Precisamente, o livro de Sterne é um dos poucos que, como se tivesse que escolher um livro para levar para a insuportável e vulgar ilha deserta, eu trouxe comigo, numa valise vermelha, a este lugar diante de um mar e de um abismo onde escrevo tudo isto. Nesse livro, me encantam seu levíssimo conteúdo narrativo (o narrador-protagonista não nasce senão quando o romance já se encontra bem avançado, pois antes está sendo concebido, o que faz com que possamos ler *Tristram Shandy* como a *gestação* de um romance), suas constantes e gloriosas digressões e os comentários eruditos que pontuam todo o texto; a inovadora *disposição gráfica*, com tipologias diferentes, asteriscos, hifens, folhas em preto, em branco, imitando o mármore. Fico encantado com a sua grande exibição de ironia cervantina, sua assombrosa cumplicidade com o leitor, a utilização do *fluxo de consciência*, cuja invenção depois outros reivindicaram, seu inteligente tom humorístico: a história, por exemplo, da noite em que Tristram foi concebido é, como todo o romance, uma história de *coitus interruptus*, basta recordar a frase absurda da futura mãe de Tristram quando está com o marido em plena lida no leito conjugal, na noite de núpcias: "Perdão, querido, você não esqueceu de dar corda no relógio?".

Talvez a grande invenção de Sterne tenha sido o romance construído, quase em sua totalidade, com digressões, exemplo que Diderot seguiria depois. A divagação ou digressão, queira-se ou não, é uma estratégia perfeita para adiar a conclusão, uma multiplicação do tempo no interior da obra, uma fuga perpétua. Uma fuga de quê? Da morte, diz Carlo Levi em seu prólogo à tradução italiana de *Tristram Shandy*: "O relógio é o primeiro símbolo de Shandy, sob seu influxo é gerado e começam suas desgraças, que são uma coisa só com esse signo do tempo. A morte está escondida nos relógios [...] Tristram Shandy não quer nascer porque não quer morrer".

Todos os meios, todas as armas, são bons para salvar-se da morte e do tempo. Se a linha reta é a mais curta entre dois pontos fatais e inevitáveis, as digressões irão expandi-la. E se essas digressões, assinala Levi, se tornam tão complexas, enredadas, tortuosas, tão rápidas que fazem perder os próprios rastros, "talvez a morte não nos encontre, o tempo se extravie e possamos permanecer ocultos em mutáveis esconderijos".

Não posso me esquecer de que, em outros tempos, o cometa *shandy* passava todo dia por meu mundo. Sterne me fascinava com esse romance que parecia menos um romance que um ensaio sobre a vida, um ensaio tecido com um fio tênue de narrativa, cheio de monólogos nos quais as lembranças reais ocupavam, muitas vezes, o lugar dos acontecimentos fingidos, imaginados ou inventados. E onde o riso estava sempre a ponto de estalar e, de repente, se convertia em lágrimas. Eu vivia triste e perturbado. Minha vida estava cheia de saltos, de idas e vindas imprevistas, como a linha do pensamento sinuoso de Sterne. Lembro muito bem que, naquela época, a morte ainda estava escondida nos relógios. Agora quem está escondido sou eu. Lembro, lembro muito bem de tudo aquilo. A vida era *shandy*.

10

À altura de Corral de Calatrava, descartei a ideia de recorrer a Sterne, porque me pareceu que, de todas as histórias que até então havia cogitado e abandonado, a da minha espionagem na Rue Vaneau era, na realidade, a mais apropriada para comentar as estreitas relações entre realidade e ficção. Mas pouco depois voltei a descartar o episódio da Rue Vaneau, porque me seduziu, de repente, a ideia de me afastar dessa rua de Paris e do mundo em geral e já não me sentir atado a nada, não me sentir atado, por exemplo, às diretrizes estipuladas pelo tema geral do meu encontro em Sevilha com Atxaga. Depois de tudo, nada me impedia de situar o Desaparecimento no centro da minha palestra, de me dedicar a uma breve mas intensa discussão em torno de minha admiração por aqueles que souberam praticar, com maestria, a arte de desvanecer.

"Cansado do eu", começaria dizendo naquela noite, em Sevilha. Mais que isso, afirmaria taxativamente: "Cansado do eu." E passaria a dissertar sobre aquela qualidade tão refinada de Hamlet que consistia em não ter identidade e, menos ainda, um rosto próprio. "A identidade é uma carga pesadíssima, e é preciso se libertar dela", diria entre outras coisas. E recordaria aqueles conselhos de Polônio a Laertes: "Escuta a todos, mas que o tom de tua voz só alguns conheçam, e que ninguém saiba o que pensas; deixa que eles se espraiem. Deixa que os outros falem, permanece em teus abrigos de inverno".

"Eu gostaria", diria a eles (e assim contaria qual tinha sido meu maior desejo ao longo da viagem que me levara até aquela cidade), "de poder colocar em prática, algum dia, o conselho de Polônio e me isolar, na realidade desaparecer num abrigo de inverno que fosse uma casa diante do mar, numa cidade sem nome, com minha identidade convertida num vazio e com toda a minha experiência expressando-se mediante lembranças de uma viagem de trem a Sevilha, por exemplo."

Faria, à noite em Sevilha, um breve e tímido discurso, de curta duração, e depois deixaria que as palavras de Atxaga preenchessem o resto do encontro. Uma forma como outra de desaparecer, neste caso, de desaparecer em público. Mas o que pensaria Atxaga ao ver que aquele encontro sobre ficção e realidade não me interessava nem um pouco? Então pensei que o melhor seria que, por consideração a Atxaga, ampliasse meu breve e tímido discurso com uns comentários pausados em torno de qualquer outro tema. Podia falar de Robert Walser, por exemplo. Podia falar desse escritor e da sublime arte de desaparecer que sua prosa esconde. Poucos autores, eu diria, conseguiram *eclipsar-se* com tanta perfeição, ocultos em suas próprias palavras, satisfeitos com a sua invisibilidade.

"Que estranha depravação alegrar-se secretamente ao comprovar que a gente se oculta um pouco", recordo agora que Walser escreveu em certa ocasião. Foi um escritor que soube deslizar lentamente para o silêncio e que, ao entrar no manicômio de Herisau, libertou-se dos ofícios que tivera que praticar até então, e também se desprendeu da opressão de uma identidade contundente de escritor, substituindo tudo isso por uma feliz identidade de anônimo que passeia pela neve. Para ele, suas longas caminhadas ao redor do manicômio de Herisau não eram senão um modo de abandonar o "quarto dos escritos e dos espíritos". E, quanto a seu estilo, foi antes um estilo de prosas breves e tentativas de fuga, um estilo feito de ar livre e de um sentido muito pessoal da vagabundagem: "Eu não vou andando sem rumo, vivo sem sentir, não tenho acesso a nenhum tipo de experiência". Não é estranho que alguém que diga coisas assim desejasse ser "uma entidade perdida e esquecida na imensidão da vida".

Buscava desaparecer na imensidão da vida. Um dia, uma mulher lhe disse ao passar: "Venha comigo. No tumulto você não é ninguém". Walser já se dispunha a seguir o chamado quando aconteceu um imprevisto, a corrente humana o arrastou. A rua era altamente irresistível para ele, oferecia a possibilidade de se apagar nela. Walser se deixou levar e andou com a massa por um longo tempo até que acabou também se afastando da multidão e chegou a um prado, onde a calma era total. Teria sido ainda maior se não se ouvisse ao longe o ruído de uma locomotiva. No longe, Walser viu passar um trem com janelas vermelhas, atrás do qual percebeu uma trilha numa montanha nevada, uma trilha pela qual mais tarde ele caminhou, ascendendo lentamente rumo a um cume incerto, em meio a uma tormenta de neve ligeira. Caminhou até chegar à beira de um abismo, no fim do mundo. "Se eu quiser ir além, terei que desaparecer", pensou então Walser.

II

O AVE parou na estação de Puertollano e, concentrado como eu ia em Robert Walser e seu trem de janelas vermelhas, contemplei com estranheza o mundo e tudo o que me rodeava. Um jovem bem-arrumado, com aspecto de executivo incipiente, foi a única pessoa que vi descer do meu vagão. Como seria a vida daquele jovem? Era impossível saber. Mas, em compensação, eu podia investigar que vida levava o passageiro que entrou no vagão e se sentou ao meu lado, no assento que até então seguia desocupado e que eu tivera a esperança de que assim continuasse ao longo de toda a viagem.

Tinha uns trinta anos, era muito alto e desalinhado, sua cabeça era grande e imponente, com uma mecha de cabelo negro e duro sobre a fronte, uma expressão desafiadora que não era deliberada, que talvez – imaginei – lhe tivesse sido imposta pela infância. Podia ser espanhol, mas tinha quase certeza de que não era; mais parecia vir de um país da Europa Central. Não sei muito bem por que me pus a imaginar que sua mãe era húngara e seu pai, de Puertollano. Ou o contrário. Durante uns instantes, dando como certo que era de origem húngara, imaginei que sua visão de mundo estava fundada nas noções de utopia, catástrofe e vazio metafísico, conceitos fundamentais para compreender a Europa Central.

Depois pensei que já era suficiente, que estava imaginando demais e que o melhor seria fazê-lo falar e afastar toda dúvida. "Como é Puertollano?", perguntei. "Pois olhe", disse com forte sotaque estrangeiro e como se não estranhasse que eu perguntasse algo, e ainda por cima isso, "não se podem suportar algumas noites ruins e acho que todo um cansaço incontrolável paira sobre ela, quando ninguém deveria estar cansado, mas em Puertollano todos estão, todo mundo lá se move cansado sem que isso influa no meu trabalho. Eu melhoro com essa fadiga."

Disse isso muito lentamente. De fato, sua resposta foi quase interminável. Pensei que suas frases não estavam bem articuladas, simplesmente porque era estrangeiro e que, na realidade, não havia dito coisas tão incompreensíveis, certamente havia apenas se limitado a dizer (com muitos rodeios, é verdade) que ele "melhorava com a fadiga", só isso. Agora, onde já se viu alguém melhorar quando se está cansado? Pensando bem, via-se que, na realidade, sim, era algo estranho o que ele havia dito.

"Eu melhoro com essa fadiga", havia dito. Pensei que não compreender bem a única frase que tinha entendido podia me abrir a porta de apaixonantes espaços desconhecidos. "Quer dizer que se sente bem quando se cansa?", perguntei. Quase não esperou que eu terminasse a pergunta e começou a me dizer (com o mesmo estilo lentíssimo de antes) que quando menino, em seu povoado próximo a Belgrado, "desfrutava o cansaço comum em companhia de todos do lugarejo, uns sentados no único banco de onde colhíamos os grãos, os outros no varal da carroça, e outros, já mais longe, na relva, e tudo era muito bonito, uma nuvem de cansaço impalpável unia a todos, até que se anunciava o carregamento seguinte de feixes; naqueles dias, eu ainda me cansava à toa, como se cansam as pessoas que se cansam, não como agora, que me canso e noto que me sinto melhor do que antes de me cansar, melhoro na fadiga".

Agora quem havia se cansado era eu. Não pensava em perguntar mais nada, embora o personagem me intrigasse e, no fundo, eu quisesse saber mais coisas dele. Mas era tão estranho e tão lento quando falava, que era melhor não perguntar mais nada. Lembrei que, ao longo da minha vida, sempre havia encontrado pessoas estranhas nos trens. O raro era precisamente o contrário, que não encontrasse companhias estranhas em minhas viagens nesse meio de transporte.

Pouco depois, sem que eu perguntasse nada, voltou a falar comigo e foi assim que soube que se chamava Vladan e era sérvio. Passou os últimos dias de sua infância e, sobretudo, de sua adolescência na Síria, para onde seu pai havia se transferido para trabalhar como chofer de embaixada. Depois, aos vinte anos, voltou a Belgrado, onde participou da guerra, adorou os viris combates corpo a corpo. Agora estava viajando pela Espanha. Em Puertollano, trabalhou até encontrar o prazer do cansaço. Córdoba era sua escala seguinte. Sentia saudade dos bons tempos bélicos. Lutar pela Sérvia havia sido uma causa romântica extraordinária num mundo em que as guerras, como a que ocorria naquele momento no Iraque, passaram a ser diferentes das de antes, pois agora não faziam sentido.

Enquanto Vladan me dizia tudo isso, não parei de pensar na palavra Síria, país que nos últimos tempos se tornara quase familiar para mim. A palavra Síria parecia estar emitindo sinais que me indicavam que à noite, na cartuxa, o que eu devia fazer era falar da Rue Vaneau e da embaixada síria na França e dos jardins de

Matignon e de como a história da minha relação com aquela rua havia progredido inesperadamente naquele mesmo dia, no trem que me havia levado até ali, até Sevilha.

Depois, fiz um esforço e deixei de pensar no fator sírio para me dedicar mais ao aspecto antipático do que Vladan tinha me dito, toda aquela ideia espantosa de que, em outro tempo, as guerras faziam sentido. "Não gostaria de fatigá-lo", disse, sabendo que quem ficaria exausto seria eu, "embora eu saiba que lhe agrada se cansar. Mas me permita uma pergunta, e em seguida voltarei a ler meu jornal. O senhor acredita que, no mundo atual, vamos na direção da perda de todo sentido?" Não respondeu. Me olhou como se o esquisito fosse eu. Só ao fim de um instante rompeu o silêncio para me convidar a tomar alguma coisa no vagão-cafeteria. Agradeci o convite, mas expliquei que preferia continuar onde estava.

Ele se foi e pude voltar ao meu jornal e ler, por fim, as notícias de futebol (no fundo, a única coisa que realmente me interessava naquele diário) e pude voltar também aos meus fones de ouvido. Mudei de estação e reapareceu a música flamenca e entrei diretamente numa canção que Bebo Valdés e El Cigala interpretavam. Mesmo assim, não pude evitar, os ecos das palavras de Vladan sobre o belo espetáculo heroico das batalhas do passado ainda ressoavam ásperos em mim. Tentei esquecer aquilo me concentrando nas notícias futebolísticas do jornal, maravilhosamente pontuadas pelo piano do cubano Valdés. Mas, de repente, quando terminou "Se me olvidó", que te olvidé, que era a canção que vinha escutando, o breve silêncio que se seguiu me lançou de novo nos braços das palavras de Vladan sobre o heroísmo e o sentido das guerras antigas. O sentido? Acabei me lembrando de que Barthes falava da utopia de um mundo que estivesse "isento de sentido" (como alguém está isento do serviço militar), de um mundo em que se pudesse viver com a ausência de todo signo.

O que eu tinha a dizer sobre isso? Faziam sentido o heroísmo, as palavras de Vladan, as batalhas antigas, o estado da Síria? Ao me questionar sobre isso tudo, acabei pensando na utopia da abolição do sentido e imaginei uma pessoa que não tentasse dar sentido ao absurdo, nem à vida, nem ao mundo, alguém que, por sua vez, imaginasse um sentido que viesse *depois* e para o qual seria preciso atravessar um longo caminho de iniciação, nada menos que o sentido em sua totalidade, para poder extenuá-lo, eximi-lo. Olhei para trás e vi que Puertollano já estava distante, mas que, mesmo assim, Puertollano, a antiga Portus Planus dos romanos, continuava fazendo sentido.

12

Outra folha cai, sem ruído algum, e toca também a linha do horizonte, tudo acontece num único instante na minha imaginação, neste entardecer em que hoje, por fim, não chove. Olho para o meu vizinho, o homem que se parece com Scorcelletti, e imagino que está escrevendo um poema para desaparecer dentro desse poema. Num átimo, percorro a história da subjetividade moderna e olho o abismo que tenho a meus pés e penso que um passo adiante me conduziria para fora do tempo; na realidade para um *fora do tempo no tempo* sobre o qual, sem dúvida, me agradaria escrever supondo que fosse possível que, depois de desaparecer de mim mesmo, eu pudesse escrever, sob o segredo do antigo medo da morte, um poema de despedida como o do vizinho, um poema em que me perguntaria de onde vem todo esse poder de desenraizamento, de destruição ou de mudança que possuem alguns versos de despedida, contemplando o mar num hotel junto a um jardim esquecido e em frente a um abismo.

13

Já muito além de Puertollano, pensei que a verdade mais rigorosa nos indica que tudo há de se apagar, tudo se apagará. É certo que escrevemos, mas isso está conectado com a exigência infinita do apagar-se. Lembrei de uma frase que Borges escreveu em sua juventude: "Ignoro se a música sabe desesperar da música e o mármore do mármore, mas a literatura é uma arte que sabe profetizar aquele tempo em que já terá emudecido, e encarniçar-se com a própria virtude e enamorar-se da própria dissolução e cortejar seu fim".

Nos fones, "Not dark yet", de Bob Dylan. Uma certa felicidade. Contemplei a paisagem que se podia ver pela janela e me lembrei de quando era jovem e olhava melancolicamente pelas janelas de trem, mas fazia isso impregnando tudo de melancolia, talvez porque tivesse lido muitos livros nos quais se dizia que nos trens as pessoas liam ou contemplavam a paisagem, que sempre, sempre, era melancólica, como eles. E pensei depois em certos escritores para os quais escrever é avançar, avançar no mundo das pegadas, até o apagar das pegadas e de todas as pegadas, pois estas se opõem à totalidade, quer dizer, à pegada original, que já não existe. E pensei também em todos aqueles escritores que se apaixonam pela própria dissolução da literatura e cortejam seu fim. Poderia falar de coisas desse tipo naquela noite na cartuxa de Sevilha? Poderia falar, por exemplo, dos escritores que escolheram a terceira pessoa do singular para falar de si mesmos porque entenderam que essa seria a forma mais adequada de apagar-se e de tornar a vida impossível a qualquer retórica egotista?

Poderia falar de tudo isso naquela noite em Sevilha? Como não sabia muito bem o que responder, mergulhei de novo o olhar no jornal e ali encontrei a notícia de que, depois de estudar crânios fósseis das antigas espécies humanas, um cientista espanhol e dois italianos chegaram à conclusão de que a forma do cérebro humano atual se devia a um salto evolutivo. Eu não tinha lido isso em algum outro lugar antes? Na verdade, já não havia lido aquilo umas cem mil vezes? Decidi voltar às notícias de futebol. Lê-las sempre me distraía, ainda que as tivesse lido antes. As esportivas eram o único tipo de notícias que eu podia ler mais de uma vez sem me cansar. Elas me ajudavam a descansar, a repousar do resto das notícias, todas sempre tão aparentemente transcendentes. Li não sei quantas vezes a informação sobre a aposentadoria do jogador búlgaro Hristo Stoichkov, depois de vinte anos como profissional. E também a notícia da entrega de um importante – e ao mesmo tempo perfeitamente irrelevante – prêmio a Zinedine Zidane.

Até que decidi ir também ao vagão-cafeteria. Fui ali fumar um cigarro e encontrei Vladan falando, no fundo do carro, com um homem de aspecto inequivocamente árabe. Eu me mantive o mais longe possível deles, na entrada do bar, a uma distância prudente. Via-os engalfinhados numa discussão, embora parecessem reprimir gestualmente a fúria de seus respectivos aborrecimentos. Fiquei ali fumando e prestando atenção em um dos clientes do bar, um tipo que, com os cotovelos sobre o balcão, tinha o olhar absorto numas garrafinhas de uísque vazias. Parecia estar completamente bêbado.

Usava um terno listrado, um terno quase de filme de gângster. De um bolso do paletó sobressaía um exemplar de *Fuga sem fim*, o livro de Joseph Roth. Ainda que, à primeira vista, o sujeito de terno listrado parecesse um bêbado interessado em literatura centro-europeia, também podia se tratar de um detetive particular que espiava Vladan e o árabe, embora essa possibilidade parecesse muito mais remota. Talvez se tratasse apenas de um homem bêbado e ensimesmado. E era, por outro lado, assombrosa – embora talvez só eu fosse capaz de ver isso – sua semelhança física com o jogador Kopa, um antigo ídolo do Real Madrid dos anos 1960. Por fim, fumei o cigarro e voltei a meu assento no trem. Pouco depois, Vladan também voltou ao seu. Sentou-se de uma vez, como que se deixando cair com todo o peso, notei-o nervoso. "Algo errado com o seu amigo?", perguntei, como se o conhecesse de toda a vida. "Não, nada. Mas por que diz que era meu amigo?", respondeu imediatamente. "Não, por nada", disse eu. De repente iniciou uma espécie de discussão: "Os casamentos, que são o mais imbecil dos espetáculos. Esse sujeito, segundo me contou, não se cansa nunca de sua namorada e agora, ainda por cima, vai se casar. Eu, que nunca fico cansado, estive a ponto de me cansar de tanto ouvi-lo dizer essa bobajada de casamento. O que sinto é um certo enfado. Embora seja muito pior para ele, porque eu posso ficar séculos enfadado sem me cansar".

Não sei quanto tempo ficou me falando confusamente do sujeito que ia se casar. Quis interrompê-lo para perguntar se tinha reparado no estranho homem de terno listrado na cafeteria. No fim, não perguntei nada. Vladan só deixou de falar quando o trem parou em Córdoba. Quando desceu, ou melhor, quando *desapareceu* no trem, pois não o vi descer, decidi que, à noite em Sevilha, poderia fazer, em terceira pessoa (para assim me libertar de meu egotismo e de certa forma *desaparecer* por trás dessa terceira pessoa), alguma referência a meu estranho encontro com o passageiro sérvio e no embalo acrescentar alguma teoria, certamente literária, sobre as estranhas amizades que as pessoas faziam nas ferrovias. Poderia começar dizendo, por exemplo: "Numa viagem de trem que ele fez a Sevilha, trocou umas palavras com um vizinho de assento de nacionalidade sérvia, que era amante das antigas guerras e que desceu em Córdoba depois de falar, de forma muito estranha, sobre a Síria, país onde havia passado o fim de sua infância e toda a sua adolescência...".

Por aí começaria meu discurso da cartuxa e veria, depois, por onde acabava. Mas de repente observei que substituir o *eu* pelo *ele* era, na realidade, um absurdo simulacro da desaparição do eu. Ou por acaso não me lembrava do que se passou com Roland Barthes quando, depois de escrever sua autobiografia em terceira pessoa, acabou, três anos depois, confessando seu desejo, irrefreável e para ele absolutamente necessário, de voltar a dizer eu? "É o íntimo o que quer falar em mim", escreveu então Barthes, como se tivesse se arrependido da veleidade da terceira pessoa.

De repente, tive a impressão de que para levar a cabo qualquer projeto de futuro era também imprescindível, para mim, voltar a dizer eu, e saber viver mentalmente na ponta extrema do mundo, e ali passear e ensaiar pensamentos e relatos novos, me colocar diante do abismo e tratar de ir mais além e, portanto, desaparecer, mas não fazê-lo de uma forma tão fácil, simplesmente empregando o pronome *ele*, e sim desaparecendo de verdade, me esfumando por completo.

Mas como faria para desaparecer? Acaso alguma vez alguém havia conseguido mesmo isso? Ao contrário do que tinha pensado no castelo de Montaigne, agora me parecia muito difícil desaparecer por completo. E pensei em Arthur Cravan, desaparecido no México sem deixar rastro, e pensei que, em qualquer caso, era certo que a alma de Cravan seguia por aí em algum lugar. Agora me parecia que desaparecer completamente era tarefa para titãs que ainda não haviam nascido. Não era muito claro que pudesse me libertar absoluta e totalmente de mim mesmo. "Oh, terminar pra valer. Acabar aqui seria maravilhoso. Mas é desejável? Sim, é. É desejável acabar. Seria maravilhoso, quem quer que eu seja, acabar onde estou agora, agora mesmo, acabar, seria maravilhoso. Ai, que tudo termine aqui", dizia mais ou menos (acrescentei frases por minha conta) Samuel Beckett num conto de cujo título agora não me lembro, não trago o livro na valise com que me desloquei até aqui, até esta cidade. Mas para mim seria realmente possível *acabar aqui*, desaparecer? O fato de haver nascido já me impedia de desaparecer por completo, porque já tinha sido violado meu repouso eterno anterior a meu nascimento. Seria possível desaparecer para poder assim regressar ao outro lado da vida, ali onde se suspeita, mas só se suspeita, que não há nada?

Lembrei de Antonin Artaud: "Eu sinto o apetite *do não ser*, de nunca haver caído neste reduto de imbecilidades". Pensava em todas essas coisas enquanto o trem avançava para Sevilha, e eu, que andava olhando distraidamente para fora, julguei distinguir, de repente, ao longe, em meio a uma nuvem de pó, as ruínas de Medina Azahara. As ruínas sempre remetem a algo que não desapareceu completamente. Nesse sentido, eu era uma ruína. Ansiava pelo desaparecimento, mas sabia que podia acabar desaparecendo só em parte, convertido unicamente numa ruína. Olhei de novo para a nuvem de pó. Pensei que não entendemos nada das ruínas até o dia em que nós mesmos nos convertemos nelas. Quanto ao trem de alta velocidade, parecia uma metáfora da Espanha, pois avançava com força, isso era inegável, mas o fazia como se o estivessem empurrando para a frente precisamente por causa de sua renúncia a avançar.

14

Acho que não devo falar para sempre, como se fosse esse tipo de narrador moderno que tantas vezes escreve estando numa cidade sem nome. Já se foi o tempo em que quanto mais artísticos os romances, mais cheios estavam de personagens que chegavam a cidades que não tinham nome. Não, chega. Não estou escrevendo aqui um romance, mas sinto a mesma responsabilidade que sentiria se o estivesse escrevendo. Por isso quero dizer que estou aqui em frente ao mar e a um abismo, vejo a linha do horizonte e passeio por alamedas mentais neste fim de mundo em que meu cérebro se plantou, mas não escrevo de um lugar sem nome. Faço isso de um quarto de hotel de uma cidade muito concreta. E os dados que me convertem numa pessoa real dizem, por exemplo, que esse vizinho do quarto ao lado, o que se parecia com Scorcelletti, já deixou o hotel e acabou por ser simplesmente o executivo de uma empresa de meias três-quartos.

Que ridículo e que prosaico, mas também que real. Ou não? E, enfim, os dados reais dizem também que, desde que cheguei aqui, penso na história do desaparecimento do sujeito moderno e em meu próprio desaparecimento, sobre o qual, inclusive, escrevo. E dizem também que penso no pouco saudável que, no fim das contas, foi publicar livros e tê-lo feito, em grande parte, para ter certa fama e depois poder administrá-la como um bom burguês e acabar dizendo banalidades em jornais e revistas, incapaz de ser o dono da mais ínfima partícula de terreno de índole privada, pessoal. Escrever é para isso.

Escrever para ser sobretudo fotografado, amargo destino.

Aqui, diante do abismo, ponho-me a pensar em Salinger, o escritor que vive em paz, oculto. E em outros casos parecidos, como o de Thomas Pynchon. E depois penso que não foi nada, mas nada saudável mesmo, a fama que me foi chegando com os anos, do mesmo modo que, agora, neste preciso instante, também não consigo pensar que possa me fazer bem silenciar o nome da cidade que tenho a meus pés, que é uma cidade pela qual, depois de uns dias de reclusão, ainda não me dignei nem de passear. Vivo num de seus bairros altos, em Chiaia, e além de tentar, sem sorte alguma, afligir os seres queridos com o meu desaparecimento (vou vendo que não os tenho), vim até aqui para *me narrar* a história do ambíguo desaparecimento do sujeito em nossa civilização e para contá-lo através de uns fragmentos da história de minha vida, como se houvessem injetado em mim toda essa história da subjetividade no Ocidente e, além disso, me tivessem instruído para que tentasse desaparecer contando, passo a passo, como vou lentamente levando a cabo a cerimônia de meu eclipse.

Não é bom seguir silenciando por mais tempo o nome da cidade em que estou. Por isso vou dizer de uma vez. Vivo no Hotel Troisi, no bairro de Chiaia, na cidade de Nápoles. O dia amanheceu invernal e ensolarado.

Escrevo isso e de repente surpreendo a mim mesmo aparecendo e desaparecendo no espelho do aposento. Aparecer e desaparecer. Como se estivesse obrigado a levar ao limite ambos os verbos. Depois, mudo de lugar um livro que guardo em minha valise vermelha e que é protagonizado por um personagem chamado Tunda e que me proponho a ler em breve. E em seguida, instintivamente, vou à janela e olho para o descuidado jardim de antigo esplendor que há em frente e contemplo depois o abismo e o mar, e me proponho, pela primeira vez desde que cheguei aqui, a abandonar, nesta manhã, "o quarto dos escritos e dos espíritos", dar um tímido passeio, descer andando até a cidade. Talvez já seja hora de me mover de uma forma diferente da dos últimos dias, talvez tenha chegado a hora de me mover indistintamente entre o confinamento e a vagabundagem, embora quanto mais fique encerrado aqui, mais livre me sinta, mas exatamente por isso, porque a liberdade tem seu veneno, acho que preciso da confusão e do extravio que podem me chegar da prisão em que o mundo se converte para mim quando vagabundeio.

Hotel Troisi, Nápoles, Itália. Os dias aqui são belos, pois o inverno está sendo mais brando do que se esperava, embora tudo estivesse melhor se eu não sentisse que minha situação é cada vez mais estranha, pois, justo no momento em que desejo reaparecer timidamente no mundo e terminar assim com a radicalidade destes dias de reclusão nos quais vivi sem ver ninguém, e sem que ninguém soubesse onde estou (tento imitar os famosos onze dias em que Agatha Christie esteve misteriosamente desaparecida até que foi localizada num balneário do norte da Grã-Bretanha, e é patético porque, ainda que só esteja aqui há quatro dias, vou compreendendo que posso ir perfeitamente além dos onze sem que, à diferença de Christie, a quem *todo mundo* procurou, alguém dê pela minha falta), justo no momento em que preparo minha reaparição, quer dizer, me conectar timidamente com a vida exterior, justo no momento em que me proponho tudo isso, vejo que, uma vez mais, escrever é atravessar a experiência sempre paradoxal da escrita, pois basta ver a grande contradição que há justamente no fato de que esteja dissertando agora sobre minha reaparição quando, na realidade, estou, ou deveria estar, mais comprometido e envolvido do que nunca em ir terminando de contar a história de meu desaparecimento.

15

Formada por uma imensa cratera, a baía de Nápoles se encontra ao mesmo tempo abrigada e exposta, protegida a leste pela curva das colinas, que formam um anfiteatro semicircular natural. Estou num hotel que está numa dessas colinas, olhando agora para a baía, o Vesúvio ao fundo. Aqui às vezes, nas mesmas terras onde se passa parte da *Odisseia* de Homero, imagino que estou numa ilha deserta. Não em vão cheguei a esta cidade só com a roupa imprescindível e uns quantos livros numa querida valise vermelha que foi de minha avó. E aqui estou agora, encalhado neste quarto de hotel que me isola do mundo, atado a uma escrita privada e me sentindo eclipsado em vida e sem que alguém no mundo se interesse por meu sumiço. Na realidade, deveria confrontar já decididamente, sem medo, a verdade. Ninguém sente minha falta, ninguém pergunta por mim.

Não sou Agatha Christie. Quem diabos eu esperava deixar preocupado? Quem eu esperava deixar inquieto com meu desaparecimento? Aquela que até o ano passado foi minha mulher e se dedica agora só a receber minha pensão mensal? Nora, minha filha que morreu de overdose? Scorcelletti? Minha editora barcelonesa? Os amigos de juventude, que foram todos se distanciando de mim, e eu deles? Meus pais, que desapareceram no rio Hudson quando completaram setenta anos? A mulher da limpeza, que eu despedi dois dias antes de ir a Sevilha? Meu porteiro?

Acho que daria tudo para que alguém no mundo tivesse saído para me procurar. Minha pobre mãe teria saído? Para ser sincero, ela nunca pensou em mim, a prova disso é que não me levou muito em conta na hora de, com todas aquelas pedras nos bolsos, submergir com meu pai nas águas geladas do rio Hudson. Quem verdadeiramente esteve a meu lado no mundo? Minha filha está claro que não, porque só aceitava a companhia da mortal heroína. E, quanto a minha mulher, sei que não me procurará nunca, a não ser que não receba sua pensão mensal; sou para ela – o que já é muito – um minúsculo rosto numa grande foto comemorativa em que figuram os numerosos alunos da turma 1967-68 do Liceu Italiano de Barcelona, esse lugar onde nos conhecemos e do qual saímos direto para o altar, sem saber que nos esperava o mais intenso inferno matrimonial da história do mundo civilizado, aquele mundo em que primeiro desapareceu Deus e depois o homem.

Contemplo o mar, contemplo o abismo. Cai no horizonte o paredão de uma onda, seguido por outra. De repente me torno poeta e até seria capaz de escrever, por exemplo, que o dia leva, com vento, trilhas com luz de barcos que deslizam seu grande casco e se perdem ao longe. Barcos da cidade de Nápoles que vão ficando distantes e sozinhos. Também a cidade de Córdoba, quando o AVE aumentou sua velocidade, ficou naquele dia, de repente – como dizem os poetas sobre como essa cidade fica sempre –, distante e sozinha. Para trás ficou uma Córdoba cada vez mais distante, enquanto o trem irrefreável marchava rumo a Sevilha, e eu pensava que, à noite na ilha da cartuxa, falaria de minha investigação sobre a Rue Vaneau de Paris, mas sem me deter muito nela, na verdade me dedicando a um resumo rápido de minhas experiências naquela rua e a inventar que, no final da investigação, terminei alugando o apartamento de Karl Marx.

"Por 540 dólares ao dia", diria a eles, "aluguei esse apartamento, onde, ao longo de um fim de semana, me dediquei a esgotar as variadas possibilidades que tinha para analisar, hoje diante dos senhores, as relações entre realidade e ficção." Desfilariam então diante do público da cartuxa os diferentes discursos ou breves conferências que me ocorreram no trem rápido a Sevilha e dos quais eu diria que me haviam ocorrido no apartamento de Marx.

Uma coisa estava clara. Nessas breves conferências se encontrava resumida minha poética literária do momento. Será que eu gostaria que essa poética fosse felizmente extinta se levasse a cabo, algum dia, com êxito, meu plano de desaparecer? Era como se a resposta já estivesse implícita na pergunta. Gostaria, claro, e assim, além de tudo, eu me aproximaria da plenitude da minha bela infelicidade. Ou acaso não era importante para mim mudar de vida e de obra? Olhei sem melancolia pela janela e vi que o trem já estava a pouquíssimos quilômetros de Sevilha. Pensei nas viagens em geral. E me lembrei de uma máxima tibetana que diz que a viagem é um regresso ao essencial. Tinha eu também a impressão de ir para trás? Vi de repente o essencial em minha janela, e em seguida o vi apagar-se com uma facilidade inexplicável. E só então tive a impressão de que ia em frente, e Sevilha surgia no horizonte.

16

Depois, me lembrei do dia em que, a exemplo do *dottore* Pasavento na torre de Montaigne, Bernardo Atxaga desapareceu no ponto mais alto da ilha de Capri. Já faz alguns anos que isso aconteceu. Um grupo de escritores, que eram amigos entre si, foi convidado a dar uma série de conferências precisamente aqui em Nápoles. Os escritores combinaram, reuniram-se no aeroporto de Madri e viajaram juntos à Itália. Eram Iñaki Abad, Ignacio Martínez de Pisón, Pedro Zarraluki e Bernardo Atxaga. Mal chegaram a Nápoles, souberam por mim (eu trabalhava então como professor no centro que os havia convidado, vivi em Nápoles durante três anos) que tinham uma tarde livre dentro do apertado programa das conferências, e se iniciou uma discussão para decidir se visitavam Pompeia ou viajavam de barco à ilha de Capri. Não daria tempo de fazer as duas coisas numa só tarde, era preciso escolher. Enquanto dois dos escritores consideravam um dever cultural visitar as ruínas de Pompeia, os outros dois preferiam a saída de barco e conhecer a ilha de Capri.

A Bernardo Atxaga, em vista de tantas discussões, ocorreu que uma quinta pessoa pudesse desempatar. E me escolheu para tão difícil tarefa. Eu não esperava que fosse recair sobre um professor daquele centro a transcendente arbitragem. Mas era, naquele momento, a pessoa que tinham mais perto. "Porque você vem conosco, não vem?", acrescentou Atxaga. Isso eu esperava menos ainda. Embora aspirasse a me converter em escritor, ainda não publicara nenhum livro e nunca pensei que fossem me considerar digno de fazer parte daquele grupo de amigos. Respondi o mais rápido que pude e me pronunciei a favor de Capri, onde eu nunca tinha estado. "Para que você quer ir à ilha?", me perguntou então Atxaga, com uma seriedade tão grande que me deixou aterrado. Como me pareceu que se eu confessasse a verdadeira causa pela qual deviam viajar a Capri arruinaria qualquer possibilidade de que fossem, disse que preferia explicá-lo na volta da ilha. "Mas vai explicar, hein?", disse Zarraluki, que preferia ir a Pompeia.

Na tarde em que chegamos a Capri, vimos que dispúnhamos de pouco tempo para ver alguma coisa da ilha, pois a balsa da volta, que era a última do dia, saía só duas horas depois. Não podíamos perdê-la se não quiséssemos passar a noite na ilha. A primeira ideia foi permanecermos no porto ou então tomar um táxi que nos levasse a um breve passeio pelos arredores. Mas finalmente subimos no funicular entre os maravilhosos terraços que escalonavam a montanha. Se fôssemos mais prudentes, teríamos ficado por lá, mas Atxaga achou que devíamos visitar a vila de Tibério. Iniciamos a ascensão – impossível de carro – pelo estreito caminho que serpenteia entre casas e jardins cheios de plantas. É um caminho muito duro, uma subida contínua. E é um caminho muito estranho, que leva não à solidão de um pico elevado, e sim à solidão de um homem morto muitos séculos atrás, um homem chamado Tibério, que quis desaparecer em vida, apartar-se do mundo do qual era imperador.

Íamos subindo e, enquanto o fazíamos, víamos sempre Atxaga mais acima, como um batedor da expedição, caminhando com passo decidido pela única trilha que conduzia à vila em ruínas. Via Longano, Via Sopramonte, Via Tibério. Ao chegar ao cume, achamos uma mesa repleta de jarras de água e de copos de plástico e um cartaz em que se anunciava uma conferência em defesa da inocência de Cneo Calpurnio Pisón, que havia sido governador da Síria e ao qual Tibério abandonou a sua própria sorte quando foi acusado de envenenar Germânico. Numa pequena esplanada próxima, um orador acusava Tibério daquela morte. Por compreensíveis razões de parentesco, Martínez de Pisón ficou ali fascinado, interessadíssimo na reabilitação histórica de Calpurnio Pisón. Lembro que fiquei contemplando com Zarraluki e Abad a bela vista que se podia ver dali: a vista da baía de Nápoles, que é uma das mais perfeitas do mundo.

Quando decidimos voltar, começar a descida rumo ao porto – o tempo já urgia para que conseguíssemos tomar o último barco –, Atxaga havia desaparecido. Nós o procuramos por toda a vila de Tibério e nem sinal dele. O coração veio parar na boca. Rastreamos a vila de cima a baixo – era perfeitamente possível – e não achamos Atxaga. Teria sofrido algum acidente? Teria despencado e jazia em alguma parte daquela paisagem?

Nervosos, fizemos brincadeiras. Será que a ideia de retirar-se do mundo o havia afetado tanto que resolveu colocá-la em prática ali mesmo? O fato era que não o encontrávamos e que não nos restava outro remédio senão descer, se quiséssemos alcançar o último barco do dia. Durante a descida, sentindo-nos culpados por abandonar o amigo, ainda fizemos mais piadas, todas macabras. Chegamos destroçados ao porto, e ali estava Atxaga olhando uns postais, já havia comprado os bilhetes para a balsa. "Onde vocês se meteram? Já estava ficando preocupado", disse, muito sereno. Não saíamos do nosso estupor. Havia se perdido, nos disse, na ermida da vila de Tibério, onde havia um casamento. Tinha sido convidado para o vinho e ofereceram a ele alguns confeitos de amêndoas embrulhados em papel prateado. Todos havíamos visto o casamento, do mesmo modo que, ao lado, na esplanada, tínhamos escutado a defesa de Calpurnio Pisón. Todos vimos o casamento, mas não que Atxaga estava misturado nele.

"A noiva me deu dois beijos", disse. E todos, naquele momento, acreditamos nele, era um grande alívio, no fundo, saber que não havia desaparecido. "Dois beijos", repetiu. "Em seguida, vendo que não encontrava vocês, comecei a descer, fiquei com medo de perder o barco", acrescentou. E todos embarcamos felizes. "Agora", me disse Zarraluki enquanto o barco começava a deixar o porto, "você vai me contar por que tínhamos que vir a Capri." Pensei em dizer que era para ver como Atxaga desapareceria no cume da ilha, mas finalmente me atrevi a contar a verdade: "Para poder dizer e cantar 'Capri c'est fini'". E fiquei contemplando as grandiosas escarpas de Capri que, em sua queda, penetravam com força nas águas mais azuis, as mais transparentes que vi na vida. "Eu te mato, estou dizendo que te mato!", começou a gritar Zarraluki.

17

Podia contar, naquela noite na ilha da cartuxa de Sevilha, que um dia, anos antes, na balsa que nos levava de volta a Nápoles, depois de uma breve visita a Capri, recebi uma lição literária de Bernardo Atxaga. O escritor ainda imaturo que eu era tinha muitos problemas para terminar seu primeiro livro, e um deles era que precisava falar de um fantasma que lhe aparecia e revelava uns segredos importantes a respeito da verdadeira natureza da vida. Mas não sabia como tornar verossímil a aparição repentina de um fantasma. Falei de meu problema a Atxaga, que me escutou com paciência. Num determinado momento, vendo que me estendia demais na exposição daquele problema técnico, me interrompeu: "Mas é muito simples, basta escrever que um fantasma te apareceu". E me contou como, num livro que se passava justamente em Capri e que em seu momento lhe havia agradado muito, *A história de San Michele*, ao doutor Munthe *aparecia*, no ponto mais alto da ilha, uma figura alta, envolta numa grande capa vermelha, que apontava a imensidão do que se podia ver dali e, com uma voz muito cadenciada, dizia que tudo seria seu se estivesse disposto a pagar o preço. "Quem és, fantasma do invisível?", perguntava o narrador, o doutor Munthe. "Sou o espírito imortal deste lugar. Para mim o tempo não tem significado. Há dois mil anos, eu estava onde agora estamos, ao lado de outro homem trazido aqui por seu destino, como te trouxe o teu. Não pedia, como pedes tu, a felicidade, só o esquecimento e a paz, que pensava poder achar nesta ilha solitária."

Qual era o preço que lhe pedia o espírito imortal? A renúncia à ambição de conquistar um nome em sua profissão, o sacrifício de seu porvir. "E o que serei então?" "Um derrotado da vida", respondia o fantasma.

Naquela mesma noite, em meu pequeno apartamento de Nápoles, imaginei que eu era um feliz derrotado da vida, uma curiosa variante de um *escritor superior* que vivia em Barcelona e do qual eu era simplesmente a sombra. E também imaginei que um dia me encontraria com esse *escritor superior* e que à sua pergunta de por que me contentava em ser a sombra de outro, lhe pedia que não desse tantas voltas ao assunto e que pensasse que, no fim das contas, cada um é a sombra de todos e todos a sombra do espírito imortal.

18

O trem chegou pontualmente a Sevilha e fui um dos primeiros a descer. Diante de mim, na plataforma, a uns cinquenta metros de distância, vi que andava, com passo algo ziguezagueante, o tipo de terno listrado, estilo Chicago. O homem, com seu livro de Roth no bolso (era curioso e estranho o magnetismo que a cor vermelha da capa daquele livro exercia sobre mim), começou a subir pela escada rolante, pela qual uns segundos depois também comecei a subir. Chegando ao final da subida, avistei ao longe o taxista que me esperava para me levar ao Zenit, o hotel que a organização tinha reservado. O taxista exibia um papel no qual estava anotado meu nome com um erro de ortografia não muito grave. De repente, vi atônito como o sujeito do terno listrado, depois de um breve titubeio, se deteve diante do taxista e falava com ele, se apresentava (deve ter dito que era eu) e partiam os dois, em animada conversa, em direção à porta de saída.

Em seguida me dei conta de que nunca teria uma oportunidade melhor para desaparecer e que, se quisesse, aquele seria o primeiro momento importante da minha vida.

Só devia seguir andando e não me preocupar com o táxi nem com a pessoa que havia usurpado minha triste identidade. E assim fiz. Deixei que essa pessoa – aquele homem com um terno listrado e um livro de Roth no bolso – partisse no meu carro. Saí à rua, fui além do ponto de táxis e da estação e me pus a andar com passos nervosos, como se me encontrasse no começo de uma fuga sem fim.

Depois me acalmei e andei mais devagar, andei muito tempo por ruas desconhecidas, com minha bolsa de viagem, e o fiz como se a força com que avançava procedesse precisamente de minha escassa propensão a fazê-lo. Andei por um bom tempo até que cheguei às ruas do centro e acabei entrando na catedral, onde me sentei num de seus bancos para descansar e, ao mesmo tempo, me perguntar quem eu era e o que ia ser da minha vida.

A catedral estava vazia. Vidrado como estava pelo tema da ausência, senti que aquilo podia ser entendido como uma alegoria de que Deus talvez continuasse ali, mas o sujeito moderno estava desaparecendo. Eu mesmo, para não irmos longe, acabava de desaparecer. Um sentimento de bem-estar por ter sabido me apagar do mundo começou a me invadir e acabei me sentindo, ali na catedral vazia, como me senti no alto da torre de Montaigne, rodeado pela solidão, pelo silêncio, pela loucura, pela liberdade. E pela bela infelicidade, outro desses abismos. Certamente a liberdade era, de todos os abismos, o mais fácil de se tratar, de modo que não fui à cartuxa e dormi num desagradável hotel da avenida Kansas City (horrível nome e horrível Avenida para uma cidade tão bela), onde passei a noite me perguntando que estranha depravação era aquela: o sujeito alegrar-se secretamente ao comprovar que se ocultava um pouco.

No dia seguinte, voei até Barcelona, peguei em casa duas mudas de roupa e alguns livros essenciais, enfiei tudo na ampla valise vermelha que herdei da minha avó e, de bagagem leve, a quatro dias da chegada do inverno, saí de novo rumo ao aeroporto. Ali perguntei qual era o primeiro voo em que havia um assento livre. Madri, Frankfurt, Londres e Nápoles eram os primeiros. Escolhi Nápoles. Essa cidade não era um lugar tão ruim para se esconder, pois restariam ali poucas das pessoas que eu havia conhecido quinze anos antes. Seguramente não iria encontrar nenhuma delas. E, além disso, não tinha por que me deixar ver em excesso. Eu me trancaria num quarto de hotel, com minha identidade convertida num vazio. E nesse quarto, para ocupar meu tempo com alguma coisa (os dias são muito longos) e à espera de ver se era ou não procurado, eu me poria a escrever com certa minúcia – com a lentidão que dá o lápis e sentindo que este me aproxima mais que uma caneta da ideia de eclipse – a história de minha viagem a Sevilha, a história de minha desaparição. Para ocupar meu tempo com alguma coisa, eu disse. Mas sobretudo porque escrever constitui minha única possibilidade de existência interior.

Cheguei a Nápoles ao entardecer e me registrei neste hotel, no Corso Vittorio Emanuele, na parte alta da cidade. Eu me perguntei – agora sei que muito ingenuamente – se já teriam começado a me procurar. Na recepção, o atendente me pediu o passaporte, leu atentamente meu nome, me deu as chaves do quarto, um apartamento sem terraço, mas com vista para a baía, um bom lugar – pensei – para minha treva pessoal.

– O horário do café da manhã é das sete às dez. Sua chave, senhor Pasavento – me disse, num espanhol correto.

Instintivamente, olhei para a rua, onde uns garotinhos vadiavam livres e com grande alvoroço, e depois, com um timbre de voz deliberadamente misterioso, disse ao recepcionista:

– Eu me chamo Pasavento, mas também responderei por telefone a quem perguntar pelo doutor Pynchon.

O recepcionista me pediu que repetisse o que havia dito, e assim fiz.

– Compreendo, senhor. Vou anotar. Responderá também às chamadas que perguntem pelo doutor. Aqui está a chave, senhor Pasavento.

Voltei a olhar para a rua, e pouco depois corrigi o recepcionista.

– Doutor – disse –, doutor Pasavento.

II O que se dá por desaparecido

I

Só sei que passei onze dias em Nápoles e que ontem, como se iniciasse uma fuga sem fim, deixei a cidade. Parti subitamente, embora ninguém tenha notado, fui embora sem ser visto. E agora estou neste hotel da Rue Vaneau de Paris, que se tornou tão familiar para mim nos últimos tempos. Parecia que no meu caso, na hora de me esconder, era um dos lugares mais seguros do mundo, já que a ninguém ocorreria, por ser um local muito evidente (penso que é conhecida a atração que a rua deste hotel exerce sobre mim), vir me procurar nele. Embora, desde que cheguei, tenha me perguntado se não será exatamente o contrário, se não vim me esconder no Hôtel de Suède justamente com a esperança de que me encontrem. Não estaria, na verdade, desejando ser achado?

Ontem, pouco depois de me registrar no estreito – quase inacreditavelmente estreito – balcão da recepção, fui ao pequeno quarto que adaptaram para as conexões dos hóspedes à internet e entrei na minha caixa de e-mails e, tal como supunha, havia mensagens de minha editora barcelonesa, de alguns amigos e conhecidos e também de alguns desconhecidos que, em alguns casos, estranham que eu não lhes responda, mas aí, nessa estranheza, termina tudo, absolutamente tudo. Depois de duas ou três mensagens breves e alguma piada sem graça, quase nenhum deles volta a insistir, é como se a caixa de e-mails tivesse engolido todos eles, fazendo-os também desaparecer.

Ninguém se pergunta, por exemplo, por que não me apresentei na cartuxa de Sevilha. Acho que desapareci e ninguém se deu conta. Ninguém se importa comigo. Achava que me procurariam como na época procuraram Agatha Christie. Mas está claro que não sou a escritora inglesa. A mim ninguém procura. Talvez achem que eu esteja de férias de fim de ano. Mas não sei, suspeito que ninguém se pergunta onde estou porque ninguém pensa em mim e, menos ainda, que eu possa ter desaparecido. A verdade é que a vida continua igual. Mas sem mim. Cada vez me parece mais claro que haver tentado imitar o gesto de Agatha Christie (aqueles onze dias em que a procuraram até finalmente encontrá-la) acabou por me afundar por completo, porque deixei à vista o mais essencial e patético da verdade de minha vida: não tenho o carinho (carinho profundo, que é o único que para mim conta) de ninguém, sou o ser mais prescindível, mais supérfluo da Terra.

Ninguém me procura, e eu, como vingança, não procuro ninguém. Pode ser, isso sim, que aqui em Paris, onde conheço apenas uma dezena de pessoas, tropece qualquer dia com alguma delas, com alguém da minha editora francesa, por exemplo (não tive ideia melhor do que me esconder num hotel que, por motivos de trabalho, pessoas da editora de Christian Bourgois costumam frequentar), e vá por água abaixo toda a minha manobra de ocultação. E nem precisamos ir longe. Ontem, recém-chegado a esta cidade, descobri que existia a possibilidade de que algum dos que trabalham em minha editora francesa, talvez o próprio Christian Bourgois, passasse por este hotel mais cedo do que eu pensava. É que saí para dar um breve passeio por Paris e vi que na vitrine da livraria Compagnie estava anunciada, para amanhã, uma sessão de autógrafos com António Lobo Antunes. Isso queria dizer que o escritor português, que também publica pela Christian Bourgois, podia estar hospedado no Hôtel de Suède e, portanto, a qualquer momento eu podia cruzar com ele e com alguém da editora. Para evitar encontros indesejáveis, não saí o resto do dia do meu quarto, embora, isso sim, da minha janela tenha controlado constantemente a entrada do hotel e, às quatro da tarde, pude ver Lobo Antunes chegar de táxi. Ele estava sozinho e eu sei que não me conhece, de modo que pensei que podia até cruzar com ele no saguão sem que isso colocasse em risco a minha situação de desaparecido.

No fundo, encontro certo prazer em ter que estar sempre alerta por temor de ser descoberto. Assim, além de escrever, tenho outras ocupações. Há que ter em mente que agora os dias são muito longos para mim, e o sujeito não pode preenchê-los única e exclusivamente com o prazer de escrever. Continuo – apesar de já ser *outro* – sendo escritor, mas sobretudo um discreto doutor em psiquiatria, o doutor Pasavento. Afastado temporariamente de meu trabalho, me apaixonei pela escrita, que em todo caso exerço como uma atividade estritamente pessoal, muito privada.

Volto mentalmente a Nápoles para recordar que, pouco depois de ter narrado a mim mesmo a história da minha viagem de trem e a posterior desaparição em Sevilha, tive a ideia – não tinha muito mais o que fazer – de passar a ler *Fuga sem fim*, de Joseph Roth, que era um dos romances que havia levado até ali na valise vermelha que herdei de minha avó. Na minha passagem pelo apartamento de Barcelona, encontrei o livro de Roth entre o montão de romances que comprara não fazia muito tempo e que ainda não havia nem folheado. Justamente por ser o livro que o passageiro do terno listrado carregava no bolso, não hesitei em incluí-lo entre os que levaria em minha valise ao longo de minha viagem de *ocultação*. Pensei que não seria fora de propósito saber o que lia o homem que havia tomado o meu lugar. E, além do mais, sempre gostei de Roth.

O caso é que, naquele dia, em Nápoles, li o livro de uma vez. E o que mais me chamou a atenção foi que contasse a história de um personagem que vivia seu *desaparecimento* de forma traumática, muito diferente de como eu vinha vivendo aquilo. Para o protagonista do romance, ser um *desaparecido* era um verdadeiro drama. Para mim, nem tanto. Afinal de contas, fui eu mesmo quem procurou ser um *desaparecido*. No romance de Roth contava-se a história de Tunda, um jovem oficial austríaco que, depois de ser feito prisioneiro, vivia todo o processo da Revolução Russa sob uma falsa identidade. Mesmo assim, algo o impulsionava a buscar, em sua antiga pátria, sua personalidade perdida. Seria ali, em sua própria nação, que teria de aceitar que se convertera no que, em termos burocráticos, se denominava um *desaparecido*: o tratamento que recebia, simpático e respeitoso, assemelhava-se ao que se dá aos pequenos objetos extraídos de seu antigo contexto, entre outras coisas porque, na Europa, reinava uma nova ordem política e moral e, a exemplo do que acontecia a ele mesmo, sua antiga pátria era, por sua vez, uma pátria *desaparecida*.

O romance narrava a viagem sem rumo desse *desaparecido*, uma viagem que o levava, inevitavelmente, ao encontro consigo mesmo. E acabava assim: "Foi nessa hora que lá parou o meu amigo Franz Tunda, 32 anos, sadio, disposto, um jovem forte e com todo o tipo de talentos diante da Place de la Madeleine, no meio da capital do mundo, não sabendo o que fazer. Não tinha profissão, nem amor, nem desejo, nem esperança, nem ambição e, de modo algum, egoísmo. Ninguém no mundo era tão supérfluo quanto ele".

Ao terminar de ler o livro, tomei a firme decisão de dar um passeio, *reaparecer* no mundo, ainda que fosse timidamente. E muito pouco depois abandonava, após quatro dias de clausura, "o quarto dos escritos ou dos espíritos" e descia pelas escadas do Hotel Troisi. Saí depressa ao Corso Vittorio Emanuele, num estado de ânimo inesperadamente eufórico. Quase parecia um dos animados garotinhos que, à minha chegada, quatro dias antes, tinha visto brincar em frente ao hotel.

O mundo matinal que se estendia diante de meus olhos me pareceu tão belo como se o visse pela primeira vez. Iniciei uma tímida exploração dos arredores, sem chegar a me decidir por descer caminhando até a cidade. Contemplei o grande jardim do outrora esplendoroso Hotel Britannique, que ficava ao lado do meu. Agora, o jardim estava abandonado, havia se convertido num matagal notavelmente selvagem. Algo que fazia sentido dentro do abandono em que o próprio Britannique também havia submergido. Contemplei depois, morbidamente, o tapete vermelho da entrada desse hotel e o contrastei com o tapete do meu, o do elegante Troisi, e comprovei satisfeito que não havia comparação possível. Em seguida, como se tivesse me arrependido, voltei sobre meus passos e estive a ponto de regressar a meu quarto, mas finalmente uma força obscura fez com que permanecesse imóvel diante do recepcionista no momento em que ia lhe pedir minha chave para retornar ao quarto. Para que não se percebesse que eu mudara de ideia na última hora, perguntei se havia correspondência para mim. "Não, doutor Pasavento", respondeu sem sequer se dar ao trabalho de olhar no meu escaninho. Era como se conhecesse de sobra a indiferença do mundo em relação a mim.

Voltei a sair à rua e, por comodidade, quase fui ao ponto de táxi, mas acabei me comportando como quatro dias antes, na estação de Sevilha, isto é, continuei andando e passei direto pelo ponto. Logo, por um atalho entre jardins, iniciei a descida rumo ao centro de Nápoles e, enquanto descia, me fixei numa mulher que usava a saia aberta até as coxas, me pareceu descobrir que o lugar mais erótico do corpo estava ali, onde a vestimenta se abria. Daí a uma reflexão bastante insensata era só um passo, e eu o dei, pensei que a *intermitência* era a coisa mais erótica que existe: a descontinuidade da pele que cintila entre dois tecidos, por exemplo. E ainda dei mais outro passo em direção ao paraíso das ideias estúpidas quando pensei que essa cintilação era, definitivamente, uma representação da brevidade da vida: a encenação de uma aparição-desaparição.

Fiquei tão envaidecido depois de ter pensado em semelhantes sandices (que delatavam dramaticamente que não me livrara completamente de minha personalidade anterior) e continuei andando e pouco a pouco fui adentrando o centro dessa maravilhosa cidade, onde a cada dia, a toda hora, é possível deparar com rios e rios de gente caminhando. Nunca vi tantas multidões como em Nápoles, sobretudo na Via Toledo e no Corso Garibaldi, as principais artérias da cidade. Nessas ruas a gente tem a impressão de constatar aquilo que dizia meu colega, o doutor Louis Ferdinand Céline: "Ondas incessantes de seres inúteis vêm desde o fundo dos tempos para morrer sem cessar diante de nós e, apesar disso, seguimos aí, esperando coisas...".

Continuei caminhando e cheguei ao Duomo, um lugar aonde nunca tinha ido nos anos em que vivi nessa cidade. Não se podia dizer que nessa ocasião, tal como havia acontecido em Sevilha, tivesse encontrado a catedral quase vazia, mas também não estava muito cheia. E havia algo muito estranho nela. Não se via o mítico San Gennaro em parte alguma. Perguntei à moça que vendia postais na entrada se o santo havia desaparecido, e ela me disse, quase baixando a voz, que o santo estava atrás do altar, guardado numa caixa-forte.

Fiquei impressionado com o fato de que o santo estivesse num lugar quase desconhecido, vivendo uma aventura tão próxima à minha. A catedral, quase vazia de paroquianos, me fez lembrar a alegoria em que eu havia pensado na catedral de Sevilha. Depois, vieram à minha mente os interiores de igrejas vazias do pintor holandês Saenredam, um artista não muito conhecido, mas no fundo tão interessante, do ponto de vista literário, quanto o famoso Vermeer. Os quadros de Saenredam já fazem parte da história da subjetividade que vai de Montaigne a Blanchot, e hoje em dia podem ser vistos, não como uma cópia da realidade, e sim como representação do mito nascente, no século XVII, do "desaparecimento do sujeito".

Estive depois na igreja de Gesù Nuovo e ali não havia ninguém, apenas uma espécie de silêncio tenso e rançoso fermentado desde sabe Deus quando. Fiquei um tempo sentado num banco, imerso em minha habitual distração de evocar gols importantes da história do futebol, nesse caso os de Maradona, jogador que em Nápoles encontrou sua perdição. Depois, saí do templo e caminhei até a igreja de Santa Marta, onde também não se podia dizer que houvesse muitos fiéis. Em San Domenico Maggiore, a mesma coisa. Pouquíssimas pessoas nos desolados interiores. Todos os templos da religiosa Nápoles estavam quase vazios. Parecia um milagre ao contrário. Em San Domenico, me perguntei o que será das igrejas do mundo no dia em que deixarem de ser usadas por completo.

A superstição e a fé vão acabar? Como caminham os mortos? Eu me perguntei e continuo me perguntando isso e acho que posso responder à pergunta do caminhar dos mortos porque vi mais de um pelas ruas de Nápoles. Para começar, eu mesmo. Comecei a andar sem poder parar e, de vez em quando, via meu reflexo em alguma vitrine, e o que via era um morto ambulante.

Que outra figura eu esperava ser? Como uma lânguida Agatha Christie a quem ninguém procura, andei muitas horas sem rumo por Nápoles dando involuntariamente voltas ao redor de mim mesmo. E houve um momento em que, talvez por causa de meu excessivo cansaço, julguei ver o fantasma de meu pai andando pela rua. Isso me fez caminhar ainda mais depressa, à beira da vertigem. Julguei ver meu pai, sim. Ia com um guarda-chuva e um chapéu de feltro na cabeça, andando num bom ritmo um pouco adiante de mim. Mas, no momento em que tentei me adiantar, dobrou numa viela do Quartieri Spagnoli, e quando cheguei à esquina, já não pude vê-lo em parte alguma. O que havia na esquina era um vendedor de broches dourados. Oferecia-os num sussurro, espantado mais que amedrontado, como se falasse diretamente do fundo de um abismo. "Alfinetes de ouro! Os melhores de Nápoles! Alfinetes!" O homem era um morto-vivo, com um chapéu negro, uns ossos muito finos, os olhos e a cara palidíssimos.

Sentei no elegante Café Gambrinus e pedi um drinque, e por um momento pensei que, por causa de meu aspecto de homem transtornado por uma longa caminhada, não iam querer me servir. Mas logo deduzi que alguns clientes do Gambrinus eram mais enlouquecidos do que eu, deduzi isso quando vi o tratamento esquisito que recebia por parte de um garçom, a quem minha presença pareceu alegrar por causa – imaginei – de minha loucura mínima, de minha pequena loucura quando comparada com a de outros clientes malucos ou ébrios que havia por ali. Tomei um trago e olhei as mulheres que havia no local, elegi a mais sexy e me entretive imaginando que fazia grandes coisas na cama com ela. Mas, quando a mulher levantou e se foi, partiu de uma maneira que parecia que tinha se cansado de mim. Eu não podia evitar, fazia já algum tempo, uma certa falta de segurança com as mulheres e não sabia como encontrar uma saída para esse problema. Era vítima de minha excessiva memória e não podia me desprender da lembrança, às vezes obsessiva, de minha mulher me deixando, fazia menos de um ano, por outro homem, partindo feliz para Malibu, Califórnia. Era estúpido sofrer por isso, porque, no fim das contas, eu a detestava e na época deveria ter ficado feliz por ela ter me deixado. E, apesar disso, quando aconteceu, não se pode dizer que tenha me agradado muito, talvez porque o fato tenha me pegado de surpresa, eu não esperava, sempre havia pensado que seria ao contrário, que seria eu que a deixaria. O caso é que seu sumiço havia me abatido ligeiramente.

Numa tentativa de solucionar tudo isso, numa tentativa de afastar o modesto infortúnio, passei a pensar no doutor Pasavento como se esse homem não fosse eu mesmo, e sim um personagem que eu tivesse inventado. Esse doutor seria um homem novo, com a mesma *consciência de ser único* que eu tinha antes, quando me chamava Andrés Pasavento, ainda que nesse caso com escassa, para não dizer nula, biografia. Devia pensar numa para ele? De qualquer modo, sabia algo muito concreto, conhecia seu presente: o doutor Pasavento era um homem que, recém-aparecido no mundo, sentia-se já desaparecido ou *separado* deste.

Manter-se à parte seria a divisa tácita de todos os instantes, a partir de então, do doutor Pasavento. Instantes que se moveriam ao redor da solidão daquele quarto de hotel napolitano em que prevalecia uma luz de chumbo que acolhia com respeito o homem sem biografia em que ele havia se convertido. No essencial, transformara-se num ser fora de tudo, a quem só restava perseguir um trabalho implacável e sem fim. Mas qual, que trabalho? A que devia se dedicar agora que havia evaporado? À parte sua atividade de escritor (depois de narrar seu desaparecimento, não sabia sobre o que, na qualidade de autor oculto, continuaria escrevendo), talvez devesse começar a pensar em construir para si, mentalmente, uma biografia. É que sem dúvida não poderia ser por muito tempo um indivíduo sem infância nem juventude. Se continuasse assim, poderia converter-se num ser muito vulnerável e acabar voltando a ser o que tinha sido. Devia, no mínimo, arrumar uns pais diferentes, mais sensatos e alegres, não uns tristes suicidas, mortos tragicamente no rio Hudson. E, por que não, arrumar uma mulher que não o tivesse deixado. Pensar, por exemplo, numa espetacular loura platinada com a qual, em vingança contra sua mulher, teria fugido – ele também – para Malibu, Califórnia.

Procurei me animar, mas sem sucesso. E, por fim, decidi que já tinha visto demais o doutor Pasavento *a partir de fora* e que seria melhor dar meia-volta e regressar ao hotel, pois precisava voltar a ver o jardim abandonado, o mar, o abismo, me sentir de novo *separado* do mundo ao mesmo tempo que voltava a ter um contato com os temas sobre os quais sempre refletira: a solidão, a loucura, o silêncio, a liberdade. E também a impostura, a ideia de viajar e perder países, a morte, o desaparecimento, o abismo. E a bela infelicidade.

Sim, os mesmos temas dos últimos tempos. Por que não? Devia ir mudando de vida e de obra, mas sem grandes sobressaltos, fazê-lo com a lentidão que uma mudança daquela natureza exigia.

E de repente, depois de um breve voo mental, me ocorreu que, para ocupar tantas horas livres que, de mim mesmo, eu tinha durante todo o dia, poderia me [illegible] a escrever um breve ensaio sobre o futuro da obra de Kafka. Era um de meus autores favoritos e não podíamos perder de vista que ele havia tratado como ninguém do tema do desaparecimento; fez isso, por exemplo, em seu romance *América* (título que Max Brod tinha dado arbitrariamente), romance que na realidade deveria ter se chamado *O desaparecido*, ou, para ser mais literal, *O que se dá por desaparecido*.

Relacionaria a surpreendente ausência de Deus na religiosa Nápoles com o porvir da literatura de Kafka. Isso foi o que pensei, mas depois, assim que voltei ao meu quarto no hotel, renunciei radicalmente a escrever ensaios sobre o futuro de alguém que não fosse eu mesmo (precisamente eu, que não tinha futuro). Dei voltas pelo meu aposento, sem saber o que fazer. De repente, me veio à lembrança o misterioso desaparecimento do genial físico Ettore Majorana às vésperas da Segunda Guerra Mundial. Majorana havia formulado antes de Heinsenberg, seu grande amigo, a teoria do núcleo do átomo constituído por prótons e nêutrons. Consciente de que havia inventado a bomba atômica, deixou Nápoles depois de ter escrito duas cartas anunciando sua intenção de se suicidar. Apanhou o passaporte e todo o seu dinheiro e embarcou para Palermo. Mas, assim que chegou à Sicília, enviou um telegrama anunciando seu regresso. Nunca mais foi visto. Perdeu-se entre Palermo e Nápoles. Não se sabe se foi sequestrado, preferiu desaparecer (uma fuga do mundo) ou ocultou-se num mosteiro, como indica o testemunho de um religioso.

Depois de lembrar de Ettore Majorana, senti de novo o chamado da rua, de onde acabava de voltar. Não tinha nada sobre o que escrever, nem vontade de ler. Parecia um Majorana recém-chegado a Palermo com vontade de voltar às ruas de Nápoles. Embora tivesse acabado de entrar no quarto, decidi sair outra vez. Desci de novo pelas escadas, passei diante do recepcionista tentando simular que tinha cara de físico nuclear perdido em suas preocupações, como se tivesse recebido de fora uma chamada telefônica muito importante e tivesse que voltar a sair. Cumprimentei cerimoniosamente o recepcionista, alcancei o Corso Vittorio Emanuele e voltei a passar pelo ponto de táxi e tomei novamente os atalhos entre os jardins, e fui descendo para o centro de Nápoles, e mais uma vez andei sem rumo pelas ruas da cidade durante um longo tempo, e comecei a me assemelhar a esses vagabundos que percorrem a pé, várias vezes por dia, uma cidade inteira e vão descrevendo, com seus passos errantes, círculos concêntricos ao redor de si mesmos.

Pensava em caminhar o resto da minha vida? Não era má ideia, embora não parecesse muito sensata. Andando pelas estreitas ruas dos Quartieri Spagnoli, já com a luz do entardecer, me dediquei a olhar com atenção as vitrines das lojas, onde se podia ver todo tipo de figurinhas de presépio, mescladas com miniaturas do ator napolitano Totó. Quando, quinze anos antes, eu vivera naquela cidade, as miniaturas do cômico genial se misturavam com as de Maradona. Mas agora Maradona parecia ter evaporado do panorama geral de Nápoles. Era, junto a San Gennaro e Ettore Majorana, mais um desaparecido daquela cidade que parecia ter ficado, de repente, sem seus deuses de outros tempos.

Também não era tão má ideia caminhar e ver coisas e de vez em quando sentar nos cafés, onde cabia esperar que garçons amáveis me tratassem, pelo resto da vida, como a uma pessoa razoável. Comecei a me sentir propenso a vagabundear e percorrer quilômetros e quilômetros durante dias inteiros, embora estivesse seguro de que, na hora da verdade, não seria capaz de me converter nessa categoria de andarilho. Em todo caso, naquele dia bati muita perna, até que o cansaço me impediu de seguir. Então entrei no Café San Gennaro, cheio de imagens do santo e completamente vazio, sem clientes. Fiquei assustado com a ausência absoluta de fregueses, mas também me aterrava a ideia de dar meia-volta e sair, de modo que me sentei no fundo do grande salão e lamentei não ter comigo um jornal ou um livro, algo em que me refugiar. Suportei durante alguns segundos os olhares de estranhamento dos dois garçons velhos, muito velhos. Por que eram ou pareciam tão velhos aqueles garçons? Por cortesia? Quer dizer, para que eu acreditasse que era menos velho do que era? Seriam por acaso uns garçons muito educados? Pedi somente uma grapa. Me fizeram repetir o pedido, como se não tivessem me ouvido ou então quisessem rir da minha afetação. Enquanto esperava a grapa, pensei na intensidade da ausência, meio ano atrás, do escritor Roberto Bolaño, que, três semanas antes de morrer, em fins de junho, havia se reunido com escritores latino-americanos no mosteiro da cartuxa de Sevilha.

2

Depois da jornada das igrejas vazias e da grapa desesperada do Café San Gennaro, acordei no dia seguinte nervoso e muito suado, sem dúvida por ter sonhado que, por causa da minha maneira particular de explorar a realidade (avançando no vazio), não circulava o menor fio de ar pelo meu frio quarto no hotel de Nápoles, que se convertera no escuro e quente fundo do rio Hudson em sua passagem por

Nova York, onde, com um comportamento indigno de um filho, eu esbofeteava meus pais quando já estavam bem mortos e afogados. Acordei vendo ainda suas bocas dilaceradas e desfiguradas pela amargura que lhes havia produzido os selvagens e aquáticos bofetões filiais. E sem dúvida foi um alívio acordar e ver que nada daquilo tinha a ver comigo, nem sequer meus pais eram meus pais, eu era o doutor Pasavento, especialista em psiquiatria e escritor oculto.

Tinha a nítida impressão de que eu não havia melhorado nada, mas pelo menos era outro. Fiz a barba com o velho barbeador já meio enferrujado e pensei que logo teria que comprar um novo e que, além disso, diante da ameaça de chuva, precisava comprar um guarda-chuva dobrável. O doutor Pasavento devia andar sempre impecavelmente barbeado e não se molhar sob a chuva como um vulgar deserdado. De que maneira ocuparia aquele novo dia? Sobre o que pensava escrever, ali em Nápoles, depois de ter contado a mim mesmo a história do meu desaparecimento, uma história importante porque continha o relato do momento central da minha vida, lá na estação de Santa Justa, em Sevilha? Seria atraente a ideia de recorrer à minha valise e começar a ler um livro atrás do outro? Ou seria mais interessante fazer uma outra incursão à rua, entrar novamente em contato com a multidão, o estrépito dos gritos napolitanos, o vital tumulto daquela cidade? Ou pensava em voltar à cama e esperar o meio-dia para almoçar, uma vez mais, no anódino restaurante do hotel? Quantas vezes havia almoçado e jantado naquele monótono restaurante do Troisi? Seria possível contemplar, de novo, a ideia da caminhada sem rumo por toda a cidade? Por que não? O que na realidade fazemos quando caminhamos por uma cidade é pensar. E por acaso não me convinha pensar, me dedicar a inventar, ou melhor, a aperfeiçoar meu passado?

Lembrei de quando, em meus filmes favoritos, sempre apareciam escritores, e me veio à memória um em que um escritor que não tinha dinheiro encontrava o lugar ideal para escrever, a sala de datilografia do porão da biblioteca da Universidade de Austin. Ali, em ordenadas fileiras, havia uma dúzia de velhas Remington ou Underwood que eram alugadas a dez centavos cada meia hora. O escritor inseria a moeda, o relógio soltava seu tique-taque enlouquecido e o escritor se punha a escrever como um selvagem para terminar seu conto antes que o tempo se esgotasse.

Agora para mim, em compensação, sobrava tempo, todo o tempo. Decidi tirar na sorte o que faria. Venceu a opção de sair à rua, caminhar de novo entre a gente de Nápoles e tentar conhecer um pouco mais o gênero humano. Conhecê-lo? Por Deus, pensei. E sorri com ar de desprezo. De desprezo pelo gênero humano. Mas pouco depois já tinha me unido à multidão que enchia as ruas e praças de Nápoles e, segundo me parecera, deixava vazias as igrejas. Terminei sentado num café da Piazza Bellini, olhando dali para todo mundo que passava, e parecia que estava tentando ampliar meus conhecimentos precisamente sobre o gênero humano. Foi quando ocorreu algo que, de alguma forma, já havia previsto que podia me acontecer e acabou acontecendo. Descobri na multidão uma conhecida dos anos em que vivi naquela cidade. Vi passar, a passos largos, Leonor. Reconheci-a em seguida. Estava um tanto mudada, mas era ela. Haviam passado quinze anos desde que a vira pela última vez, mas não restava a menor dúvida de que era ela, aquela ardorosa jovenzinha de Valladolid que trabalhava na recepção do Instituto Cervantes de Nápoles quando eu estava lá como professor. Havíamos tido um romance, e ela (que no fundo tinha medo de minha mulher e temia que esta descobrisse nosso caso) me deixou por Morante, outro professor do centro, cinquentão e sábio, homem encantador, ainda que de memória e saúde mental instáveis. Ao deixar Nápoles, perdi todo contato com aquela garota de olhos e entendimento sempre nublados, ainda que de misteriosas intuições, às vezes geniais. Ouvi dizer que se casara com um farmacêutico de Positano e ficara morando em Nápoles, mas não sabia nada mais de Leonor, nem nunca havia parado para me perguntar sobre ela, exatamente o contrário do que me acontecia em relação ao professor Morante, cujo destino sempre havia me intrigado.

No mesmo instante me lembrei de que, quando Leonor começou a sair com Ricardo Morante, todos no trabalho decidiram chamá-la de Leonisa, no início eu não sabia por quê. "Ricardo e Leonisa", diziam, pensando nos protagonistas de um conto de Cervantes. Eu preferi continuar chamando-a de Leonor. Não a via como Leonisa e, além de tudo, me parecia um nome horrível. Agora não a via nem como Leonisa nem como Leonor, via-a como uma sombra do passado cruzando a passos largos a Piazza Bellini. Continuaria trabalhando no Instituto? Havia passado tempo demais para que isso fosse possível. Certamente trabalhava na farmácia de seu marido, ou então cuidava dos filhos, com certeza tivera muitos filhos. Continuava bonita, mas não se vestia com a graça de antes. A roupa, além do mais, parecia de pouca qualidade. Pensei que talvez seu marido, o farmacêutico, não tivesse muitos recursos econômicos. Eu conhecia muitos casos de pessoas que, ao se casarem, pioravam em tudo. Mas o fato de pensar isso não se relacionava a nenhum tipo de revanche. Embora ela tivesse me deixado, eu não tinha nada contra Leonor. Além do mais, havia me deixado de uma forma doce, muito diferente da forma como, muitos anos depois, me deixaria a indesejável da minha mulher.

Sempre perdoei Leonor por ter ido embora com o velho Morante. E o que teria acontecido, aliás, àquele homem exemplar, que ilustrava por si só essa crença de alguns de que a inteligência é uma categoria moral? Que fim teria levado o instável Morante? Eu me dava bem com ele, era um homem que parecia ter lido todos os livros, professor dentro e fora do Instituto, um homem de uma personalidade muito interessante, mas desgraçadamente maltratada pelas repentinas perdas de memória e pelos profundos baques psíquicos. Eu sempre o admirei. Morante era um homem que, apesar dos anos transcorridos, permanecia na minha memória.

Leonor atravessou a praça com tanta elegância que tudo durou uns poucos segundos nos quais fui incapaz de reagir, num sentido ou em outro. Fiquei me perguntando o que teria acontecido se, por exemplo, eu a tivesse parado e tivéssemos ido juntos visitar o Instituto Cervantes. Certamente eu não teria encontrado ninguém de minha época no Instituto, ou então os que continuavam ali me teriam visto como um fantasma. Enfim, me senti aliviado por não ter interrompido seus passos pela praça. Ainda vivia essa sensação quando de repente ela, na direção contrária à de minutos antes, voltou a passar pela Piazza Bellini, e nesse momento parou para olhar para o terraço do meu café, e eu vi que havia sido capturado, que havia sido visto.

De repente ela ficou olhando na minha direção, incrédula, aproximou-se lentamente e me chamou pelo meu nome de antes, me chamou de Andrés. "É você, não é?", perguntou, com grande naturalidade, como se fizesse apenas algumas horas que tivéssemos nos visto pela última vez. "Não", respondi. "Ora, vamos!", disse, e sorriu. Como eu havia aprendido a decifrar seu sorriso, vi que seu entendimento continuava tão nublado como nos bons tempos. "Sou eu, mas não sou", disse, e ela voltou a sorrir, parecia contente em me ver, e eu, no fundo, me sentia discretamente alegre por falar com alguém depois de quatro dias a viver minha vida de desaparecido.

Sentou-se sem que eu a tivesse convidado e me perguntou o que fazia em Nápoles. Tive a impressão de que estava mais malvestida do que eu pensava. Preparava alguma resposta quando ela disse: "Está aqui como turista? Não, já sei. Convidaram você para o Cervantes, não é?". Fez uma pausa, e em seguida acrescentou: "Veio com sua mulher?". Eu não sabia o que dizer. Achei que já havia falado demais ao dizer que era eu. "Você deve ter visto que não sobrou ninguém da nossa época lá", continuou, "e certamente você se sentiu muito estranho. Mas deve ter sido bonito voltar lá como escritor. Agora você é alguém a quem se deve tratar com admiração. Não é assim? São bons mesmo os seus romances?"

"Não sou ninguém", eu disse, taxativo, e ela sorriu julgando que eu estava brincando. Percebi no ato que seria muito difícil chegar algum dia a ser Ninguém (assim, com maiúscula) e que, para conseguir isso, o trajeto, em todo caso, seria longo. Eu não era Andrés, mas também não era ninguém, era o doutor Pasavento. "Troquei a literatura pela medicina", disse, sem mover um único músculo do rosto. Então ela voltou a perguntar se eu estava em Nápoles com minha mulher. "A verdade é que naquela época menti a todo mundo, menti quando disse que era casado", disse.

Ainda não entendo bem por que inventei isso. Ela ficou me olhando espantada, sem entender nada. Eu me dei conta de que tinha que dizer algo mais. "Ao voltar a Barcelona, nos separamos. Nora, nossa filha, ficou com ela. Na realidade, o que eu menos podia suportar de minha mulher era que ela se empenhasse em dizer a todo mundo que estávamos casados." "Ora, vamos!", disse

Leonor, "será que você não está zombando de mim, para variar?" Fiz uma cara de grande afetação. "Antes de viajar a Nápoles, falava pouquíssimo com ela. Depois, viemos para cá, dissemos a todos que estávamos casados, e acho que até nós mesmos acreditamos, porque passamos a não nos falar quase nunca, como um casal de verdade." Vi que Leonor não estava nada convencida de que eu estivesse falando sério. "O pior de tudo", prossegui, impassível, "era que ela gostava de ler como eu, mas não comprava livros. Eu levava para casa diariamente romances da biblioteca do Instituto e ela escolhia tudo o que não me interessava, não por respeito a mim, mas para me contrariar."

Vi que Leonor estava cada vez mais convencida de que eu, como antigamente, brincava de inventar histórias. Mudei de registro. Abordei algo que desgraçadamente era verdade, a morte de minha filha Nora. Contei a história da heroína, falei da dureza das drogas, e em tudo isso ela acreditou, viu muito claramente que era verdade. Mas eu não quis me deter nem um segundo mais do que o imprescindível na história. Olhei Leonor com mais atenção que uns minutos antes e descobri que, na verdade, não estava nada mal-vestida. Mais que isso, usava uma pulseira de ouro que eu não soube ver em meus olhares superficiais dos primeiros instantes.

"Não pense", disse a ela, "que chegou a me aborrecer o fato de você me trocar pelo professor. E sabe por quê? Era um homem que eu admirava. Uma pessoa diferente. E um sábio, apesar de seus problemas mentais. Que fim levou ele?" Por algum motivo que me escapava, vi que minha pergunta a havia perturbado. Que estava acontecendo? Morante tinha morrido e ela não se atrevia a me contar? Fez de conta que não me ouviu e desviou a conversa para o frio de Nápoles e o transcendental assunto das maravilhosas estufas que, no inverno, eram colocadas nos terraços dos cafés daquela cidade. Só um tempo depois, quando já estava mais do que comprovado que não tínhamos muito a ver um com o outro, e que o melhor a fazer era passar mais quinze anos sem nos vermos, voltei à carga, deixei que reaparecesse o meu interesse acerca do paradeiro do professor Morante, saber se vivia, o que havia sido feito de sua mente inteligente e de sua vida frágil. Leonor então me contou, com a cabeça baixa e os olhos inesperadamente lacrimosos, que o professor estava recluso na residência de Campo di Reca, que dependia do Centro de Saúde Mental da cidade, e que ali ficaria pelo resto da vida, pois havia entrado numa crise mais profunda que aquelas de que eu mesmo fora testemunha, aquelas crises de outro tempo, praticamente passageiras.

Naquele momento, uma garota esbelta e pálida – vestida de verde-amêndoa – se aproximou e nos ofereceu, com o mais sedutor dos sorrisos, algumas magnólias. Não julgo conveniente esconder, e menos ainda quando provavelmente seria de mim mesmo que estaria escondendo: ela me fez lembrar minha filha Nora. Tive um sobressalto. Minha mania de ver mortos andando por Nápoles havia ido longe demais. Leonor nem a viu, ou não quis vê-la, era bela demais a garota do vestido verde. "Agora o professor já está há uma longa temporada em Campo di Reca, e eu...", disse Leonor em voz baixa, com um tom de angústia que me desconcertou num primeiro momento. Parecia impossível que se decidisse a continuar falando. "E você o quê?", perguntei, um tanto inquieto. Houve um longo silêncio, até que ela disse: "Continuo sendo sua Leonisa, embora a verdade seja que não me reconhece, me chama de Leonisa mas não sabe quem sou eu, diz não se lembrar nem um pouco de mim".

Leonor sofria por esse motivo. Era medianamente feliz com seu marido (que não era farmacêutico, como eu acreditava, nem de Positano; era um veneziano perito em informática e tinha muito dinheiro e, de fato, a pulseira era de ouro), mas a Morante ela amaria sempre muito mais, era o homem mais fascinante que havia conhecido. Considerava-o "seu valioso patrimônio", a mais bela história de amor que teve. Era triste tudo aquilo. Na realidade, o professor Morante não reconhecia ninguém que pertenceu a seu passado, embora não se pudesse dizer absolutamente que tivesse Alzheimer – sua autoconsciência era precisamente muito alta –, mas sim que sofria as perdas de memória e os transtornos mentais de sempre, ainda que naquela ocasião seu mais recente desvario tivesse se prolongado mais do que o habitual e desse a impressão de que seria definitivo.

Certamente Morante ia passar o resto da vida naquele lugar. Depois de tudo, era o melhor que podia fazer. Havia se aposentado e não tinha dinheiro. Possivelmente tinha consciência disso e, para poder ficar pelo resto de seus dias na residência, forçava de vez em quando a impressão de que estava muito louco, quando estava só um pouco. Mas era horrível quando a chamava quase carinhosamente pelo nome e depois, quase em seguida, demonstrava que não sabia quem era ela, embora a chamasse de Leonisa. "Você não é Leonisa Vataprum-Prum-Prag?", dizia de repente o professor, frustrando em parte as expectativas que ela tinha de ser por fim reconhecida, frustrando-as só em parte, porque aquele Vataprum-Prum-Prag soava geralmente muito forçado. Leonisa suspeitava que o professor sabia muito bem quem ela era.

Pedi que me contasse mais coisas sobre Morante e me explicou que o professor vivia em um não muito confortável quarto da residência. Havia aposentos melhores e ele sabia disso, mas não se queixava, dizia que esperaria tornar-se mais antigo no centro. "Meu futuro é um aposento maior e mais ensolarado", costumava dizer. Pelas manhãs, ajudava as enfermeiras na limpeza de seu pequeno quarto e na dos quartos de outros, e à tarde, durante a jornada normal de trabalho, andava pela cozinha, onde separava, com outros enfermos, as lentilhas dos grãos-de-bico, ou então classificava sacos de papel, ou fazia qualquer outra coisa que pudesse ser útil para o centro. As enfermeiras da residência contaram a Leonor que ele gostava de trabalhar com grande concentração e que se punha a grunhir se o incomodavam. Recebia uma ou outra visita na residência, mas também dizia não se lembrar dos que, com tão boa vontade, tinham ido vê-lo. Em seu tempo livre, que era muito, lia revistas amareladas ou velhos livros, mas também livros novos que chegavam à biblioteca da residência de Campo di Reca. E tinha uma paixão meio oculta, mas que na realidade todo mundo na residência conhecia. Dedicava-se a escrever, na pequena biblioteca do centro, compulsivos textos em pequenas folhas de papel, que depois arquivava numa pasta vermelha. Mas havia dias em que não escrevia, não lia, não separava os grãos-de-bico das lentilhas, não ajudava a fazer as camas, entrava num tenebroso mal-estar mental e o melhor para ele então era dar longos passeios pelos arredores daquele lugar, que, a exemplo do Centro de Saúde Mental da cidade, ficava no povoado de Torre del Greco, a doze quilômetros de Nápoles, o povoado onde, por certo, havia passado, em outro tempo, longas temporadas o grande poeta Leopardi. O professor Morante saía para passear, geralmente sozinho. E voltava com um ar de fadiga e desolação descomunais. Em todo caso, na residência consideravam que os passeios eram a melhor solução quando uma sombra negra cruzava seu vulnerável cérebro. Em mais de uma ocasião se perdeu numa dessas caminhadas, mas acabava voltando à residência depois de alguns dias. Muitos acreditavam que, fora o fato de não ter onde cair morto, o professor voltava em busca da pasta na qual se supunha que levava arquivadas todas aquelas suas pequenas folhas.

Era impossível não pensar em certas semelhanças entre o professor e Robert Walser. Pensava nisso quando me dei conta de que, na qualidade de doutor Pasavento, especialista em psiquiatria, eu podia ir visitar Morante. Se ele não se lembrasse de mim, no fundo seria perfeito, me permitiria não só ensaiar ser outro, mas ser de verdade outro, pelo menos aos seus olhos. O professor Morante podia me outorgar a legitimidade de que, como doutor Pasavento, eu andava precisando. Decidi me despedir de Leonor, dei-lhe dois beijos e desejei sorte a ela, muita sorte na vida, e, antes de ir embora, obtive dela toda a informação necessária para telefonar à residência. Telefonaria sem dizer a ela que telefonava. Disse que deixaria Nápoles naquele mesmo dia e que ainda precisava lhe contar uma coisa. Expliquei que havia me casado na Califórnia, em segundas núpcias, com uma loura platinada sensacional que derrubava tudo à sua volta, uma mulher encantadora a quem eu chamava carinhosamente de *La Bomba*. "Meu grande amor", acrescentei. E Leonor sorriu, novamente incrédula, e eu voltei a me despedir, dois novos beijos e outra vez a manifestação de meus desejos mais sinceros de que tivesse muita sorte na vida, adeus e até sempre, querida.

Poucos minutos depois eu telefonava à residência. "Quem fala é Pasavento, doutor Pasavento." Depois de trocar umas palavras com uma enfermeira, me passaram para o doutor Bellivetti, médico-chefe do centro, e fui quase em seguida incentivado por ele (não sem antes me advertir de que certamente o enfermo não me reconheceria) a ir visitar "meu antigo amigo", o professor Morante.

3

No caminho para Campo di Reca, fui passando em revista tudo o que sabia de Morante. Salvo engano, o professor vinha de uma família de Toledo que havia se transferido para Barcelona nos anos 1930 e que, depois da queda da República, havia se exilado, primeiro no sul da França, em Albi, e depois em Roma, onde o jovem Ricardo havia estudado no instituto da Via Babuino (ele sempre falava desse instituto e dessa rua que para ele era o centro do universo) e alimentado certas aversões que terminaram por levá-lo a Gênova, onde muito cedo teve seus primeiros transtornos mentais passageiros, forçando-o a levar uma vida entre os sanatórios e as aulas. Na época em que o conheci, superadas algumas crises e graças à recomendação, vinda de Madri, de uma alma caridosa, havia começado a trabalhar, já com cinquenta anos, no então recém-inaugurado Instituto Cervantes de Nápoles, onde teve novas crises que nem sempre conseguiu superar, até que, anos depois da minha partida da cidade, sofreu um ataque quase irreversível, às portas de sua aposentadoria.

Uma crise definitiva, ao estilo de um Walser, voltei a pensar. O destino de Morante, guardando todas as inguardáveis proporções, parecia, de fato, ter certo paralelismo com o de Walser, do mesmo modo que o deste último tinha um estranho paralelismo com o de Hölderlin. Lembrei das comoventes palavras de Walser sobre a demência e o silêncio de Hölderlin ao longo dos 36 anos que passou encerrado na torre de Tübingen: "Estou convencido de que, em seu longo período final, não foi tão infeliz como se comprazem em pintar os professores de literatura. Poder dedicar-se tranquilamente a *sonhar pelos cantos*, sem ter que fazer os deveres o tempo todo, não é nenhum martírio. Sozinha, a pessoa faz o que quiser!".

Quando cheguei à residência de Campo di Reca, em Torre del Greco, o professor Morante já estava me esperando junto a uma jovem enfermeira, um tanto inquieto, no extremo superior da escada que conduzia à entrada daquele centro. O professor Morante, que cultivava certa semelhança com o Vittorio de Sica dos últimos anos, vestia-se de forma elegante e não havia perdido – antes, havia aumentado – seu encanto de outros tempos. Usava um impecável, ainda que velho, terno listrado que me lembrou bastante o do passageiro do trem de Sevilha, e na cabeça um pequeno chapéu de feltro, que mais tarde, já num bar de um povoado junto ao Vesúvio, quando se cansou de "sentir seu peso na cabeça", tirou e manteve junto a si, de um lado do corpo, num gesto que tanto meu avô (segundo as fotos que pude ver) como o avô de W. G. Sebald (segundo contou este), como também Robert Walser (pelas fotos que tirou seu amigo Carl Seelig) costumavam fazer quando saíam para dar um passeio.

"Bem-vindo, *herr* doutor", disse um sorridente Morante. Não dando mostra alguma de se lembrar de mim, me estendeu a mão do alto da escada para apertar a minha de modo muito cavalheiresco. A enfermeira me disse: "Doutor Pasavento, nós estávamos esperando o senhor, terá que assinar uma autorização, um breve trâmite". Segui a enfermeira, fui a um escritório, onde cumprimentei o doutor Bellivetti, e pediram meus dados, assinei uns papéis, todos como doutor Pasavento, e me senti muito feliz por poder atuar por fim daquela forma, como o doutor em psiquiatria que eu era.

Conversei com o doutor Bellivetti sobre alguns problemas mentais relacionados ao consumo de ópio, e a breve conversação entre colegas tomou rumos inesperados. O doutor Bellivetti tinha uns quarenta anos e um ar de homem moderno, levava um pequeno aro na orelha esquerda, fumava um cachimbo com desenhos psicodélicos e adorava Lacan, embora desse a impressão de tê-lo lido muito mal, se é que o tinha lido. Parecia um tanto pedante e sobretudo esnobe. "Mas, bem, doutor Pasavento, isso já dizia Lacan…", me interrompeu várias vezes. Usei teorias de psicanálise que tinha aprendido na juventude, nas aulas dadas pelo professor Oscar Massota em Barcelona, e a verdade é que reluzi, apareci brilhante e convincente ao extremo diante daquele médico-chefe que, por outro lado, não era precisamente um luminar, uma figura de destaque.

O professor Morante, de pé na soleira do escritório e acompanhado da enfermeira, escutava em rigoroso silêncio – como se estivesse assombrado com nossos conhecimentos e até assustado – a conversa entre os dois médicos psiquiatras, cada um mais pedante que o outro. De vez em quando, eu citava o mítico Ronald D. Laing, o doutor que nos anos 1960 foi o papa da antipsiquiatria. E me divertia ver como o doutor Bellivetti ficava perdido com esse tema.

Quando terminou a competição para ver qual dos dois era mais sabichão, saí finalmente para passear com o professor Morante. A enfermeira nos desejou um bom almoço e ficamos ambos olhando para ela, enlevados por alguns segundos. Lembrava uma atriz de Hollywood, mas eu não sabia qual. Perguntei a Morante se a enfermeira não lhe lembrava alguém. "Ela mesma", respondeu, seco e taciturno. Pouco depois, iniciamos nosso passeio. Antes de tudo, quis me assegurar – na medida do possível – de que eu também lhe lembrava unicamente a mim mesmo, quer dizer, o doutor Pasavento, a quem ele acabava de conhecer. Para averiguar essa questão, disse a ele: "E pensar que o senhor me roubou uma namorada!". "Não terá vindo me falar o tempo todo de mulheres?", me respondeu, sorridente, Morante, sem me esclarecer nada com sua resposta. "Então, você lembra de Leonisa?", perguntei. Olhou-me de cima a baixo, como se tivesse chegado o momento de estudar meu aspecto físico e minha maneira de vestir. Esteve uns segundos ali imóvel, me examinando, parecia me censurar por alguma coisa, mas eu não sabia muito bem o que poderia ser. Vi que olhava fixamente um dos botões do meu abrigo. Em lugar de olhar o abrigo completo – comprado em Veneza uns quinze anos antes e do qual durante um tempo estive tão orgulhoso, talvez por sua cor bordô que eu sabia que não passava despercebida –, fixou-se num só botão.

"Se os botões ou, melhor dizendo, as mulheres soubessem se aborrecer, poderiam chegar a se converter em homens", disse finalmente. Eu me perguntei se não era uma frase hermética um tanto forçada, uma frase para se fazer passar por louco, talvez. E também me perguntei se não estaria tentando me dizer que, dissesse o que dissesse, atuaria sempre de tal forma que me seria impossível saber se realmente me via como doutor Pasavento ou como um pobre sujeito de quem ele havia roubado, em outro tempo, uma namorada chamada Leonisa. De modo que mudei de tema em seguida, pensei que qualquer coisa era preferível a que, em lugar de me ver como um afável e sábio doutor em psiquiatria, me visse como um professor de quem tinham tirado uma amante. Na linha do que ele havia me dito, falei sobre o aborrecimento. Perguntei se realmente acreditava que os homens se aborreciam e as mulheres, não. "Antes de tudo", disse ele, "antes de responder sua pergunta, eu deveria saber aonde vamos, aonde quer me levar, *herr* doutor." Disse isso como que iludido, como se fosse um menino a quem iam levar para passear e estivesse fascinado com aquela perspectiva. Algo desafinava, isso sim, aquela conversa de *herr* doutor, que parecia pontuar ironicamente suas palavras. Depois de estudar vários lugares possíveis, decidimos ir um tanto longe, embora suficientemente próximo ao mesmo tempo, para que ele pudesse estar de volta a Campo di Reca na hora que eu tinha combinado com o doutor Bellivetti.

Tomamos um ônibus na Via Enrico de Nicola, numa parada próxima à residência, e nos dirigimos, por uma estrada secundária, aos esparramados povoados que estão nas encostas do monte Vesúvio. Mal conversamos durante o trajeto e eu às vezes tinha a impressão de que ele desconfiava enormemente de mim. De todo modo havia que pensar que, se realmente não se lembrava de que havíamos convivido muito durante uma época que tampouco era tão distante, era muito lógico que desconfiasse daquele doutor novo que havia aparecido às portas de sua residência. Ao mesmo tempo, aquele receio entrava em contradição com seu relaxado e confiante cumprimento na porta de entrada. De uma forma exclusivamente provisória, cheguei à conclusão de que sua loucura era antes de tudo ambígua, às vezes real e outras muito fingida, o que significava que, na realidade, às vezes se lembrava perfeitamente de mim, o que não tinha por que me incomodar, pois, afinal de contas, o que me interessava era que me permitisse ensaiar meus primeiros passos firmes como doutor Pasavento, para que eu fosse descobrindo quem era eu, quer dizer, quem era esse doutor em que havia me convertido.

Descemos do ônibus num dos povoados das encostas do Vesúvio e decidimos tomar umas cervejas num bar dos arredores desse povoado, um bar que era também restaurante e onde vimos que podíamos ficar para comer. Era um lugar confortável, com terraço e vista para o vulcão. Devido ao frio, decidimos ficar no interior do bar, mas próximos da janela panorâmica que dava para o terraço. Naquele momento, a música ambiente era *O sole mio*, na singular e estranhamente bela versão da cantora napolitana Pietra Montecorvino. O professor Morante podia beber? Perguntei a ele e, com certa ironia, com sua demência ambígua, respondeu: "Potencializa minha loucura". Disse em seguida: "Os loucos nunca dizem que estão loucos. Não sabia?". Sorriu. "E o senhor seguramente não sabe que onde há dois loucos nunca há mais de dois loucos", respondeu.

Quase não havia clientes no local. Uma garçonete troncuda e baixinha nos atendeu, quase ofendida porque a tínhamos incomodado, já que estava comendo naquele momento. Ficamos calados por um bom tempo, até que decidi quebrar o gelo, perguntei se gostava de contemplar o vulcão. Uma pergunta sob todos os aspectos absurda, porque em nenhum momento ele havia mostrado interesse pela montanha e sim, em vez disso, pelo céu. Mas pensei que uma pergunta incoerente podia produzir mais respostas do que uma pergunta convencional. Ele me olhou entre espantado e divertido. Voltou a olhar para cima e em seguida disse: "Sou o último escritor feliz". Ia perguntar por que dizia isso quando acrescentou: "Gosto das nuvens, por exemplo. Uma nuvem pode ser tão sociável como um bom e calado companheiro".

Entendi que me incentivava a seguir calado. Não era o que mais interessava a mim, que precisava que de vez em quando ele me chamasse de doutor Pasavento. "E, bem, qual é sua missão, doutor?", perguntou de repente. Eu não tinha previsto essa pergunta e, quando me ocorreu algo, respondi o mais rápido que pude. "Escutá-lo. Antes de tudo, escutá-lo, professor Morante", disse. Olhou-me com grande estranhamento. "E por que veio do estrangeiro para me escutar?", perguntou. Era uma questão muito sagaz e difícil de responder, difícil inclusive de respondê-la para mim mesmo, pois realmente cabia perguntar que diabo fazia eu com um ancião louco nas encostas do Vesúvio. Inventei de novo, de improviso: "Me darão trabalho na casa se eu sair intacto da difícil missão que me encomendaram e que tem muito a ver com o senhor". "Tem a ver comigo, *herr* doutor?", disse. E, como se estivesse de repente fascinado, quis saber em que consistia a missão. "Em saber escutá-lo, como já disse", respondi. "Mas escutar o quê?", perguntou. Tive alguns momentos de dúvida e acabei respondendo a primeira coisa que me passou pela cabeça e que, por certo, me saiu da alma: "Escutar o que eu conseguir que o senhor me conte. Por exemplo, gostaria que me explicasse sobre o que escreve naquelas folhas nas quais é visto trabalhando na biblioteca todos os dias". Ficou muito pensativo. "Por que lhe interessam meus microtextos?", disse finalmente. Não me atrevia a olhá-lo nos olhos. Pareceu que não demoraria a chover a cântaros, o céu estava perigosamente escuro. "Vai chover", eu disse. E ele começou a rir e falou que já tinha chovido umas horas antes e em seguida disse que sentia demais o peso de seu chapéu e arrancou-o da cabeça, mantendo-o junto de si, ao lado do corpo. "O senhor os chama de microtextos?", perguntei.

Era inevitável recordar que Robert Walser, a partir da década de 1920 e até 1933 (ano em que entrou no primeiro de seus manicômios, o de Waldau, e cessou toda atividade literária), produziu o que posteriormente se conheceu como *microgramas*, textos escritos a lápis, em letra minúscula, não só sobre folhas em branco, mas também sobre recibos, telegramas e outros papéis do tipo. Durante muito tempo se pensou que esses textos tinham sido redigidos num tipo de escrita indecifrável inventada pelo próprio Walser, até que se descobriu que se tratava simplesmente de cursiva alemã corrente, escondida, isso sim, por trás da pequenez da letra.

Morante, em todo caso, escrevia seus microtextos no manicômio, enquanto Walser cessou toda atividade literária quando foi internado primeiro no manicômio de Waldau e, posteriormente, no de Herisau. Ainda assim, era impossível não reparar na semelhança entre as palavras "microtexto" e "micrograma", algo que também parecia aproximar as figuras do professor Morante e de Walser, embora em outros muitos aspectos fossem, como eu não tardaria a comprovar, duas personalidades muito opostas.

"Bem", começou a dizer, olhando pela primeira vez para o vulcão, "agradeço sua disposição de orientar o ouvido para um de meus microtextos. Mas convém que saiba que jamais chegará ao final do que eu lhe conte, do mesmo modo que isto não é um começo, embora talvez, em compensação, estejamos no começo de nossa amizade." Eu falei a verdade, que não sabia o que tentava me dizer exatamente e que talvez fosse o caso de eu anotar a frase no meu caderninho para estudá-la à noite, em meu hotel. Arqueou uma sobrancelha, ficou pensativo. Olhou o Moleskine – o segundo que eu usava desde que tinha desaparecido em Sevilha – e olhou o lápis com que, por certo, cada dia eu fazia uma letra menor.

Viu o caderno de escrita apertada. "O que o senhor escreve aí de forma tão comprimida?", perguntou. "Nada", disse eu, "conto a mim mesmo o que me vem acontecendo nos últimos dias, mas também me serve para fazer anotações médicas, como é o caso agora." "E, dessas anotações, o que o senhor precisa estudar esta noite no hotel?" Não sabia o que dizer, não tinha dito que teria que estudar as anotações. "E como se chama o hotel?", perguntou. Dei o nome do Troisi, e inaugurei minhas anotações médicas. Ele anotou no guardanapo o nome do hotel e guardou num bolso da calça. Sorriu enigmaticamente. Veio a me dizer pouco depois que quase no lugar exato em que estávamos, naquela estrada que subia ao vulcão, se passava uma sequência muito interessante de *Viagem a Itália*, o filme da sua vida.

O filme da sua vida, repetiu isso duas vezes. E também acontecia, disse, que durante muito tempo ele havia trabalhado num microtexto sobre aquela estrada ou, o que dava no mesmo, num escrito que partia do comentário de uma sequência daquele filme de Rossellini, sem saber exatamente onde iria parar seu ensaio. Tinha terminado o ensaio e continuava sem saber aonde o haviam levado suas palavras. Agradava-lhe, disse, aquele tipo de microtexto que ele punha em marcha como se fosse um passeio sem rumo no qual, a qualquer momento, se lhe apetecesse, podia caminhar pelas beiradas, pois afinal de contas em momento algum sabia, no terreno ensaístico, para onde se dirigia, supondo que fosse a algum lugar. "Coisa de louco. Por isso é que me mantêm aprisionado", concluiu, me olhando com ironia.

Perguntei se ele havia lido Walser e me olhou com expressão de quem não estava entendendo, até que por fim reagiu e disse que não conhecia uma única linha desse autor, mas que tinha ouvido falar de seu ridículo entusiasmo pela vida dos mordomos. "E não sabe que esteve muitos anos recluso num sanatório?", perguntei. Respondeu com outra pergunta: "Foi mordomo nesse manicômio?". E em seguida me disse que outras coisas o preocupavam: "O opressivo avanço da ciência, por exemplo. Os buracos negros. Eles são mais interessantes que os mordomos. Nunca pensou neles, *herr* doutor?". Me pegou de surpresa, eu não soube o que dizer. Morante bebeu um gole de cerveja e, como se soubesse que naquele momento eu estava um tanto desprotegido, passou a *narrar* seu microtexto sobre os arredores do Vesúvio e começou dizendo que, nos dias de sua segunda juventude, lá pelos anos 1970, tudo era obrigatório e devia se fazer com uma grande ordem. As coisas, por exemplo, começavam todas pelo começo e acabavam pelo fim. Por isso, naqueles dias, tinham sido uma grande surpresa para ele, e não as esqueceria nunca, algumas declarações de Godard, que dizia gostar de entrar nas salas de cinema sem saber a que horas tinha começado o filme, entrar ao acaso em qualquer sequência, e sair antes que o filme tivesse terminado. Certamente Godard não acreditava nos enredos. E possivelmente tinha razão. Nada garantia que qualquer fragmento de nossa vida fosse precisamente uma história fechada, com um argumento, com início e fim.

O ponto-parágrafo era algo intrínseco à literatura, mas não ao romance da nossa vida. Ele acreditava que, quando escrevemos, forçamos o destino rumo a certos objetivos determinados. "A literatura", disse, "consiste em dar à trama da vida uma lógica que não existe. Na minha opinião, a vida não tem trama, nós é que a acrescentamos, que inventamos a literatura."

Claro que estava de acordo com ele e com suas sensatas palavras. Como podiam dizer que alguém que falava daquela forma era louco? Pensei que sim, que podiam dizer, do mesmo modo que a loucura de Alonso Quijano demonstrava que os livros e a cultura tinham algum tipo de veneno mental. Mas, em qualquer caso, Morante falava – sempre havia sido assim – com mais inteligência que um professor comum. E dizia coisas com as quais eu não podia deixar de concordar, como aquilo de que a vida não tinha trama e que éramos nós que a acrescentávamos, por exemplo. Eu também pensava assim. Ainda penso. Na Antiguidade, a viagem, para dar agora um exemplo quase evidente, era a trama ideal, porque descobriram que, se havia uma coisa que tinha um começo e um fim, essa coisa era a viagem. Não se sabia então ainda o que era contar uma história, mas se sabia perfeitamente o que era uma viagem. As viagens tinham um começo e um fim. Isso punha uma ordem nas coisas se a gente quisesse contar uma história e demarcá-la de forma que começasse e terminasse. Certamente por isso a *Odisseia*, com seu relato de uma viagem, é uma das primeiras histórias que se contaram. Hoje sabemos que qualquer pessoa que viaja pode repetir a experiência de Ulisses, a menos que decida nunca regressar para casa. No momento de o avião decolar, sempre se põe em marcha uma história que terá um fim com a volta para casa, a menos que tenhamos entrado nessa *fuga sem fim* de que falava Roth. Mas, cabe perguntar, em que momento *realmente* começou essa história? Foi ao despachar a bagagem ou quando paramos um táxi para ir ao aeroporto, ou quando a aeromoça sorriu ao nos dar os jornais, ou quando, dez anos antes, começamos a sonhar com a viagem, ou ainda quando dormimos durante o voo e sonhamos que não voávamos?

O que sempre mais chamou a atenção de Morante em *Viagem a Itália* era que Rossellini, já no primeiro segundo da primeira sequência do filme, criava nos espectadores a impressão de que tinham entrado na sala com o filme começado. "Com essa primeira sequência", me disse, "creio que Rossellini estava consciente de que, já que a vida é um tecido contínuo e qualquer princípio é arbitrário, uma narração pode começar num momento qualquer, na metade de um diálogo, por exemplo. O senhor também não vê assim?"

Contemplei o Vesúvio e pensei que, de fato, eu também via a coisa assim, e continuo vendo. O filme *Viagem a Itália* começa com uma sequência na qual o espectador entra de chofre em meio a uma discussão trivial – que se percebe que deve ter começado já faz um tempo e não teve seguramente um início bem definido – de um casal inglês (Ingrid Bergman e George Sanders) que viaja de carro pelo sul da Itália. E é curioso, porque entramos em algo que não sabemos como começou e que, mesmo assim, entendemos imediatamente, embora ao mesmo tempo não possamos dizer que o entendemos por completo, não só porque não entendemos nada do mundo, mas porque, além disso, temos a impressão de ter entrado num filme do qual nos faltam as primeiras sequências ou, para dar outro exemplo, de ter entrado num livro do qual nos falta a primeira página.

"De fato", disse a Morante, "estou plenamente de acordo com o senhor, e não só porque meu trabalho me obrigue a não contrariá-lo. Mas também porque acho que a vida é um tecido contínuo e que, portanto, qualquer começo de uma história é arbitrário. Por exemplo, em que momento exato nos conhecemos, o senhor e eu?" Morante sorriu, feliz, e disse: "Olhe este pássaro", apontou um colibri que bebia água graciosamente no terraço e, levantando a cabeça, deixava-a escorrer garganta abaixo, "com certeza o senhor e eu começaremos a nos conhecer de verdade exatamente no momento em que este pássaro retomar seu voo".

Parecia um sábio ou um contista chinês. Terminei a cerveja, era a segunda que tomava, e já começava a ficar com fome. Ia lhe perguntar se queria que almoçássemos ali quando o colibri voou e Morante, ao vê-lo, pôs-se a falar do dia em que dormiu num avião lendo um romance e sonhou que não voava, que era um funcionário de alfândega carimbando passaportes no centro da Terra. Pedi o cardápio à garçonete e em seguida disse a Morante: "Minha obrigação é escutar, mas, mesmo que não estivesse obrigado a fazê-lo, teria prazer em ficar com o senhor, ouvindo suas reflexões sobre o começo e o fim das histórias, pois a verdade é que, além de ter despertado em mim certa vocação de filantropo, o tempo me sobra aqui em Nápoles. Por isso escrevo neste caderno tudo o que vai acontecendo comigo, escrevo quase convulsivamente. Os dias são longos e este lápis os resolve para mim". Indiquei o lápis com que escrevo estas linhas. Olhou para mim e sorriu, me disse com certa ironia que não lhe cabia me escutar, mas que, se eu também desejasse que "sua humilde pessoa não médica" me desse atenção, ele o faria. "Saiba simplesmente", eu disse, "que me encanta escutá-lo e tomar algumas notas, porque admiro o senhor há mais anos do que pode imaginar. Agora, gostaria que me dissesse de que trata essencialmente seu microtexto sobre essa estrada junto ao Vesúvio, ainda não me situei bem em sua estrada, ou em seu ensaio, como preferir."

"Desculpe, mas o senhor disse que se sentia um filantropo?", perguntou, repentinamente, com expressão contrariada. Pensei que talvez não devesse ter me qualificado daquela forma, pois afinal de contas um filantropo é alguém que ama seus semelhantes e Morante dava a impressão de que não precisava de amor, e sim que o escutassem, e, além do mais, que o fizessem com profissionalismo. Em todo caso, já não podia voltar atrás. Morante contemplou de novo o vulcão e me disse: "Pois eu julgava que havia terminado meu microtexto na residência, mas agora vejo que continua sendo escrito aqui neste restaurante, à medida que o senhor e eu conversamos. Meu microtexto trata, querido filantropo, de como na realidade o senhor e eu nos conhecemos, há não mais que um instante, neste meio-dia nas encostas do Vesúvio, quando o pássaro voou neste terraço. E trata também de como somos os únicos habitantes deste momento, que ninguém saberá jamais dizer quando começou". Assenti com a cabeça, como se o tivesse compreendido perfeitamente, e tomei as notas convenientes para recordar a frase. "Na verdade", acrescentou, "meu microtexto é uma reflexão sobre a ausência, o desaparecimento de uma certeza que até poucos anos atrás era inabalável entre nós, a certeza de que tudo teve que começar em algum momento."

Também anotei isso e chamei a garçonete para pedir a comida. Morante voltou a colocar o chapéu. "É verdade que vai chover, volta a chuva da primeira hora desta manhã", disse. E tirou o chapéu novamente. "Mas aqui estamos bem cobertos, *herr* doutor!", disse, um tanto exaltado, sorrindo como um menino. Parecia, de fato, tal como pensei, um escritor feliz. Teria visto outro escritor feliz alguma vez? Pensei de novo em todos aqueles escritores que em vida, depois de ter publicado algum livro, se esconderam para sempre dos olhares do mundo. Haviam me dado sempre uma grande inveja e sempre me pareceram felizes. E a eles, com minha escrita privada de psiquiatra temporariamente afastado do trabalho, esperava logo poder me parecer. De fato, cabia a possibilidade de pensar que já passara a ser um escritor totalmente secreto.

Almoçamos, o professor Morante e eu, quase todo o tempo em silêncio. Praticamente só abri a boca para dizer que gostaria que voltássemos a nos ver dois dias depois, no dia de Natal, podíamos dar um passeio num cenário diferente, talvez mais perto da residência. "Poderíamos continuar discutindo sobre esse misterioso lugar onde começam as histórias", eu disse. "Um passeio no dia de Natal!", respondeu, com um estranho brilho no olhar. "Sim, por que não?", falei, só relativamente satisfeito de que a ideia lhe agradasse. "Que grande proposta! Nunca tenho ninguém, menos ainda nesse dia. O senhor também não tem ninguém no Natal? Se vier me buscar, daremos um passeio diferente do de hoje, sim. Além disso, vou propor um tema diferente, outro microtexto, que escreverei especialmente para o senhor, que lhe parece, *herr* doutor?" Permaneci calado, sem saber o que dizer. "Eu pretendo escrevê-lo na véspera de Natal e não vou falar sobre a véspera de Natal", disse, sorrindo, satisfeito consigo mesmo, como se achasse que havia dito uma frase engenhosa.

Eu tinha a impressão de que, qualquer que fosse a razão, havia no professor Morante uma parte que me atraía e outra, ao contrário, que me repelia. Atração e repulsão pareciam corresponder a seus momentos de sensatez e de loucura. Sensato ele esteve quando, terminado o segundo prato, me disse: "Gosto da sua serenidade. Ela me lembra aquilo que Petrônio dizia, que um médico não é mais que um consolo para o espírito". Agradeci. "De todo modo", disse ele, "não o vejo interessado pelos avanços da ciência." Calei, não sabia por onde ia ele e, além do mais, não sabia se no fundo estava rindo de mim. Ele também ficou calado. Produziu-se um longo silêncio, até que ele disse: "O senhor sabia que talvez não devamos nos preocupar tanto conosco, com o nosso eu, pois dizem que a consciência é simplesmente uma neuroquímica que logo conheceremos? Sabia disso, meu caro Petrônio?".

Fiquei bastante confuso durante alguns segundos. Não tinha ido até ali para ouvi-lo me chamar de Petrônio, mas sim para me consolidar como doutor Pasavento. Por outro lado, andando como eu andava um tanto obcecado pela história da subjetividade no mundo ocidental, e obcecado também por consolidar minha personalidade de doutor, a única possibilidade de que fosse certo o que Morante me dizia – que um dia não muito distante pudesse ver meu novo *eu* convertido num simples escombro neuroquímico – não podia ser mais frustrante. Senti que minha obrigação era protestar e disse a Morante que lembrasse que, para responder à pergunta *o que sou eu*, Montaigne empreendera o estudo ou, mais exatamente, o ensaio de sua individualidade, tentando, ao mesmo tempo, encontrar uma regra de vida, uma ética; numa palavra, o que o próprio Montaigne chamava de *minha ciência*. Esta, disse a Morante, era a ciência que continuava me interessando, e não aquela da qual ele me falava e que convertia tudo numa lamentável sopa neuroquímica.

"E o que foi feito de Montaigne, foi aprovado finalmente no curso?", me perguntou, fazendo-se de repente de louco, como quem pergunta por um colega de escola. Não era fácil responder. Silenciei. Ele disse então uma coisa para a qual não encontrei um sentido claro: "O próprio dia passa". Perguntei o que significava o que havia dito. "Eu gostaria", respondeu, "de poder facilitar a compreensão da minha frase, mas, honestamente, não posso." Fiquei em silêncio de novo. O que dizer ou fazer diante de algo assim? Ficamos em silêncio por outro bom tempo. Eu sentia que não me serviria de nada fazer perguntas se ele fingia, se se fazia de louco. De nada me serviria. E eu, por certa higiene mental, já começava a precisar saber se ele acreditava estar diante de um doutor em psiquiatria ou diante de Andrés Pasavento.

Na hora da sobremesa, dividimos um delicioso tiramisu napolitano, que teve a virtude de me ajudar a recuperar a sintonia com meu companheiro, e inclusive de me pôr à altura de sua felicidade e bom humor. Claro que para isso tive que esquecer se ele me via como Andrés ou como doutor em psiquiatria. Rimos juntos, foi um momento mágico. Não durou muito, de todo modo, aquele momento perfeito. É que de repente uma ideia fria atravessou minha mente. Disse literalmente assim a Morante: "Neste exato instante está passando por meu cérebro uma ideia fria". Disse-o de tal maneira que o transtornado mental parecia ser eu, e não ele.

A ideia fria não era nova, estava relacionada com minha ânsia de desaparecer. Disse isso a ele. Suponho que lhe tenha feito essa confissão com a ideia de ver se, por fim, podia averiguar se existia uma calada cumplicidade entre nós dois, isto é, averiguar se havia me reconhecido, embora preferisse não dizer. Me confessei diante dele e falei, longa e detidamente, de minha obsessão pelo tema do Desaparecimento. Escutou com interesse, mas, quando terminei de falar, não comentou nada. Talvez um aspecto notável de sua personalidade de ambíguo demente fosse sua facilidade para fazer de conta que escutava quando, na realidade, se ausentava. Pensei: meu Deus, ele sim é que sabe desaparecer! Em seguida pensei em algo que Walter Benjamin tinha dito acerca de Robert Walser: "Poderíamos dizer que, ao escrever, se ausenta".

Caíram as primeiras gotas de chuva e, antes que viesse o dilúvio, saímos do local e fomos ao povoado, e em seguida ao ponto de ônibus, e iniciamos o regresso. Lento regresso. Perguntei se era verdade que quase não ouvira falar de Walser. "Outra vez quer falar do mordomo? O que há nele que lhe interessa?", disse. "Muitas coisas", respondi. "Quais?" Um longo silêncio. "Por exemplo", disse eu, "ele ficou fascinado por uma atriz que, numa encenação de *Mary Stuart*, de Schiller, interpretava pessimamente seu papel, com muitas deficiências. Isso o encantou. Na sua opinião, carecer de algo também tem sabor e energia."

Morante voltou a ficar ausente. Depois de um tempo, experimentei ver se daquela vez me escutava. "Num de seus romances, em *Jakob von Gunten*", disse a ele, "explicava que a casa senhorial de sua família carecia de jardim, e que, mesmo assim, isso não era nem um pouco horrível, pois tudo o que se via para além da casa era um jardim belíssimo, impecável e doce. As carências só teriam encanto para ele, já se vê." De novo nenhuma reação de Morante. "Não lhe interessou o que eu disse ou o senhor simplesmente se ausentou?", arrisquei a dizer. "Do que me contou, só consigo lembrar da palavra teatro", respondeu, num tom que me pareceu deliberadamente autista.

Não demorei a mudar de conversa, pois compreendi que era o melhor, andava num beco sem saída, e Morante dava a impressão de ausentar-se quando lhe convinha. De modo que mudei de assunto. E em pouco tempo já estávamos envolvidos num bate-papo sobre o San Carlo, o grande teatro de Nápoles, onde em duas sessões iam encenar *Fausto*, a ópera de Charles Gounod. Falamos sobretudo de como na cidade se alternavam maravilhosamente a paixão e a razão. E me pareceu que, ao falar de Nápoles, estávamos no fundo falando também do próprio Morante, que parecia um verdadeiro especialista em saber alternar certa cordura com uma vertente demente, fingida ou real.

Quando chegamos às escadas da entrada da residência, soavam os sinos de uma igreja vizinha, que imaginei vazia. "Vou lhe revelar uma coisa", ele me disse de repente quando deixaram de tanger os sinos e o ruído monótono da chuva voltou a se assentar entre nós, "faz uns meses veio aqui um homem como o senhor, de olhos verdes e cabelos tão negros quanto os seus. Disse ser doutor e deu um nome de que não me lembro, mas que nunca pensei que fosse seu verdadeiro nome. Recomendou que não desse crédito aos avanços da ciência e que pensasse de novo na existência da consciência, me disse isso e também que, ao fim e ao cabo, tudo se resume em tentar entender a própria vida, o caminho sinuoso que a vida da gente segue, atentar à pergunta de como se pôde chegar a esta situação, tentar explicar por que estamos sempre no meio de uma estrada e na metade de um diálogo, tentar explicar por que coube à pessoa viver a vida que viveu e por que agora a vive numa residência para loucos, com sua angústia de homem perdido no tempo, mas sempre atado a seu próprio nome, despedindo-se hoje de um amigo novo, sob a chuva."

4

Nesta manhã, afundei o olhar nos jardins de Matignon, os idílicos jardins do primeiro-ministro da França, que é a vista que posso contemplar deste quarto de hotel da Rue Vaneau de Paris, e senti a tão falada atração pelo abismo e, pouco depois, uma forte vertigem que me fez dar um passo para trás e me sentar na cama. O silêncio da manhã era aterrador, parecia um desses momentos de estranha quietude que se dão antes de uma grande explosão. Consegui dar fim à minha vertigem quando me lembrei de que deveria ter incluído na valise vermelha um romance que, para mim, sempre foi um fetiche, um livro que está relacionado com o mundo de Walser. Lembrar disso me acalmou. Decidi então que iria à livraria La Hune, no Boulevard Saint-Germain, e veria se tinham algum exemplar de *Os belos anos do castigo*, de Fleur Jaeggy.

Além do mais, eu bem merecia um passeio por Paris depois de ter escrito, ontem, sobre meu primeiro passeio com Morante em Nápoles. Antes de sair do quarto, fiquei pensando em como soam perfeitas em italiano (faz anos que as sei de memória) as primeiras frases de *O passeio*, de Walser, e as recitei em voz alta. Além do mais, estavam relacionadas com o que eu me dispunha a fazer: *"Un mattino, presso dal desiderio di fare una passeggiata, mi misi il cappello* *in testa, lasciai il mio scrittoio o stanza degli spiriti, e discesi in fretta le scale, diretto in strada".**

Diretto in strada. Foi o que fiz. Abandonei o quarto dos escritos ou dos espíritos e, em alguns segundos, descendo pelas estreitas escadas, me plantei diante do pequeno balcão da recepção do Suède. Muito perto dali, sentado numa das poltronas que há junto à porta de entrada, lendo tranquilamente o *Figaro* (que é o jornal que oferecem no hotel), estava António Lobo Antunes. Não se pode dizer que encontrá-lo tenha sido uma surpresa. Levantou a vista do jornal e me olhou e, tal como supunha (e desejava), deu sinais evidentes de não me conhecer. Sentei num sofá próximo, como se esperasse que me viessem buscar. Brinquei com fogo, porque a qualquer momento podia aparecer alguém da Christian Bourgois. Mas, na realidade, o risco de ser descoberto não deixava de me excitar. Por outro lado, como naquele conto de Poe da carta roubada, me pareceu que eu estava tão à vista que custariam a me ver. Do sofá próximo, me dediquei a evocar o manicômio de Lisboa em que Lobo Antunes escreve seus romances. Escreve-os todos os dias, no hospital Miguel Bombarda de Lisboa, um conjunto arquitetônico do século XVIII que em seus pavilhões abriga doentes psiquiátricos com diferentes problemas mentais. Durante anos, Lobo Antunes trabalhou como médico naquele hospital, e, embora tenha deixado de clinicar há anos, ainda conserva ali seu escritório e é nele que escreve todas as manhãs quando está em Lisboa.

* "Numa manhã, tomado pelo desejo de passear, pus o chapéu na cabeça, deixei meu escritório ou quarto dos espíritos, e desci rapidamente a escada, direto para a rua." [N.E.]

Pensei em certas semelhanças entre Lobo Antunes e o doutor Pasavento que em Nápoles visitava a residência de Campo di Reca, onde estava Morante, quer dizer, pensei nesse ponto em comum (de ordem médica) que há entre mim e Lobo Antunes. Fiquei simulando olhar para a rua, mas na realidade brincava de pensar que estava controlando, na medida do possível, os movimentos de Lobo Antunes, como se ele fosse um de meus pacientes internados no hospital psiquiátrico de Lisboa, mas em liberdade provisória aqui em Paris. E me pus a evocar aquele hospital Miguel Bombarda, onde nunca estive, mas sobre o qual li muitas coisas. Fiquei lembrando – como se algum dia tivesse visitado o lugar – todos aqueles pacientes que, como se desejassem escapar e sair para a rua, aglomeram-se, segundo me contaram, na entrada do edifício principal, embora também haja muitos perambulando pelos jardins. E pensei nesse manicômio onde Lobo Antunes escreve todas as manhãs e onde muitos dos doentes ali reclusos estão inscritos com nome e endereço falsos, porque é a forma que as famílias têm de se desfazer deles e assim não ter que voltar nunca mais a visitá-los. E, sentado ali no salão de entrada do Suède, apesar da crueldade daqueles parentes, me veio de repente uma profunda inveja de todos aqueles loucos de Lisboa que, diferentemente de mim, pelo menos têm familiares no mundo, ainda que estes tenham se desinteressado deles.

Mantendo em suspenso minha ideia de sair à rua, fui à sala de internet, acessei meu e-mail e comprovei que continuava sem ser procurado. Em resumo, algumas outras mensagem com respeito a ontem, mas em todo caso não encontrei ninguém considerando a possibilidade de que eu tenha desaparecido. Ninguém me procura, essa é a verdade. A cada hora que passa, mais magoado me sinto. Não esperava uma coisa assim. Julgava que, pelo menos com o passar do tempo, meu sumiço fosse notado. Já se passaram quase duas semanas e, embora alguns possam crer que continuo em férias de fim de ano, alguma centelha de preocupação por parte de alguém poderia ter se produzido. Mas a verdade é que ninguém se mostra inquieto por saber por onde ando, ninguém exceto uma admiradora mexicana, que diz estar me procurando e me pergunta onde estou:

"Professor Pasavento: Meu nome é Violeta Toledo e sou da Cidade do México. Neste momento me encontro em Madri tentando localizá-lo, pois trago comigo um exemplar de seu último livro e gostaria de um autógrafo. Peço que me ajude, pois recorri à embaixada mexicana e a outras instituições aqui na Espanha e, bem, por fim encontrei seu e-mail. Peço que me conceda um encontro em Barcelona ou em Madri, onde o senhor more ou se encontre agora, para que eu tenha a honra de que assine o exemplar. Acredite que, para mim, chegar a meu país sem seu autógrafo me provocaria grandes estragos."

Fiquei perplexo. O próprio fato de me chamar de *professor* me deixou desconcertado, e diria até que *estragado*. Estava claro que já não podia me queixar de que ninguém me procurava. Me senti muito azarado. Como se isso não bastasse, entrei nos sites dos jornais espanhóis e ali, depois de um bom tempo de consultas, pude comprovar que ninguém, absolutamente ninguém, se dá conta de que desapareci, e, por isso, não dão a menor notícia sobre mim. Isso, que deveria ter me deixado feliz (no fundo, mais um passo para desaparecer), na verdade me deixou preocupado. Senti certo pânico de não ser citado nunca mais por ninguém (nem por meus romances nem por haver evaporado) e de me converter dessa forma num escritor *maldito* (hoje em dia, ao contrário de antes, quando estavam desesperados e bebiam absinto, os escritores malditos são simplesmente aqueles a quem ninguém nunca cita), mas logo vi que era muito chocante que um doutor e escritor oculto como eu tivesse temores desse tipo. Mais que isso, pensei, já está na hora de que me distancie ainda mais do escritor conhecido que fui e invente uma infância para mim, não posso andar pelo mundo com minha infância de sempre, o doutor Pasavento tem que ter uma infância diferente.

Pensei nisso na sala de internet do Hôtel de Suède, e também que, embora tivesse inventado a juventude, e não em vão a tivesse contado ao professor Morante em nosso segundo passeio por Nápoles (uma dura mas alegre juventude no Bronx), as lembranças de infância e adolescência eu ainda não havia roubado de ninguém, nem passei a fantasiá-las, e já chegava a hora de fazer isso.

Precisava de uma infância e adolescência para completar assim minha nova biografia. Disse isso a mim mesmo, e depois voltei ao saguão de entrada. Havia uma turista norte-americana com um grande mapa de Paris, armando um enorme rebuliço na recepção. Pedia, com notável exasperação, que lhe voltassem a explicar como podia ir a pé até a torre Eiffel. Lobo Antunes já não estava ali. Ao comprovar isso, arqueei uma sobrancelha, rindo de mim mesmo. É que os desaparecidos como eu dispõem de tantas horas livres que até lhes sobra tempo para rir de si mesmos. É tão pavorosamente trágico que eu não tenha ninguém neste mundo que sinto até vontade de rir e assim pelo menos tenho a impressão de estar acompanhado pelo riso. É o consolo, isso sim, de saber que, na realidade, a solidão é a maneira mais pura de se comunicar, mas não me parece um consolo perfeito.

Lobo Antunes também estaria sozinho no mundo? Isso eu me perguntei pouco depois de ver que havia desaparecido. É a vontade de se fazer perguntas idiotas, pensei em seguida. Se Lobo estava só, eu não tinha nada com isso, e além do mais não teria como sabê-lo, mas o que estava claro é que ele já não estava ali. Então me dei conta de que, precisamente porque não estava ali, podia ser que estivesse fora, na rua, com alguém da editora de Christian Bourgois, o que não deixava de representar para mim o perigo de ser descoberto e de que a notícia chegasse facilmente a Barcelona.

"Bonjour, monsieur Pasavento", me disse o recepcionista quando passei diante do balcão. E me pareceu que meu sobrenome tinha retumbado por todo o hotel. Tapei a cara com o cachecol, coloquei os óculos escuros e saí à Rue Vaneau. Em seguida, vi que não havia ninguém na rua, exceto a polícia que vigiava, noite e dia, a residência de Matignon. Percorria a Rue Vaneau sob os efeitos daquela tensão invisível que julguei descobrir, numa estada anterior, naquele recanto de Paris, isto é, que continuava ali todo aquele infernal e surdo horror de mundos a ponto de explodir.

Naquela rua, tensas energias parecem sair, dia e noite, da embaixada síria em direção a Matignon, e vice-versa. Hoje mesmo, uma hora antes que a vertigem me alcançasse, julguei ter visões estranhas que acabei relacionando mais com minha mente do que com a realidade, mas o fato é que ainda agora me é impossível prescindir do que parecia ter visto ou, melhor dito, intuído, e que sigo intuindo agora (já se sabe que uma forte imaginação produz acontecimentos), e que se resume dizendo que, enquanto a embaixada síria e Matignon emitem uma espécie de constante onda elétrica invisível que dá a ambos os edifícios uma notável vivacidade, o imóvel onde viveu Marx, ao contrário, parece completamente morto ou adormecido.

Perto já do Boulevard Saint-Germain, ao perceber que eu ia atravessar no vermelho uma faixa de pedestres, um carro, que ainda estava muito longe, começou a frear, como se temesse que eu fosse cair imediatamente sob suas rodas. Fiquei quase comovido, porque me pareceu que aquele motorista, ainda que fosse só porque atropelar alguém sempre cria problemas, era, em todo caso, a primeira pessoa que depois de muito tempo tinha a cortesia de prestar atenção em mim e, portanto, dar fé de algo de que eu quase começava a duvidar, dar fé de minha existência. Já dizia Beckett que *ser* não é outra coisa que ser percebido.

Depois, no semáforo seguinte, me passou pela cabeça que talvez se, em lugar de ser filho único, eu tivesse tido onze irmãs (onze, por certo, como os dias que passei em Nápoles), alguma delas me teria amado, e seria outra a minha sorte. Uma só irmã entre as onze teria sido suficiente para que eu não estivesse só no mundo. Uma irmã com uma cútis rosada e de neve, sempre despenteada, alegre, de olhos ingênuos... Grandes buzinadas. Um elegante Ford preto esteve a ponto de me atropelar. Eu me perguntei se imaginar uma irmã podia chegar a ser tão perigoso. Não seria aquele automóvel o *carro fúnebre que errava por Paris*, do título de um romance que eu havia imaginado? Concluí que era melhor levar tudo com humor. E me lembrei, com ainda mais humor, de que um dos primeiros anúncios publicitários da Ford, um dos primeiros do século XX, dizia: "Você pode escolher a cor que quiser, desde que seja o preto". Pensei em Nora, minha filha. A droga destruiu a possibilidade de eu ter alguém neste mundo. E terminei andando com um passo mais firme do que o que levava até então, ainda que no fundo fosse um passo temeroso.

Na porta da livraria La Hune, no Boulevard Saint-Germain, diante da banca de revistas e sentado no chão como é seu costume há anos, vi aquele educado e culto *clochard*, que sei que é conhecido de meu antigo amigo Angelo Scorcelletti. É um homem muito refinado, não só por seu comportamento elegante (dá bom-dia muito educadamente a quem passa diante da banca ou entra na livraria), mas porque se dedica a ler os clássicos, sentado ali sobre as folhas de papelão que espalhou pelo chão e de onde contempla, vez ou outra, o mundo. De quando em quando, põe-se de repente em pé – eu o vi mais de uma vez assim – e fuma, com grande ostentação e notável satisfação, grandes e caríssimos Havanas puros e desconcerta os passantes.

Um dia, até o ouvi citar um clássico. Eu ia entrar na La Hune quando, como se ele soubesse que sou espanhol, me disse: "Verme morrer entre memórias tristes". Uma citação de Garcilaso. Aquele momento ficou gravado em mim. Sempre me pareceu uma sorte – para poder saber mais coisas dele – que aquele homem fosse amigo do escritor italiano Angelo Scorcelletti. Um dia do ano passado, comprando jornais na banca, encontrei Scorcelletti e decidi fazer o que já pensava havia meses, pedi que me dissesse do que costumava conversar com aquele seu amigo *clochard*. Lembro que pedi isso caminhando sobre a neve, porque naquele dia nevava em Paris. E a história que Scorcelletti me contou acontecia num entardecer em que nevava também em Paris, e ele estava sozinho naquela cidade e, sentindo-se angustiado em seu apartamento da Rue de l'Université, decidiu sair para dar uma volta e não encontrou ninguém, até que por fim tropeçou com seu amigo *clochard*, a quem comunicou seu desassossego daquele dia de inverno. O homem, como única resposta, convidou-o a sentar-se a seu lado e ver o mundo de sua modesta posição, ao rés do chão. E o escritor não hesitou em aceitar o convite. Ficaram os dois por um longo tempo em silêncio, ali na entrada da livraria, contemplando de baixo para cima o passo apressado ou errante, mas sempre indiferente, dos transeuntes invernais, até que o *clochard* rompeu o silêncio para lhe dizer: "Está vendo, amigo? Passam os homens e não são felizes".

De modo que ele se considerava feliz. Quando penso na história que Scorcelletti me contou, sempre penso que aquele *clochard* tem algo daquelas baleias felizes que descrevem os homens num relato de *Dama de Porto Pim*, o livro de Tabucchi sobre os Açores. As baleias, nesse breve relato, dizem, com trágica ternura, que os homens que se aproximam delas "em seguida se cansam e, quando cai a noite, adormecem ou contemplam a lua. Afastam-se deslizando em silêncio e é evidente que estão tristes".

O caso é que vi nesta manhã o *clochard* e, quando já estava a quatro passos dele, me perguntei se Scorcelletti não estaria por ali e o que faria se o encontrasse. Tentaria fazer com que não me visse e taparia os óculos com o cachecol? Ou me apresentaria diante dele como um admirador, como o doutor Pasavento, e lhe pediria um autógrafo com o mesmo entusiasmo com que pedia o meu, por e-mail, a estragada Violeta Toledo, estragando a mim? Segui avançando, dei quatro passos e, ao cruzar o umbral da livraria, o *clochard* me deu bom-dia, com voz cálida e sussurrante, mas não me atrevi a retribuir. Antes de encontrar o livro de Jaeggy, dei quase de cara com um lançamento, um romance cujo título, *O atentado da Rue Vaneau*, me surpreendeu. Vi que Marc Pierret era seu autor. Folheei-o por um bom tempo e me pareceu que falava de um atentado selvagem que tinha acontecido na casa de André Gide, na Rue Vaneau. Tudo ficção, o que me deu certo alívio. Um escritor chamado Louvetard, pouco antes de morrer, lê na tela do computador um surpreendente silogismo assassino. Se entendi bem, esse silogismo diz: "Todos os escritores são mortais. Para alguns deles, apagar-se continua sendo a melhor correção. Allah Akbabar". Fechei o livro, não quis ler mais. Talvez tenha entendido mal. Em todo caso, julguei ver que se juntam no livro uma *fatwa*,* um escritor, a morte e a Rue Vaneau. Coincidências demais com minha vida. Ou talvez não.

Fechei aquele inesperado lançamento e perguntei se tinham *Les années bienheureuses du châtiment* (*Os belos anos do castigo*) e o encontraram imediatamente para mim. Antes de comprá-lo, li ali mesmo, com felicidade, esta primeira página tão walseriana do livro de Fleur Jaeggy: "Aos catorze anos eu era aluna de um internato de Appenzell. Lugar pelo qual Robert Walser tinha dado muitos passeios quando estava no manicômio, em Herisau, não longe de nosso instituto. Morreu na neve. Há fotografias que mostram suas pegadas e a posição do corpo na neve. Nós não conhecíamos o escritor. Nem sequer nossa professora de literatura o conhecia. Às vezes penso que é belo morrer assim, depois de um passeio, deixar-se cair num sepulcro natural, na neve de Appenzell, depois de quase trinta anos de manicômio em Herisau. É uma verdadeira lástima que não tivéssemos conhecido a existência de Walser, caso contrário teríamos colhido uma flor para ele. Também Kant, antes de morrer, comoveu-se quando uma desconhecida lhe ofereceu uma rosa. Não se pode deixar de passear em Appenzell".

Embora não devesse ter feito isso, porque desejo acabar com todo o meu passado (ou ao menos deixar que se infiltrem em mim uma segunda infância, adolescência e juventude), pensei em meu colégio, o Liceu Italiano de Barcelona, e depois, por uma perversa associação de ideias, nos manicômios de todo o mundo, sobretudo no de Herisau. Pensei por um bom tempo, ali mesmo na livraria,

* Decreto religioso muçulmano que deve ser justificado no âmbito da jurisprudência. [N.E.]

em temas como a solidão e a loucura, temas que Walser e Jaeggy compartilham com frequência, ainda que seus estilos sejam muito diferentes, atravessados ambos, isso sim, por um semelhante sentimento refinado de mal-estar. Pensei nisso e, em seguida, comprei o livro e saí ao Boulevard Saint-Germain e, enquanto iniciava o caminho de volta ao hotel, pensei de novo no quanto me agradaria passear algum dia pela região de Appenzell, ir a Herisau e ver o manicômio onde Walser, que esteve encerrado ali por 23 anos, encontrou seu sepulcro natural naquele Natal de 1956.

5

Pensar naquele 25 de dezembro em que Walser morreu me levou ao dia de Natal da semana passada, quando, ao meio-dia, fui buscar Morante na residência de Campo di Reca, em Torre del Greco. Chuva e neve em Nápoles, e eu andando bem protegido, com cachecol e gola alta. Na tarde daquele dia, depois do almoço no Café Gambrinus, andando entre a multidão, caminhando junto ao professor Morante pelas eletrizantes ruas de Nápoles, me lembrei de que bastava a Robert Walser caminhar em meio ao povaréu para ser feliz, caminhar lhe parecia tremendamente prazeroso.

Pensando naquele dia de Natal napolitano da semana passada, fui caminhando rumo ao Hôtel de Suède e até acelerei um pouco o passo, como se já tivesse vontade de começar a contar a história de meu segundo passeio com o professor Morante, aquele passeio no qual inventei minha juventude no Bronx. Logo que chegasse a meu quarto, certamente começaria a relatá-lo. Ou quem sabe preferiria reler o livro de Jaeggy? Eu me dei conta de que caminhava com exagerada ansiedade e reduzi a velocidade de meus passos pelo Boulevard Saint-Germain e me pus a pensar em todas aquelas frases de Walser que, como as de Jaeggy, sempre me pareceram deslizamentos em direção a um gélido silêncio. E me veio à memória a única lembrança que merece ser resgatada e conservada do meu passado real. Lembrei de como, em Barcelona, no Liceu Italiano, tomei um dia em segredo a decisão de não me preparar para entrar no mundo, mas sim para sair dele sem ser notado. Teve mérito isso numa escola como aquela, na qual, à diferença do Instituto Benjamenta de *Jakob von Gunten*, educavam exclusivamente para se ter êxito na vida. Veio-me à memória essa lembrança e também me lembrei de como eu pensava que, com um pouco de sorte, com a obediência e a paciência que eles inculcavam, conseguiria ter esse êxito, mas não o que eles recomendavam, e sim um êxito interior.

Já naqueles dias de colégio eu era consciente de que nas aulas fingíamos estudar, quando na realidade todos, sem exceção, sabíamos que não havia nada a aprender. Eu gostava da minha escola porque tinha a impressão de que, involuntariamente, com aqueles professores tão primitivos e estúpidos, em lugar de *formar a personalidade* (tal como se diz no jargão pedagógico), eles a desfaziam, a dissociavam. E para mim estava bem que fosse assim. Só me sentia à vontade *nas regiões inferiores*, tal como anos depois descobri que também acontecia com Robert Walser. Fixava meu olhar somente nos acontecimentos mais minúsculos, em tudo o que me parecia provisório, transitório. Não me interessavam as grandes palavras, e se alguma vez participei dos concursos de redação do maldito Liceu Italiano e escrevi textos que, por causa de seu título (*Elogio da pátria*, por exemplo), pareciam anunciar frases pomposas, a verdade é que em todos esses textos se notava em seguida que eu tinha uma tendência irrefreável a me mover nas *regiões inferiores*, pois depois do início majestoso, que se compunha de frases com transcendentais reflexões sobre o mundo, eu me desviava muito depressa para as coisas minúsculas, às quais chegava por uma elementar associação de ideias que me levava a territórios nada grandiosos e, em vez disso, muito prazenteiramente ínfimos, e que terminavam derivando para um arbitrário ponto final de frases que em nada faziam lembrar o solene e arrogante começo.

Durante anos fui fiel às *regiões inferiores* e me movi com calculada perfeição rumo ao país dos Zeros à esquerda. Fui, então, durante muito tempo, ainda antes de saber que o era, fiel ao meu futuro herói moral, Robert Walser, que escreveu: "Se alguma vez qualquer mão, qualquer oportunidade, qualquer onda me levantasse e me levasse para o alto, lá onde imperam o poder e o prestígio, faria em pedaços as circunstâncias que me tivessem levado até lá e me lançaria eu mesmo para baixo, para as ínfimas e insignificantes trevas. Só nas regiões inferiores consigo respirar".

Fui fiel a Walser antes mesmo de saber que ele existia. E só quando eclodiu (tão tardiamente, por certo) minha vocação de escritor público e se editou meu primeiro livro, razoavelmente bem acolhido pelos leitores, notei que havia traído os princípios morais que em segredo eu havia fundado no Liceu Italiano del Pasaje Méndez Vigo, de Barcelona. Um sentimento de repugnância por haver abandonado esses princípios e uma obsessão constante por voltar às regiões inferiores me perseguiram desde então, até que em Sevilha, na estação de Santa Justa, dei o primeiro passo para voltar a ser o que tinha sido, para voltar a ser aquele que não se preparava para entrar no mundo, mas sim para sair dele sem ser notado. Dei, ali em Sevilha, o primeiro passo para voltar a ser aquele que se apaixonava pela ideia de se fazer cada dia menor para poder chegar a ser um perfeito zero à esquerda, a caminho de desaparecer algum dia.

Depois de tudo, se hoje tenho alguma certeza, é a de que há uma grande injustiça no trabalho artístico. Escreve-se com a angústia de se ver desonrado por uma obra fracassada. O fracasso de uma obra supõe uma grande vergonha pessoal, porque o sujeito não pôde demonstrar nem sua inteligência nem seu talento. Ainda por cima o sujeito fica como um vulgar ambicioso, um arrivista de meia-tigela. A angústia domina, portanto, a realização da obra artística, mas o pior não é isso, o pior não é quando vem o fracasso, mas sim quando a obra resulta mais ou menos bem-sucedida e consegue aplausos e, mesmo assim, não se obtém de tudo isso nem sequer uma satisfação íntima. É que, na verdade, não há nada ali no reconhecimento, nada. Uma obra de sucesso vive sua própria vida, existe em alguma parte, à margem, e pouco pode fazer pela vida de seu autor. Ainda por cima, o cúmulo é que, de repente, sufocam o autor com felicitações superficiais, aplausos de uma honra duvidosa, grandes tapas nas costas, pedidos ridículos de autógrafos, cartas tétricas de amor, convites para amarrar uma corda no pescoço em qualquer prêmio nacional.

Tendo em conta tudo isso, não parecerá estranho se digo que hoje, caminhando de volta ao Hôtel de Suède, andando pelo Boulevard Saint-Germain, tentei convencer a mim mesmo de que era uma grande sorte ser consciente de que, no fim das contas, o doutor Pasavento nunca tinha publicado nada e, portanto, não tinha atrás de si o peso de uma obra, não tinha nada do que se arrepender, podia viver a fundo sua bela infelicidade, sua "ética do gelo e do desaparecimento", digamos assim. Feliz por não ter obra nenhuma, fui andando inesperadamente radiante para o hotel, pensando numa enigmática frase de Walser ("Deus está com os que não pensam") e pensando que essa frase, no caso de que alguém a pensasse, talvez viesse a dizer que só no Deus pessoal e doméstico de cada um de nós pode surgir a liberdade reflexiva. De todo modo, perguntei a mim mesmo, com uma ponta de ironia, de que me serve a liberdade reflexiva se só percebem minha existência os motoristas de carros que temem os problemas que o fato de me atropelar pode causar a eles?

Já no meu quarto, decidi que me poria a escrever sobre meu segundo encontro com Morante em Nápoles, nosso encontro do dia de Natal. Nessa ocasião, tinha que começar pelo princípio, começar com esta frase que, assim que me viu, disparou à queima-roupa o professor:

– Até quando durou a sua juventude, doutor Pasavento?

6

Já estava disposto a abandonar a narração de meu segundo passeio com Morante quando fiquei pensando em outro tipo de passeio. De repente atravessou o meu caminho a lembrança do Paseo de San Juan da minha infância. De minha infância? Subitamente me peguei inventando uma meninice diferente da que tive, que se passou em outro lugar de Barcelona, não precisamente no Paseo de San Juan. Adorei comprovar que por fim estava construindo uma infância para o doutor Pasavento, e pensei que talvez a única coisa em que aquele doutor podia coincidir com o escritor que fui (que sou, mas agora só de forma privada) era no fato de termos sido quando meninos, tanto um como o outro, vizinhos da família do futuro poeta Angelo Scorcelletti, em Port de la Selva. Tanto um como o outro, ao longo de um breve verão da infância, tínhamos brincado com o menino Scorcelletti, ainda que eu me apresse agora mesmo a acrescentar aqui que se trata de uma lembrança completamente inventada. Na realidade, isso explica melhor como duas pessoas com passados tão diferentes podem compartilhar uma mesma lembrança.

Tão diferentes ou, no mínimo, não muito parecidos. O futuro doutor, por exemplo, estudou no colégio dos Irmãos Maristas do Paseo de San Juan de Barcelona, não no Liceu Italiano del Pasaje de Méndez Vigo. Minha família teria me levado àquele colégio religioso porque ficava perto da sobreloja da Calle Rosellón, junto ao Paseo de San Juan, onde morávamos. Esse lugar tinha sido para mim o que a Via Babuino representara para Morante, isto é, o centro do universo. Tinha graça pensar que, na vida real, quem havia situado o centro do mundo no Paseo de San Juan era quem realmente vivera ali, meu primo-irmão Arturo, que estudara nos Maristas e morara com os pais na Calle Rosellón e com quem encontrei, em três longos verões da infância, em duas casas de férias, vizinha uma da outra, em Sant Andreu de Llavaneres.

Já quando inventava imagens e lembranças de minha infância com o pequeno Scorcelletti, em Port de la Selva (deliberada invenção que ia difundindo por toda parte para confundir meus potenciais biógrafos e, de passagem, os de Scorcelletti), eu me apoiava sempre em fatos reais que giravam em torno de meu vizinho de verão e primo-irmão Arturo. Nem é preciso dizer que isso me facilitava muito a invenção. De modo que Arturo tinha algo do menino Scorcelletti e Port de la Selva era mais propriamente Sant Andreu de Llavaneres. Embora fizesse muitos anos que eu não via Arturo, conhecia muito bem sua infância, pois fôramos amigos íntimos e havíamos contado tudo um ao outro até o dia em que Arturo, quando tinha dezessete anos, foi enviado a Madri para estudar medicina e não voltamos a nos ver nunca mais. Trinta e cinco anos depois daquela separação, Arturo continuava em Madri, onde exercia a medicina, e dele eu pouco sabia, exceto que, segundo tinham comentado comigo alguns colegas, assistia regularmente às conferências de um ciclo sobre enfermidade e literatura organizado pela Fundação de Ciências da Saúde. Mais de um de meus colegas autografaram um livro para meu primo Arturo e todos concordavam que era um sujeito encantador, falava muito bem de seu primo-irmão, mas era um médico um tanto estranho, pois recomendava fumar. Eu não sabia muito mais a respeito dele. Não sabia, para se ter uma ideia, nem que cara ele tinha atualmente. Imaginava-o com seu rosto dos dezessete anos, com seu cabelo louro revolto e a pele muito sardenta, fumando cigarros Rumbo. Era meu primo-irmão pelo lado materno, de modo que não se chamava doutor Pasavento como eu, e sim – de uma forma que entendo ser mais modesta – doutor Sánchez.

A infância do doutor Sánchez no Paseo de San Juan eu sabia de cor, e me apropriei dela nesta manhã, passou a ser minha infância há algumas horas, neste quarto de hotel de Paris. Acaba sendo agradável roubar ou inventar as lembranças de meu primo Arturo, rememorar essa infância ligada ao Paseo de San Juan, sobretudo tendo em conta como era desagradável recordar a infância do pobre escritor Pasavento no bairro do Liceu Italiano de Barcelona, uma infância da qual só merecia ser resgatada aquela pulsão pelo pequeno que em certa ocasião até me levara a escrever num caderno escolar que eu, quando crescesse, me contentaria em chegar a ser um humilde soldado do exército de Napoleão.

De modo que posso dizer agora que o Paseo de San Juan foi para mim o que a Via Babuino representou para Morante, quer dizer, o centro do universo. Pelas tardes, via algumas enfermeiras passeando por ele, mas seria tão falso como grotesco estabelecer agora – não simpatizo muito com o doutor Freud – uma relação direta entre a excitação que me provocavam os uniformes com saias curtas daquelas enfermeiras e minha posterior vocação de médico.

Não faz muito tempo, voltei ao Paseo de San Juan da minha infância, voltei ao caminho que mais vezes (calculo que umas quinze mil) terei percorrido ao longo da vida. Conheço-o de memória, mas ele só sobrevive ali, na minha memória, na minha lembrança, já que esse caminho primordial da casa à escola já não é nada do que era, mudaram-no muitíssimo, confirmando que sobreviver à cidade da infância da gente é uma experiência moderna. O mundo, o mapa do planeta, ia desde o número 343 da Calle Rosellón até a esquina da Valencia com o Paseo de San Juan, onde ficava o colégio dos Irmãos Maristas. Um percurso intenso, de pasta de escola e Cacaolat (minha *madeleine* proustiana), para a manhã de inverno, que quase sempre se apresentava fria. Um trajeto tão breve como a própria infância e que sobrevive apenas em minha memória e é, ainda hoje, para mim, o mundo, o mapa do planeta. Porque o resto, o que estava fora do caminho, era – continua sendo para mim – um espaço em branco, sem nenhum significado, algo assim como aquele espaço imaginado que desde sempre atraiu Arthur Rimbaud e que consistia numa rua que se estendia de umas paliçadas até a multicolorida zona portuária de uma cidade que tinha de ser ponta avançada de um deserto.

Nesse tipo de rua *artúrica*, oferecida ao menino como se fosse uma secreta romã muito selvagem, achava-se já concentrado todo o mundo do poeta francês: a catedral, a casa do professor rebelde, a escola, a loja dos chapéus turcos, a livraria, as rosetas, os licores fortes como metal derretido e, ao final do trajeto ("tem que ser o fim do mundo se avançamos", pensava ele), aquele esquilo numa gaiola de vime que ele viu embarcarem numa fragata dinamarquesa.

Em meu caso, a cartografia do paraíso, minha rua de Arthur, foi em seu tempo também uma secreta romã selvagem que se estendia por seis pontos vitais de meu Paseo de San Juan, seis espaços que na memória ainda posso visitar como quando, menino, viajava com um dedo pelos mapas de meu atlas universal: a luz submarina do portal da casa de meus pais, a obscura loja do velho livreiro judeu que me vendia gibis, o deslumbrante cine Chile e sua programação em cinemascope, a *bolera** abandonada, o misterioso lar para surdos-mudos e, ao final do trajeto, as grades pontiagudas da entrada da igreja do colégio.

O mundo era isso, continua sendo. Esse trajeto continha e contém tudo para mim. Nele encontramos o que para mim é essencial, pois estão ali os pais, a leitura e a liberdade que chegava com ela, o cinema, a solidão das paisagens abandonadas, o silêncio e a loucura do colégio inútil. Não há vida fora desse mundo tão vivo em minha lembrança, com suas seis estações de amor e de dor que ainda fazem parte de mim. O portal da casa de meus pais (mortos de morte natural em idades muito respeitáveis) podia parecer lúgubre visto de perto, mas não tanto quando o contemplava de longe, ao voltar do colégio naquelas tardes de inverno. Sempre associarei a escola ao frio e a um trajeto, a uma viagem de inverno. Visto de longe, o portal da casa familiar adquiria, em sua luz ao cair da tarde, certa coloração

* *Bolera* é o lugar destinado ao "jogo dos bolos", espécie popular de boliche. [N.T.]

estranha, muito própria do mundo de Julio Verne e também dos portais do Eixample barcelonês, com suas portas de ferro trabalhado e aqueles vidros embaçados pela umidade que, a certa distância, com a ajuda das lâmpadas amarelas, ofereciam ao menino uma sensação de nebulosidade submarina de cabine do capitão Nemo.

No número 341 da Calle Rosellón, na loja do velho livreiro judeu, notava-se que "algo surdo perdurava ao longe", respirava-se – embora o menino não soubesse nada disso – a tragédia ainda recente de um povo judeu perseguido, e também se respirava mistério com odor de incenso e aroma estranho de países distantes, de exóticas mercadorias que, como na rua da infância de Rimbaud, eu supunha que estavam escondidas na inacessível vivenda ou quarto dos fundos da loja daquele velho mercador: fogos de Bengala, cofres mágicos, caixas de música de Nuremberg (de onde havia escapado o comerciante), livros insólitos, empoeiradas pastas cheias de gravuras e de apocalípticas histórias do passado e de crimes ainda muito recentes.

Em frente à loja do velho judeu se podia ver o inesquecível incêndio de luz da entrada do cine Chile. Mais adiante, antes de chegar à Calle Provenza, a misteriosa *bolera* abandonada. Depois, ao chegar à Diagonal, o lar para meninos surdos-mudos, que parecia um castelo encantado. E finalmente o colégio, onde, a exemplo do que ocorria no Instituto Benjamenta, não aprendíamos nada, só aprendíamos que, se avançássemos mais, entraríamos no fim do mundo.

Não faz muito tempo voltei ao Paseo de San Juan e vi que nenhuma ds minhas recordações estava em pé. Voltei ao caminho que mais vezes percorri em minha vida e vi que foi arrasado, totalmente transformado, e não precisamente para melhor. Onde estava o portal da luz submarina, hoje se pode ver uma luz cavernosa e triste. O cine Chile é um vulgar estacionamento que leva o nome do antigo cinema. A loja do velho livreiro é hoje o obsceno e desastrado Snack Bar Poppys. Quanto à *bolera*, hoje é uma agência bancária. O castelo encantado dos surdos-mudos, o Palau Macaya, um edifício do arquiteto modernista Puig i Cadafalch, converteu-se num museu de atividades culturais de um banco catalão. Só o colégio permanece idêntico, com suas grades afiadas como lanças e seus alunos de hoje exatamente iguais a nós quando estudávamos ali e não entendíamos nem aprendíamos nada.

Um estranho panorama para depois dessa batalha perdida que é a infância. Envelhecer talvez tenha sua graça, mas também é certo que envelhecer serve para comprovar que mudamos e que o tempo caminhou conosco, serve para comprovar que avançamos por dunas movediças que na aparência nos conduziram ao término de um trajeto e nos situaram na ponta avançada de um deserto onde, ao voltar a vista para trás e tentar recuperar algo de nossa rua de Arthur, só podemos ver um velho caminho no qual o Tempo escreveu o fim abrupto de nosso mundo, do mundo. Sabemos que é o fim do mundo, se avançarmos. Sabemos que, se dermos um passo adiante, desapareceremos. E planejamos dá-lo, pois pensamos que é o melhor, recordamos que outros já deram esse passo antes, e esses outros foram sempre nossos exploradores favoritos, os que tanto admirávamos quando os víamos desvanecer-se nas tenazes sombras do vazio.

7

"Até quando durou sua juventude, doutor Pasavento?", me perguntou Morante à queima-roupa, no dia de Natal, assim que me viu aparecer na residência. Parecia que tinha passado toda a noite da véspera preparando aquela pergunta. Eu ia responder alg quando ele mudou a pergunta, ainda que só muito lig "Até quando durou sua juventude, doutor Fausto?". E riu. Era, dessa vez, o riso de um louco.

Não quis que ele me visse hesitar demais e ali mesmo, nas escadas da entrada do centro, roubei a juventude de um homem imaginado, um jovem imigrante catalão, de sobrenome Pasavento como eu, que teria passado sua infância e adolescência em Barcelona e parte da juventude no Bronx italiano de Nova York, vivendo na mesma rua por onde andavam jovens que depois se tornaram famosos e cujas famílias ainda viviam todas quase no mesmo quarteirão: Robert De Niro, Daniel Libeskind, Don DeLillo e Colin Powell, seus bons amigos do bairro.

"E até se pode dizer que Scorsese, em *Caminhos perigosos*, se inspirou em mim para o personagem do jovem que vai a Manhattan estudar para ser doutor", disse eu. Morante me olhou sem me olhar, parecia que o fazia deliberadamente, sem expressão alguma nos olhos. Continuei, ali mesmo nas escadas da entrada, falando da densa atmosfera do Bronx e de como eu passava a vida na rua, rodeado de gangues de jovens que controlavam o basquete e o beisebol. Contei que fui vigia de estacionamento e redator de anúncios de classificados até economizar o suficiente para, com a ajuda de minha mãe, poder me matricular em medicina e procurar o ramo psiquiátrico.

"Eu me graduei em Melancolia e psiquiatria", continuei, enquanto íamos descendo os degraus, "quero dizer com isso que tinha veleidades poéticas. Escrevia poemas em algumas tardes em que ficava aborrecido na companhia de outros médicos melancólicos, num hospital de Manhattan. Passava essas tardes sozinho e quieto, dentro do meu jaleco branco. Eram tardes quietas, ideais para escrever poemas em que eu justamente dizia que as tardes eram planas. Foi um tempo de poemas de hospital, de versos escritos entre freiras e luzes de algodão. Às vezes, recebia a visita de meu amigo, o arquiteto Daniel Libeskind, que lia os poemas e os comparava com edifícios que ele havia sonhado. Depois, voltei ao meu país e trabalhei num hospital da Avenida Meridiana de Barcelona, onde em outras tardes quietas escrevi mais poemas, e até escrevi um me despedindo de meus anos de juventude."

Silêncio completo de Morante. "Uma juventude poética", sentenciei, com os olhos voltados para o chão, olhando uma mancha de gordura que havia num dos degraus daquela pretensiosa escadaria. Depois levantei lentamente a vista para Morante, tratava-se de tentar de novo averiguar em seu olhar o grau de incredulidade com que acolhera minha versão de meus anos de juventude. Tratava-se de ver se ele me dava um tapa nas costas e me dizia, amistosamente, que já bastava de me passar por outro e que com essa história de Bronx eu tinha me excedido ou, pelo contrário, possuído por sua ambígua enfermidade mental, aceitava sem problemas a versão que dei de minha juventude.

"Quem é Colin Powell?", limitou-se a perguntar.

Embora eu não pudesse ter plena certeza, me pareceu que ele achava graça do que eu tinha contado, não havia motivo para pensar em outra possibilidade que não fosse essa. "Me diga a verdade", eu disse então, "o senhor se lembra perfeitamente de mim, do tempo do Instituto, não é mesmo?" Um silêncio longo, imponente. Morante tirou o chapéu, levando-o junto a si, a um lado do corpo, da mesma forma que havia feito várias vezes dois dias antes, e me pareceu entender que aquele gesto já fazia parte de nosso ritual de passeio, e que para ele certamente significava algo muito concreto. "Mudemos de assunto", podia ser o que significava aquele gesto senhorial. Deixamos a escadaria para trás e alcançamos a Via Enrico de Nicola. "Lembra de mim ou não?", insisti, implacável e também – é preciso dizer tudo – um tanto desesperado. "É extraordinário. O senhor e eu brincamos como se nos conhecêssemos há muito tempo", ele me disse.

Chuva e neve em Nápoles, e eu com cachecol e gola alta. Morante com seu chapéu encasquetado, seu terno de riscas e seu velho mas elegante abrigo cinza que lhe chegava quase até os pés e do qual, suponho que de brincadeira, me disse que pertencera a Gabrielle D'Annunzio. "O meu", eu quis contar, "comprei em Veneza e houve uma época em que gostava muito de usá-lo porque sabia que chamava a atenção." Um táxi nos conduziu ao Café Gambrinus, onde eu tinha reservado uma mesa. Em outros tempos, as refeições de Natal tinham sido traumáticas para mim. Como naquele dia eu ainda não havia inventado para mim uma infância numa rua *artúrica* (não sabia que devia esperar pelo dia de hoje, aqui em Paris, para semelhante invenção), ao longo de meu almoço com Morante me dediquei, vez ou outra, a me lembrar, em silêncio, de mim mesmo em minha infância, digamos, verdadeira, a lembrar de mim naqueles dias nos quais o maçante Natal estava relacionado com a necessidade de fugir dele e, ao mesmo tempo, com a espantosa obrigação de celebrá-lo. Por sorte, não tardaram em desvanecer-se aquelas más lembranças.

Almoçar com o desmemoriado Morante, além de um exorcismo para minha solidão, começou a se revelar uma forma inteligente de fugir do Natal e da lembrança dessa data. A verdade é que, no princípio do almoço, nada indicava que eu pudesse me equivocar.

Teria até jurado que Morante estava empenhado, quase à maneira de um desafio pessoal, em me fazer esquecer de feridas de antigos natais passados com minha família. Mostrava-se alegre, mas só ficaria assim nas primeiras horas. Perto do fim do dia exagerou na alegria e tudo ficou turvo. Mas, no início, eu me sentia contente. A cada minuto que passava, acreditava ver com clareza que Morante era a pessoa ideal para que eu me esquecesse do dia em que estávamos, e também para que começasse finalmente a me esquecer de uma parte do meu passado e mergulhasse, de uma vez por todas, na minha nova biografia. Uma biografia nova que, por outro lado, não excluía a outra. Eu estava me saindo bem com uma vida com duas juventudes, por exemplo. Nada mau. Era possível respirar melhor assim, com duas juventudes. Aonde uma não alcançava, chegava a outra. Mas, na hora da sobremesa, tudo começou a tomar um rumo um tanto obscuro. Comecei a ver em Morante uma ameaça direta à construção de minhas duas juventudes. É que de repente me pareceu que, por mais que não lhe interessasse mostrá-la, ele mantinha mais que intacta sua memória, incluindo, obviamente, a memória de quem eu era ou tinha sido. A suspeita crescente de que se lembrava perfeitamente de mim começou a se tornar aterradora.

Além disso, notei que minha balança começava a se inclinar mais para o lado da repulsa física do que para o da atração por ele. Sua maneira de manejar o garfo, por exemplo, começou a me parecer sumamente vulgar e tosca. E às vezes, quando falava, eu o achava insuportável, o que não havia pensado no início da refeição. Talvez o pobre Morante, com seu mundo puro dos microensaios, me fizesse lembrar de mim mesmo nos dias em que fundei certos princípios morais e uma visão do mundo que depois eu mesmo havia traído. Era isso, talvez, o que me levava a sentir certa ânsia de me afastar dele. Sem pretender, Morante me recordava constantemente que eu tinha desejado ser um discreto homem de letras não ligado às pompas solenes do mundo. Vê-lo situado com tanta comodidade e rigor nas *regiões inferiores* começava a ficar intolerável, pois me produzia inveja.

Só me acalmava a ideia de que, nos últimos dias, eu havia passado a ser um escritor secreto. Já não era o homem que havia caído sob o tormento do reconhecimento público, essa espécie de laurel que, na realidade, a gente sempre rouba dos outros, desses *outros* entre os quais estão alguns escritores de verdade que, como dizia Canetti, precisamente porque eram escritores de verdade, terminaram "apagados e asfixiados, podendo escolher entre viver como mendigos que incomodam todo mundo ou viver no manicômio".

Pensando em tudo isso, eu me dei conta de como tinha sido felizmente oportuna minha decisão de desaparecer. Mesmo assim, tinha a impressão de que ainda me faltava muito para me mover nas *regiões inferiores* com a admirável e odiosa soltura com que Morante o fazia. Olhei para ele. Vi que sorria de uma maneira ambígua para mim. Comecei a pensar que devia me apressar para averiguar, de uma vez por todas e o quanto antes, se, tal como eu começava a suspeitar com força, ele se lembrava perfeitamente de mim, de quando eu trabalhava no Instituto Cervantes.

"Professor, o senhor não se lembra de nada?", perguntei no momento em que chegavam as sobremesas. Um silêncio longo, imponente. Dessa vez ele pegou o chapéu e o colocou, encasquetou-o mais que nunca. Sorriu, tirou de novo o chapéu e passou a se desmanchar em elogios ao Corvo, o vinho siciliano do qual já tomáramos três garrafas e meia. Quando terminaram os elogios, sua cara adotou um ar pensativo. "O senhor deve saber, doutor Fausto", me disse, "que o microensaio que escrevi ontem para poder contá-lo aqui hoje, porque não o vou ler e sim contar, é uma espécie de passeio errático em torno do tema da velhice e da felicidade."

Odiei-o naquele momento, odiei como até então não o havia odiado. Pareceu que, com toda a sua malícia, estava me recordando que em outros dias eu tinha desejado escrever ensaios erráticos sem a intenção de publicá-los. O pior foi que não me atrevi a proibi-lo de me contar seu microensaio. E ele passou a narrá-lo, falando de um conto de Natal que tinha por cenário um povoado onde nevava pela primeira vez na história e, sem que houvesse uma relação de causa e efeito, descobriam que estavam condenados eternamente a sofrer da incapacidade de tender à felicidade.

Depois desse breve conto, que eu achei estúpido e que Morante me confessou ter sido explicado pelo louco mais louco de sua residência, o microensaio derivou para um relato de Svevo que Morante via relacionado com o conto do povoado incapaz de tender à felicidade. O relato de Svevo, uma amarga fábula com o mito de Fausto como pano de fundo, eu já conhecia. É a história de um ancião – um *velho selvagem*, poderíamos chamá-lo assim – que está a ponto de se deitar junto a sua velha esposa, que já dorme e ronca. Enquanto se despe, pensa que é meia-noite, a hora em que Mefistófeles podia se apresentar a ele e propor o antigo pacto, e pensa que estaria disposto a fazê-lo e a ceder-lhe sua alma, se não fosse o fato de que não sabe o que pedir em troca: a juventude não, que é insensata e cruel, se bem que a velhice seja intolerável; tampouco a imortalidade, porque a vida é insuportável, ainda que tal conclusão não mitigue a angústia da morte. O ancião então se dá conta de que não tem nada a pedir ao Diabo e imagina o embaraço do pobre Mefistófeles, representante de uma empresa que não tem nada de atraente a oferecer. Ao imaginar o pobre-diabo coçando a cabeça no inferno, explode numa gargalhada, ao mesmo tempo que deita na cama, onde sua mulher, meio desvelada pelo riso, murmura entre sonhos: "Feliz é você, que a esta hora da noite tem vontade de rir".

Nesse relato de Svevo, assim como no conto do povoado onde nevava pela primeira vez, Morante via a conclusão de que a dor mais intensa não era a infelicidade, mas a incapacidade de tender para a felicidade. Aquela gargalhada do ancião, que na realidade ocultava com ironia o desespero de quem já nada espera, era, para Morante, a última praia. "A última praia?", perguntei. Havia começado a ser exasperante conversar com ele. "A última praia alcançada pelo niilismo do Ocidente", me respondeu. Ficou cabisbaixo de repente, como um menino que acabasse de cometer uma maldade. Pouco depois, pediu ao garçom a caixa dos charutos puros. "Ocidente", sussurrou entre dentes. "Ocidente o quê?", disse eu, quase perdendo a cabeça. "No Ocidente", me respondeu, "deveríamos tentar ir além dessa última praia que alcançamos. Deveríamos poder nos lançar de novo ao mar. Buscar novos caminhos, ser otimistas, crer na felicidade. Não lhe parece, doutor Fausto?"

Disse tudo isso e depois a conversa à mesa se alongou de uma forma desesperadora, e nunca a palavra foi mais exata. O microensaio de Morante deslizou para a reflexão sobre o desespero de quem já nada espera e, pouco a pouco, essa reflexão derivou para a questão da felicidade e da necessidade, repetida à exaustão por Morante, de que nos lancemos de novo ao mar. A velhice, chegou a me dizer, era na realidade ideal, porque nela se alcançava uma liberdade que antes o sujeito não tinha. Uma grande baforada de fumaça depois de dizer isso. De minha parte, raiva contida. Ele se mostrava feliz e beirando uma alegria extrema, insultante. Decidi perguntar se não lhe parecia uma obscenidade insuportável ser feliz. Respondendo como se tivesse detectado o ódio que naquele momento eu sentia por ele e quisesse aumentá-lo, me disse que, com minha licença e embora já fossem cinco da tarde, ainda seguiriam várias outras reflexões sobre a felicidade, a última das quais giraria em torno da felicidade de fumar dois Havanas puros no Natal. Em seguida, começou uma longa ladainha em torno da ideia de que eram livres e insubordinados os anos da velhice. Disse que o velho, em geral, é um verdadeiro homem, porque sabe que é um homem fora de lugar, é alguém que enche de vida o espaço vazio da vida e entende o jogo melhor do que o jogador porque, ao estar fora dele, não está distraído pelo esforço a que está obrigado quem dele participa.

Entendi que estava me tratando como a um jovem e isso me animou, me reconciliou ligeiramente com ele. "Sou velho e vejo se aproximar a tão esperada dissolução do eu. Me dissolverei em meio ao grande fluxo das multidões desta cidade", disse ele pouco depois, de forma um tanto pomposa. Brindamos por sua desaparição, estávamos ambos já bastante bêbados, sobretudo ele. Pedi mais vinho. Quarta garrafa de Corvo, nós a bebemos inteira, e em seguida houve ainda uma quinta, e depois saímos à rua.

Nas avenidas de Nápoles, frio, chuva e neve. E eu com meu cachecol e minha blusa de gola alta, caminhante dominado por certa aflição, mas, no fundo, me sentindo bem acompanhado pelo velho, que me seguia com passo firme, ainda que um pouco atordoado pelos efeitos do Corvo. Pensei que aquelas avenidas, repletas de gente que passeava depois do grande almoço familiar do dia de Natal, eram, efetivamente, um lugar perfeito para dissolver-se no fluxo constante das multidões, no fluxo feliz de todas aquelas ondas incessantes de seres baldios que, desde épocas imemoriais, vinham desde o fundo dos tempos morrer sem cessar naquela cidade imortal. E, ainda assim, pensei, continuamos aqui esperando acontecimentos, não sabemos quais. Esperava algo, eu? O que teria a dizer a Mefistófeles? O que pensaria pedir em troca, caso ele aparecesse?

Caminhando os dois entre a multidão, eu teria gostado de dizer a Morante que não havia melhor escola para educar-se do que propor a esta vida, incessantemente, a diversidade de tantas outras. E dizer também que isso era algo que a viagem oferecia, a viagem sempre inesquecível pelas ruas de Nápoles, sempre cheias de rios de gente. Um tanto confuso pelos efeitos das garrafas de Corvo que também agiam sobre mim, eu teria desejado dizer tudo isso a Morante, mas ele andava um pouco cambaleante e, sobretudo, ensimesmado na alegria que lhe trazia sua condição de velho situado fora do jogo, escritor feliz e louco. E eu andava receoso dele, pois cada vez se ampliava mais minha suspeita de que conservava de mim uma memória intacta.

Eu confiava nos efeitos do vinho para que ele acabasse me confessando a verdade. Mas, como se tivesse intuído que eu estava próximo de capturá-lo, Morante começou a dizer coisas estranhas: "A tensão fáustica terminou. O senhor não se dá conta, mas a tensão entre os dois já se afrouxou. Também no mundo em geral já se afrouxou. Acabou-se a tensão fáustica para todos. E sabe por quê?". Eu não tinha ideia de sobre o que ele estava falando, mas suspeitava, embora estivesse muito tocado pelo Corvo, que não falava por falar. Já não trazia comigo meu Moleskine. Se estivesse com ele, acho que teria parado um momento na rua para anotar algumas de suas frases estranhas. Falando do conto de Svevo, me disse mais ou menos – e o fez de forma um tanto confusa – que o indivíduo de hoje em dia, carente de unidade, já não pode desejar nada, pois já não é um indivíduo como os de antes, já não é sujeito capaz de paixões, agora é só um feixe de percepções, uma espécie de homem fragmentado, que é nada e, ao mesmo tempo, uma gargalhada desesperada.

Parecia que, falando desse conto de Svevo, estava tentando ao mesmo tempo falar diretamente de mim. Eu teria gostado de dizer a Morante que não se preocupasse, que eu estava perfeitamente bem, encantado de ter trocado um mau estado por outro incerto, feliz na incerteza da minha vida de doutor. Uma incerteza que, no mínimo, me havia aberto portas para o futuro, portas que antes não tinha quando vivia simplesmente aborrecido e desesperado como escritor de certa e relativa fama absurda. Minha vida de inseguro doutor havia se instalado na esperança de ter justamente algo a propor a Mefistófeles quando este decidisse me abordar, embora ainda não soubesse o que iria lhe pedir em troca da minha alma. Talvez que me ajudasse a desaparecer de verdade.

Ainda que ninguém no mundo tivesse se inteirado de que eu havia evaporado, o certo era que tanto o fato de desaparecer como as palavras felizes do velho Morante sobre sua velhice tinham me rejuvenescido. O professor Morante era velho ("livre e feliz", era preciso acreditar nele) e eu, que até muito pouco tempo antes era velho, agora era jovem, graças às palavras do velho, e me sentia disposto a relaxar a tensão do mito fáustico. Desaparecer (embora ainda não tivesse desaparecido de todo e não fosse o caso de soltar foguetes) me havia colocado em boa situação para dialogar com o diabo quando este tivesse vontade de me visitar. Nesse sentido, ser jovem me privava da liberdade que ser velho oferecia, mas me abria portas para o futuro que antes, quando me sentia velho, não costumava ter diante dos olhos. Por isso eu teria gostado de dizer a Morante que não se preocupasse comigo, que não me fizesse sentir-me como *o bandido*, como esse personagem de Walser que sofria e se dilacerava pelas pressões e obrigações da felicidade imposta pelos outros ("todo mundo se preocupou com o bem do bandido, até demais"), que não me pressionasse com seu olhar protetor, pois eu me sentia fantasticamente bem ao me sentir um inadaptado com dúvidas inclusive acerca de minha própria inadaptação.

Entramos num bar da Piazza Dante, e ali ele continuou falando do ancião do conto de Svevo e, ao mesmo tempo, de mim, que – como repeti várias vezes – não precisava de seus cuidados. "Depois de rechaçar o pobre Mefistófeles", disse ele, com os cotovelos sobre o balcão do bar, "o riso do conhecimento brota com o velho do conto de Svevo, com desencanto, o mesmo que exibe o senhor. Observo sua personalidade rota, seu riso amável e seu elegante desencanto, e tudo me leva a evocar o desenho cambiante das nuvens." Fez uma breve pausa e, em seguida, como que tomando forças para continuar falando, notavelmente embriagado, continuou mais ou menos assim: "Eu tendo à felicidade, o senhor não. O senhor espera que eu me embriague e mostre minha verdadeira alma. Mas o vinho Corvo, amigo, não traz à tona a verdade, só nos revela a história passada e esquecida, afloram unicamente as coisas de antes, não as do futuro, não as da pessoa que poderíamos chegar a ser".

"Não o entendo muito bem", eu me limitei a dizer, um pouco alarmado. Sorriu. "O vinho é horrível", continuou, "o senhor quer voltar a ser o que era? Pois tome mais uma taça. Tome outra, doutor Fausto. Em seguida volta o passado. No fim das contas, o futuro não é mais que uma figura retórica." Eu me dispunha a pedir que baixasse a voz e a excitação quando ocorreu algo que eu não esperava que fosse acontecer naquele momento. Morante começou a me lembrar de toda a minha juventude. O que eu tanto temia começou a acontecer. Morante sabia mais sobre mim do que eu mesmo. Com grande horror, por fim confirmei que ele representava justamente tudo aquilo de que eu fugia. Faltava apenas ele me chamar de Andrés. Começou a me lembrar de minha vida de professor em Nápoles, e em seguida a falar dos livros que eu tivera "a ousadia de publicar", e até me repreendeu pela deserção dos princípios morais de minha primeira juventude. Recordava ou sabia quase tudo sobre mim. Meus amores desgraçados. Meus pais afogados. Minha ternura reprimida, meus medos, meus costumes antiquados, minha conduta exemplarmente burguesa, a morte de Nora, minhas penosas frases supostamente engenhosas nas entrevistas, minhas misérias cotidianas, minha alma mercantil, minha pouca graça em tudo.

A volta imprevista do passado. Com sua volta, minha identidade paradoxalmente se tornava ainda mais precária, mas no sentido menos desejável. Com Morante, não só havia reaparecido aquele sujeito chamado Andrés Pasavento, mas voltavam inteiros os dias de ontem. Estava claro que eu havia perpetrado um movimento em falso ao me aproximar do ambíguo professor louco, pois este me levara a descobrir que a verdade, com efeito, não estava no vinho Corvo, mas no passado que está aí, que não se foi, que flui no fluir do tempo e está ao nosso lado, que não quer partir, não quer afundar atrás do suposto horizonte que temos em frente.

No passado, rompi com mais de um amigo exatamente porque me fazia lembrar do passado. Consciente de que minha personalidade juvenil havia sido horrível, rompi com mais de um amigo ou amiga daquela época para não me sentir nem um minuto mais ligado a uma realidade miserável dos dias de ontem, que tanto me horrorizavam. Eu não podia (e nem posso) suportar fotografias daqueles tempos. Não é estranho que a aparição imprevista do passado, que me chegou de repente pela mão de Morante – implacável testemunha de meus dias de professor em Nápoles e seguidor implacável de minha carreira literária –, me deixasse aterrorizado. Eu diria que ainda estou. Se me refugiei de algo em Paris foi dos embates de Morante, que de repente, em Nápoles, diante de meus olhos horrorizados, se converteu no revolvedor do meu passado, se converteu no mais sério obstáculo para que eu fosse *outro* e pudesse mudar de vida e obra, pudesse escrever sobre como ia, pouco a pouco, desaparecendo para depois, no momento oportuno, tentar desaparecer completamente, o mais difícil de tudo quanto me propunha, pois não se podia esquecer que, se alguém quer ir de verdade mais além de sua obra, primeiro deve ir mais além de sua vida e desaparecer, o que é, antes de tudo, muito poético, mas também muito arriscado, que é o que deve ser no fundo a poesia ou qualquer desaparição total e verdadeira: puro risco.

Contemplo agora os jardins de Matignon, e tenho a impressão de que da Rue Vaneau ascende toda a tensão fáustica da rua. O mundo inteiro está em guerra e muitos sabem disso nesta rua em que viveu, durante tantos anos, André Gide, e na qual hoje dorme a lembrança de Karl Marx. Olho para o idílico Matignon, e da copa das árvores parece surgir um ar branco que penetra pela minha janela entreaberta, cobrindo tudo com um mar de névoa que me traz uma vertigem e me faz retroceder até a cama, onde me estendo e sinto de novo a volta do passado, a lembrança de minha renúncia a meu *êxito interior*, o regresso de todos os abismos.

"Fala-lhes doutor Pasavento", digo a mim mesmo em voz muito baixa e suave. E volto por uns momentos ao passado, nesse caso a meu passado mais suportável, que não é outro, está claro, que o mais recente. Volto aos últimos momentos da noite de Natal, já na porta da residência de Torre del Greco, já noite fechada, embriagados os dois, Morante e eu, na hora do desfecho daquele patético conto de Natal que havíamos vivido juntos, bêbados perdidos. Estávamos nas escadas da entrada e soaram os sinos da igreja vizinha, que imaginei vazia.

"Vou lhe revelar uma coisa", me disse Morante quando os sinos pararam de tocar, "faz uns meses, veio aqui um homem como o senhor, de olhos verdes e cabelo tão negro como o seu. Disse ser doutor e deu um nome de que não me lembro, mas que nunca pensei que fosse seu verdadeiro nome. Disse que eu tinha lhe roubado uma namorada, e vi em seguida que ele não sabia que essa namorada, Leonisa, me pagava secretamente a estada na residência, e tampouco sabia que eu, quando ela vinha me visitar, fazia de conta que não a conhecia, para evitar amores e, de passagem, não ter que agradecer nada à pobre incauta e poder escrever tranquilamente meus microensaios. Boa noite, doutor."

8

Eu me despedi em silêncio, logicamente afetado pelo que acabava de escutar. Como não estava fácil encontrar um táxi naquela noite, fui procurar o ônibus noturno da Via Enrico de Nicola, o mesmo ônibus em que havia viajado com Morante até a residência. E, como precisei esperar bastante no ponto, tive tempo, com minha imaginação de bêbado, para decidir que, no caso de Mefistófeles aparecer, negociaria com ele a radical desaparição da penosa juventude do detestável Andrés. Já sabia, então, o que lhe pedir em troca da entrega da minha alma: que jogasse fora todo o meu insensato e nada interessante passado. Isso me facilitaria, por exemplo, a nostalgia de uma juventude atraente e única nas ruas do Bronx.

Quando por fim chegou o ônibus, tive a impressão de que me retirava para chorar no hotel e que, portanto, quem se retirava era eu, o doutor. De novo, voltava a ser o doutor. Era verdade que voltava a sê-lo? Era verdade que tinha desaparecido o meu passado embaraçoso? Se havia apagado o meu passado, talvez fosse porque, sem me dar conta, já havia firmado o pacto. Minha cabeça doía, estava muito bêbado, consciente de que minhas ideias andavam todas metidas numa grande confusão. Num certo momento, parei para olhar para trás, para o fundo do ônibus, e, entre os que cantavam horríveis canções de Natal, julguei ver Mefistófeles, ladino e sorridente, me confirmando, com uma rápida piscadela de olho, que era meu aliado e que o pacto já estava firmado e duraria nada menos que a data cristã do dia de Natal.

No dia seguinte, superando como pude a dura ressaca, me recuperei em meu quarto do Hotel Troisi e, enquanto imaginava e anotava em meu caderno histórias minhas passadas no bairro do Bronx (com as quais reforçava as lembranças da minha juventude americana), me neguei a receber o professor Morante, que havia saído ou escapado da residência, talvez com o único propósito de voltar a me fazer lembrar de minha personalidade de antes. Chamaram da recepção para me dizer que o senhor Morante estava ali embaixo. Do meu quarto falei por telefone com ele e, com todo tipo de desculpa, consegui fazer com que não subisse para me ver. Fiquei o dia todo ali, derrubado, meio atordoado pelos bloody-mary que fui pedindo com a esperança de superar a ressaca e, de quebra, me esquecer da juventude que Morante pretendia ressuscitar.

À última hora da tarde, mandaram para o meu quarto *Il Mattino*, porque eu queria saber mais sobre as notícias futebolísticas que tinha ouvido na televisão, e ali, nas páginas que se seguiam às de esportes, li que o coro do Teatro San Carlo havia se retirado diante de uma cena blasfema na ópera *Fausto* de Charles Gounod: "O pisoteio do crucifixo foi considerado desnecessário e ofensivo por quinze dos oitenta membros do coro, que assinaram uma carta de protesto à prefeita de Nápoles".

Não sei como nem por que, mas o certo é que essa notícia do *Il Mattino* acabou agindo como um sedativo, um interessante sonífero, e me deu o mesmo sono que poderiam ter me produzido quinze ovelhas que tivessem se recusado a entrar numa das igrejas vazias de Nápoles, e acabei adormecendo ao recordar um provérbio suíço que, em Oberbüren, em companhia de Carl Seelig, Robert Walser havia visto na parede de uma casa próxima a um prado: "A infelicidade e a felicidade/ suporta-as,/ que ambas passarão/ como tu hás de passar".

Dormi pensando em alguém que, falando de Walser em termos sugestivos, escreveu que ele encarnava *a bela infelicidade*, bonitas palavras para descrever uma forma de viver que eu conhecia muito bem. Tratava-se de todo um estilo de vida, de uma *ciência*, de um alegre deslizamento rumo ao silêncio, de uma ética dos desesperos. Adormeci e em seguida já não pensei em nada. Mas em nada mesmo. Nada de nada. Desapareci, com uma grandíssima facilidade, no sono.

9

Com o descanso, no dia seguinte me levantei de bom humor, pensando em minha alegre ainda que difícil juventude no Bronx, recordando meu namorico em Malibu com Daisy Blonde (e como às vezes, de tanto que a amava, enganava-a com outras) e recordando também os conselhos que o jovem De Niro havia me dado no dia em que fizemos uma perigosa incursão em Greenwich Village. Era um bom amigo, De Niro, uma dessas pessoas que, se tivessem lido Robert Walser, seriam ainda melhores. Mas nem tudo é possível. Um ator de Hollywood como ele, assim como quase todo o resto dos cidadãos dos Estados Unidos da América, estão sentenciados, condenados, destinados a nunca ter acesso ao ar puro das montanhas suíças pelas quais passeava Walser. Isso não significa que não sejam gente pura, são sim, mas nunca lerão Walser. Não é um autor idôneo para eles. Além do mais, para um norte-americano, não é suíço o ar das montanhas, do mesmo modo que o cânion do Colorado nunca foi pensado para o passeante Walser. Por motivos parecidos, De Niro nunca poderia interpretar no cinema as imóveis aventuras do doutor Fausto Pasavento em Nápoles. Seria eu esse doutor Fausto? Pois claro, disse a mim mesmo. E fui olhar de perto a reprodução do quadro de Pierre Auguste Renoir que tinha diante da cama e que, desde que havia chegado ao hotel, havia olhado com absurda displicência. Era uma pintura que se intitulava *A baía de Nápoles e o Vesúvio* e refletia a agitação de uma tarde de finais do século XIX na ampla rua que rodeia a baía, repleta de carruagens e de gente passeando. Agitação também no mar, com muitas embarcações. E tudo isso com o Vesúvio fumegante ao fundo.

ɔrei de frases que Bernardo Atxaga tinha me dito no alto , quinze anos antes, na mesma cidade em que me encontrava agora. Pensar no passado me trouxe uma leve mas certeira depressão, e tive que voltar a recordar, como pude, minha vida no Bronx. Lembrei de uma sala escura, o Napolitan Grand Café, já nos limites do bairro nova-iorquino, onde umas anciãs, sentadas em cadeiras de veludo, tomavam sorvetes com colherinhas longas no dia em que o jovem Scorsese e eu entramos ali e, ao ver aquela cena, explodimos em mil gargalhadas. "Você viu todas essas princesas russas exiladas para quem os relógios andam marcando horas que já passaram?", lembrei que Scorsese havia me dito, com muita graça. Depois, voltei a pensar em Atxaga. Será que nem ele suspeitava que o meu paradeiro era desconhecido? E De Niro? E DeLillo? Eles também não se perguntavam nada? Ninguém me procurava e, além de tudo, eu não tinha ninguém no mundo. Ou, melhor dizendo, tinha a solidão, talvez a melhor acompanhante. Lembrei de uma canção que Serge Reggiani cantava e que eu escutei umas mil vezes num bar francês do Bronx: "*Je ne suis jamais seul avec ma solitude*".

E também nunca estava sozinho, claro, quando tinha Morante a meu lado tentando me fazer voltar à vida da qual eu havia fugido. Mas isso era antes uma desgraça, um contratempo. Tinha que fugir da única pessoa do mundo que parecia estar interessada em me ver. Voltei a olhar o quadro de Renoir e em seguida pensei que, se alguém sabia o que era mudar de nome, esse alguém era precisamente Bernardo Atxaga, que substituíra seu verdadeiro nome, Joseba Irazu, pelo de um antigo companheiro de colégio. Ficou famoso com o nome de seu colega de carteira. E um dia, caminhando pelas ruas de Bilbao, topou com ele frente a frente e, ao se desculpar por ter roubado o seu nome, recebeu de seu antigo companheiro uma inesperada resposta: "Mas eu sempre me chamei Cornelio, e não Bernardo, me chamo Cornelio Atxaga, e não entendo como você pode ter esquecido um nome assim".

Liguei a tevê e busquei nos telejornais novas notícias de futebol (cada dia mais escassas, por termos entrado em plena época natalina) e, em meio ao sonâmbulo *zapping*, ao passar pelo canal 2, vi que anunciavam para aquela noite a exibição de *Fuga do passado*, um filme cujo título me pareceu que levava todo o jeito de ser um sinal dirigido diretamente a mim, um sinal como de advertência de algo, talvez do sério perigo que representava o professor Morante com sua ideia de *me fazer voltar* ao passado. Não era a primeira vez – bastava recordar os da Rue Vaneau – que certos sinais ou mensagens do mundo exterior tinham todo o jeito de estar além da casualidade e atuar, na verdade, como um motor consciente que fazia avançar silenciosamente a história de minha vida, quer dizer, a história do meu desaparecimento.

Decidi deixar a televisão e olhar para outro lado, contemplar de novo o quadro de Renoir. Era uma bela pintura impressionista que refletia a grande atividade portuária de uma tarde já distante no tempo, e senti falta, entre os personagens que ali apareciam, dessa simpática figura que sempre está nos presépios natalinos de Nápoles, esse garoto que fica estendido na relva e que dorme eternamente. Justamente Atxaga me presenteara com uma figura desse dorminhoco do presépio quando passou por Nápoles, quinze anos antes, e eu a conservara sempre como amuleto de boa sorte.

Sim, senti falta do dorminhoco napolitano no quadro de Renoir e depois de que alguém deste mundo, já não importava quem fosse, sentisse falta de mim. Voltei para a cama pensando que não voltava a ela em busca de um prazer preguiçoso, mas talvez voltasse porque, como uma consequência lógica de meu desaparecimento, estar estendido iria, pouco a pouco, converter-se em meu estado natural.

Mas eu tinha realmente desaparecido? Ali estendido, pensei nos musaranhos, esses pequenos animais.* E logo me pus a memorizar nomes de doutores, como se estivesse num concurso de televisão. Lembrei primeiro daqueles que Nabokov odiava tanto: o doutor Freud, o doutor Jivago, o doutor Schweitzer e o doutor Castro. E depois recordei outros: o doutor Jekyll, o doutor Moreau, o doutor Ninguém, o doutor No, o doutor Frankenstein, o doutor Johnson, o doutor Mabuse, o doutor Aira, o doutor Caligari, o doutor Fausto e o doutor Rip. Em seguida, voltei a pensar nos musaranhos. E isso acabou me levando a pensar em outra classe de animal, o porteiro de minha casa em Barcelona. Sem pensar duas vezes, telefonei para ele. Com meu melhor sotaque italiano, me fiz passar por um senhor de Nápoles que perguntava por mim. "Faz dias que não consigo me comunicar com ele. Sabia que o dão por desaparecido? Ouvi rumores a respeito disso", eu disse. Um breve silêncio do outro lado da linha. "O que acontece eu não sei. Tenho aqui um monte de correspondência para ele", respondeu com seu melhor acento *carpetovetonico.*** "E quem é o senhor, como sabe meu telefone?", acrescentou. Eu não tinha previsto a perguntuma inesperada respostaas me saí bem da situação. "O doutor Scom-

* Em espanhol, "*pensar en las musarañas*" significa ficar distraído, e pode encontrar equivalência na expressão "pensar na morte da bezerra". [N.T.]

** Sem correspondência em português, o adjetivo *carpetovetonico* se refere, aos carpetanos e aos vetãos ou vetônios, antigos povos pré-romanos que habitaram a região central da atual Espanha. No sentido figurado, indica um sentimento ultranacionalista espanhol. [N.T.]

parire, da polícia italiana", respondi. E desliguei. Talvez a partir daquele momento, meu porteiro dedicasse mais atenção e interesse em saber por onde eu andava. Em todo caso, ficava mais do que confirmado que ninguém me procurava, ninguém dava pela minha falta, que a cada hora que passava eu me convertia mais no homem talvez mais esquecido da Terra.

Para não me desesperar, me pus a pensar em minha adorável namorada dos anos de juventude, a sensacional Daisy Blonde. Eu me lembrei do dia em que a vi pela primeira vez. Estava com os cotovelos sobre o balcão do Flamingo de Malibu e de longe perguntei o seu nome. Era uma loura platinada belíssima, esbelta, imponente e muito segura de si. Havia um pôr do sol como nunca vi outro igual na vida, e ela me fitava de um alpendre rosa. "Meu nome é Charlaine, embora todos me chamem de Daisy Blonde, e sou conhecida como La Bomba." Disse isso quando eu já estava a um palmo dela, uma forma graciosa de se apresentar. Era explosiva em tudo e foram anos muito fantásticos os que passei com ela. Entre suas virtudes estava a de ser uma mulher que não era dada a lembranças. Pode-se dizer que La Bomba, a grande Daisy Blonde, conseguira algo que eu invejo, conseguira que seu passado fosse "uma sequência imprecisa e flutuante, um filme imperfeito que mostrava as ações de umas pessoas desconhecidas", como diria Dorothy Parker, que amava dizer frases borbulhantes desse estilo, e amava – como eu – mulheres como La Bomba.

Bateu-me a nostalgia de minha juventude passada junto a Daisy Blonde. E me lembrei, de forma mais ou menos aproximada, de umas palavras do *Fausto* de Goethe: "Devolva-me o impulso sem medida, a alegria dolorosa do profundo, a força do ódio e o poder do amor. Devolva-me a minha juventude!".

Mefistófeles estava para chegar. Eu ainda não sabia disso, mas estava já a ponto de bater na minha porta. Andava mais solto por Nápoles do que cheguei a imaginar. Abandonava a residência de Torre del Greco quando lhe dava na telha. Era quase perigoso, ou melhor, assim eu o queria ver. Bateu à porta do meu quarto quando eu estava lendo um artigo numa revista sobre o mistério da desaparição física de Camilo Cienfuegos, o amigo revolucionário de Fidel Castro, em 1959. Estava me perguntando como era possível que Cienfuegos tivesse desaparecido quando voava de Camaguey a Havana, sem deixar o menor rastro. Uma pessoa podia se volatilizar tão facilmente? Podia evaporar sobre as costas cubanas sem deixar o menor rastro, o menor sinal? Estava me perguntando isso quando golpearam a porta do meu quarto. Pensei que fosse a camareira e abri. Era Morante. E não demorei a vê-lo como se fosse Mefistófeles. Era Morante e Mefistófeles ao mesmo tempo. Soube que vinha fechar um pacto comigo quando me disse, muito educadamente, que eu poderia esquecer minha desgraçada juventude (que ele já havia percebido que me incomodava muito recordar) se o deixasse entrar no quarto e o escutasse por alguns segundos. Protestei energicamente. Disse que, em todo caso, já que era Mefistófeles, preferia um pacto pelo qual me devolvesse a minha juventude, mas a que havia se passado no Bronx. Não me respondeu, parecia, ou simulava, estar perplexo. Saiu de mim então uma torrente brutal de palavras. "Deixe de falar, se quer que eu escute você", me interrompeu.

Trazia outro microensaio. Era um texto sobre a conveniência de que um autor decida soberanamente a que gênero literário quer se dedicar. "O senhor quer mesmo me falar disso agora?", eu disse, furioso. "Se o sujeito não serve para o romance, deve se retirar à concha de caracol do relato curto e do artigo literário", disse ele. Eu não podia acreditar! Tudo aquilo não tinha a menor graça. Que era aquilo da concha de caracol? Sua presença em meu quarto só pressagiava meu retorno ao passado e dificuldades para consolidar minha personalidade de doutor em psiquiatria, temporariamente afastado do trabalho. "Não me interessa a literatura", eu disse, "somente o seu caso clínico. Não sou escritor nem tenho vontade de sê-lo, sou psiquiatra psiquiatrizador." Me olhou com cara de não entender nada, com grande susto. "E, além do mais", acrescentei, "o senhor não tem nenhum pacto a me propor, nenhum passado a me recordar. Se voltar a rememorar algum momento da vida desse jovem que o senhor conheceu anos atrás, advirto ao senhor que, como doutor em psiquiatria psiquiatrizadora que sou, farei com que, por falta mais do que evidente de loucura, o expulsem do manicômio. Ouviu bem? Vou deixá-lo na rua."

Nunca imaginei que Mefistófeles pudesse ficar com aquela expressão tão curiosa de quem não entende nada. Me fez pensar num livro de desenhos animados de Käthi Bhend sobre a vida de Walser, um livro que se intitulava *O que não se dá conta*. Alguma coisa, em todo caso, havia entendido o professor Morante. De algo se dera conta. "Não me lembro, do senhor não me lembro de nada, eu juro, não conheço sua juventude, me portarei bem", disse, falando de repente, quase como um menino. E guardou, resignado e com um gesto de infinita tristeza, o microensaio que havia tirado do bolso. Uma vez mais, me pareceu que era um literato honrado e que isso era o que eu mais admirava e ao mesmo tempo menos podia suportar nele. Parecia cada vez mais intolerável sua íntima grandeza de escritor, de humilde e grande zero à esquerda, de homem sonâmbulo sem ambições. Pensei numa frase que tinha lido fazia tempo, na qual alguém dizia que, no mundo de hoje, o único lugar que restava a um verdadeiro poeta era o manicômio. Sim, eu o admirava. Mas não podia suportá-lo. Aquele homem conhecia demais o meu passado e era um obstáculo grande para que eu avançasse na construção dessa nova vida a que tinha direito.

Voltei a me lembrar de Walser e de seu quase permanente estado de sonambulismo. Um ser dissociado da vida comum, destilando em solidão uma literatura originalíssima. Um homem sem ambições. Um odiador profundo da grandeza pública, dessa obrigação de ter que ser alguém na vida, um odiador do poder. Um escritor que, a exemplo do pastor eternamente adormecido dos presépios napolitanos, não se inteirava de nada, ou então simulava ser ingênuo e não se inteirar para nos fazer intuir as profundezas mais impensadas das coisas. Um homem modesto, profundo conhecedor do que era realmente retirar-se e desaparecer de verdade. Alguém que seguramente só desejava dizer suas verdades simples antes de submergir no silêncio. Para muitos, alguém que escondia sua angústia. E, para quase todo mundo, um assombroso escritor que narrava com uma absoluta e extrema ausência de intenção. O amo e senhor do falatório, da escrita pela escrita. O secreto vencedor de uma batalha contra os romances com mensagem. Um criador que escrevia para se ausentar.

Morante tinha ido me buscar no hotel porque temia – e temia com razão – que eu não o procurasse mais, mas só o que o havia movido era a busca de companhia e, sobretudo, poder ler para mim seu microensaio. Isso era tudo, disse. Mas esse "tudo" era perigoso para mim. Se não me livrasse de Morante, ficaria escutando a vida inteira microensaios e recordando minha juventude, não a do Bronx, mas a que eu já julgava superada. Tinha que ser consciente de que era preciso que desse passos mais consistentes para ser já, por completo, um doutor em psiquiatria, temporariamente afastado do trabalho. De modo que a equação era bem simples: ou ele ou eu.

"Vou passar um informe a Bellivetti, o médico-chefe de sua residência", disse a ele, "e nesses papéis explicarei que o senhor acredita ser Mefistófeles. Isso lhe cairá bem, pois fará com que o considerem doido varrido e não o ponham na rua; poderá continuar com seus microensaios e mentindo a sua protetora Leonisa, que, por sua vez, mente ao marido. Mas agora vá embora daqui se não quiser que eu conte sobre meus anos de juventude no Bronx e meus anos num hospital da Avenida Meridiana de Barcelona. Vá embora, vá."

Vi como me olhava, vi como pensava que eu estava completamente louco, e também vi como, por puro medo, não se atrevia a me dizer isso. "Não tenho mais vontade de falar com o senhor", acabou sussurrando, compungido e em voz muito baixa, como que ofendido. E partiu. Foi como um milagre, mas partiu. Partiu com seu microensaio. Mas ainda lhe sobrou tempo para me presentear com seu chapéu de feltro. Foi inútil dizer que não o queria. Quando ele já tinha saído, experimentei-o diante do espelho. E em seguida o tirei, levando-o junto a mim, a um lado do corpo. Eu me dei conta de que estava encantado de ter aquele chapéu. Comecei a me sentir encantado com tudo, como se o chapéu me tivesse transmitido de repente uma grande alegria. Tudo estava bem. De repente, tudo era maravilhoso. Com a partida de Morante, minha juventude verdadeira se afastou cem milhões de quilômetros. Olhei pela janela e contemplei por um bom tempo a baía de Nápoles. E logo me lembrei do dia em que vi pela primeira vez Daisy Blonde. Esbelta, majestosa, com as mãos suavemente apoiadas nas cadeiras, me fitando de um trivial alpendre cor-de-rosa do Flamingo, com o fundo de um não menos trivial pôr do sol californiano, com um vento quase apaziguado fazendo lembrar a chama da vela colocada sobre a mesa na qual, pouco depois, se sentaria como se estivesse se deitando. Era o amor. E era uma bomba. Não sabia eu então que o amor era tão trivial.

10

Parti subitamente. Ia dizer que parti repentinamente sem avisar ninguém, mas isso não faz sentido. A quem devia avisar? Parti do Hotel Troisi sem nada, só com a valise de minha avó, com escassa muda de roupa misturada entre minha biblioteca seleta e o dorminhoco napolitano. Poderia ter saído sem pagar, tal como tantas vezes – como bom filho do Bronx – fizera em minha juventude em alguns hotéis que haviam cruzado meu caminho. Mas no Troisi tinham me visto chegar só com aquela valise, e talvez os recepcionistas tivessem instruções de ficar atentos para que eu não escapasse com minha bagagem portátil. Paguei. E depois pus o chapéu de feltro, o chapéu do louco, o chapéu de Walser. Era ainda tão de manhã que não havia nem sequer um táxi no ponto que ficava junto ao hotel. Fui caminhando por ruas desertas que não conhecia. Ao chegar à Piazza Recomero, vi um ônibus. Acelerei o passo, atravessei correndo a avenida e subi atrás de dois tristes passageiros. Todos no ônibus tinham cara de sono, eram sete da manhã e eles iam trabalhar. Eu não sabia aonde ia. Sentei no fundo. Senti o medo mais absurdo que já tive na vida, terror de me encontrar com alguém que me conhecesse. Depois, sem aviso prévio, fui invadido pela lembrança de uma imagem tão trivial como tenaz. Fiquei recordando um marco fronteiriço, um sinal de estrada de que falava fugazmente Carl Seelig em seu livro *Passeios com Robert Walser*. Seria aquela uma forma perversa de me despedir do pobre Morante? Fiquei por um bom tempo sob os efeitos de minha repentina fixação por aquele marco que, segundo li (e confirmei em seguida ao consultar o livro de Seelig, que levava na valise), servia para separar, entre negruscos abetos, os cantões de Appenzell-Ausserrhoden e San Gallen. Por que me pusera a pensar naquele humilde e insignificante marco divisório? Como é que aquele humilde sinal tinha ficado tão marcado na minha memória? Aquilo queria indicar alguma coisa?

Tentei esquecer o assunto e, com a cabeça ligeiramente voltada para a janela do ônibus, me dediquei a observar, como uma despedida, as ruas de uma Nápoles deserta àquela hora tão primeira. Quando o ônibus adentrou um bairro que eu nunca tinha visto na vida, olhei para o jovem que ia sentado na minha frente. E quando ele me devolveu o olhar, pensei que eu deveria tapar a cara com o chapéu e evitar assim ser reconhecido. Depois, voltei à realidade. Ri comigo mesmo, acho que de desespero. "Que bairro é este?", perguntei ao jovem. Teria sido melhor talvez não perguntar nada. "Não sei", me respondeu depois de pensar muito. Eu me senti realmente perdido. Começou a chover. Uma senhora sentada ao lado do jovem afundou seu olhar na minha valise. E eu afundei de novo meu pensamento no marco fronteiriço. Pensei que tanta fixação com aquele sinal de pedra já começava a ser preocupante. Voltei a olhar para a mulher e vi que continuava com os olhos fixados na valise. "A senhora conheceu minha santa avó?", estive a ponto de lhe perguntar. Pareceu que a fixação daquela mulher com o objeto que herdei de minha avó podia ser parecida à que eu tinha com aquele simples marco de Appenzell. De repente, me dei conta de que podiam passar séculos, uma eternidade, sem que nem o jovem nem a mulher soubessem quem era eu. Aquele ônibus era um lugar perfeito para desaparecer do mundo. O anonimato puro. Tudo aquilo que eu buscava acabava de ser plenamente alcançado naquele ônibus. Começou a chover com mais força, com uma intensidade melancólica. Ali, naquele lugar, nem sequer era necessário ser doutor em psiquiatria, não era necessário ser nada. No mundo perfeitamente fechado e eterno daquele ônibus, ninguém necessitava ajuda de nenhum tipo, bastava viajar em silêncio, eternamente: dormir sem acordar nunca, tal como fazia a figura do presépio napolitano com a qual um dia me presenteara Atxaga. Ali, dentro daquele ônibus, nem sequer era necessário ser um desaparecido, não era necessário ser nada. No entanto, a pergunta seguia ali. Quem era eu? Alguém que dava a si mesmo por desaparecido? Alguém com um chapéu de feltro? Alguém que só pensava num marco fronteiriço de Appenzell? Para dizer a verdade, eu era alguém que já começava a ficar cansado de tantos gestos repetidos dia após dia. Veio-me à lembrança uma breve carta que li em certa ocasião, uma carta de despedida de um dos meus pacientes no hospital de Manhattan e que se enforcou deixando uma breve nota ao mundo: "Tanto abrochar e desabrochar".

Cada dia me deprimiam mais as repetições e tudo começava a me parecer insuportável. Levantar, vestir a roupa, comer, escrever, defecar, tirar a roupa, deitar. Já sabia tudo de memória, até a loucura. Quantas vezes, por exemplo, eu tinha visto chover na minha vida? Escrevi mentalmente um poema que falava de meu grande anseio por realizar uma excursão ao fim da noite, um desejo total de viajar sem retorno. Quando terminei o poema, vi que chovia com mais força que antes, e já não se viam as ruas, o exterior tinha ficado completamente borrado. Já se podia perfeitamente viajar para o fim da noite.

De repente, com a mesma brusquidão com que deixara o hotel, parti daquele lugar. Apanhei a valise de minha avó e desci do ônibus e, protegido pelo providencial chapéu de feltro do louco, me plantei, sob uma forte cortina de água, na Via Scarlatti. A obscuridade e a chuva cancelavam qualquer ideia de ver algo além de dois metros de distância. Fui andando durante um tempo como quem se perde às cegas num bosque de água, andei até me refugiar num belo portal da Via Scarlatti. Olhei para dentro, para a portaria, que era bastante luxuosa. E senti certa tentação de penetrar naquela casa, talvez porque de repente me lembrasse de que as melhores histórias clássicas são as que começam na parte do mistério, com o herói surpreendido por uma tormenta se refugiando na casa em que mora, na companhia de seus velhos pais, uma formosíssima donzela que o deixa apaixonado. No entanto, eu não era um herói. E, portanto, não merecia donzela alguma. Isso terminou com minhas especulações poéticas, que eram as que sempre me salvavam no final, quando não me restava mais nada e estava já completamente desesperado. Uma lenda, uma donzela, Daisy Blonde, sempre a imaginação ou a poesia podiam acudir em meu auxílio. Mas, naquele momento, senti que nada podia me socorrer. Voltar a olhar para o interior do luxuoso portal equivalia a entrar num túnel negro sem saída. E na rua continuava caindo a chuva com uma força inaudita.

Não era um herói, e sim um homem que se envergonhava de ter desistido de continuar sendo o que em seu momento tinha sido: um odiador profundo da grandeza, dessa obrigação de ter que ser alguém na vida, um odiador do poder. Um amante dos escritores de rostos secretos e da discrição na literatura.

Fiquei abatido por um bom tempo, sem achar saída para a depressão, até que deixei subitamente aquele portal e caminhei sob a potente chuva, me sentindo mais perdido do que nunca, embora já não tão deprimido. Em Via Toledo encontrei um táxi e, logo que entrei nele, decidi me dirigir ao aeroporto. Mas não tinha passado nem um minuto desde que entrara no carro quando o indiscreto motorista começou a dizer que já tinha me visto em Nápoles. Vivi isso como mais um contratempo, sobretudo quando ele começou a me dizer que talvez tivesse prestado atenção em mim devido ao "chamativo abrigo vermelho que vestia". O fato é que tinha me visto num café da Piazza Bellini, onde era seu ponto habitual. Havia me visto com uma senhora do bairro. Não era assim?

Primeiro me impressionou e depois me horrorizou saber que eu era muito *mais visto* do que pensava. Quando eu disse que era de Barcelona, ele começou a me falar de um senhor baixinho dessa cidade que, vestido sempre de preto da cabeça aos pés, costumava visitar Nápoles uma vez por ano e se sentava num dos cafés da Piazza. Esse senhor era um apaixonado pelo *Cristo velato* da capela Sansevero e passava horas numa esquina da cidade, próxima à Piazza, porque dizia que, ao entardecer, aquela esquina se convertia no lugar mais belo do mundo. Havia levado esse senhor baixinho muitas vezes ao hotel, conhecia-o bem. Parecia comigo em algumas coisas, talvez por ser também de Barcelona. Mas, de todo modo, eu era mais alto e não usava barba nem tinha aspecto de clérigo. "O senhor é filósofo como o senhor Luna de Barcelona?", perguntou de repente o taxista. Tive a impressão de saber de quem ele podia estar falando. Do cineasta Bigas Luna. E perguntei se tinha sido o próprio senhor Luna que lhe dissera ser filósofo. Não, nunca quis dizer a que se dedicava, mas sua maneira de falar era de filósofo. Só havia explicado que era conhecido em seu país e também na Itália por causa de seu ofício, e que sobre ele chegou a ser publicado que era bissexual, quando isso não era verdade, pois vivia com a mulher e a amava muito.

"O senhor Luna", sussurrou o taxista, com um tom contido de admiração. Fora, continuava chovendo com uma obstinação notável. Deixei que o taxista continuasse falando de seu admirado cliente barcelonês, e, enquanto isso, fiquei pensando no pobre Morante, a quem tinha tratado tão mal sem que ele o merecesse, pois que culpa podia ter aquele homem de se lembrar de tantas coisas do meu passado e, ao mesmo tempo, que culpa podia ter de encarnar o tipo de escritor com aspirações a ser um zero à esquerda que eu, um dia, renunciara a ser?

"Parece um padre, isso sim", ouvi o taxista dizer, continuando com o não solicitado monólogo sobre seu admirado Luna. Conseguiu realmente me aborrecer, era longo demais o trajeto que ainda me separava do aeroporto, cada vez eu via com mais clareza que não poderia suportá-lo. "Pois ele se dedica ao cinema erótico", eu disse. "Ah!", suspirou ridiculamente. "E agora, em vez de me levar ao aeroporto, vai me deixar no manicômio de Torre del Greco", eu disse, quase à maneira de uma reprimenda por seu lunático monólogo. "Está falando sério? O senhor Luna também é um piadista."

Abandonei subitamente o táxi, desci no primeiro semáforo. Joguei um bom número de notas ao taxista, suficientes para que não tivesse motivo algum – exceto a forma grosseira como tinha agido – para protestar. Eu me afastei subitamente e, com a valise de minha avó, o chapéu de feltro e o guarda-chuva, me perdi na chuva. Uma hora depois, chegava à residência de Torre del Greco. Minha ideia era me despedir de Morante, e de passagem me desculpar. O doutor Bellivetti ainda não tinha entrado no serviço, o que me poupou de vê-lo fumar seu cachimbo com desenhos psicodélicos e também me poupou de uma nova conversa sobre Lacan que, naquele momento, eu não desejava nem um pouco. Com a ajuda gentil de uma enfermeira, localizei Morante, que estava, ao lado de outros enfermos, classificando caixas de papelão numas dependências próximas da cozinha.

Assim que o vi, eu fiquei de joelhos e, com gestos inegavelmente teatrais porém sinceros, pedi perdão por tê-lo tratado tão mal nas últimas horas. Contei o que tinha me exasperado tanto nele. "Não posso conceber que eu lhe cause inveja", ele me disse com sua cara de não entender nada, que muitas vezes o levava exatamente a entender tudo. Preferi agir como se não tivesse ouvido, mas deixei de ficar de joelhos. Ele me agradeceu por isso e disse: "Oh, doutor Fausto, me fazia sofrer ver o senhor aí no chão, se humilhando dessa forma só por uma minúcia, só porque escrevo sem ser visto. E, além do mais, me faça um favor, doutor, veja a cara que fazem as enfermeiras e os meus amigos. Todos nós sentimos vergonha por seu comportamento, doutor Fausto. Parece até que quer ficar vivendo aqui".

Olhei e de fato estavam todos um tanto horrorizados. Mas eu também estava, não só por meu comportamento grotesco, mas também por ter sido chamado repetidamente de doutor Fausto diante do pessoal da saúde. "Seu interesse em desaparecer...", sussurrou então Morante, com um tom de desprezo. "Que disse?", perguntei. "Não, nada", respondeu. Voltou a mim a imagem do marco fronteiriço de Appenzell. E me lembrei de Walser, em conversa em Herisau com Seelig: "Não peço mais. No sanatório tenho a paz que necessito. Que os jovens façam ruído agora. O que me convém é desaparecer, chamando a atenção o mínimo possível".

"Seu interesse em desaparecer", repetiu Morante, de novo sussurrando, mas como que pensando em voz alta, e acompanhando-se de uma careta que me pareceu de envaidecimento e que fez com que eu me arrependesse de ter visitado o manicômio. E me arrependi muito mais quando tirou do bolso da jaqueta um microensaio, que disse ter escrito durante a última noite e que gostaria de ler para mim. O texto, segundo me disse, começava falando da volubilidade das coisas humanas que tantas vezes, com apenas um ligeiro movimento, passam de um estado a outro muito diferente. "Como o senhor mesmo", acrescentou com uma ambiguidade entre jocosa e trágica. Morante estava muito mudado, não se comportava como em nossos encontros anteriores, parecia ele mesmo um exemplo de volubilidade. Perguntei se estava rindo de mim. "Só um pouco", disse, "pois se poderia dizer que o senhor, doutor Fausto, quer ficar vivendo aqui. Sem dúvida é um bom lugar para escrever e se esconder do mundo e depois partir dele sem que ninguém o perceba, exceto seu chapéu, que é meu."

Fui embora de forma muito brusca, fui embora subitamente, e pensei que dessa vez, por fim, iam notar muito que eu partia de um lugar, iam ver perfeitamente que eu desaparecia. Em minha fulgurante saída derrubei uma torre inteira de caixas de papelão, que não me detive a recolher. De repente, voltava a estar com minha valise sob a chuva. Mas então tive a nefasta ideia de voltar a entrar para ver que impressão tinha causado minha saída. Nenhuma. Limitavam-se a recolher as caixas do chão. E Morante, num canto, estava jogando seu microensaio na lixeira, e ria.

III O mito do desaparecimento

1

Na manhã de 1º de janeiro, ao acordar de sonhos intranquilos, me encontrei em minha cama metamorfaseado num doutor em psiquiatria no qual outro médico, sem dúvida um médico monstruoso, havia implantado durante a noite uma memória tão completa como artificial, uma memória estranha e sem fissuras, uma memória muito diferente da que eu tinha antes de dormir.

Aterrado, foi impossível não pensar em seguida numa notícia que horas antes eu tinha lido sobre o Laboratório de Estudos da Memória de Edimburgo, onde já se começara a falar em implantar uma memória completa nos enfermos afetados pelo Alzheimer, pela senilidade ou pela loucura.

Eu tinha passado a ter *única e exclusivamente* a memória do doutor Pasavento, essa memória e nenhuma outra. Minhas outras lembranças tinham ficado todas pulverizadas, todas, exceto (talvez por sua proximidade no tempo) as da noite anterior, a noite de fim de ano. Mas, se eu quisesse memorizar algo mais sobre a pessoa que eu fora antes daquela noite, devia recorrer agora à biblioteca portátil de minha valise ou aos cadernos nos quais, como pude ver depois de uma rápida folheada, me dedicava a contar a história de meu desaparecimento.

Como minha mente já não funcionava do mesmo modo que na noite anterior, quando era ainda um precário Frankenstein das lembranças, isto é, quando era um quebra-cabeça de diversas memórias pessoais que conviviam entre si, não tardei a compreender que minhas tentativas de mudança de identidade tinham ido longe demais e meu imprudente jogo terminara por propiciar que, da noite para o dia, minha imperfeita personalidade de doutor Pasavento tivesse deixado de ter fissuras, passando a ser espantosamente compacta e perfeita, tão perfeita que agora eu tinha única e exclusivamente a memória desse doutor. Não achei a menor graça, não pedia tanto à vida. Quis acreditar que a implantação daquela memória artificial era provisória, uma consequência brutal das agitadas viagens mentais e etílicas com que tinha celebrado a sós a noite de Ano-novo.

Noite de Ano-novo! Antes que soassem as doze badaladas de fim de ano, eu já estava mal. Uma forte vertigem me obrigou a sentar na cama para descansar um pouco. Quando me cansei de repousar, tinha começado a ir de um extremo a outro do quarto e senti com mais força do que nunca que havia me extraviado, perdido, e tentei me orientar de novo, o que só me levou a emitir numerosos e ridículos suspiros. Nem para mim mesmo fui capaz de dissimular o fato de que estava angustiado. E então eu vi o radiador da calefação sorrir. A que ponto chegamos, pensei. Havia me destroçado lentamente a excessiva solidão dos últimos dias? Depois de me perguntar isso, vi o radiador sorrir sarcasticamente na sua imperturbável quietude *radiadora*. "A você nada afeta", gritei, furioso e com verdadeira indignação, "a você nada afeta porque não está submetido a nenhum tipo de inquietude. As calamidades não o afligem. Você não se enganou, claro. E isso faz com que se sinta presunçoso, claro."

Estava fora de mim. Noite de Ano-novo terrível, pensei. Voltei a me sentar na cama. Depois de meu discurso ao radiador, me perguntei se eu não teria ficado completamente louco. E, como se estivesse vendo de antemão o que ia me acontecer, isto é, como se estivesse vendo o que, depois dos sonhos intranquilos, me ocorreria na manhã seguinte (isto é, como se já estivesse vendo que acordaria com uma horrível e compacta memória transplantada), me perguntei se eu não teria a consciência programada por um destino que tinha todas as cartas marcadas e movia de vez em quando seus fios, movia-os o suficiente para conseguir fazer com que eu falasse aos radiadores e cometesse mais loucuras desse tipo e acabasse sendo vítima de minha extrema solidão, ingressando num manicômio.

Ninguém pensava em mim. Eu me encontrava numa situação sem saída. Num quarto de hotel de Paris. Em solidão rigorosa havia dias e diante de uma noite de Ano-novo que se apresentava trágica. Para escapar da situação que tinha me aprisionado, não pensei em nada melhor do que no manicômio de Herisau. Em que lugar da misteriosa Suíça estaria escondido esse sanatório? Também os manicômios ansiavam desaparecer? E, falando nisso, não seria Herisau um lugar ideal para que o doutor Pasavento se escondesse definitivamente do mundo?

Pensei em tudo isso e me perguntei se, por trás do meu cada vez mais recorrente desejo de conhecer aquele manicômio, não estaria escondido, além de minha possível loucura, o mito do desaparecimento. Até então eu havia pensado muito no desaparecimento, mas não no mito. Existia realmente um mito do desaparecimento? E como não iria existir? Para muitas pessoas, esse mito se encontrava, por exemplo, por trás da fantasia poética da Patagônia, isto é, por trás da ideia de se afundar na desolação do fim do mundo, nesse lugar, a Patagônia, onde o sujeito é muito consciente de que a beleza pode conduzi-lo à desolação, às vezes pelo mais impensado, às vezes só porque todos os dias ele vê o mesmo, a mesma beleza. Pensei nisso e depois me lembrei da *alameda do fim do mundo* pela qual um dia eu havia caminhado. E finalmente veio à minha memória uma frase que eu não lembrava quem me havia dito: "Viajar à Patagônia deve ser, pelo que imagino, como ir até o limite de um conceito, como chegar ao fim das coisas".

Pensei que a Patagônia ou o manicômio de Herisau eram, evidentemente, metáforas. Desde uns minutos antes, o manicômio de Herisau era minha metáfora pessoal do fim do mundo. A Patagônia, por sua vez, uma metáfora que era propriedade do mundo inteiro. Quanto mais pensava nisso, com mais clareza acreditava ver. Herisau parecia um lugar muito apropriado para desaparecer, inclusive era mais provável que fossem me buscar na Patagônia do que nesse manicômio da Suíça oriental. Ainda que o mais provável fosse que ninguém me buscasse em lugar algum. Isso era desejável ou muito pelo contrário? Ainda não sabia bem, mas o certo era que estava me habituando à ideia de que não era *percebido* por ninguém, o que podia ser interpretado como estar perdendo, com notável velocidade, *presença.*

Havia começado a me habituar à ideia de que eu era um quase perfeito homem invisível, e também um desventurado. Tinha, isso sim, a companhia de minha imaginação, que só me servia para ser o escritor oculto que eu estava tão satisfeito em ser. Fui de novo até a janela e escutei os imaginários rumores e queixas do vento que cruzava a Rue Vaneau. Faltavam umas horas para as badaladas de fim de ano. Não deveria fugir da confusão entre as diferentes juventudes e infâncias que agora tinha? Sobre essas questões e todas as demais podia, mais que nunca, decidir o que quisesse. Além do mais, ninguém tomaria conhecimento, pois eu não era ninguém em meio àquela noite de fim de ano e, além do mais, era um escritor oculto, um doutor em psiquiatria que praticava uma escrita privada.

Inventei que chegava aos meus ouvidos o rumor de uma carruagem do século XIX que avançava pela Rue Vaneau e se misturava com as badaladas da meia-noite e os uivos do vento e acabava entrando pelas janelas do antigo apartamento de Marx e voltava a sair dele para regressar à rua e infiltrar-se em meu quarto de hotel e fazer com que voasse o humilde chapéu de feltro que Morante me dera de presente em Nápoles. Não tardei a me dar conta de que em pouquíssimos minutos minha loucura tinha aumentado. Teria sido eu, sem saber, abduzido pela Rue Vaneau? Recordei que, em outra época, quando tinha amigos, pedira a eles que me avisassem no dia em que eu ficasse louco. Em quem podia confiar agora para saber se havia perdido a razão? Tinha sempre aberta sobre o criado-mudo minha inútil agenda de telefones e naquele momento a fitei como se fosse a primeira vez, e a repassei e, como em tantas ocasiões nos dias anteriores, acabei uma vez mais chegando à conclusão de que não tinha a quem telefonar. Havia alguns nomes de antigos amigos, claro. Mas ligar para eles, além de não lhes dar alegria alguma, só poderia estragar a remota possibilidade de que algum dia, ainda que fosse um dia muito distante, sentissem a minha falta. Não era necessário insistir no assunto. Não tinha ninguém a quem recorrer para saber se havia caído na demência. Não tinha ninguém, nem sequer o bom Mario Gombricz, um amigo do Bronx precocemente desaparecido, um amigo de verdade, um amigo a quem, quando lhe comuniquei que eu teria uma filha que se chamaria Nora, não achou nenhuma graça e me perguntou, muito assustado, se havia alguém que tivesse me garantido que essa filha não seria uma assassina.

Pensei em Mario Gombricz e depois nas assassinas e em seus uivos e no das sirenes das ambulâncias que transportam, em Nova York, os assassinados, e nuns versos sobre aquela cidade que diziam que "o sangue não tem fronteiras/ em vossa noite de barriga para cima", e depois me perguntei se o ser humano continuaria se servindo da palavra durante muito tempo ou se pouco a pouco retomaria o uso do uivo. Com isso me angustiei ainda mais. Todos os que enlouqueciam acabavam uivando? Decidi mudar de atividade mental, buscar outras diversões para a horrível noite de Ano-novo. Lembrei de umas instruções de Georges Perec: "Descreva sua rua. Descreva outra rua qualquer. Depois, compare". Encontrei distração para uns minutos. Estirado na cama, me dediquei a imaginar que descrevia os pontos-chave da minha rua. E qual considerava minha rua? Pois a Rue Vaneau, claro. Nela havia seis pontos essenciais, do mesmo modo que também havia seis lugares essenciais no Paseo de San Juan da minha infância. Os da Rue Vaneau eram mais que evidentes: a casa de Gide, a embaixada da Síria, a misteriosa mansão das sombras imóveis, a farmácia Dupeyroux, o apartamento de Marx e o Hôtel de Suède. Depois imaginei que descrevia os seis lugares-chave do Paseo de San Juan da minha infância: o portal de luz submarina, o cine Chile, a loja do livreiro judeu, a *bolera* abandonada, o castelo encantado e a escola.

Comparei. Havia uma clara correspondência entre cada um dos lugares da Rue Vaneau e os do Paseo de San Juan. O enigmático castelo encantado, por exemplo, parecia relacionado com a misteriosa mansão das três sombras imóveis. O átrio do cine Chile tinha as mesmas dimensões que o saguão do Hôtel de Suède etc. Durante um bom tempo estive conectando os lugares de uma rua com os da outra, até que esgotei todas as combinações possíveis, e meu mundo mental acabou reduzido a duas ruas que descobri serem, na realidade, uma só, a rua única e solitária da minha vida.

Olhei as duas garrafas de uísque e o bolo que, com certo desespero, havia comprado num quiosque tunisiano da Rue Varenne. Era já uma da madrugada quando me decidi finalmente a provar o uísque e a pensar em minha adolescência e, de repente, comecei a lembrar do meu diário juvenil, dado de presente no dia de Natal e que escrevi ao longo do inverno de 1963 e que tinha como fundo o Paseo de San Juan e se parecia, embora apenas remotamente, com os cadernos nos quais, fazia alguns dias, eu andava escrevendo a história do meu desaparecimento. Começava no dia 31 de dezembro de 1962, me lembrava muito bem, e continha uma anotação sem rodeios. "Susto de morte de meus pais." Tentei recordar ainda mais, adentrar no mistério daquela frase. Era uma forma normal de inaugurar um diário de adolescente? Acabei me lembrando de que, naqueles dias, tinha o costume de fazer meus pais acharem que eu não estava em casa, e para isso me escondia debaixo da cama e passava horas ali, pensando. Eram momentos nos quais desfrutava da solidão com verdadeira loucura. Às vezes meus pais intuíam que havia mais alguém na casa e se punham a farejar meu quarto; e eu, com um medo grandioso de ser descoberto, continha a respiração e acabava sentindo um prazer imenso ao ver que tinha conseguido, ali embaixo do colchão, desaparecer aos olhos de todo o mundo.

Já nos anos de minha adolescência tinha certa tendência a desaparecer. Na realidade, pensei, tendência a aparecer eu só tive de verdade quando me meti a publicar livros. Estava justamente pensando isso quando de repente, por volta das cinco da madrugada, depois de ter bebido uma garrafa e meia de uísque, caí no sono, me tornando possivelmente o alvo perfeito para que surgissem os sonhos intranquilos que facilitaram o trabalho do doutor invisível, especialista em neuroquímica do cérebro, que ia me implantar a horrível, porque compacta, memória artificial.

Na manhã seguinte, transformado inequivocamente no doutor Pasavento e horrorizado por ter uma identidade tão compacta e única que uma vez mais me confirmava que a identidade é uma carga pesadíssima, abri bem os olhos, sem me atrever a me mover na cama. Ouvia-se o trinar de alguns passarinhos nos jardins de Matignon e um silêncio total na Rue Vaneau, nesse caso um silêncio de ressaca geral da festa de fim de ano, ressaca que seguramente se estendia por toda a Paris. Havia nevado, ao amanhecer, com certeza. Um golpe de vento abriu, não se sabia quando, a janela do quarto, e uma luz extrema, quase irreal, criava a sensação de que eu havia acordado no outro mundo. Estava numa espécie de paraíso celestial, mas com uma forte dor de cabeça e com a memória de um doutor em psiquiatria.

Deslumbrado e alterado por essa luz, mas também por ser *unicamente* o doutor Pasavento, quis crer que tudo o que se passava comigo era, pura e simplesmente, produto de uma forte ressaca. Porque, pensando bem, por acaso era verossímil que durante a noite um médico, sem dúvida monstruoso, provavelmente um neuroquímico do cérebro, tivesse me implantado a memória completa do doutor Pasavento? Eu me fiz todas essas perguntas com o pano de fundo, cada vez mais odioso, da dor de cabeça e do trinar dos passarinhos de Matignon.

Não podia me resignar a pensar que me restava ser unicamente o doutor Pasavento pelo resto da vida, e continuei me fazendo perguntas. E se na realidade eu não estaria enganado ao crer que a extrema e estranha luz da neve que mudara tanto o meu quarto estava me indicando que eu tinha morrido durante a noite e estava vivendo já no outro mundo? Um suor frio. Medo. Estaria louco? Teria morrido? Seria um morto que estava louco? Teria simplesmente bebido demais? Lembrei que um escritor sueco do século XVII, o doutor Swedenborg, sustentava a teoria de que, quando um homem morre, não se dá conta de que morreu, já que tudo o que o rodeia é igual. Encontra-se em sua casa, é visitado pelos amigos, percorre as ruas de sua cidade, não pensa que morreu; mas logo começa a notar algo que a princípio o alegra e depois o alarma: nota que tudo no outro mundo é mais vívido do que neste.

Eu me aterrorizei ligeiramente quando me dei conta de que, na realidade, essa lembrança de Swedenborg tinha sido sempre alheia a mim, isto é, eu tinha lido a história num livro, mas logo a esquecera, nunca a recordara até aquele momento. Talvez se tratasse de uma lembrança muito pessoal do doutor Pasavento, isso explicaria tudo. Talvez fosse uma repugnante lembrança central de minha memória implantada.

Deixei de pensar nisso quando vi que, em meu quarto de Paris, a luz da neve que entrava pela janela havia perdido força. Quantos minutos haviam passado desde que me pusera a recordar as teorias do doutor Swedenborg? Ou será que, pouco depois de meu despertar de monstro, tinha voltado a cair no sono, vencido pela ressaca e pela loucura que me envolviam? Dava a impressão de que o tempo, naquele primeiro dia do ano, transcorria mais rápido do que de costume. Não estaria morto de verdade? Fui à janela e observei que a Rue Vaneau estava um pouco mais animada do que antes, embora, como sempre, a rua registrasse aquele nível acústico de quietude e imobilidade que parecia preceder a uma grande explosão de ódio, o surdo horror de mundos à beira do grito. Não sei quanto tempo passei contemplando a rua. O fato é que uma hora depois fiquei gelado e um tanto horrorizado ao me dar conta de que única e exclusivamente o doutor Pasavento podia se lembrar das coisas de que eu, naquele momento, me lembrava. Talvez um castigo por meu esforço de levar, sem mais nem menos, uma vida dupla. Agora, devido a tanta ousadia, eu só podia ser aquele doutor que, ultimamente, eu tinha teimado tanto em *ser*.

Talvez eu tivesse me convertido tão só num perfeito candidato a ser internado no manicômio de Herisau. De que estava louco eu não tinha por que colocar muito em dúvida. Bastava ver que eu acreditava que um doutor habitava o interior de mim mesmo e, ainda por cima, imaginava esse doutor com um penteado moderno que imitava as formas de um radiador e com um andar de urso babão – porque assim comecei a imaginá-lo –, um senhor especialista em neuroquímica do cérebro.

Mas, realmente, existiria um doutor dentro do doutor que eu era? Pensando em tudo isso, voltei a adormecer, suei, eliminei toxinas do álcool da noite anterior. Sonhei com o casamento entre a loucura e a minha ressaca. E, quando, por volta das quatro da tarde, eu acordei, vi que a ressaca havia diminuído, e não obstante eu continuava tendo a memória inteira do doutor Pasavento. Como me pareceu que já não podia supor que a maldita ressaca tivesse condicionado minha memória, vi que me restavam menos opções para explicar o que estava me acontecendo. Só restava (descartando uma explicação extrema, a de que eu estava morto) confiar na confirmação de que eu sofrera um acesso de loucura. Mais vale estar louco do que morto, pensei. Quem diria que um dia eu pensaria isso? Visto assim, estar louco era um mal menor, quase desejável. Louco de manicômio, louco descomunal. Louco ideal para ingressar em Herisau. Isso explicaria o fato de ter uma certeza tão absoluta de que me haviam implantado uma memória inteira. Pensei em Hölderlin, que em sua demência fazia com que o chamassem indistintamente de Buonarrotti, Skartanelli ou Killalusimeno, e exigia que lhe dessem o título de bibliotecário. Lembrei de minha modesta biblioteca da valise vermelha e sentei na cama para chorar. Do lado de fora soprava o furacão de Orawa, que uivava longamente na chaminé da mansão de Matignon e também na casa das sombras imóveis e parecia que tudo se temperava numa tremenda tensão, como se os móveis da embaixada da Síria estivessem inchando e os vidros fossem estalar a qualquer momento e um fantasma em forma de carro fúnebre se pusesse a percorrer a Europa. Eu tinha ficado louco. Era isso. Buonarrotti, Skartanelli , Killalusimeno. Que grande diversidade, que variedade de nomes! Que inveja me dava aquilo! Um gênio como Hölderlin podia esbanjar em nomes. Levantei da cama e continuei chorando. Que vergonha, que horror, que tristeza. Eu, ao contrário, era só o doutor Pasavento.

2

No entardecer desse primeiro dia do ano, já não sei exatamente a que hora, como me deu vontade de dar um passeio, enfiei o chapéu de feltro na cabeça e abandonei o quarto dos escritos e dos espíritos, e desci as escadas para sair a passo firme para a rua e pisar na neve. Até onde posso me lembrar, eu me encontrava, ao sair à Rue Vaneau, num estado de desengonçada ansiedade. E me restavam ainda traços de uma dor de cabeça que horas antes havia alcançado sua mais forte intensidade. Tinha eu, de fato, aspecto de psiquiatra temporariamente afastado do trabalho? Por sorte, havia lido em meus cadernos fragmentos da história de meu desaparecimento e isso me ajudava a não me sentir tão dominado pelo açoite de minha recém-implantada e inteira memória. Entre o cachecol, que me tapava meia cara, e o chapéu de feltro, eu não estava muito reconhecível. Essa talvez possa ser a explicação de não ter sido visto, pouco depois, na rua, por Eve Bourgois, que, na qualidade de relações-públicas da editora, acompanhava Lobo Antunes ao hotel. Topei com eles na altura da casa de André Gide. Estava claro que o escritor português, após sua leitura na livraria Compagnie, tinha decidido ficar para passar o fim de ano em Paris. E agora, depois de um passeio, voltava a seu quarto de hotel.

Ao perceber que eu sabia perfeitamente quem eram eles dois, julguei me dar conta de que, apesar de minha memória compacta e de minha compulsiva alienação das últimas horas, estava deixando de ter unicamente as lembranças do doutor Pasavento. Lobo Antunes e Eve andavam enredados numa conversa, mas isso não os impediu nem um pouco de me ver. De me ver perfeitamente. Lobo Antunes, devido ao fato de não saber quem eu era, reagiu com a natural indiferença. Mas Eve me encarou, me viu e não me reconheceu. Ou achou que estava diante de uma estranha reprodução minha. Um Pasavento clonado, com guarda-chuva, cachecol e chapéu de feltro. Suas pupilas se dilataram um pouco, como se tivesse visto com surpresa uma má imitação minha. Mas em nenhum momento fez um gesto para me cumprimentar ou algo do gênero.

A noite de Ano-novo tinha me mudado tanto a ponto de me tornar irreconhecível aos olhos de pessoas que me conheciam? Será que meu eterno agasalho vermelho não me delatava? Fiquei entre perplexo e deprimido, olhando para o céu ou, melhor dizendo, para o sexto andar do imóvel onde Gide havia vivido. "O que não é estranho é invisível", dizia seu amigo Paul Valéry. Eu devia ser estranho, porque para ser invisível ainda me faltava muito. Mas parecia que era invisível. E estranho ao mesmo tempo. Em todo caso, o mais estranho era que Eve não tivesse me reconhecido. Será que eu havia mudado tanto?

Fiquei por alguns segundos pensando em tudo isso, até que dei meia-volta e comecei a seguir, discretamente, Eve e Lobo Antunes, talvez com a esperança de que eles se virassem de repente para ver melhor o senhor de rosto fugidio, cachecol, guarda-chuva e chapéu de feltro com quem tinham cruzado e que agora os seguia. Mas não, em nenhum momento se viraram, seguiram falando de suas coisas. Quando entraram no hotel, entrei na Dupeyroux, que naquele dia estava aberta como farmácia de plantão. Pedi aspirinas. E em seguida vi que a atendente era a mesma da ocasião anterior em que eu havia entrado lá também para pedir aspirinas. Minha memória compacta, que me atava a uma doutoral e única personalidade, parecia estar se afrouxando cada vez mais. Voltava lentamente a mim a complexa personalidade que eu tinha no dia anterior, pouco antes de me embebedar com tanta ferocidade. Parecia, então, confirmar-se que estava deixando de ter unicamente as lembranças do doutor Pasavento. A farmacêutica me deu as aspirinas e eu, naquele instante, fui alcançado por um insolente e breve flash mental que me trouxe a lembrança do momento em Nova York em que presenciei meus pais sendo resgatados do fundo do rio Hudson.

"Quero que fique registrado que vi esta farmácia antes na internet", eu disse à queima-roupa à farmacêutica, talvez nervoso pela imagem repentina dos afogados. "Pois muito bem", respondeu ela, e ficou me olhando com um meio sorriso. Finalmente alguém estava me vendo. Silêncio. Eu o rompi. "Já leu *Fuga sem fim*, de Joseph Roth?", perguntei. Deu um largo sorriso, como se viesse havia algum tempo procurando um motivo para sorrir. "O senhor é escritor, com certeza. No Hôtel de Suède há sempre muitos escritores. Publica na editora de Christian Bourgois?" Foi como se tivessem feito a pergunta mais difícil do mundo. "Sou um escritor secreto. Como poderia publicar lá?", respondi. Ela entendeu que eu tinha dito que era da polícia secreta. "Esta é a rua dos policiais disfarçados, já estou ficando cansada. Mas antes, pelo menos, eram secretos de verdade e não contavam isso. O mundo está mudando depressa demais", disse. Desfiz o engano, expliquei que não era policial e acabei descobrindo que se chamava Chantal e não trabalhava lá, tinha terminado o curso de farmácia, mas estava sem emprego, e se eu a via ali, atrás do balcão, era simplesmente porque havia substituído uma amiga naquele dia festivo.

"A sua amiga eu conheço", quis dizer. Mas calei. "Também vi a sua amiga na internet. Atrás do balcão", pensei em dizer, mas de novo me contive. "E então, se não é da polícia, o que é?", perguntou ela. Eu me mostrei em dúvida, buscando desesperadamente uma resposta. "Sabe de uma coisa? Sempre que alguém me pergunta quem sou, eu me limito a mostrar o passaporte", acabei dizendo. "E o que diz aí, no seu passaporte?", perguntou, com um gesto divertido, mas já um pouco incomodada ao ver que lhe dava tanta conversa. "Que sou o doutor Ingravallo", respondi. Saiu-me da alma. Ou, melhor dito, dentro de meu desvario, me pareceu que havia saído do fundo de minha memória recém-transplantada, como se uma voz inesperada tivesse falado desse fundo, uma espécie de variante da voz de Serge Reggiani que eu havia escutado mil vezes num bar francês do Bronx: "Je ne suis jamais seul avec ma solitude". Mas era uma voz que ao mesmo tempo me fazia lembrar daquela voz interior ou fantasmagórica que tinha ouvido no alto da torre de Montaigne. Era o doutor Ingravallo minha solidão, ma Solitude?

Paguei, sorri para ela. Não me devolveu o sorriso.

O doutor Ingravallo! No breve silêncio que se seguiu, eu me lembrei de um doutor Ingravallo bem diferente, aquele cético e sábio policial do grande romance *Aquela confusão louca da Via Merulana*, de Carlo Emilio Gadda. "*Non sono dottore*", repetia com paciência esse personagem a todos os que o chamavam desse modo. "*Non sono dottore*", disse eu à farmacêutica substituta. "Oh, vamos, tome uma boa aspirina!", respondeu ela, rindo de novo, mas agora virando as costas e entrando na sala dos fundos, me deixando com a palavra na boca, sem dúvida já cansada de mim e, além disso, suspeitando – sem se equivocar muito – que eu andava entre a perdição, a ressaca de fim de ano e um possível enlouquecimento vertiginoso.

Saí à rua e, embora não totalmente convencido, me senti um derrotado na vida e um expulso do mundo. E, como uma modesta rebelião contra as transformações que haviam acontecido em minha memória, decidi me chamar doutor Ingravallo, pelo menos durante o resto daquele primeiro dia do ano, daquele dia que já acabava. Uma vingança contra o invisível médico com gestos de urso que me transplantou uma memória inteira. Me afastei de lá e fui andando até Saint-Germain, andei com passos rápidos durante uns minutos, até que cheguei à banca junto à livraria La Hune, onde comprei um jornal sem me dar conta de que já o havia comprado e lido no dia anterior.

"A neve não dá frio", me disse, do chão, o *clochard* amigo de Scorcelletti. "Não dá mesmo, é verdade", respondi, amável e educadamente, ao mesmo tempo que lhe dava um sorriso enorme, como que de reconhecimento de seu status de *clochard* e como se ele fosse, além do mais – e seguramente o era –, meu melhor cúmplice e amigo. Entrei na La Hune, aberta sempre aos feriados. Encontrei uma revista literária que anunciava na capa uma entrevista com Josef Wehrle, "enfermeiro de Walser em Herisau". Não tinha pensado em comprar nada na La Hune, pois não cabiam mais livros nem revistas na minha valise, mas topar com essa entrevista de um enfermeiro do qual nunca tinha ouvido falar me levou imediatamente a me apoderar daquela revista. Seria casual que Herisau tivesse voltado a entrar assim, de repente, em minha vida? Eu me perguntei isso e em seguida saí de novo à rua e entrei no Flore, onde pedi uma mesa e, logo depois de me sentar, tomei uma aspirina e um café curto. O efeito – acho que sobretudo o da aspirina, porque o café me pareceu insosso – não se fez esperar, me mudou um pensamento, só um, mas era o suficiente. É que deixei de acreditar que eu fosse necessariamente o doutor Ingravallo e voltei a ser o doutor que era antes, o que também não era muito tranquilizador.

Ao abrir o jornal e ler o título de um artigo sobre a neuroquímica do eu, me dei conta de que tudo aquilo eu já tinha lido na tarde anterior. No artigo, Francis Crick, descobridor com Watson da estrutura do DNA, afirmava que o eu surgia de uma combinação de açúcar e carbono. "Antes de suspeitar que Crick esteja louco", pensei, "você deve pensar que uma aspirina muda um pensamento, ainda que ninguém saiba o porquê. Se uma aspirina pode fazer isso, o que não poderá fazer a medicina com o nosso cérebro?" Pouco depois, ao ler o artigo seguinte, esbarrei com outra notícia já lida, a que falava do Laboratório de Estudos da Memória de Edimburgo, onde se preparavam para, em pouco tempo, implantar memórias inteiras nos doentes. Toquei minha nuca, como se fosse nela que tivessem enxertado a memória completa do doutor Pasavento. Com um avanço incontrolável em meu cérebro, a aspirina parecia estar fazendo mais efeito que de costume e estava me curando a ressaca. Ou será que simplesmente estava reforçando o meu estado de loucura? Senti que o doutor Ingravallo me tocava a nuca. O doutor Ingravallo! A mesma pessoa que eu acabava de deixar de ser! Ligeiramente aterrado, sentindo certo pânico de mim mesmo, enterrei ainda mais fundo o chapéu de feltro na cabeça. Cheguei a me convencer plenamente de que estava irreconhecível. Com razão Eve Bourgois não tinha me reconhecido. Nesse momento, exatamente nesse momento, me pediram um autógrafo. Um casal tinha me confundido com Albert Cossery, o grande escritor egípcio, cliente habitual do local. O equívoco me angustiou muito, mas lhes dediquei o livro. Perguntei como se chamavam. Michel e Marie. Escrevi: "Para Michel e Marie, que foram para a sua casa e não voltaram". Notei que gostava muito de dedicar os livros que outros tinham escrito.

Cerca de meia hora depois, a aspirina e o paulatino declínio da ressaca começaram a incrementar seu ritmo de mudar as coisas e, pouco a pouco, foram se infiltrando na memória do doutor Pasavento ainda mais lembranças da primeira personalidade que tivera antes de se dedicar à psiquiatria. E descansei ao comprovar que não havia me perdido ao confiar em que todo aquele horror se revelaria, no fim das contas, tão somente o produto de uma dura ressaca. A cada minuto que passava, recuperava cada vez mais minha memória dupla. De novo e felizmente, como antes da noite de

Ano-novo, as lembranças do doutor e do escritor se mesclavam. Vi que por fim voltava a ser um homem de passado duplo.

Então me animei e sem medo algum decidi que o mais coerente seria resumir num terceiro nome minhas duas personalidades, me instalar numa espécie de terceira identidade, de terceira via da verdade. Dadas as circunstâncias, ser o doutor Ingravallo me pareceu, naquele momento, embora tivesse pouco antes renunciado a me chamar assim, o mais justo e oportuno. Implantaria memórias completas nos outros, e, quanto a mim, que me deixassem em paz. Se já havia sido Ingravallo, por que não tentar de novo sê-lo? Além do mais, por acaso eu não levava a Solitude no interior de mim mesmo? Por acaso essa Solitude não era uma espécie de urso rosnento que me acompanhava em minhas derivas?

Ainda que, à medida que vencia a ressaca, perdesse loucura, observei que a loucura não tinha, em nenhum caso, muitas intenções de se retirar completamente. Falei ao urso que trazia dentro de mim: "Não se incomoda, suponho, que eu me chame como você?". Depois, simulando que falava num celular (nunca tive um, nem penso em ter jamais, pois hoje em dia já não tenho ninguém a quem ligar), continuei falando com meu urso interior, com meu íntimo cirurgião neuroquímico. Disse, por exemplo, que sabia que os supostos enlouquecimentos de personagens como Hölderlin, Nietzsche, Artaud ou Robert Walser não eram enlouquecimentos, mas antes extravagantes discursos literários que escolheram um modo pouco comum, e provavelmente mais lúcido, de se comunicarem.

Deixei o Flore e fui comer no café ao lado, Les Deux Magots, onde, depois de desdobrar teatralmente o jornal já lido, dei meu nome ao garçom. "Estou esperando uma ligação telefônica, sou o doutor Ingravallo", disse. E em seguida pensei que deveria ter acrescentado: "O famoso doutor que implanta memórias completas nos doentes afetados pelo Alzheimer, pela senilidade ou pela loucura".

Ninguém me telefonou, evidentemente. Mas de vez em quando, num privado e modesto jogo perverso, eu olhava o garçom nos olhos, como se estivesse perguntando como é que ainda não tinham me telefonado. "A ligação é da Suíça e virá da parte da *bela infelicidade*", tinha vontade de dizer. Ou então: "Ainda não há notícias da minha metáfora pessoal do fim do mundo?". Mas me continha, continha minhas palavras, uma forma de dominar minha própria loucura. Outra maneira de contê-la era inventar lembranças que tivessem algo a ver com funcionários de hotel e telefones celulares. Lembrei de um dia no bar de um hotel de Genebra. Um dia em que eu estava mudo e atemorizado entre Juan Benet e Álvaro Pombo, que se tratavam respeitosamente, chamando-se de *don* Juan e de *don* Álvaro. Lembrei-me de que, de repente, apareceu um empregado com um cartaz que anunciava uma chamada telefônica, e Pombo olhou para o cartaz ao mesmo tempo que disse, ironicamente esperançado: "Essa ligação poderia ser para mim". Breve silêncio. "E quem vai ligar para o senhor, *don* Álvaro, quem vai ligar?", disse então um maroto Benet.

Além de conter minhas palavras ou recordar cenas de hotel, me passou pela cabeça que outra maneira de conter a loucura seria me pôr a ler. Pensei que teria me caído bem ter um livro comigo, pois a história do enfermeiro Wehrle não me servia, não era mais que uma revista que certamente continha uma entrevista simplória. Organizei um livro próprio em minha cabeça, um ensaio que diria que nosso ciclo cultural começou com figuras duplas (esfinges, centauros, deuses com cabeça de cão) e conosco atingiu uma culminação de vida dupla, pois pensamos sempre algo diferente do que nos dispúnhamos a pensar, e não só isso: na hora de escrever, por exemplo, escrevemos sempre algo diferente do que pensamos (que ainda por cima não é exatamente o que íamos pensar), e, enfim, o que acabamos transcrevendo no papel é algo muito diferente do que tínhamos projetado.

Alguns minutos mais tarde renunciei a esse livro próprio em minha cabeça e me dediquei à mais modesta labuta de ler. À falta de outra coisa, me resignei a abrir a revista que continha a entrevista com o enfermeiro Josef Wehrle, um homem a bem dizer ridículo e fantasioso, pois assegurava ter visto, em Herisau, Walser escrever anotações em papeizinhos que depois acabava ocultando da vista de seus enfermeiros e conseguindo fazer desaparecer. Como se sabe perfeitamente que Walser não escreveu nada ao longo de seus 23 anos de reclusão em Herisau (e tampouco nos de Waldau, o primeiro sanatório), refleti que o mais provável era que Wehrle, que com certeza tinha ouvido falar dos microgramas (que têm algo de papeizinhos), tivesse se inspirado neles para inventar aquilo.

Mas a invenção de Wehrle deixou certa marca em mim, pois pouco depois, ainda contando com a possibilidade de fazê-lo neste caderno, me veio a vontade de escrever umas anotações no primeiro papelzinho que encontrasse, e pedi ao garçom uma folha em branco e ali mesmo, sem saber o que eu anotaria exatamente, coloquei no papel, no meu improvisado ensaio de café, o título de *Loucura*. Pensei que escrever aquilo podia me servir de terapia para frear uma alienação que estava me levando a ouvir vozes (as de Ingravallo, Serge Reggiani e de todos os Pasavento ao mesmo tempo), um fenômeno auditivo parecido com o que acometeu Walser num hotel de Berna, onde começou a ouvir vozes. Pus o título, *Loucura*, e deixei o texto do papelzinho para depois.

O fenômeno auditivo de Walser. Conta-se que os primeiros médicos do escritor consideraram que eram simplesmente "alucinações acústicas". Fossem o que fossem, o fato é que essas vozes irromperam repentinamente na vida do escritor, o que aconteceu naquele hotel de Berna, num entardecer de inverno que aparece em todas as biografias do escritor. De repente, ouviu as vozes e, ao mesmo tempo, o incomodaram os clientes que estavam ao seu lado, comendo no restaurante do hotel. "Mas como é possível que os senhores só sussurrem?", disse, muito contrariado. Foi a primeira vez que, em um lugar público, Walser delatou certos sintomas de um suave desequilíbrio mental.

Depois do incidente, ele mesmo escreveu uma carta à irmã, Lisa Walser, na qual, consciente do horror daquela cena no restaurante do hotel, expunha-lhe seus temores de que, com aquelas vozes, tivesse entrado em seu corpo a doença de que antepassados da família tinham padecido em outros tempos, uma doença que surgia com o desvario e o suicídio, e à qual Walser tinha pavor, mas que, segundo disse a Lisa naquela carta, não o impedia de ser poeta: "Tenho uma doença mental difícil de definir. Ao que parece é incurável, mas não me impede de pensar no que me apraz, de ser amável com as pessoas ou desfrutar as coisas, como uma boa comida, por exemplo. Aqui, diante da cidade, como num baluarte, escrevi uma nova série de poemas".

Pensei na beleza da palavra "baluarte" e imaginei baluartes voadores. Depois, embora continuasse no sedentário Deux Magots, a ideia de me pôr a voar ali mesmo começou a me tentar. Também a de armar um escândalo com o garçom por não ter me anunciado a chamada telefônica imaginária. Cada vez que o via passar diante de mim, tinha mais vontade de pará-lo e dizer, por exemplo:

"Poderia me trazer uma aspirina das que ajudam a levar uma vida dupla?". Ou então: "O senhor acredita que meu urso interior tem um penteado que parece um radiador?".

A verdade é que estava um pouco nervoso e começava a me sublevar contra a atitude de indiferença que o mundo inteiro adotara desde sempre com relação a mim, e estava já a ponto de explodir, ali mesmo, no Deux Magots, a ponto de chamar a atenção de uma vez por todas, para ver se era possível que por fim alguém se dignasse me ver ou, pelo menos, ainda que com um débil sinal, me percebesse. Mas chamar a atenção não parecia o mais conveniente, de modo que fiquei lá por um bom tempo, tentando frear minhas ânsias de sublevação e de escândalo, tentando frear meus impulsos. Tinha muita vontade de me dirigir a dois indivíduos que estavam na mesa ao lado e dizer: "Mas como é possível que os senhores só sussurrem?".

Tinha vontade de coisas assim, e isso porque tinha na cabeça uma potente gritaria, formada essencialmente pelas vozes dos dois Pasavento, de Reggiani e do doutor Ingravallo. E essa confusão não fazia mais do que me trazer problemas com artimanhas e ideias terríveis, pois as vozes me recomendavam que desse um grito e conseguisse por alguns segundos que os olhares dos clientes confluíssem sobre mim. Mas muito temia que, se levasse à prática aquela ideia, me proibissem a entrada no local a partir de então, e isso fazia com que eu me contivesse.

Até que de repente descobri que o doutor Ingravallo não tinha os mesmos interesses que os Pasavento, a ele não importava dar aquele grito, ou que no dia seguinte a direção do café exercesse seu direito à admissão ou não de clientes. O doutor Ingravallo – vi isso muito claramente em seguida – não tinha necessariamente motivos para ser partidário, como os Pasavento, de desaparecer se, afinal de contas, ainda não tivera quase nem tempo de aparecer neste mundo. Tinha direito a viver, a aparecer um pouco mais, de vez em quando, no mundo exterior. Fosse amigo ou inimigo, havia que respeitar sua felicidade quando saía a respirar o ar mundano de Paris. Os Pasavento, entretanto, não o deixavam nem se mexer. "Você já faz uma ideia do lugar onde está? Não vê que deveria ficar na toca interior e não sair nunca ao exterior?", ouvi que lhe perguntavam com sua maturada voz.

Apanhei o agasalho vermelho, guardei num bolso o papelzinho *Loucura*, chamei o garçom, paguei a conta e saí o mais discretamente possível, como Walser teria saído. Já na rua, ouvi o doutor Ingravallo dizer: "Mas como é possível que os senhores, os Pasavento, só sussurrem?". Voltei a entrar no Deux Magots e não gosto de pensar que o terrível uivo de urso ferido e babão que se ouviu foi meu, mas foi, foi sim, não vou agora me enganar. Houve primeiro o uivo e depois uma pergunta em forma de grito que todo o Deux Magots ouviu: "E quem vai ligar para o senhor, *don* Álvaro, quem vai ligar?".

3

Alguns clientes ficaram boquiabertos, como se lhes tivessem interrompido alguma coisa. Quando vi as intenções que moviam os dois garçons que vinham em minha direção, saí dali com toda a rapidez de que era capaz, saí, atravessei o Boulevard Saint-Germain com o rosto entre envergonhado, temeroso e compungido. Pouco depois, a neve me fez escorregar e caí ridiculamente de bunda no chão, a uns dois metros da porta da brasserie Lipp, e por alguns instantes fui o homem mais estúpido da Terra. Eu me perguntei o que aconteceria se naquele momento eu estendesse a mão, olhando para o céu e pedindo esmola. Alguém me daria atenção? Seria visto por algum piedoso transeunte? Temia muito que não, que continuaria sem merecer a atenção de ninguém a menos que voltasse a gritar o urso selvagem que eu levava dentro de mim. Sentado ali no chão, olhando para a outra calçada, onde estava o *clochard* amigo de Scorcelletti, minha mente começou a divagar como uma roda de moinho que se tivesse posto a girar por si mesma, e comecei a pensar – em parte para não submergir – que na realidade eu era um poema. Certamente ninguém ia dar esmola a esse poema, mas não era isso o mais importante. Eu devia estar contente de ser o que era, feliz de ser um poema errante. E em seguida pensei que o poeta que tinha escrito esse poema perdera a identidade num vagabundeio infinito e perdera até seu nome. Quanto ao poema, este dizia que não há identidade, mas identidades, e que também as identidades são uma carga pesadíssima, e falava de passagem do muito que se devia desconfiar das ideologias que exaltam os méritos discutíveis do conceito de identidade. No fim, o poema não era de nenhuma parte, ia à deriva e, em seu perpétuo movimento, falava da errância fúnebre na qual viajam os nomes.

Acabei estendendo a mão e pedindo dinheiro para um poema. Ninguém me deu nada. Em seguida, me levantei e empreendi o caminho de volta ao hotel. Caminhei com decisão por um bom tempo, com um inventado (por mim mesmo) passo rítmico de poema, talvez um passeio poético parecido com o de Walser quando vagava pelos arredores do manicômio aos sábados e domingos, dias que em Herisau tinha permissão de saída. “O senhor Walser voltava sempre na hora, era de uma pontualidade admirável. Costumava comentar que a pontualidade era uma obra-prima", dizia o enfermeiro Wehrle na entrevista tristonha que eu acabara de ler.

Andei com esse passo de poema e, uma vez alcançada a Rue Vaneau, freei meu perambular poético ao ver, ao longe, o sombrio e luxuoso apartamento de Marx, mas logo recuperei o ritmo antigo de meus passos poéticos ao estar já diante da porta do hotel. Decidi não entrar ainda e dar uma última olhada na Rue Vaneau. Descobri que no número 23 estava a sede de uma empresa chamada Mortis, voltada ao extermínio de ratos e insetos em residências. Depois, fui até a embaixada síria, cuja fachada contemplei por um bom tempo sem ver nada que não tivesse visto até então. Em seguida, dei meia-volta com a intenção de entrar já no Hôtel de Suède e, quando por fim ia fazê-lo, me veio a tentação de olhar para a misteriosa mansão das três sombras imóveis e das lâmpadas de pouca voltagem. Olhei já com medo antes de olhar, e o medo talvez tenha condicionado o que vi. Talvez uma forte imaginação tenha produzido o acontecimento, mas o fato é que no térreo, fracamente iluminado, vi dessa vez quatro em lugar de três sombras imóveis, muito apertadas na moldura de uma das janelas. Quatro sombras e, a bem da verdade, uma delas nada imóvel, pois se movia como se movem com o vento algumas folhas de árvore perdidas. Quis voltar a olhar, mas preferi não me complicar mais a vida e seguir meu caminho.

Entre claros-escuros, a rua voltou a me parecer num estranho estado de imobilidade, como à espera de uma catástrofe. Ao entrar no hotel, vi que as veias de minhas mãos estavam mais grossas que de costume. Para não morrer de medo, cumprimentei o recepcionista, que não me devolveu o cumprimento, como se eu tivesse voltado a não ser percebido por ninguém. Já no quarto, apanhei a manta de lã que não sei por que me pareceu engenhosamente entretecida como uma capa com o colchão, e pensei que, se conseguisse me meter por sua estreita abertura, eu me sentiria tão abrigado como numa bolsa de ar quente. Consegui, e dormi convencido de que ninguém no mundo me surpreenderia escondido num lugar como aquele, adormeci como um grande animal escondido em sua toca.

4

O doutor em psiquiatria que ficou encolhido e depois adormecido naquela cama de hotel tinha quatro pais, oito avós, duas infâncias, duas juventudes e duas idades maduras, dois pais afogados, um casamento falido, uma filha morta, um passaporte, um urso babão no interior de si mesmo, uma tripla identidade que era uma carga pesadíssima, uma só escrita (privada), nenhum amor nem alegria alguma, ou talvez só uma, essa escrita privada que afirmava a beleza de sua infelicidade.

Quando acordou no dia seguinte, o doutor continuava tendo tudo isso. Ele mesmo constatou facilmente, mas se colocou um problema que outras pessoas também se colocam ao acordar. O que seria de cada um de nós sem sua memória? A de cada um é uma memória supérflua, pensou, mas ao mesmo tempo essencial. Não é necessário, continuou pensando, que para ser quem sou eu tenha que lembrar, por exemplo, que vivi em Barcelona, Nova York, Malibu e Nápoles. E, ainda assim, ao mesmo tempo, eu tenho que sentir que não sou o que fui nesses lugares, que sou outro. Esse é o problema que nunca poderemos resolver, o problema da identidade cambiante.

Pensou em tudo isso e depois se lembrou de São Paulo, que disse que morria a cada dia, e de Borges, que, comentando essa frase, disse que não era, de modo algum, uma expressão patética: "A verdade é que morremos a cada dia e nascemos a cada dia. Estamos continuamente nascendo e morrendo. Por isso o problema do tempo nos toca mais que os outros problemas metafísicos. Porque os outros são abstratos. O do tempo é nosso problema. Quem sou eu? Quem é cada um de nós?".

O doutor em psiquiatria que acordou aquele dia na Rue Vaneau pensou em São Paulo e São Borges e depois passou a suspeitar que nossa presença na Terra é um erro cósmico, isto é, passou a suspeitar que nós estávamos destinados a algum outro planeta distante, no outro extremo da galáxia. O doutor que acordou aquele dia na Rue Vaneau começou a se perguntar como se arranjarão aqueles que estavam destinados a viver aqui, como estariam se saindo nesse outro planeta. E sentiu um breve calafrio. Ele era o doutor Pasavento. Não estava muito convencido, mas o melhor seria ser esse doutor em psiquiatria. Tenho quatro pais, voltou a pensar, oito avós, duas infâncias, duas juventudes e duas idades maduras, dois pais afogados, um casamento falido, uma filha que se chamava Nora e está morta, um passaporte, um urso babão no interior de mim mesmo, uma tripla identidade que é uma carga pesadíssima, uma só escrita (privada), nenhum amor nem alegria alguma, ou talvez só uma, essa escrita privada.

Sei que pensou duas vezes quase exatamente o mesmo, porque quem ali despertou fui eu, o mesmo que está agora contando isto por meio de minha escrita secreta. Sou a única pessoa deste mundo que sabe que naquele dia, ao acordar, pensei no Tempo e em minhas três identidades, e depois, para evitar mais problemas, decidi que para o mundo exterior eu continuaria sendo simplesmente o doutor Pasavento. Para me reafirmar nessa personalidade, tentei lembrar de um fragmento de um filme visto em minha infância no cine Chile, fiquei lembrando umas palavras de Sandokan na costa malaia, umas palavras daquele elegante pirata que tantas vezes tinha sido meu herói moral: "Faço um esforço titânico em minha labuta de *não fazer nada*".

Que estranhas palavras de alguém como Sandokan, pensei de imediato. Por que eu me lembrei justamente dessas palavras e não de outras? Eram tão estranhas em alguém tão ativo e agressivo como *o tigre da Malásia*, aquele cavalheiro pirata chamado Sandokan que odiava os homens brancos e que, movido por um justificado rancor, tinha decidido dedicar a sua vida à ação e à vingança. Aquelas palavras eram estranhas em alguém como Sandokan, e o eram ainda mais se a gente pensasse que no filme seguia-se a elas um silêncio que era surpreendente numa fita de ação que quase não tinha momentos de calma. Eram estranhas, mas, fosse pelo que fosse, eram as únicas que recordava de Sandokan, e não sei como foi que passei a recordá-las como se, por si sós, constituíssem um romance inteiro, um desses romances de Robert Walser (*O bandido*, por exemplo) nos quais os personagens calam de repente e *deixam o relato falar*, como se este fosse um personagem. Passei a recordar aquelas palavras como se nelas estivesse concentrado aquele espírito de Walser que Musil disse que lhe evocava a riqueza moral de um desses dias preguiçosos e aparentemente inúteis nos quais nossas convicções mais estritas se relaxam e se convertem numa agradável indiferença.

Não fazer nada. Decerto Sandokan só falou uma vez em sua vida de não fazer nada, mas, por caprichos do acaso, essa frase era a que tinha ficado gravada na minha memória. Não fazer nada! Agora, nestes preciosos instantes, me parece curioso ver Sandokan incluído entre os heróis negativos da literatura. Embora talvez isso não seja assim tão curioso. Depois de tudo, Sandokan tem muitas diferenças, mas um ponto em comum, um só, mas um ponto em comum com o protagonista de *O bandido*: ambos são seres totalmente incapacitados para se encaixarem na ordem imoral e política predominante, porque não possuem nenhuma das qualidades apreciadas por essa ordem, e além disso desejam manter-se à parte. De todo modo, passando por alto esse ponto em comum, seus casos são diametralmente opostos. No de Sandokan, o pirata de Mompracem, a queixa se torna rancor: "Os homens da raça branca foram implacáveis comigo. Não me destronaram com o pretexto de que eu era um rei selvagem e deviam *me civilizar*? Penso em me vingar terrivelmente deles". No caso do bandido, em vez disso, tudo é muito diferente, porque para o personagem de Walser o importante é submeter-se o suficiente para apenas ser visto e assim poder desaparecer diluindo-se pelas fendas da ordem estabelecida.

Esse bandido walseriano se dilui e se embosca tanto no texto que acaba inclusive se desdobrando em dois: o que protagoniza a história e o que a conta. E este que a conta tem um estranho sentido do humor. "Durante a redação destas páginas me vi evidentemente obrigado a perder um concerto", diz perto do final desse desconcertante romance sobre o tema do desconcerto que é *O bandido*, esse romance no qual pensei naquele 2 de janeiro, pela manhã, naquele dia em Paris em que me lembrei de Sandokan e de Walser e depois desci, com passo de poema, ao pequeno e discreto saguão do Suède e ali, depois de ter sido inesperadamente cumprimentado pela diretora do hotel ("*Bonjour, monsieur* Pasavento", disse, e quase me assustou, porque eu julgava que ela não conhecia meu sobrenome, sempre havia se mostrado indiferente comigo, quando não antipática), passei um tempo sentado numa poltrona observando as razoáveis semelhanças que existiam entre aquele saguão e o pequeno átrio do cine Chile de minha infância.

À esquerda de quem entra no hotel, havia um canto desse saguão que estava decorado com umas vitrines onde se exibiam livros da Christian Bourgois, entre eles um exemplar da tradução de um dos romances que eu havia escrito em minha vida anterior, *Meu abismo preferido.* Essas vitrines me recordavam o canto mais mágico do átrio do cine Chile, o espaço em que, à esquerda de quem entrava no cinema, exibiam-se em painéis as fotos dos dois filmes que passariam não na semana seguinte (mudava-se a programação a cada semana), mas duas semanas depois, embora o cartaz que as anunciava não dissesse "dentro de quinze dias", e sim algo que tinha um matiz mais ambíguo e misterioso e que parecia querer esconder do menino a palavra "futuro", que era substituída por um inesquecível cartaz de letras maiúsculas e vermelhas sobre um fundo branco eterno em que se lia: "Em breve".

Estava pensando naquele cartaz fascinante e para mim espetacular quando, ao colocar a mão no bolso da calça, encontrei aquele papelzinho em que estava escrito *Loucura.* Só havia o título e o resto estava em branco, num branco de neve ou desvario. Pensei em seguida em riscar o cabeçalho, trocá-lo por outro. Mas acabei não riscando nada, não fiz nada durante um bom tempo em que fiquei quase imóvel em minha poltrona, até que resolvi tomar o café da manhã. Em lugar de tomá-lo como todas as vezes, em meu quarto, eu o tomaria numa das mesas habilitadas para isso no próprio saguão. Só com bom tempo se tomava o café da manhã no pequeno jardim que separa o conjunto de quartos com janelas para a Rue

Vaneau dos quartos que dão para a parte de trás do edifício. O resto do ano comia-se no saguão. Eu não o fizera até então para não correr riscos desnecessários, mas naquele dia me pareceu que necessitava sentir alguma emoção de vez em quando. De modo que fui da poltrona a uma mesa e comi copiosamente, me demorei de tal forma que parecia querer que alguém por fim descobrisse que eu estava lá escondido, desaparecido em plena Paris. Em seguida voltei a meu quarto e, no momento de entrar nele, de repente, não esquecerei disso nunca, não sei por que me veio à memória a frase mais triste e bela que conheço, a que Walser disse passeando pelos arredores do manicômio a seu amigo Carl Seelig quando este se interessou em saber se continuava escrevendo. "Não estou aqui para escrever, mas para enlouquecer", disse. Lembrar dessa frase me levou a escrevê-la sob o título que eu escrevera naquele papelzinho recém-encontrado no bolso. E o papelzinho se converteu num miniconto.

LOUCURA
Não estou aqui para escrever, mas para enlouquecer.

5

Escrevi o miniconto e logo resgatei da valise vermelha um livro sobre o mito do desaparecimento do rei português D. Sebastião e voltei a adentrar, com a mesma fascinação de sempre, na lenda desse jovem rei que em 1578 se perdeu na batalha de Alcácer-Quibir. Fiquei em meu quarto relendo esse livro sobre o mito do desaparecimento de D. Sebastião, mito que não funciona se não estiver acompanhado pela ideia de um reaparecimento, da mesma maneira que me parece que, na história do desaparecimento do sujeito moderno, a paixão por desaparecer é, ao mesmo tempo, uma tentativa de afirmação do *eu*. Por volta do meio-dia fechei o livro e reapareci no saguão do hotel, encaminhei meus passos para a sala de internet. Fazia uma semana que não verificava meu e-mail e pensei que talvez já tivesse se tornado urgente saber como andavam as coisas na tela de minha vida artificial.

Sem muita esperança de que alguém estivesse me procurando, entrei no meu e-mail e vi que havia de tudo ali, menos mensagens que denotassem uma inquietude por meu desaparecimento. Felicitações natalinas, algumas dotadas de certa força plástica. Três grotescos Reis Magos, por exemplo, atravessando a tela com suas carruagens e a toda a velocidade, da direita para a esquerda. Havia também muitos vírus, como se estes quisessem incluir-se na grande festa da indiferença do mundo por mim. E havia também convites a dar conferências, mesas-redondas, isto é, propostas para que aceitasse algo de que já me sentia muito distante: convites para que me *exibisse*, para que tagarelasse sobre qualquer tema. E também mensagens de desconhecidos me oferecendo negócios mundanos que não me interessavam. E, finalmente, algumas correspondências de gente mais próxima. Em alguns desses e-mails havia uma pergunta idêntica feita por três pessoas diferentes, em três correios diferentes: "Onde você se meteu?". Mas em geral as suspeitas iam além disso nem refletiam inquietude excessiva por parte de ninguém. Entre os e-mails mais curiosos estava o de um amigo que achava que eu estava de férias natalinas esquiando (eu nunca esquiei) em La Molina, nos Pireneus catalães. Mas o mais curioso dos e-mails, e para mim o mais interessante, era o de Yvette Sánchez, que me escrevia da Basileia. Vivia naquela cidade com o marido e o filho e trabalhava como professora na Universidade de San Gallen, a umas duas horas de distância de sua casa da Basileia: "Feliz da vida, por uma vez. Acabo de saber que me concederam a cátedra de literatura hispânica da Universidade de San Gallen. Você virá algum dia para cá? Na noite de Reis celebraremos a cátedra com uma festa na minha casa da Basileia. Dançaremos e choraremos. Lou Reed e *Pata, pata*, de Miriam Makeba. Abraços. Yvette".

Eu havia estado dois anos antes na Basileia, convidado por Yvette à Feira do Livro daquela cidade, e ali tínhamos falado que algum dia, se houvesse uma segunda ocasião, eu viajaria com ela até San Gallen, na Suíça oriental, daria uma conferência em seu departamento da universidade e depois iríamos até o manicômio de Herisau, ao que parece não muito distante dali, aquele lugar que eu havia dito que tinha curiosidade de visitar.

Não me pareceu que aquilo pudesse ser apenas um acaso. Seria puramente casual que eu passasse dias obcecado por Walser mais do que nunca e, de repente, na minha caixa de e-mails surgisse a possibilidade de me aproximar de Herisau, minha Patagônia pessoal? Não tinha ainda terminado de ler aquele e-mail de Yvette e já sabia que se escondia ali um daqueles sinais que desde a minha primeira estada na Rue Vaneau o mundo exterior me mandava, e que eu sentia que devia seguir cegamente, mesmo sem saber ao certo se estavam me dando a oportunidade de mudar de vida ou, pelo contrário, sem contar comigo, tratavam de reforçar um destino de cartas marcadas.

"Não tinha nada para fazer, de modo que decidi ir à Patagônia", escreveu Paul Theroux. Eu, sim, tinha algo a fazer, buscar um lugar melhor que Paris para desaparecer. De modo que decidi que iria a Herisau. Não pensei duas vezes e respondi o e-mail de Yvette e, depois de felicitá-la por sua cátedra, perguntei o que achava de eu aparecer em sua festa na Basileia. Yvette não tinha contatos com meu universo de relações e não tinha por que comprometer a aventura de meu desaparecimento. Acrescentei um P.S. com a intenção de que percebesse que, depois de sua festa, eu precisava que me acompanhasse a Herisau e me desse uma mão, falasse alemão por mim. Talvez por isso, o P.S. consistiu destas frases de *Jakob von Gunten*: "Meu companheiro Schilinski é de origem polaca. Arremeda um alemão delicioso. Todo estrangeiro, não sei por que, tem um certo selo de nobreza".

6

Algumas horas depois, soube casualmente que Lobo Antunes já havia deixado o hotel e de que o 2 tinha sido o número do seu quarto. Para chegar a esse quarto era preciso atravessar o jardim interno, pois estava – como em outra ocasião havia estado o meu – na parte traseira do edifício do hotel, dando as costas à Rue Vaneau. Em compensação, os quartos desse setor eram mais espaçosos.

Decidi, mesmo sabendo que ele já não estava (ou exatamente por isso), escrever uma carta breve, colocá-la num envelope e deslizá-la, o mais sigilosamente possível, por baixo da que havia sido sua porta. Certamente o pessoal do hotel passaria a mensagem à editora de Christian Bourgois, que a remeteria a Lisboa, onde Lobo Antunes a acabaria lendo, intrigado; talvez a lesse no hospital Miguel Bombarda. Por que eu desejava fazer algo assim? Por puro desespero, com certeza. Era como se buscasse pedir auxílio ao antigo doutor em psiquiatria. O primeiro texto que me ocorreu carecia de todo sentido que não fosse dadaísta, como se tivesse voltado a mim o espírito de jovem estudante de medicina do Bronx, ou tivesse recuperado minha arrogante personalidade de namorado da Bomba de Malibu. Pensei em escrever uma breve mensagem que dissesse: "Não pude deixar de pensar na Suíça oriental, que é onde talvez acabe vivendo escondido o resto de meus dias". Mas reagi a tempo e superei esse enfermo estado juvenil e, em lugar de deixar por baixo da porta a mensagem cifrada de um desconhecido, decidi me apresentar em meu escrito como o respeitável doutor em psiquiatria que afinal de contas eu era. Embora afastado temporariamente do trabalho, conservava minhas inquietudes como médico de almas. Escrevi: "Caro colega Lobo Antunes". Mas não soube como continuar, me invadiu de repente uma timidez descomunal. Até que me pus a buscar frases que fossem muito verdadeiras, profundamente sentidas por mim. Durante um bom tempo, só frases verdadeiras me ocorriam, mas me pareciam exageradamente autênticas: "Sabe, doutor Lobo, o que me impressiona mais no grande mistério do universo? O gemido do vento nas chaminés. E o silêncio que se seguiu ao suicídio de meus pais. Boa noite, caro colega".

"Mas por que você diz isso? Tem certeza de que o gemido do vento nas chaminés o impressiona?", perguntei de repente a mim mesmo. Baixei os braços, desisti de escrever a breve mensagem. "Talvez seu corpo esteja com a eletricidade baixa", ouvi o doutor Ingravallo dizer. "Eletricidade?", perguntei. "Você precisa que alguém lhe carregue as baterias", disse Lobo Antunes. Olhei e não havia ninguém. Pensei que meu enlouquecimento não era tão nobre como o de Hölderlin ou como o de Walser, mas não se podia negar que eu estivesse tocado pelo "vento da demência", que era como chamávamos a loucura no hospital de Manhattan. Pensei nisso e logo me perguntei se não devia, eu mesmo, me internar num centro psiquiátrico. No de Herisau, por exemplo. "Você poderia passar 23 anos ali", ouvi perfeitamente que dizia o doutor Ingravallo.

7

No dia seguinte, acordei muito cedo e a primeira coisa que fiz foi ir à sala de internet para ver se finalmente – tinha tentado sete vezes na tarde e na noite do dia anterior – já havia uma resposta de Yvette Sánchez. Mas era tão cedo que a sala estava fechada. Era tão cedo que nem sequer se podia tomar o café da manhã no hotel. Voltei ao meu quarto e fui à janela para corroborar que era cedo também na Rue Vaneau, e então, como se dispusesse de uma grande luneta, vi o gato que havia no fundo do jardim da mansão das sombras imóveis. Não direi que o gato tinha meus olhos, mas na realidade isso foi a primeira coisa que me pareceu ver quando fitei aquele gato tão distante e ao mesmo tempo tão surpreendentemente próximo. Depois, com os olhos do gato da mansão dos estranhos, me encarei no espelho do quarto e me vi mudado. Os dias que levava desaparecido não tinham passado em vão. E me dei conta de que, embora por vontade própria, estava pagando um evidente preço por ter passado a ser, nos últimos dias – pelo menos assim esperava que fosse –, um escritor que vivia já nas franjas do rumor mundano.

Pensei que tanta solidão radical sem dúvida me afetara muito, mas que evidentemente eu não devia me deixar levar por nenhum inútil sentimento de culpa, muito pelo contrário, e decidi continuar como estava e voltei a me encarar no espelho e descobri que, se fosse capaz de persistir na minha solidão radical, poderia acabar vendo alterada de verdade a minha imagem. Dessa maneira, podia até chegar a me converter em alguém fisicamente muito diferente do que eu era. Um ser irreconhecível. Não só para Eve Bourgois, mas para todo mundo. Podia acabar sendo *outra* pessoa. Com um pouco de sorte e algum movimento astuto, poderia até escapar dos injustos e rotineiros – encarregava-se disso o banco com uma endiabrada precisão – pagamentos mensais a minha ex-mulher.

Olhei de novo pela janela. Silêncio absoluto, ninguém na rua. No fundo do jardim da mansão das sombras imóveis, o gato havia desaparecido. Certamente agora estava em meu espelho ou, melhor dizendo, punha-se um pouco ao meu lado, eu poderia acabar vendo o gato ali. Lembrei de umas palavras de Robert Walser: "O silêncio das ruas tem algo de amável e misterioso. Para que buscar outras aventuras?!", E voltei a olhar para a rua e escutei o silêncio total da geralmente *tensa* Rue Vaneau e me lembrei de W. H. Hudson, o escritor da Patagônia cujo sobrenome evoca casualmente o rio em que se suicidaram meus pais, o escritor que *escutava* o silêncio naquela terra de solitários ou fim de mundo que é a Patagônia, e dizia que viajar a ela era fazê-lo rumo a um nível mais elevado da existência, rumo a uma espécie de harmonia com a natureza, uma harmonia que consistia na ausência de pensamento. Hudson qualificava tudo isso com a palavra *animismo*, algo que só era possível nas terras patagônicas em que havia – segue havendo hoje – uma pessoa por quilômetro quadrado e reina o silêncio: "Nesses dias solitários era coisa muito rara que por minha mente passasse algum pensamento: não havia formas animais que atravessassem diante da minha vista e era ainda mais raro que meus ouvidos fossem assaltados por vozes de pássaros. Nesse estranho estado mental em que me encontrava, pensar se convertera em algo impossível".

O *animismo* era, para Hudson, o amor intenso ao mundo visível e a ausência de pensamento. De repente me pareceu que nesse aspecto nunca havia existido um autor mais próximo de Walser que Hudson, pois não se podia esquecer que em Walser eram primordiais tanto a descrição de seu eufórico amor ao mundo visível como – herança dos últimos grandes românticos – sua absoluta certeza acerca da superficialidade da palavra. "O que se empenha em não pensar faz algo verdadeiramente necessário", chegara a escrever Walser. Em muitos de seus escritos, por trás de umas supostas alegorias da mediocridade, falava-se, na realidade, de vidas que, depois da morte de Deus e do enunciado desaparecimento do homem, transcorriam pela face mais oculta dessa mediocridade. Em muitos de seus escritos se falava veladamente de todos esses indivíduos modernos que, frente ao avanço avassalador do desatino geral, decidiram dirigir suas ambições rumo a uma só meta, a de desaparecer ou, na falta disso, de passar o mais inadvertidos que pudessem.

Pensei em tudo isso e em seguida, angustiado, voltei à janela da Rue Vaneau e, recordando que os olhos são a entrada dos pensamentos, fechei-os para não me ver obrigado a pensar. Mas acabei pensando, claro. Primeiro, na morte de Deus, depois em meu desaparecimento, e por fim, para não pensar em tudo isso, no pai de Chateaubriand, que, segundo explica seu ilustre filho em *Memórias do além-túmulo*, era um grande *expert* em desaparições noturnas, que levava a cabo diante de sua própria família, que não se alarmava muito porque sabia que voltava sempre. As desse pai foram, em todo caso, desaparições que só se produziram nos dias em que eles tiveram que viver em completo recolhimento com alguns criados na casa senhorial de Combourg, em cujos amplos quartos e corredores poderia se perder meio exército de cavaleiros.

Escreve Chateaubriand: "Sobretudo na época do inverno transcorriam meses sem que nenhum viajante ou estranho batesse à porta do nosso castelo. Vivíamos ali meu pai, minha mãe, minha irmã Lucila e eu. Era incomensurável a tristeza no interior daquela casa solitária. Às oito, sempre soava o sino do jantar. Depois do jantar permanecíamos algumas horas sentados junto ao fogo. Meu pai começava a passear ao longo da sala, e esses passeios duravam até a hora de ir para a cama. O salão, iluminado por um só castiçal, estava tão escuro que, quando meu pai se distanciava e deixava para trás a chaminé, *desaparecia*. Somente se ouvia nas trevas o ruído dos passos. Depois se aproximava da luz, e seu pálido semblante ia se destacando pouco a pouco da obscuridade, como um fantasma".

Assim, encharcado com a história dos desaparecimentos e reaparecimentos espectrais do pai de Chateaubriand, fiquei um longo tempo, até que me pareceu que já teriam aberto a sala de internet, e decidi descer de novo. Antes, tomei o café da manhã. Com tranquilidade, com grande lentidão. Era como se quisesse dar mais tempo a Yvette para que pudesse me responder. Uma vez instalado na sala de internet, continuei dando tempo a Yvette e comecei a navegar por jornais espanhóis, e assim fiquei sabendo que, no mês de junho, Bob Dylan ganharia o título de doutor *honoris causa* pela universidade escocesa de Saint Andrews. Eu o tinha como alguém alheio às medalhas e inimigo de qualquer honraria. A notícia sobre Dylan foi como um gancho de esquerda em pleno combate com minha recente dupla ou tripla personalidade e decidi me recuperar do golpe pensando que nada tinha importância neste mundo, muito menos aquilo. Busquei mais notícias e li então que Antonio Tabucchi combinava a nacionalidade portuguesa com a italiana. Na sequência, li que meu antigo amigo Robert De Niro ia se naturalizar italiano. Temi por um momento entrar numa voragem de naturalizações e deixei de ler por alguns instantes.

Quando voltei à leitura das notícias do dia, fui parar numas declarações de um romancista de Nova York a quem recriminavam que a literatura entrasse tanto em sua literatura e que citasse tantos autores em seus romances. "Os livros e os escritores são parte da realidade, são tão reais quanto esta mesa diante da qual estamos sentados. Por que então não podem estar presentes numa ficção?", respondia. Fiquei olhando a mesa que sustentava meu computador. Toquei-a, toquei-a como se pode tocar um livro, e senti uma íntima satisfação ao ver que a mesa existia e a literatura também, uma satisfação em parte parecida com a que me acometeu pouco depois, ao ficar sabendo que estava chegando ao fim o grande mistério do desaparecimento, em 31 de julho de 1944, de Antoine de Saint-Exupéry, o aviador-escritor ligado à mansão de Chanaleilles da Rue Vaneau.

Por uns instantes, suspeitando que essa notícia houvesse sido fabricada especialmente para mim, eu me perguntei se a Rue Vaneau e minha condição de *desaparecido* não estariam relacionadas com o mistério resolvido da evaporação do escritor-aviador. Cada vez mais, tudo o que se relacionava de alguma forma com a Rue Vaneau eu via como algo que me dizia respeito muito pessoalmente. Depois, fui em busca de notícias de futebol e me entretive lendo-as até que fiquei saturado delas, e então, retardando ainda mais a abertura de minha caixa de e-mail, comecei a buscar meu nome em algum lugar da rede e entrei no mais recente artigo literário que havia publicado antes de sumir em Sevilha. Era um desses retratos breves de poetas latino-americanos que escrevera durante uns meses para uma revista digital. Tratava-se de um texto que antecipava – não me surpreendeu nem um pouco descobri-lo – as questões que depois do meu desaparecimento em Sevilha iriam situar-se no centro de minhas preocupações.

Era um texto que falava do poeta chileno Juan Luis Martínez, que tinha um interessante conflito com seu nome e procurava sempre desaparecer como escritor. "Não apenas ser outro, como também escrever a obra de outro" é o nome de um de seus mais belos poemas. Quando finalmente acessei minha caixa de e-mails, comprovei com certo pesar que, tal como temia, não havia resposta de Yvette Sánchez, certamente eu não lhe tinha dado o tempo de que ela precisava. Voltei a meu quarto e ali apanhei instintivamente o papelzinho em que havia escrito o brevíssimo conto *Loucura* e, me sentindo invadido por uma angústia que se mesclava com o prazer que me produzia meu esforço titânico de *não fazer nada*, mudei o título do papelzinho, modifiquei e prolonguei o texto.

SOLIDÃO

Não estou aqui para escrever, mas para ficar sozinho.

De todo modo, já comecei a preparar minha leve bagagem, como se fosse Jakob von Gunten quando, no penúltimo fragmento de seu diário-livro, viaja em sonhos com o diretor do instituto, com *herr* Benjamenta, que se converteu num ginete a quem os índios elevaram ao grau de príncipe: "Íamos superando perigos e conhecimentos como se fossem um fio de água gelada mas benéfica para nossos ardores". Não parece um texto que antecipa o Kafka de "Desejo de se tornar índio"? Parece, penso enquanto organizo a bagagem, os livros da valise vermelha, e vejo como, desprendendo-se do conjunto, cai no chão, como se buscasse a independência, *Amarga fama*, a biografia de Sylvia Plath, um livro que devo ter colocado na valise só porque seu título me recordava que ter um nome na literatura havia terminado por me parecer algo detestável.

Enquanto arranjo a menor bagagem com a qual espero bem depressa ir embora daqui, chega-me a certeza implacável de que nunca me faltará minha solidão, uma impressão que me deixaria arrasado se eu ainda fosse o vaidoso escritor de antes, aquele que publicava romances e vivia sua amarga fama com desconcerto. Mas isso tudo já passou, me converti em alguém totalmente diferente, em um homem sem qualidades. Mudei meu orgulho, meu sentido da honra. Tenho, como Jakob von Gunten, certo instinto de conservação da espécie e escolhi me perder no último recanto da vida. Como diria o jovem Jakob, realizei minha escolha e a manterei.

8

No meu interior habita uma estranha e monstruosa energia chamada Ingravallo, ao mesmo tempo que a cada dia estou mais perto de Walser. Em outros tempos, eu o via como um personagem literário, não como um escritor nem como uma pessoa que tivesse passado realmente por este mundo. E de modo algum, evidentemente, eu era capaz de me dar conta de que quando ele havia caminhado pela última vez pelas infinitas trilhas nevadas de Appenzell, eu tinha já oito anos e acabava de fazer a primeira comunhão e Pelé (para dar um exemplo bem prosaico) se preparava para nos surpreender, dois anos depois, na Copa da Suécia. Não, eu via Walser só como um fascinante personagem literário, um poeta morto na neve no dia de Natal. Não podia imaginá-lo, por exemplo, sentado comigo nesta cama, ou comprando aspirinas na farmácia Dupeyroux, ou tomando café no bar da esquina.

Sua lenda literária – essa biografia tão fascinante do escritor calado durante 23 anos num manicômio rodeado de neve – tinha feito com que eu o visse sempre a uma distância irreal e infinita. Nem me ocorria pensar que havia sido um ser vivo que fumava cigarros e os esmagava no chão das estradas e em seguida caminhava com humana obstinação pelos caminhos nevados. Se não acreditava que ele tivesse vivido de verdade, menos ainda podia pensar que tivesse morrido, e já nem digo pensar que tinha chegado a profetizar seu próprio fim em *Os irmãos Tanner*, em que uma descrição antecipa as circunstâncias de sua morte no dia de Natal de 1956.

Nesse romance, Sebastian, o poeta, é achado morto na neve sob um céu estrelado. Quem o encontra é Simon Tanner, cujas palavras parecem uma autoelegia antecipada: "Com que nobreza escolheu sua tumba! Jaz em meio a esplêndidos abetos verdes, cobertos pela neve. Não quero avisar ninguém. A natureza se inclina para contemplar seu morto, as estrelas cantam docemente em torno de sua cabeça e as aves noturnas grasnam. É a melhor música para alguém que já não tem audição nem sensações".

Mas em vida Walser teve, sim, sensações e ouvido, *escutava* perfeitamente o silêncio, e é provável inclusive que percebesse (ainda que apenas de longe) que se estava operando uma pequena fratura ou revolução na literatura, que se estava produzindo a desarticulação do grande estilo clássico. Acho que soube muito depressa que ele mesmo ia se decompor e se dispersar em múltiplos fragmentos, a exemplo do livro *em primeira pessoa* que disse sempre estar esperando escrever. Mas, em qualquer caso, esse livro em primeira pessoa nunca foi, como projeto, a clássica, soberba e típica construção literária na qual se reflete a elaboração de uma paisagem mental e a força criativa de um eu, mas antes um trabalho de desintegração desse eu, realizado com admirável paciência e nenhuma soberba.

A arte de Walser foi antes de tudo a arte de desvanecer-se. Sua estratégia, por mais que ele, com seus textos, atestasse a desintegração da totalidade e o eclipse do sentido, consistia em não imitar a desordem e em dedicar-se sigilosamente a ser visto só o imprescindível e a tentar desaparecer chamando a atenção o mínimo possível. Preferiu retirar-se e enlouquecer serenamente, residir em manicômios que, como disse Canetti, são os conventos de nossa época. "Que um escritor se converta em *alguém* não faz senão degradá-lo à condição de limpa-botas", disse Walser em certa ocasião.

Sua peculiaridade como escritor consistia em que nunca falava de seus problemas ou das coisas que o motivavam. Era um *escritor sem motivo*, alguém que escrevia com uma extrema ausência de intenções, com uma assombrosa ausência de finalidades externas ao texto em si. Daí que os milhares de páginas que escreveu compuseram uma obra indefinidamente dilatável, elástica, desprovida de esqueleto, um prolongado falatório que escondia a ausência de qualquer progresso do discurso. A obra estava em perfeita harmonia com a talvez involuntária construção, por parte de Walser, de uma personalidade de anti-herói, cujo traço principal às vezes reside na incapacidade de crescer e na negativa a fazê-lo, a formar a própria personalidade em sintonia com o real.

De repente, um dia, comecei a ver por fim o mais oculto dos poetas como um homem de carne e osso. Lembro muito bem daquela tarde de dois anos atrás, na Feira do Livro da Basileia. Eu me detive num estande totalmente dedicado à sua figura e passei um tempo contemplando as suas fotografias feitas por seu amigo Seelig nos arredores de Herisau, e também as reproduções das capas das primeiras edições de seus livros, expostas na parte do fundo daquele pavilhão. Num primeiro momento, ainda vendo aquelas fotos que davam notícia de um homem com um chapéu e um guarda-chuva, caído numa estrada suíça dos anos 1950, continuei vendo Walser como uma figura tão mítica que era incapaz de pensar que tinha sido também um homem mais ou menos normal e comum. Até que, de repente, Yvette me apresentou a Bernard Echte, que estava ali no estande.

Echte, que é o homem que em companhia de Werner Morlang se dedica desde os anos 1980 a decifrar os microgramas de Walser, me falou com tanta naturalidade do autor de *Jakob von Gunten* que aquilo me abriu os olhos e vi por fim que Walser não era um personagem tão remoto como eu pensava. Ou, melhor dizendo, vi que eu estava mais perto de Walser do que acreditava. Quase sem me dar conta, eu viera me aproximando – diria até que *fisicamente* – pouco a pouco dele. Havia me aproximado por meio de sua lenda e da leitura de seus livros, mas também me aproximara – de forma quase imperceptível para mim mesmo – de seu país, de suas paisagens e finalmente do próprio homem.

De modo que Walser foi um ser vivo, pensei naquele dia. Deve ter sido naquele instante que a pequena população de Herisau brotou em mim como uma pequena obsessão que ia crescer com o tempo, pois vi que essa população não era só uma palavra com a qual às vezes tropeçava nas biografias de Walser. Compreendi que Herisau também existia, ainda que eu não soubesse nem onde ficava nos mapas. Até então eu havia recriado essa palavra em minha imaginação enquanto lia os episódios da reclusão de Walser no manicômio.

Mas agora eu me dava conta de que aquele manicômio era um lugar real, estava *ali*, estava no mundo, eu podia vê-lo se quisesse, e até podia tocar com as mãos o material com que havia sido construído o sanatório. Foi naquele dia que comecei a sentir que Walser tinha sido uma presença real. E, em vez de um ser distante, converteu-se para mim num ser muito mais próximo.

"Quando a distância desaparece, a proximidade se acerca com ternura", lembrei que Walser havia dito a Seelig. Sim, deve ter sido naquele dia que me senti próximo de Walser, deve ter sido então. Não agora, lógico. Agora tenho sono. Começa a me parecer longa a espera desse e-mail de Yvette Sánchez que nunca chega. Agora tenho sono. Acho que me tornei um desses personagens de Walser que só querem ser subalternos, ou um daqueles seres que eram companheiros de Walser na Câmara de Escrita para Desocupados de Zurique, onde ele trabalhou por um tempo. Acho que me tornei um desses copistas que transcrevem textos que os atravessam como uma lâmina transparente, uma dessas pessoas que não dizem nada especial, não tentam modificar. "Não me desenvolvo", diz Jakob von Gunten no Instituto Benjamenta. Agora tenho sono, diz o doutor Pasavento. "Errava por Paris um carro fúnebre, carregado com um cadáver que, no entanto, não levava ao cemitério", acho que agora me lembro, de repente, do que dizia Kafka num de seus escritos póstumos, embora não tenha muita certeza de que dissesse exatamente isso. Mas estou certo, ao contrário, de que *Errava por Paris um carro fúnebre* é o título daquele romance que imaginei que vendiam na estação de Atocha. Imaginei-o não faz tanto tempo, mas agora parece que já transcorreu uma eternidade, tempo suficiente para que tenha podido me lembrar de que o título não vinha exatamente de minha imaginação, e sim de Kafka.

Agora tenho sono, digo eu, como se fosse o eco do doutor Pasavento. E tenho a impressão de que, com minha posição de escrevente, iluminado pela luz de uma imaginária lua minguante, recordo as humildes posições daqueles personagens de Walser dos quais Walter Benjamin dizia que pareciam provir da noite mais escura, personagens que vinham do sonho de uma noite veneziana e que o que choravam era prosa. "Pois o soluço", dizia Benjamin, "é a melodia do falatório de Walser." São personagens que não renunciaram a seu ingrediente infantil, certamente porque nunca foram crianças. Horroriza-os a ideia de que, por qualquer circunstância alheia a seus desejos, possam chegar a ter êxito na vida. E por que os horroriza tanto? Obviamente não por sentimentos como o desprezo ou o rancor, mas sim, como diz Benjamin, em suas linhas dedicadas a Walser, por motivos totalmente hedonistas. Querem viver consigo mesmos. Não precisam de ninguém. São seres aos quais sua própria natureza afasta da sociedade e que, ao contrário do que se pode pensar, não precisam de nenhuma ajuda, pois, se querem seguir sendo de verdade, só podem alimentar-se de si mesmos. Procedem, ou aparentam proceder, dos prados de Appenzell, e sua vida começa onde acabam os contos. "E, se não morreram, então hoje ainda vivem", diz Walser dos personagens desses contos. E nos mostra em seguida *como* vivem e a que se dedicam, explica-nos o que é seu. Há dias em que é seu ser como carros fúnebres que vão a toda parte menos ao cemitério. E outros nos quais o que é seu são textos, ensaios errantes, microgramas, furtivas conversações com um botão, ilusórios papeizinhos, pequena prosa, tentativas de escrever para se ausentar, cigarros efêmeros e coisas do gênero.

9

Recordo que ao meio-dia de 4 de janeiro, o primeiro domingo do ano, à espera daquele e-mail da Basileia que não chegava e com a valise mais do que preparada já para a possível viagem, passei cerca de uma hora no meu quarto, na penumbra mais completa. À valise era preciso acrescentar agora uma ampla bolsa de couro preto recém-comprada, uma dessas bolsas que se levam a tiracolo, na qual eu tinha colocado roupa nova e mais livros: era curioso observar o paradoxo de como, à medida que eu desaparecia, crescia o número de objetos pessoais que devia transportar.

Falei com o doutor Ingravallo, ou melhor, ele falou comigo. "Jakob", me disse, confundindo meu nome, "você emagrece, mas cresce a sua vida exterior. Aliviou a transcendência de sua vida e obra, mas aumenta o peso dos objetos banais que deve transportar." Não quis entrar em seu jogo e calei. "Ouça, Jakob", continuou, "você não acha sórdida e mesquinha a vida que leva aqui? Eu adoraria saber sua opinião e sobretudo que falasse sem rodeios." Preferi ficar calado, sabia já por experiência própria que acabava me deixando esgotado me rebelar contra meu urso interior. "Não vê que a solidão te trouxe uma total liberdade e boas ideias criativas, mas o transformou num triste urso peludo como eu?", continuou me dizendo, sempre tão excêntrico, ainda que viesse de meu próprio interior. Em todo caso, observei com alívio que, apesar de tudo, o doutor estava de bom humor naquele momento. Mas calei, calei como se quisesse dizer: "Meu querido doutor Ingravallo, me permita que guarde silêncio. A tais perguntas eu poderia responder no máximo com uma frase desatinada". Me encarou com atenção, e achei que havia compreendido meu silêncio. E assim era, de fato, porque de repente sorriu com seu sorriso invisível e disse: "Não é verdade que o assombra um pouco a inércia em que vegetamos neste mundo, como se nossos espíritos estivessem, de certo modo, ausentes?".

Em seguida se foi, desapareceu na penumbra na qual vive precisamente desaparecido. Para ele, sem dúvida, sempre foi mais fácil desaparecer do que para mim. Depois de tudo, sua condição natural é a de estar desaparecido e aflorar só de vez em quando, de preferência em momentos nem sempre oportunos. Continuei ali por um tempo. Embora fosse meio-dia, escolhi me mover mais um pouco nas trevas, como se esta fosse uma estrada ou trilha escura que se oferecia a mim através da dúvida. Já que era para duvidar, preferia fazê-lo na penumbra. "Duvidar é escrever", dizia Marguerite Duras. Perdido nessa penumbra e em meio a todo tipo de dúvidas, deixei de tê-las, tal como supunha, quando passei a comparar um de meus pais com o outro. Ali, naquele terreno (e certamente só nele), eu não tinha dúvida alguma. Nem sequer na penumbra. Ou talvez não tivesse dúvida alguma precisamente por estar nela, na escuridão.

Eram dois pais diametralmente opostos, um oitocentista e o outro digamos que mais contemporâneo. O homem que se afogou no Hudson tinha uma mentalidade, uma visão de mundo antiquada e nada dócil. Nem tinha passado por sua cabeça que Deus estava morto, pois Deus era ele. Tudo girava em torno de sua convicção de que tinha vindo ao mundo para comportar-se como um pai. Ao ser eu o filho único, aquilo foi um pesadelo. Pai antiquado e profissional do paternalismo, patriarca angustiado de ser cabeça de família (quando ninguém tinha pedido isso, eu menos ainda), me inculcou a ideia de que eu tinha que *ser alguém* na vida. E, entretanto, quando consegui ser alguém, se desgostou, reagiu se aborrecendo, como se eu tivesse cometido um delito ao lhe arrebatar sua divina condição de protagonista. Talvez tenha pensado que, se o filho era mais importante do que o pai, qual era então a importância do pai, esse papel paterno que ele tanto havia sublimado e situado à altura de Deus? Passou a vida inquieto com a questão de sua imortalidade pessoal, e acabou jogando-a no fundo do rio Hudson. Se tivesse sabido desde o princípio que Deus estava morto, teria poupado muitos problemas, incluído o problema da consciência.

Quanto ao outro, quanto ao amável homem do Paseo de San Juan, era um pai que às vezes me perguntava: "Há algo mais alegre que a fé num deus doméstico?". Muitas vezes me perguntou isso. Era um pai muito diferente do que se afogou no Hudson. Meu querido pai do Paseo de San Juan aspirava a ser um joão-ninguém, e bem que conseguiu. Tinha a impressão de que não ser ninguém o pouparia de problemas e lhe permitiria viver tranquilo, dedicado a seu trabalho de subalterno, ao cuidado carinhoso da família e àqueles quebra-cabeças com os quais tanto se entretinha. Aspirou sempre a passar despercebido e se alegrava de ser uma pessoa entre muitas e de saber submergir a fundo nas multidões. Teria sido feliz em Nápoles, por exemplo, passeando por suas abarrotadas avenidas, cenário ideal para o anonimato. Gostava muito de depender de alguém (foi um empregado exemplar por toda a sua vida, com a grande honra de um diploma incluída) e, sobretudo, gostava de se negar metas próprias para assim poder se dedicar às dos outros. Dessa forma, não sei se conscientemente, se salvava desse monstruoso *eu mesmo*, que nos abarrota de direitos e deveres. Foi, acho eu, um mestre em dissimular sua angústia no mais profundo das trevas mais ínfimas e insignificantes. Dele só restam seus quebra-cabeças, eu os conservo em Barcelona, para onde não penso em voltar, e, portanto, acho que esses jogos acabarão em poder de minha ex-mulher ou de meu porteiro, o que não deixará de ser um belo e abjeto destino para o desejo de irrelevância que meu pai sempre perseguiu a fundo, tão inscrito, sem o saber, nessa linha tão impensável no século XIX, da qual Walser foi involuntário pioneiro e que consiste em renunciar à consciência, pois, como se lê em *Jakob von Gunten*, "sempre o homem que tem consciência de si mesmo colide com algo hostil à consciência".

Esse choque leva à dor, ao mal-estar a que se acha exposta toda consciência que se dissolve e que, ao fazê-lo, impulsiona o indivíduo a sufocar o sofrimento desse transe rechaçando continuamente uma vida própria, recorrendo a essa estratégia da renúncia que é o ato extremo com o qual alguns raros escritores se asseguram o único modo de captar o resplendor da vida plena e inexpressável, não sufocada pelo poder. Trata-se de uma renúncia total que antes de tudo é uma renúncia ao eu, à sua grandeza e à sua dignidade.

Meu pai favorito, que não ouviu jamais falar de Walser, recorreu a vida toda a essa estratégia da renúncia. E quero pensar que viu resplendores da plenitude, ainda que tenha sido só em meio a seus quebra-cabeças. Conheceu a bela infelicidade. E a transmitiu a mim. Na realidade, me transmitiu muitas coisas mais, algumas delas um tanto excêntricas. Seu costume de conversar com os radiadores de aquecimento da casa, por exemplo. Também falava com os botões, mas essa mania sua eu não herdei. "Querido pequeno botão, agradeço toda a sua paciência e longo tempo de serviços e também o fato de você nunca ter se situado em primeiro plano para tirar partido de uma boa iluminação ou buscar algum belo efeito de luz, mas antes, com uma comovedora modéstia, tenha se mantido na mais discreta das discrições, praticando sua bela virtude num estado de perfeita felicidade", eu o ouvi dizer um dia a um botão que estava costurando em sua camisa mais prezada, uma camisa vermelha que tinha herdado de meu avô.

À diferença do costume de falar com os radiadores, o de falar com os botões eu não adquiri, embora seu discurso de elogio à modéstia eu tenha sempre vivo na lembrança. Continuo tendo-o hoje, enquanto sorrio na escuridão e começo a fechar os olhos para que não entre nenhum outro pensamento. É minha forma de evitar essa nostalgia que começo a sentir quando penso irremediavelmente na janela que dava para a Rue Vaneau – contrariamente ao que se possa pensar, não escrevo estas linhas em Paris, e não sei a quem digo isto, mas o digo, e prossigo – e penso que, apesar da secreta tensão bélica que se palpava naquela rua, essa tensão precisamente me salvou da angústia, como a Gregor Samsa salvava olhar para fora de seu quarto em direção a uma vaga lembrança da libertação, cujo significado, para ele, era olhar por aquela janela.

10

A esperada mensagem de Yvette finalmente chegou, e imediatamente me pus em movimento.

Cheguei a Basileia na fria, escura e chuvosa tarde de quarta-feira 7 de janeiro, quase duas noites depois da celebração da festa na casa de minha amiga. Ela estava me esperando no aeroporto, temerosa – me disse mais tarde – de que eu voltasse a cometer o erro de minha viagem anterior a Basileia, quando, apesar de ter sido advertido, não olhei direito as placas do aeroporto e errei de porta e até de país ao sair. Naquela ocasião, apesar de Yvette ter me explicado que andasse com cuidado porque, na saída, se a gente virasse à esquerda aparecia na França, e, se virasse à direita, se via na Suíça, virei à esquerda e me encontrei num lugar em que ninguém me esperava, sozinho e perdido numa estrada francesa, ao final da qual se perfilava no horizonte uma cidade, Mulhouse, de nome mais inglês ou australiano que francês, mas afinal de contas uma cidade francesa, e em nenhuma hipótese uma cidade da Suíça, o país que ficava atrás da porta da direita. Tive, naquela ocasião, que voltar sobre meus passos, ainda que a experiência de caminhar sozinho, perdido numa estrada misteriosa de um país inesperado, tenha curiosamente se tornado uma aventura tão angustiante quanto prazerosa. Uma aventura que, em longo prazo, foi precursora e facilitou, dois anos depois, minha decisão de desaparecer e iniciar andanças em solidão, loucura e liberdade. Foi bom, afinal, me desorientar daquela vez, mas ao chegar de novo a Basileia eu não estava disposto a repetir meu erro, porque já o cometera no momento oportuno e não tinha sentido redundar numa experiência que, afinal de contas, justamente graças a seu caráter iniciático, havia propiciado que naquele preciso momento eu chegasse com mais experiência e liberdade ao mesmo lugar onde uma vez me perdera, e naquela nova ocasião não estivesse disposto a me perder de novo, porque para alguma coisa eu chegava mais livre, louco e solitário do que da primeira vez.

Assim, portanto, virei à direita e saí pela porta que me pareceu mais fácil e me encontrei com Yvette, que gracejou e se alegrou de que eu não tivesse me equivocado. "Teria sido excessivo", disse. Parecia que ainda lhe sobravam restos da alegria da festa de duas noites antes. Por exemplo, vi que achava mais graça que o normal saber que em minha valise havia muito mais livros do que roupa. "Parece que você leva sua bagagem ideal para ir a uma ilha deserta", gracejou. "Pata, pata", respondi, querendo participar de sua alegria.

Mas isso não lhe pareceu tão engraçado e mudei de assunto. Como não me parecia adequado dizer que talvez, conforme o que achasse do lugar, eu ficasse vivendo em Herisau, disse que tinha passagem de volta para dois dias depois, e inventei que saía do aeroporto de Zurique. Para Barcelona, evidentemente. Tampouco me pareceu adequado explicar que estava desaparecido havia dezoito dias, pois certamente ela pensaria que, como era habitual em mim, já estava fazendo literatura. Além de tudo, não podia comprovar que estivessem me procurando.

Perguntei a mim mesmo se conhecia bem Yvette. Na realidade, pouco sabia dela. Sabia, isso sim, que havia certa cumplicidade entre nós, pois nos tratávamos quase como se nos conhecêssemos de toda a vida, quando na realidade só tínhamos nos visto dois dias, naquela feira da Basileia, mas também era certo que tínhamos trocado depois numerosos e-mails, e se podia dizer que nossa relação era fluida e amistosa. Sabia pouco de Yvette, mas algumas coisas sabia. Que era bela e alegre, por exemplo, isso eu não ignorava, pois, entre outras coisas, isso saltava aos olhos. Que mais sabia? Que seu pai era de Maracaibo, Venezuela. E que seu mundo cultural, começando pela língua materna, estava mais ligado à Suíça germânica do que a qualquer paraíso do Caribe. Sabia também que tinha publicado na Espanha, na editora Cátedra, um belo livro intitulado *Colecionismo e literatura.* Não sabia muito mais dela, mas, dependendo do ponto de vista, sabia o suficiente.

Não sabia se dizia que no dia seguinte ela não devia me apresentar diante de seus alunos da Universidade de San Gallen – daria uma conferência ali no seu departamento – com meu nome de escritor, e sim com meu nome de psiquiatra. Bem... Não sabia se o dizia e acabei dizendo, mas recorrendo a uma mentira. Disse que estava escrevendo um romance protagonizado por um doutor em psiquiatria que levava meu próprio sobrenome e que, por imperativos da ação, eu necessitava viver em minha própria pele as sensações de meu protagonista quando, por exemplo em San Gallen, dava uma conferência sobre a antipsiquiatria. Por causa disso, eu lhe pedia que me apresentasse não como Andrés e sim como doutor Pasavento. "Não, melhor ainda, como doutor Ingravallo". retifiquei. Ficou um pouco surpresa, até que sorriu: "Antipsiquiatria? Então não pensa em falar amanhã sobre a sua literatura?". Expliquei que não falaria de mim, nem de minha literatura. "Está bem", disse, brincando, "mas lhe pagarei menos. Você mesmo se desvalorizou. Nenhum de meus alunos sabe quem é o senhor, doutor Ingravallo."

Eu mesmo tinha me desvalorizado, me depreciado. Yvette não poderia ter expressado isso melhor. E minha felicidade por me saber desvalorizado foi grande. Quando, sob a persistente chuva, chegamos ao Swissôtel, onde eu me hospedaria naquela noite, disse que, a partir daquele momento, obedeceria com muitíssimo gosto a suas ordens de maneira a me subtrair de qualquer tendência a me julgar alguém na vida. Isso ela não entendeu muito bem, como é lógico, embora estivesse relacionado com minha desvalorização. Mas levou a coisa com certo humor. Tapou a boca com as mãos num gesto gracioso, como se contivesse o riso. Em seguida permaneceu calada, muito séria, por um longo tempo, reflexiva. Finalmente, deixando escapar o riso, perguntou como eu faria para não ser ninguém ou, melhor dizendo, para ser o doutor Ingravallo. "É fácil, eu o levo aqui dentro", disse eu. Não me entendeu, claro. E eu não quis me explicar mais. Me despedi e entrei no Swissôtel. E pouco depois, na solidão de meu quarto, imaginei que explicava a ela que me convertera de verdade num doutor em psiquiatria. Imaginei que lhe explicava por fim que eu tinha dado a mim mesmo por desaparecido há quase três semanas e que pude comprovar que ninguém se pôs a me procurar, talvez porque todo mundo acreditasse que eu tinha saído de férias de Natal. Contudo, por mais que ninguém tivesse tomado conhecimento disso, eu me considerava um desaparecido e por isso me sentia muito orgulhoso. E mais: esperava que ela me ajudasse a encontrar um esconderijo mais seguro que o hotel da Rue Vaneau de Paris, onde até então eu estava refugiado. Tinha pensado em desaparecer no manicômio de Herisau. "Não se assuste", imaginei que lhe dizia. E depois imaginei que lhe explicava que desejava averiguar se havia a possibilidade de que me permitissem trabalhar como doutor no manicômio, e, caso isso não fosse possível, como eu supunha que não seria, tentar que me permitissem ao menos ficar ali internado como doente mental, longe do ruído mundano, e poder iniciar assim uma vida perfeita no anonimato, escondido e dedicado a uma escrita privada.

"Você não sabe para onde ir, não é?", imaginei que ela me perguntava. "Exato", dizia eu, e começava a me atropelar com as palavras ao lhe explicar que buscava encontrar um espaço oculto e sereno para uma escrita privada, uma escrita de análise dos lances que fosse vivendo ao longo de minha viagem de explorador dos limites do conceito de *fim do mundo*, sempre pensando nesse conceito como se fosse o único e eu, além do mais, tivesse me instalado já, por fim, em meu abismo favorito. Para em seguida traí-lo, claro. Traí-lo e cruzar a fronteira do conceito único de fim de mundo, ir mais além e ver de longe o tremor do mar, e finalmente chegar a um silencioso litoral sem pássaros. E lá, daquela margem sem nada, enviar mensagens a todos aqueles sinais que, movidos pelos sopros de um vento estranho, iam fundando, com suas aparições, casuais ou não, a história de meu desaparecimento.

"Ufa!", imaginei que me dizia Yvette. "E quando dorme o doutor Ingravallo?"

II

Na manhã seguinte, acordei no Swissôtel e a primeira coisa em que pensei foi que ser eu mesmo era aborrecido, ser dois não demorava em ser também tedioso e, além disso, também não me livrava da solidão, como tampouco ser três me salvava dela. Olhei a hora e vi que eram dez em ponto. Decidi não pensar mais em minha identidade e, plantando o chapéu de feltro na cabeça, abandonei o quarto dos escritos ou dos espíritos e, vendo que tinha desaparecido a obsessiva chuva do dia anterior, saí para dar um solitário passeio matinal. Tinha marcado com Yvette às duas na catedral, onde eu queria ver a tumba de Erasmo de Rotterdam. Esperava ser pontual, não desejava nada tanto quanto isso, talvez porque também a mim, como a Walser, a pontualidade sempre pareceu uma obra-prima. E já se sabe como são raras as obras-primas. Não é todos os dias que a gente se propõe a levar adiante uma obra pontual e prima. Mas naquele dia o pontual era o próprio dia, que era perfeito ou, pelo menos, assim me parecia. O sol invernal luzia nas alturas. As ruas da Basileia transmitiam uma alegria contagiante. Comecei a amar a maioria das coisas que ia vendo, de uma maneira fogosa e instantânea. Tinha a impressão de que as cerejeiras e ameixeiras davam às ruas um toque atraente, distraído e decorativo. Havia crianças, havia um cão muito humano que estava quase a ponto de falar; duas casinhas burguesas maravilhosas, ao lado da outra. Havia uma barbearia, uma bela porta monumental flanqueada por dois torreões chamada Spalentor, uma loja com objetos do Tibete (país cuja independência a Basileia apoia), uma vistosa fábrica de pianos, uma alameda que me recordava a que tinha visto junto ao castelo de Montaigne. E havia um transeunte sonâmbulo, que era eu mesmo. Esse transeunte evocava a figura de Robert Walser e sua relação com a beleza do mundo, uma beleza que o conduzia sempre à desolação. E, enquanto evocava tudo isso, passou a pensar em *A aventura*, de Antonioni. Esse transeunte passou a pensar nesse filme não só porque tinha um filme que marcou sua juventude (e marcou muito), mas também porque de alguma forma estava relacionado com a história de seu próprio desaparecimento. Era um filme que contava a história de um grupo de jovens amigos que, navegando pelas Eólias, veem desaparecer Anna, componente do grupo, no arrecife de Lisca Branca. O filme contava a busca, nessa ilhota com rochedos, da garota volatilizada. À medida que avançava a história, a gente ia se dando conta de que a desaparição de Anna não era exatamente o mais importante, e sim a sensação de vazio, acaso e errância que movia os fios da envolvente e lenta trama que ia conduzindo os personagens a um sentimento final de indiferença e esquecimento ante o desaparecimento de sua amiga.

Eu caminhava pelas ruas da Basileia pensando no filme de Antonioni quando parei por um momento em frente à loja de objetos tibetanos e, com um inglês rudimentar, perguntei a uma bela mulher, que estava absorta diante da vitrine, como se ia a Solitude-Promenade, o passeio junto ao rio Reno que desembocava no Museu Tinguely. Ela levantou a cabeça, me olhou. "O senhor não sabe quem sou eu?", perguntou. Tremiam-lhe os lábios. Eu disse que nunca na vida a tinha visto. Seu rosto mudou de expressão, os lábios seguiam tremendo. "Isso não é verdade", me disse. Pedi, um pouco assustado, que me dissesse como se chamava e assim eu saberia em que me basear. "Eu me chamo Anne Miller", disse ela com uma voz horrenda, e eu me dei conta de que estava falando com uma louca. Decidi me afastar depressa. Já me bastava ir a Herisau para entrar em contato com a demência. "E você também se chama Anne Miller", me disse ela. Saí dali o mais rápido que pude. Minutos depois chegava a Solitude-Promenade, o melancólico e belíssimo passeio que margeia o Reno. A alegria do dia se desvanecera e dera lugar à angústia, que eu dissimulava como podia. Fui caminhando triste por aquele passeio para gente solitária até chegar às portas do Museu Tinguely, onde, depois de atravessar o jardim de máquinas do próprio Tinguely, o artista que dá nome ao museu, vi uma retrospectiva dedicada a Kurt Schwitters, que incluía uma meticulosa reconstituição parcial da Merzbau (o edifício Merz), uma espécie de *assemblage* tridimensional, a meio caminho entre a arquitetura e a escultura, que Schwitters começou a construir em sua própria casa em 1923 com material de demolição e foi erigindo até ocupar o porão e três andares: um edifício que devia crescer e envelhecer com ele, mas foi destruído em 1943 por um bombardeio.

No final, o contraste entre o meu silencioso passeio solitário e as agressivas máquinas estranhas de Tinguely foi para mim tão endiabradamente perverso que me sentei à porta do museu e comecei a chorar. A chorar timidamente e sem emoção, só pelo contraste que em breves momentos me levava da solidão radical ao heterodoxo dadaísmo do mundo dos escombros da civilização que Tinguely e Schwitters tinham reunido em seus objetos. Fui, então, do meu eu cálido e choroso a umas frias e artificiais maquinarias que me pareceram muito distanciadas do meu mundo natural de passeante solitário.

Recuperei-me do choro enquanto subia a colina da catedral, em cuja porta fiquei esperando Yvette, que não tardou a chegar e me levou até a capela lateral onde está a tumba de Erasmo de Rotterdam, que fotografei com a câmera descartável que tinha comprado uma hora antes. Sentado num dos bancos de madeira, pensativo diante da tumba, voltei por uns momentos minha atenção ao autor de *Elogio da loucura*, aquele grande erudito e escritor holandês em língua latina, aquele admirável humanista, cujo ideal de tolerância geral e de educação moral o convertera em precursor de determinadas formas espirituais modernas, hoje em dia constantemente maltratadas.

Ao sair do templo, fomos ao mirante sobre o Reno, que se encontra atrás do altar maior, e lá falei com Yvette de sua vida serena e agradável a meio caminho entre Basileia e San Gallen. Ficamos por um longo tempo contemplando a passagem constante dos barcos mercantes, a ponte velha de pedra e o *skyline* de chaminés fumegantes que fazem lembrar que parte da cidade vive da indústria química. Pouco depois, numa farmácia, descobri que na Suíça não só se podem comprar os alka-seltzer em envelopes avulsos, mas também que, além disso, a amável farmacêutica oferece ao freguês um copo de plástico para que ele possa tomar essa bebida efervescente no próprio balcão, como se estivesse num bar. Não foi pouca a felicidade que senti no momento em que descobri isso. Yvette ria ao me ver apoiado no balcão do bar imaginário. Ainda por cima, os alka-seltzer suíços, à diferença dos espanhóis que se excedem em espuma e são mais brutos, trazem incorporado um gosto de limão que converte essa bebida curativa em algo euforizante, o que fez com que o meu choro do Museu Tinguely ficasse muito para trás e reaparecesse a euforia com a qual eu tinha dado meus primeiros passos naquela manhã.

Essa animação me dominou durante o almoço e também durante a melancólica viagem de trem a San Gallen, onde, ao chegar à estação, tomamos um táxi e depois de um lento percurso pela parte alta da cidade, pelas elegantes Winkelriedstrasse e Dufourstrasse, fomos até o escritório ao qual tinham transferido Yvette quando conquistou a cátedra. Dali se podia apreciar uma bela vista sobre uma grande extensão branca, misteriosa, sonhadora, toda envolta numa nuvem de um branco mais extremado que a enigmática distância. Assim era o estranho quadro que estava pendurado diante de sua mesa de trabalho, herança rara de um dos catedráticos que a haviam precedido. A outra vista, a real, a que se podia ver da sua janela, dava para as copas de árvores que sussurravam discretamente ao leve sopro de uma brisa. Respirava-se tranquilidade. Me pareceu um bom lugar para trabalhar, e disse isso a ela. E voltei a lembrá-la de que à noite deveria me apresentar como doutor Ingravallo.

Horas depois, na sala de aula de San Gallen, fui apresentado por Yvette como o substituto do escritor de Barcelona anunciado. Fui apresentado como um doutor em psiquiatria que falaria de um escandaloso caso de incompetência e má-fé médica. Pareceu que, lamentavelmente, uma grande parte do público tomava aquelas palavras como um simples jogo literário. Por isso me esforcei para que a minha reflexão sobre o estado da psiquiatria atual fosse muito rigorosa e que, no final, minhas palavras acabassem se convertendo para o público numa carga muito pesada, tanto ou mais pesada que a minha dupla (não perceberam que era tripla) identidade. Minha reflexão foi muito rigorosa e *pasaventista* ao máximo. E desembocou num manifesto em favor de certas reformas e numa proposta de que voltasse a antipsiquiatria. A parte final da minha fala eu reservei à lenta e meticulosa exposição do significativo caso de Pedro Juan Giner, um paciente que tive no hospital da Avenida Meridiana de Barcelona, um jovem cuja vida tinha sido destroçada por alguns pequenos equívocos psiquiátricos.

Quando terminei de contar esse caso clínico, pronunciei umas palavras finais sobre a esquizofrenia, umas palavras muito pensadas durante meu passeio matinal na Basileia por Solitude-Promenade: "Um negro tem a pele negra sob todas as circunstâncias, mas só sob certas condições socioeconômicas é um escravo. Um homem pode atolar sob todas as circunstâncias, descobrir que se perdeu e ter que dar a volta e regressar um longo trecho para se encontrar de novo. Só sob certas circunstâncias socioeconômicas sofrerá esquizofrenia".

Terminada a conferência, abriu-se o colóquio e, tal como eu desejava, não houve sequer uma pergunta, mas não acho que fosse porque o público tivesse ficado pasmo ou desorientado. Dava antes a impressão de que teria ficado igualmente paralisado e mudo se eu lhe tivesse atirado qualquer outra história. Por não haver perguntas, Yvette pronunciou umas palavras de agradecimento e ali terminou a provação. Naquela noite, jantamos num restaurante italiano da Roschacher Strasse, perto de onde tinha sido – me explicou Yvette – o Eidgenössisches Kreuz, um estabelecimento frequentado por Walser e seu fiel visitante, seu amigo Carl Seelig. Jantamos os dois com a muito decotada Hanna Hasler e um jovem clérigo protestante. Não sei se deveria falar dessa cena irrelevante, mas a verdade é que hoje não me apetece contar nada que seja transcendente. Na realidade, hoje não tenho vontade de contar nada. Mas temo enormemente essa inapetência, pois não esqueço com facilidade a frase de Kafka que nos últimos tempos tenho tido sempre em mente e que me ajudou a não cair na demência absoluta: "Um escritor que não escreve é, de fato, um monstro rondando a loucura". A verdade é que hoje não tenho a menor vontade de escrever, mas, apesar de tudo isso, também hoje escreverei, ainda que o faça levemente sobre esse jantar sem transcendência, o que me permitirá tomar fôlego antes de passar a contar amanhã a história de minha viagem de San Gallen a Herisau.

Hanna Hasler era tradutora de livros do alemão para o espanhol. E, quanto ao clérigo, bebia muito para ser um cônego, usava óculos escuros e o cabelo punk tingido de cor de cenoura, e seu ídolo máximo não era Deus nem Lutero, mas Lou Reed, do qual sabia de memória todas as canções. Foi como ter jantado com a rainha dos decotes atrevidos e a versão eclesiástica de Lou Reed. Um aborrecimento. Um jantar que deveria ter sido só entre mim e Yvette e que logo eu descobriria que foi com a tradutora e o clérigo porque Yvette achou que aquela gente me cairia bem, quando muito pelo contrário me caía tão mal como caía a ela.

Foi um jantar sem dúvida idiota. Ninguém a obrigava a isso, mas Hanna queria se exibir para mim ("serei a futura tradutora de seus ensaios psiquiátricos", chegou a dizer) e traduzia a seu modo as palavras que o clérigo balbuciava, intuía eu que com muito pouca fidelidade. Eu me pus a pensar na Espanha do pós-guerra que tinha conhecido quando menino e no incrível que teria sido, naqueles dias, um jantar como aquele, um jantar com aqueles comensais tão estranhos. Teriam sido levados à fogueira, pensei. Ou antes, ao clérigo, num julgamento sumaríssimo, teriam fuzilado como protestante e provocador, e quem sabe se eu não teria desejado participar do pelotão de fuzilamento. Quanto a Hanna, melhor pensar que simplesmente a teriam obrigado a entrar num convento.

Para piorar tudo, o clérigo, que à medida que avançava o jantar ia dando cada vez mais mostras de estar quase adormecendo ali na sua cadeira, era muito aficionado do lixo televisivo. "E quanto a Deus?", eu disse, "o senhor não é aficionado de Deus?" Hanna traduziu minha pergunta. Ficou pensativo, em seguida soltou um bocejo e acabou esboçando um grande sorriso. "Não é culpa minha que Deus exista", respondeu, e conseguiu com isso me surpreender, mas eu não quis me aprofundar mais no que ele quis dizer, preferia que o jantar seguisse seu curso e acabasse o quanto antes. Não queria que um conflito o alongasse e, além disso, julgava que o jovem sacerdote fosse amigo de Yvette – mais tarde soube que não era – e não achava pertinente ser impertinente com ele. Mesmo assim, aquele sacerdote parecia empenhado exclusivamente em me irritar, como quando de repente, no momento em que eu ia atacar meu carpaccio de salmão, imitou, já meio adormecido, uma voz feminina e disse: "Do modo como Deus nos tratou, vê-se muito bem que é um homem".

O que fazer com um clérigo que falava meio dormindo e em nome das mulheres? Eu me lembrei de minha mãe, no Paseo de San Juan, no pós-guerra, me recomendando que nunca sentisse atração alguma pelas religiões que se apartavam do catolicismo. Aquele conselho materno influía na desconfiança e no ódio que o clérigo estava despertando em mim? Pensei nisso e foi como se o clérigo tivesse lido a palavra *conselho* em meu pensamento, porque, depois de terminar a garrafa do espesso Buchberger, passou a me pedir conselhos sobre sua mãe, que, segundo me explicou, estava todo dia, como Hanna, muito decotada e necessitava com toda a certeza de um tratamento psiquiátrico. "Já trabalhei bastante por hoje", eu disse, "e, além do mais, embora o senhor não saiba, trabalho como médico só para ganhar a vida, mas na realidade o que eu go... era de ser cantor." O sacerdote então cantou ou sussurrou em voz baixa a Hanna algo assim como uma canção de ninar num alemão cada vez mais pastoso, porque, é preciso dizer tudo, o clérigo parecia estar já quase totalmente adormecido. "O que ele disse ou cantou?", perguntei a Hanna sabendo que não tinha dito nada, só balbuciado. "Que um grande psiquiatra se nota pelo número de páginas que não publica", disse Hanna. "Não", me disse Yvette (e foi então que eu soube que ela não era amiga nem do clérigo nem da tradutora), "disse que lhe dê o peito antes da vassoura. Estou começando a ficar de saco cheio." "Que vassoura?", perguntei, confuso, a Hanna, e ela, imitando então a voz do acanalhado sacerdote, disse: "A que está junto do aspirador".

Diz um provérbio japonês que se deve lavar os olhos depois de cada olhar. Quando cheguei ao meu quarto de hotel, sentindo que tinha de me purificar depois do que vi e ouvi, me lembrei de que no mundo havia existido um escritor que mesclava melancolia com uma euforia desmedida e que passou 23 anos de sua vida recluso num manicômio que ficava depois de uma pequena capital do semicantão suíço de Appenzell, uma cidade chamada Herisau, um lugar que eu nunca tinha visto nem em fotografia e que, na manhã seguinte, visitaria. Depois, tirei da valise um livro de prosas breves de Walser, *Vida de poeta*, e li em voz alta alguns fragmentos, com aquelas eufóricas exaltações da perfeição do mundo que ocultavam a melancólica angústia de fundo do autor e provocavam a admiração de Kafka, que lia em voz alta e entre risos a seu amigo Max Brod aqueles inauditos louvores à felicidade que a vida real dá ("Cruzei com umas tantas carruagens, nada mais, e no caminho vicinal vi alguns meninos. Não faz falta ver nada extraordinário. Já é muito o que se vê"), mas sempre com a angústia aparecendo na última hora, como em *O passeio* quando, depois de ter sido "tão feliz" ao longo de todo o livro, na abrupta última linha aparecem as sombras e a verdade até então encoberta: "Levantei-me para ir para casa; porque já era tarde e tudo estava escuro".

Tudo está enegrecido agora quando na escuridão começo a fechar os olhos para que, por hoje, não me venha nenhum outro pensamento, nenhum outro. Mas veio. Fiquei pensando em Walser quando, dias antes de entrar no primeiro manicômio, começou a ouvir vozes. Quando fechava os olhos, ouvia vozes e tinha visões, fantasias poéticas. Mas tudo isso não o levou à loucura. Walser jamais esteve louco. Diagnosticou-se nele esquizofrenia e para ele, de certo modo, lhe caiu bem esse veredicto, pois, como disse a seu amigo Seelig, queria desfrutar os anos póstumos: "São poucos os que sabem desfrutar sua velhice, quando pode ser tão satisfatória. Está comprovado que o mundo aspira a voltar sempre às coisas simples, elementares. Por um instinto são, a gente resiste a que o excepcional, o estranho, se faça dominante. A inquieta avidez pelo outro sexo se extinguiu, e já só se aspira ao consolo da natureza e às coisas concretas e belas que estão ao alcance de todo aquele que as deseja. Por fim desapareceu a vaidade, e a gente se compraz na grande calma da velhice como sob um sol suave".

12

No dia seguinte, a manhã do grande dia, levantei muito cedo e não demorei a lembrar da primeira visita que Carl Seelig fez a Robert Walser no manicômio de Herisau no domingo 26 de julho de 1936.

Como esse primeiro encontro aconteceu uma semana depois do começo da guerra civil na Espanha, foi impossível não pensar, por alguns momentos, no descomunal contraste que, com tão pouca diferença de quilômetros, devia existir naqueles dias entre o mortal ruído espanhol e o mortiço silêncio suíço. Eu me pus a pensar em Seelig, que havia trocado cartas com Walser, que por sua vez tinha concordado finalmente que o visitasse no manicômio, e disso saiu esse documento admirável que é *Passeios com Robert Walser*. Seelig era um homem que tinha a impressão de que nos sentimos muito mal entre as rodas da engrenagem do mundo de nosso tempo e que "só se consagrarmos nossa vida a uma causa apropriada e nobre" poderemos escapar desse inferno contemporâneo. E pensou em fazer alguma coisa por Walser, que já estava então recolhido havia três anos em Herisau e antes já tinha passado quatro internado em Waldau. Entre todos os escritores suíços, parecia-lhe o personagem mais peculiar e o escritor mais original, e quis estender uma mão àquele autor que aparecia citado nos *Diários* de Kafka. O que Seelig não sabia era até que ponto seu protegido Walser era um escritor imensamente original.

Como Walser havia se mostrado de acordo com sua visita, Seelig viajou naquele domingo, cedinho, de Zurique a San Gallen, perambulou pela cidade e escutou na colegiada nada menos que um sermão dedicado ao "desperdício do talento" e em seguida se dirigiu de trem a Herisau, onde os sinos tocavam quando chegou. Fez-se anunciar ao médico-chefe, o doutor Otto Hinrichsen, que lhe deu permissão para ir passear com o escritor. Era um dia quente de verão. Quando o doutor Hinrichsen foi abotoar o botão superior do jaleco de Walser, este reagiu contrariamente: "Não, ele tem que ficar aberto!". O escritor falava no cadenciado alemão de

Berna, o que havia falado em Biel durante sua juventude. Depois de uma despedida bastante abrupta do médico-chefe, tomaram o caminho da estação de Herisau para ir a San Gallen. Daquele primeiro passeio, Seelig reteve alguns comentários de Walser sobre o pouco que o afetava, na sua idade, ter sido esquecido como escritor ("Quando se está a caminho dos sessenta, há que saber pensar em outra forma de vida") e muito especialmente reteve suas palavras sobre a improdutividade do ódio e a necessidade de que a literatura emanasse amor e fosse agradável, apesar de que, nos últimos tempos, estavam "repartindo os prêmios literários entre falsos redentores ou algum professorzinho de escola".

De modo que acordei cedo naquela manhã e pensei nessa primeira visita de Seelig ao manicômio. Mais tarde, por volta das onze, tal como havíamos combinado, saí para a porta do hotel e logo chegou Yvette com uma amiga austríaca, Beatrix, uma mulher de uns quarenta anos que morava havia muito tempo em Herisau e era a pessoa que nos levaria ao manicômio em seu carro. Durante o trajeto, seguimos quase por todo o tempo absortos, Yvette e eu, contemplando a paisagem melancólica e cinzenta. Eu ia um tanto emocionado, consciente de que estava a ponto de alcançar um patamar interessante em minha vida. Em menos de uma hora estaria diante de meu fim do mundo, diante de minha Patagônia pessoal.

Ficamos calados durante grande parte do trajeto, até que, perto já da entrada do povoado de Herisau, Beatrix, como se quisesse romper o excessivo silêncio, se pôs de repente a nos falar de Madri e nos contou que em sua primeira juventude tinha aterrissado com uma pequena maleta naquela cidade, sem nada de dinheiro, e havia terminado por ficar vivendo e trabalhando ali como babá de crianças de famílias austríacas. Uma dessas famílias, residente em Pozuelo de Alarcón, a alguns quilômetros de Madri, a explorara de forma infame. Mas isso não tinha impedido que Madri a seguisse fascinando e que a felicidade que lhe transmitiam as lembranças daqueles anos permanecesse incólume. Parecia a ela a cidade mais divertida do mundo. Suas palavras contrastavam com a murcha e taciturna paisagem daquela cinzenta zona triste de Appenzell, e não sei por que, talvez porque sempre tenha achado que o estrangeiro tem certo selo de nobreza, Madri me pareceu, naquele momento, ainda que fosse só para contradizer Beatrix, uma cidade muito plebeia.

O carro passou pelo centro de Herisau e vimos de repente um jovem clérigo vir à porta da igreja de Sankt Laurentius, na praça Dorfplatz. "Oh, não!", disse Yvette, "os sacerdotes nos perseguem." Beatrix riu, talvez porque já estivesse sabendo do horrendo jantar da noite anterior. E eu, de minha parte, me lembrei de Walser quando, em companhia de Seelig, viu um jovem frade debruçado na janela de um mosteiro e comentou: "Tem nostalgia do exterior, como nós temos do interior".

Atravessamos o centro de Herisau com certa rapidez, e o belo e conservado setor antigo ficou para trás, e também uma sombria estação de trem, quatro desgraciosos supermercados, placas de trânsito com indicações germânicas obsessivas e nenhum café de aspecto agradável, para não falar da temível severidade no rosto dos escassos transeuntes que chegamos a ver. A pequena cidade de Herisau, em conjunto, me pareceu muito cinza e muito triste. O manicômio ficava depois do centro do povoado, já nos arredores, numa colina a que se subia por uma estrada sinalizada por uma placa que sem dúvida não existia na época de Walser, um letreiro moderno em que se podia ler "Psychiatrisches Zentrum Herisau". Portanto, nada de chamar-se sanatório e muito menos manicômio, pensei. Centro

Psiquiátrico era o nome correto ou, melhor dizendo, o nome moderno. Eu mentiria se não dissesse que, subindo em silêncio pela estrada, tinha a impressão de estar vivendo uma grande aventura na qual um explorador que até então avançava para o vazio se aproximava por fim de algo real e, além disso, tão misterioso como fascinante, nada menos que um lugar sagrado onde, dentro de sua concepção literária do mundo, podia ser que encontrasse seu Santo Graal pessoal.

Pareceu, em todo caso, que íamos um tanto depressa demais, talvez porque recordasse algumas palavras do passeante Walser sobre os automóveis: "Mostro sempre o meu rosto mau e mais duro às pessoas que vão levantando pó num ruidoso automóvel, porque não compreenderei nunca que possa ser um prazer passar assim correndo diante de todas as criações e objetos que a nossa bela terra mostra".

Ia pensando em tudo isso quando, na metade da subida pela colina, talvez porque estivéssemos começando a chegar a um nível alto sobre o mar, começou a nevar. Era como se um ser misterioso estivesse dispondo aqueles efeitos especiais para que eu ficasse fascinado. Do lado de fora, os silenciosos flocos de neve. Talvez pelo fato de Walser ter morrido sobre a neve, eu sempre imaginara o manicômio de Herisau rodeado de prados e abetos verdes nevados. Parecia claro que a neve estava ajudando para que tudo se enquadrasse à perfeição. Enquanto continuávamos estrada acima, fiquei por um momento extasiado contemplando alguns flocos leves detidos no ar. E, de repente, sem relação alguma com o que estava pensando, lembrei que Fleur Jaeggy havia contado que um dia, depois de escrever *Os belos anos do castigo*, voltou a Appenzell da mesma forma que um assassino acabava voltando ao lugar do crime. Foi ver o internato de moças de seu romance e ficou sabendo que passara a ser uma clínica para cegos. E depois, como aquele antigo internato ficava muito perto de Herisau, foi ver como era o sanatório mental em que Walser tinha passado tantos anos da vida. Era uma segunda-feira de Páscoa, e ao entrar viu apenas uma enfermeira que lhe disse que não podia atendê-la direito porque estava muito ocupada. Como não havia mais ninguém, comprou uns cartões-postais. De repente, a enfermeira se tornou gentil e acabou apresentando a ela alguns pacientes, com os quais pôde conversar. "Foi como se eu fizesse uma viagem nas pegadas de Walser, por entre as árvores que o viram morrer", comentou Jaeggy depois da visita.

Ia recordando tudo isso quando de repente, saindo de uma curva, entre flocos de neve que cintilavam com luminosidade de espelho, apareceu no alto, imponente e majestoso e com extensos prados e bosques nevados em volta, o edifício do velho manicômio, uma construção isolada de tudo e que parecia saída de um romance gótico. Era um edifício de três andares, dois deles com amplos terraços de madeira. A princípio, visto de longe, parecia uma grande mansão particular. E também de perto teria continuado a parecer, não fosse pelo andar térreo, pelo vestíbulo do recinto, desligado formalmente do resto do edifício, remodelado havia não muito tempo e dotado de um inconfundível clima *standard*, com seu vulgar ar de entrada de uma clínica qualquer.

Coroando tudo, em cima do terceiro andar que em outro tempo devia ter sido área de quartos de despejo, havia uma graciosa rosa dos ventos e um grande relógio sob ela, um relógio de ponteiros prateados, tão belos como antigos, que marcavam naquele instante preciso vinte para o meio-dia. Sei que era exatamente essa hora porque da janela do carro fotografei a fachada do edifício e o relógio. Depois, de forma um tanto desatinada, tentei me colocar no lugar exato de Walser e de dentro do carro olhei fixamente para o relógio que acabava de fotografar, encarei-o com uma estranha obstinação, mas sem conseguir o que buscava, sem conseguir que com esse olhar me fundisse com Walser, por mais que, pela primeira vez na vida, estivesse vendo algo desse mundo que eu tinha certeza fora visto também por Walser.

De repente, Yvette nos anunciou que antes do meio-dia o médico-chefe, doutor Bruno Kägi, não nos atenderia. Foi assim, naquele momento, que me inteirei de algo que não sabia, soube que tínhamos encontro marcado com o diretor daquele centro, quando eu só tinha falado de visitar aquele lugar, de *vê-lo*, não pedira mais que isso, só tinha solicitado ver como era o lugar onde Walser passara 23 anos dedicado tranquilamente, como Hölderlin, a "sonhar pelos cantos, sem ter que fazer os deveres o tempo todo".

Será que Yvette achava que eu tinha algo a dizer ao médico-chefe? Supunha que teria que lhe formular em alemão, em meu nome, alguma pergunta? Eu não tinha pergunta alguma a fazer. Ou talvez sim. Depois de pensar sobre o assunto por longos instantes, me ocorreu que, já que tínhamos aquele encontro e se esperava de mim que perguntasse algo, o melhor seria que Yvette explicasse ao senhor Kägi que eu, o doutor Pasavento, era médico psiquiatra e escritor em minhas horas vagas e tinha ido até ali para que ele me fizesse a gentileza de resolver um problema que me impedia de continuar com verossimilhança o romance *amateur* que naquele momento estava escrevendo e que tratava de um doutor espanhol, um tal doutor Ingravallo, que estudava a vida e a obra de Walser.

O problema a resolver, no qual poderia me ajudar o doutor Kägi, residia no fato de que meu protagonista, aquele doutor

Ingravallo, desejava viver por um tempo no lugar onde Robert Walser passara 23 anos. E eu, como narrador, não sabia como fazer para que fosse verossímil ao leitor que meu protagonista ficasse vivendo no manicômio. Esse era o problema. "Doutor Kägi", Yvette lhe perguntaria em meu nome, "que solução o senhor sugere ao doutor Pasavento para que consiga tornar crível que o doutor Ingravallo fique uma temporada no sanatório?"

Já ia ditar a Yvette essa pergunta romanesca que ela devia fazer ao doutor Kägi, quando de repente Beatrix, suponho que vendo que ainda restavam vinte minutos para a entrevista, preferiu não parar o carro diante da porta do manicômio, e sim dirigir-se ao cemitério próximo, onde pouco depois, protegidos da neve por nossos guarda-chuvas, buscamos, sem muito êxito no princípio, o túmulo de Robert Walser. Enquanto tentávamos averiguar onde estava, encontrei por fim o momento de ditar a Yvette a pergunta que podia fazer ao médico-chefe. Yvette a escutou com atenção e certa incredulidade, e depois sorriu, dizendo: "Mas o doutor Pasavento está escrevendo realmente esse romance ou não?". Sorri também, expliquei que obviamente não, que se tratava só de ter algo a perguntar ao doutor Kägi.

Como seria esse doutor Kägi? Eu havia lido algumas, para não dizer muitas, coisas sobre os três médicos-chefes que Walser tivera em Herisau, tinha lido comentários sobre os doutores Hinrichsen, Pfister e Künzler. Dos três, o doutor Otto Hinrichsen era o mais estrambótico e estranho. Sempre parecera a Walser uma mistura de cortesão e artista de circo, um homem que podia ser encantador, especialmente no Natal, mas também muito caprichoso, como, por exemplo, quando se representavam suas inaproveitáveis obras teatrais. Porque o doutor Hinrichsen era autor dramático. Em certa ocasião, tendo estreado no teatro municipal de San Gallen sua comédia *Jardim de amor*, o doutor Hinrichsen interpelou seu paciente para lhe perguntar: "Já está sabendo do meu triunfo, Walser?".

No cemitério se mesclava a beleza da neve nos abetos e nos túmulos com a própria beleza da luz do dia de inverno vagando e filtrando-se entre as belas lápides verticais, que me davam a impressão de criar uma atmosfera saída diretamente de uma adaptação cinematográfica de algum romance das irmãs Brontë. Era de uma beleza tenebrosa e muito antiga aquele cemitério, com suas montanhas nevadas como pano de fundo. Ele me fez lembrar que, num ensaio sobre Walser, alguém tinha escrito que tanto nesse escritor como em Kafka soprava o vento pré-histórico das Montanhas Geladas. Lembrei disso e logo descobri o túmulo horizontal, num lugar talvez demasiado chamativo, não muito de acordo com a afeição de Walser por passar sempre despercebido. Era, além do mais, um túmulo comum se comparado com aqueles magníficos sepulcros verticais de estilo judeu ou anglo-saxão, e o pior de tudo era que estava num lugar pretensioso, logo à direita da entrada do cemitério. Se não o tínhamos visto ao entrar, isso se devia ao fato de que estava justamente no lugar mais óbvio, era muito visível, precisamente por terem-no apartado do resto dos túmulos, talvez levados de boa-fé, os que o colocaram ali, por uma interpretação pouco acertada e sobretudo literal demais de uns versos de Walser intitulados *Num lugar à parte*, que apareciam gravados na lápide, uma redondilha de Walser que de imediato me lembrei de que conhecia muito bem, pois não em vão a tinha aprendido de cor quando, no final dos anos 1980, da cidade de Colônia, Ricardo Bada, conhecendo minha obsessão pela obra de Walser, a traduzira e me enviara por carta:

Continuo meu caminho,
que é um passo adiante
e para casa; e sem fazer ruído,
permaneço num lugar à parte.

13

A sala de espera, um pequeno salão lateral no vestíbulo de entrada do antigo manicômio, tinha só quatro incômodas cadeiras, e numa das paredes haviam reproduzido, em grande escala e num péssimo estado, pois já havia sido desgastado pelo tempo, um dos microgramas de Walser. Logo de entrada me pareceu que era a sala de espera mais culta e original que eu tinha visto na vida. Mas logo vi que não era para tanto. Era o micrograma que criava aquela falsa impressão. Se olhássemos bem, o resto era o que havia de mais comum e vulgar nesse tipo de pequenas salas. A mesinha redonda, por exemplo, com seus quatro pés de plástico. Ou as cinco insossas revistas médicas dispostas sobre essa mesa. Tudo, no fundo, era como em tantas e tão aborrecidas e pavorosas salas de espera do mundo das clínicas do Ocidente. Não via a enfermeira antipática que tinha encontrado Jaeggy, e tampouco cartões-postais que estivessem à venda.

Como o doutor Bruno Kägi demorava, saí por um momento da sala e fui ao vestíbulo, e pouco depois Yvette decidiu fazer algo parecido. Pedi que perguntasse à recepcionista, que era a única pessoa que tínhamos visto até então, em que andar do edifício tinha sido o quarto de Walser, e assisti em seguida a uma longa e para mim incompreensível troca de palavras em alemão, até que, pouco depois, Yvette me traduziu a conversa. O quarto do escritor

– dormia com outros sete internos – nunca havia sido na edificação central em que nos encontrávamos, mas sim num dos três horrendos barracões que se podiam ver saindo do edifício à direita. Era no primeiro deles que Walser viveu durante 23 anos. Agora os barracões, chamados também de albergues, pertenciam ao município de Herisau e neles ficavam refugiados políticos, em sua maioria procedentes de países africanos.

Ao meio-dia e quinze apareceu o doutor Bruno Kägi. Tinha uns quarenta anos, um arozinho de metal na orelha esquerda (como o doutor Bellivetti de Nápoles, pensei), o crânio raspado, terno e gravata num corpo de roqueiro, um ar inconfundivelmente moderno acompanhava todos os seus ágeis movimentos. Contribuía para essa impressão seu sorriso esperto, esse sorriso que ele não perdeu em momento algum quando Yvette, depois de cumprimentá-lo e sem que eu entendesse uma palavra do que estavam dizendo, começou a lhe expor, ali mesmo, de pé no saguão de entrada, os motivos que nos haviam levado até o manicômio, e iniciou uma longa pergunta – muito mais longa do que a que eu havia pedido que formulasse – que obteve do doutor Kägi esta expressiva resposta:

– *Nein.*

O que lhe teria perguntado *exatamente* Yvette? Fiquei sabendo depois, à saída do sanatório, quando ela por fim se dignou a me contar. Havia perguntado se eu, admirador de Walser que tinha peregrinado até ali à espera de me contagiar de certas lufadas de loucura criativa naquele lugar sagrado, tinha alguma possibilidade de ficar imediatamente internado no manicômio.

Conclusão: depois do seco e rotundo *nein*, o doutor nos convidou amavelmente a passar para a sua sala do térreo. Seguramente tinha outro escritório dentro do edifício, porque a sala do térreo parecia modelada para receber esporádicos visitantes walserianos. Entabulou uma animada conversa com Yvette e, por um momento, me pareceu que haviam me esquecido completamente, o que não me desagradava, muito pelo contrário, pois fazia com que me sentisse mais tranquilo. Mas de repente os dois me olharam. "Quer saber se você tem mais alguma pergunta a fazer", disse Yvette. Não, não tinha nenhuma. Mas decidi perguntar alguma coisa e quis saber se ele não tinha a impressão de que hoje em dia não teria ocorrido a ninguém enclausurar Walser por uma esquizofrenia que não era nada perigosa. Kägi deve ter entendido parte do que eu disse em espanhol, porque, mesmo antes de eu terminar de falar e de Yvette me traduzir, talvez instigado pela palavra esquizofrenia que soa parecido em alemão, foi em busca de um livro do qual disse só restar um exemplar e, portanto, lamentava não poder me dar, mas era importante que eu soubesse que ali, naquele livro, ele havia escrito, longa e detidamente, sobre o diagnóstico e tratamento médico que teve Walser.

Enquanto Yvette me traduzia essas palavras, o doutor Kägi me estendeu o livro, no qual se supunha que estava tudo explicado e bem argumentado. Tenho-o aqui, está na minha valise, da qual, por certo, eliminei livros que já não me interessam. Apesar de ser o último exemplar que lhe restava, o doutor Kägi acabou me dando de presente. Mas, por estar escrito em alemão, não entendo uma só palavra dele. Mas as fotos são interessantes, muitas delas eu nunca tinha visto. É um volume do qual muita gente participa, e é um volume estranho, e digo isso não só porque não o entendo, mas porque é estranho mesmo. Já é estranha, para começar, a própria capa, com um desenho do rosto de Walser, um desenho em que o escritor está irreconhecível. O volume se intitula *Robert Walser.*

Herisauer Jahre 1933-1956. Bernard Echte encabeça a lista de colaboradores, e o texto do doutor Kägi se chama *Stündelipigger* (*Oder der schizophrene Schriftsteller*).

Pouco depois de me presentear o livro, o doutor Kägi, que parecia satisfeito de sua generosidade, quis saber se eu tinha algo mais a perguntar. Olhei para Yvette e pedi que perguntasse de novo se eu podia ficar encerrado ali como esquizofrênico ou como louco perigoso ou o que fosse.

– *Nein.*

"Você já ouviu", disse Yvette com carinhosa crueldade. "Pergunte a ele o que pensa da relação do doutor Otto Hinrichsen com seu paciente Walser", respondi. "Well", disse o doutor Kägi, como se fosse falar em inglês. Mas prosseguiu em alemão. Uma obscura e breve lenga-lenga. Yvette traduziu e disse que o doutor Kägi considerava que seu ilustre antecessor, o doutor Hinrichsen, tinha se equivocado ao tratar seu paciente como se fosse um colega do mundo das letras. Walser respondia sempre com educadas evasivas, e Hinrichsen nunca se deu conta de sua caipirice ao querer se comparar com um escritor que com o tempo iria se revelar a mais obscura das estrelas da literatura. Hinrichsen sempre atribuiu a educada recusa de Walser a seu pronunciado *autismo*.

"Mais alguma pergunta?", disse Yvette. "Eu gostaria de saber se sou o primeiro espanhol que chegou em peregrinação até este escritório", disse eu. O doutor Kägi pensou muito na resposta e acabou dizendo que sim, que eu era o primeiro. Mas a mim, pelo muito que ele tinha ruminado, pareceu que havia passado antes por ali algum outro espanhol e ele preferiu não me dizer nada. Muito animado de repente, o doutor Kägi trocou cartões pessoais e números de telefone com Beatrix e com Yvette, e depois me lançou um sorriso cordial enquanto me dizia que, pensando melhor, espanhóis que perguntassem por Walser ele nunca tinha visto, mas que um de seus ajudantes, o doutor Adolfo Farnese, era argentino, residente na Suíça havia trinta anos. "Claro que eu sei que não são a mesma coisa um espanhol e um argentino", acrescentou.

Adolfo Farnese – me disse o doutor Kägi – vivia num prédio de apartamentos que estava a uns duzentos metros dali, um prédio em que alguns pacientes (com permissão de entrada e saída na clínica) e alguns enfermeiros também tinham alugado apartamentos. "Se quiser", ele me disse de repente com o rosto se iluminando, "pode fazer com que seu doutor Ingravallo alugue uma dessas residências. São baratas, embora a bem da verdade não sejam muito cômodas. Mas o seu doutor Ingravallo, sendo um personagem de ficção, saberá se arranjar para ficar bem ali, embora encontre o colchão esburacado." Celebrei o fino sentido do humor do doutor Kägi, a quem vi enormemente satisfeito de talvez ter podido me ajudar no romance, e eu quis então saber se, além disso, estava de alguma forma me abrindo as portas do sanatório, isto é, se aquilo significava que tinha mudado de opinião e sabido apreciar em mim alguns sintomas claros de loucura, e se eu podia ficar por lá, pelo menos durante alguns dias.

– *Nein.*

IV Escrever para se ausentar

I

Nevava cada vez com mais e todo Herisau parecia "recolher-se num lamentoso branco" e, dadas as condições climáticas, renunciamos a ir andando até o lugar exato onde, num dia de Natal, Walser encontrou na neve seu sepulcro natural. Podia-se fazer a metade do caminho de carro e depois seguir a pé, mas sem dúvida não era o mesmo que fazer toda a trilha a pé, tal como fez Walser no último dia de sua vida. E como, por outro lado, íamos com o tempo contado, pois eu tinha dito que naquela mesma tarde devia tomar em Zurique meu avião para Barcelona, substituímos o percurso por uma visita aos três sinistros barracões que acolhiam os refugiados políticos, em sua maioria africanos. Yvette me fotografou postado na porta do barracão onde Walser tinha morado durante 23 anos. Ali ele havia dormido, durante todo esse tempo, com sete pacientes em "um grande quarto quadrangular" que não nos permitiram ver porque agora, conforme nos disse a enfermeira da recepção, era o espaço privado dos refugiados políticos. Lamentei não poder subir àquele espaço que, por suas características geométricas, imaginava parecido com o pátio cinzento do instituto que Walser descreveu em certa ocasião em *Jakob von Gunten*, oferecendo ao leitor, com uma maestria insuperável, a pérola condensada do tédio escolar: "O pátio, abandonado, parece uma eternidade retangular".

Eu me fotografei e me perguntei quantos milhares de vezes teria Walser atravessado o umbral daquela porta que eu tinha agora às minhas costas. E me comoveu pensar que era exatamente ali que Robert Walser, em companhia de Carl Seelig, acendia em muitas manhãs o primeiro cigarro Maryland do dia enquanto se preparava com seu amigo para a longa excursão, geralmente a pé, pelos arredores. Imaginei-o no momento de dizer a Seelig lá mesmo, junto àquela porta: "Não dou nenhum valor à minha vida, só às vidas alheias, e apesar disso amo a vida, mas a amo porque espero que me dê alguma ocasião para jogá-la fora decorosamente". Ou então aquilo, não menos walseriano, que lemos no *Discurso a um botão*: "És capaz de viver sem que ninguém se lembre, nem remotamente, de que existes".

Seria eu capaz de viver assim? Não o sabia muito bem ainda. Por ora só sabia que havia desaparecido, que era o que eu ansiava, e que estava alcançando um estado de bela felicidade e de ausência radical que me aproximava do silêncio e da dignidade do discreto Walser. Mas também sabia que teria agradecido – e agradecido muito – se tivessem me procurado, ainda que apenas por uma pessoa. Parecia excessivamente cruel que, depois de tantos dias, minha ausência ainda não tivesse preocupado ninguém. Pensei levemente nisso enquanto tiravam a triste fotografia. Depois, descemos por uma tortuosa ladeira e, guiados por Yvette, não demoramos a topar com o imóvel de apartamentos baratos de que nos falou o doutor Kägi. Era um edifício feio e muito cinzento que contrastava enormemente com o elegante manicômio que se podia ver atrás dele, lá no alto, esplendoroso, imponente sobre o pequeno monte.

Deparamos com uma inesperada concentração de gente a gesticular em frente à porta de entrada daquele sombrio imóvel e não demoramos em saber que estávamos diante de Farnese e um grupo de pacientes e enfermeiros. Tinham todos acabado de ensaiar no térreo do prédio uma obra de teatro em torno do mundo de Walser. Persistia em alguns a vontade de recitar fragmentos de seus papéis. Farnese nos falou em alemão e Yvette se pôs imediatamente a traduzi-lo para mim: "Os senhores acabam de encontrar o doutor Kägi, não é mesmo? São os da entrevista do meio-dia. O doutor os mandou aqui? Bom, já vão ver, eu explico. Já faz um mês que ensaiamos um espetáculo teatral de caráter terapêutico. Misturamos textos de Walser com histórias reais de nossos pacientes e também de nossos enfermeiros. Eu dirijo. Doutor Farnese, a seu dispor".

O teatro da loucura, pensei. E aquilo valia para o próprio Farnese, que tinha um notável quê (embora não demonstrasse) de desequilibrado. Sorri, estendi a mão a ele. Yvette e Beatrix fizeram o mesmo. Farnese me apresentou o jovem que estava mais próximo dele. "O amigo Omar, egípcio, de mãe suíça", disse, "é o mais jovem de todos nós. Eu sou o mais velho, claro. E o mais nobre", sorriu bobamente, "ao que parece, provenho dos Farnese da cidade de Parma, lá há um teatro com o meu sobrenome. Ouviram falar do teatro Farnese?"

Como não dissemos ou não soubemos dizer nada, Farnese voltou ao tema de Omar. "Bom, talvez os senhores não se importem com isso, mas pode ser que lhes interesse saber que este jovem carece de personalidade porque ainda ignora o que seja isso. Isso lhes lembra alguma coisa?" Naquele momento não, mas mais tarde, algumas horas depois, eu veria que aquela era uma frase de *Jakob von Gunten* que eu conhecia bem, uma frase que durante muito tempo eu havia relacionado com o que a senhora Tobler dizia a Joseph Marti em *O ajudante* ("Ainda não consigo ter clareza sobre você. É magnânimo? É infame?"), uma frase que sempre pensei que Joseph Marti poderia perfeitamente ter respondido com algo que se pode ler em *A chinesa e o chinês*, um micrograma de Walser: "Ser incompreendidos nos protege".

"Em uma parte de nossa obra", seguiu dizendo o magrelo Farnese, "alguns de nossos enfermeiros interpretam as excentricidades mais demenciais de alguns de nossos pacientes. E vice-versa. Por exemplo, selecionamos, entre as manias de Omar, sua aloucada ideia de que ele é o proprietário da pedra com a qual o assassino Caim matou seu irmão Abel. É sabido que a pedra está na Síria, mas não é sabido que Omar a tem. Heinrich, um enfermeiro que agora não está aqui, leva jeito suficiente para interpretar o papel desse pobre jovem egípcio, que ri ao se ver caricaturado. Isso talvez o esteja curando ou venha a curar. Compreendem? Ao mesmo tempo, Omar, em justa compensação, incorpora na obra o papel de Heinrich e para isso tenta, a cada dia, incorporar esse caráter que lhe falta. Como vê, nos divertimos e ao mesmo tempo medicamos."

Eu nunca tinha ouvido alguém dizer "medicamos". E tampouco havia conhecido alguém que falasse tanto. Dava a impressão de que o magricelo Farnese falava pelo mero fato intrínseco de falar. E também para nos causar uma boa impressão, que talvez desejasse que depois pudéssemos reportar a seu chefe, o doutor Kägi. Era, sem dúvida, um perfeito tagarela. Eu estava pensando nisso quando o jovem egípcio me estendeu languidamente a mão. Apertei-a com firmeza, como se quisesse ajudá-lo a saber o que era ter personalidade, embora não estivesse muito seguro de que eu mesmo tinha. Pouco depois, o egípcio, obediente à ordem de Farnese, movendo-se sem encanto e efetivamente sem a menor personalidade, cump também Yvette e Beatrix, que por sua vez cumprimentaram os outros enfermeiros e pacientes, dando corda a alguns deles para que seguissem com os últimos estertores daquele ensaio geral. Davam seu nome e em seguida (também isso Yvette me traduzia gentilmente) falavam algumas das frases que deviam dizer na peça.

"Logo a neve cobriu a tumba", disse o jovem e muito magro Kuno, um paciente misterioso e contundente.

"Às vezes, sobretudo nos belos crepúsculos, Kleist tinha a sensação de que lá se encontravam os confins do mundo. Os Alpes lhe pareciam a infranqueável porta de acesso a um paraíso situado nas alturas", disse a enfermeira Hannah.

"Como neve nos Alpes", disse Petra, e acrescentou quase sussurrando: "Escutem-me. O penoso do sucesso é que ele sempre é tirado do outro. Só podem gozá-lo os inconscientes, as mentes obtusas que não entendem que entre os frustrados sempre há seres superiores a eles".

Vi que havia no edifício, tal como indicava um letreiro na porta, cinco moradias para alugar. "Não é que ninguém queira viver aqui", comentou Farnese vendo que eu me fixei no letreiro, "o que acontece é que quase ninguém pensa que se possa viver aqui, compreende?" Sorriu e mostrou um olhar turvo e uma dentadura muito maltratada pelo tempo. Se num primeiro momento me parecera um tanto simpático, muito depressa essa impressão foi variando. Àquela altura de nosso teatral encontro na rua, já me parecia um homem de quem era conveniente desconfiar. Pôs-se a falar em alemão com Yvette e Beatrix e depois eu soube que, ao se sentir não muito bem-visto por elas, disse que o melhor era viver primeiro e deixar que as observações chegassem depois, por si próprias. Uma forma de dizer que não o julgassem precipitadamente pelas aparências. Ou seja, estava consciente de que não inspirava confiança. De repente, voltou a prestar atenção em mim e me perguntou de que parte da Espanha eu era. "Da Rue Vaneau de Paris", respondi. Franziu a sobrancelha. "E o que o senhor vê em Walser?", me perguntou por perguntar, suponho. Em todo caso, perguntou de forma um tanto traiçoeira, como se tivesse se aborrecido com minha resposta da Rue Vaneau, que deve ter julgado equivocadamente jocosa ou frívola.

Quando me lembro desse instante sempre penso que deveria ter dito isto: "Me interessa o fator Walser. Dá na mesma se ele foi como eu quero vê-lo. O fato é que ele, além de ser um mestre na arte do desaparecimento, dá a impressão de ter sabido ver antes de muitos para onde evoluiria a distância entre Estado e indivíduo, máquina de poder e pessoa. O senhor está me acompanhando? Em Walser me agradam sua ironia secreta e sua prematura intuição de que a estupidez seguiria avançando já de modo irrefreável no mundo ocidental. Nesse sentido acho que ele, talvez sem o saber, deu um passo além, facilitou a Kafka a descrição do núcleo do problema, que não é outro senão a situação de absoluta impossibilidade do indivíduo diante da máquina devastadora do poder. Está me acompanhando? Também me agrada em Walser seu heroico afã de se livrar da consciência, de Deus, do pensamento, de si mesmo".

Em lugar disso, me deixando levar por meu humor vagabundo, eu disse: "O que me interessa é o fator Walser. Mas acho que, se dissesse agora, em voz alta, exatamente o que penso dele, me encerrariam imediatamente no manicômio...". Calei de súbito porque notei que Ingravallo estava usurpando minha personalidade. "O que mais me interessa dele", me disse Farnese como se não tivesse acontecido nada, "é uma frase que desde que a li vem orientando a minha vida. Não sei se a conhece. A frase diz mais ou menos que ele gostava de viver contrariando o que os outros esperavam dele." "Ah, sim. É uma frase admirável. E tudo o que é admirável me atrai", disse eu, simulando que estava de acordo com a orientação que Farnese dava à sua vida. Essas palavras, na verdade, ele as disse num tom jocoso, exatamente à maneira de Walser, com aquela secreta ironia de seu estilo, ironia secreta mas que sempre, de algum modo, nos avisa que é preciso desconfiar das palavras. Mas Farnese não viu isso e, portanto, não desconfiou, talvez porque estivesse mais atento a Yvette e Beatrix do que ao que eu dizia, que sem dúvida não lhe importava nem um pouco.

Dei uma piscada a minhas amáveis acompanhantes, como que lhes pedindo que fôssemos embora de lá. Embora não tivesse passagem de volta de avião, pensava em deixar que Yvette e Beatrix continuassem acreditando que eu a tinha e me conduzissem ao aeroporto de Zurique, e lá eu decidiria o que fazer, se comprava uma passagem para algum lugar ou ficava na cidade. Não tinha para onde ir. Mas era evidente que não podia ficar por toda a vida com as amáveis Yvette e Beatrix, que, por sua vez, já mal dissimulavam suas óbvias ânsias de voltar a seu trabalho cotidiano e a sua família.

"Bom, foi um prazer conhecê-lo", disse eu ao magrelo Farnese, e assim se iniciou nossa retirada, nossa fuga daquele teatro de rua. Quando já estávamos um pouco distantes do grupo, ouvimos o jovem egípcio dizer, em voz muito alta, uma frase que Yvette me traduziu imediatamente e que anotei e posteriormente identifiquei com *Jakob von Gunten*: "Seguramente Heinrich jamais pensou na vida, para quê?". Nós nos viramos e, ao ver que lhe dávamos atenção, Omar nos apontou imediatamente com seu guarda-chuva e seguiu com sua conversa: "Tudo em Heinrich é inocente, pacífico e feliz. Haverá experiências e conhecimentos que ousem se aproximar desse rapaz?".

úvida, havia mais de um louco no grupo teatral. Ou esmente pacientes muito teatrais? Quando por fim deixamos para trás a rua dos apartamentos, Yvette, brincando, comentou que tinha ficado com vontade de ver de novo o pobre doutor Kägi e fazer-lhe um favor, "avisá-lo, caso não soubesse, sobre o barril de pólvora que ele tem no inocente imóvel ali embaixo".

2

Eliminando definitivamente a ideia de ver o lugar onde Walser caiu morto, subimos no carro e nos plantamos no restaurante do Hotel zur Linde, em Teufen, um povoado muito próximo de Herisau e pelo qual Walser e Seelig tinham passado caminhando muitas vezes. Nos arredores daquela pequena e conservadora cidade (Appenzell tem fama de ser o lugar mais conservador, o que é dizer muito num país tão conservador como a Suíça) havia estado, em outro tempo, essa espécie de Instituto Benjamenta feminino ou sufocante internato, o Bausler Institut, onde transcorre a ação de *Os belos anos do castigo*, o livro de Fleur Jaeggy. Vi em seguida que Teufen se parecia muito à Teufen do livro. "Se se observam as pequenas janelas com franjas brancas e as laboriosas e incandescentes flores nos balcões, percebe-se um remanso tropical, uma luxúria refreada, tem-se a impressão de que dentro acontece algo serenamente tenebroso e um pouco enfermiço. Uma Arcádia da enfermidade."

Seria a Suíça, e muito especialmente a Suíça oriental, uma imensa Arcádia da enfermidade? Não chegamos a acordo algum. Mas o silêncio, uma constante da vida nesse país, parecia escutar com atenção nossas palavras. Expliquei que a mim, pessoalmente, a Suíça parecia um país ideal, porque conviviam em paz italianos, franceses e alemães, longe de todo nacionalismo tresnoitado, fundidos por uma palavra, Suíça, que unia a todos, embora todos soubessem que a Suíça não existia.

Quando nos cansamos do tema, comentamos que tínhamos feito bem em não ir até o lugar onde Walser caíra morto, aquela trilha próxima ao cume de onde se desfrutava uma belíssima vista das montanhas de Alpstein. Tínhamos feito bem porque, como disse Yvette, com seu habitual sentido da responsabilidade, eu não tinha muito tempo, se quisesse tomar às oito da noite o avião em Zurique e, além do mais, sem dúvida a neve nos teria sepultado na metade do caminho.

Mas talvez haveria outra ocasião para que eu pudesse ver aquela trilha para Rosenberg, disse Beatrix. Ela já tinha ido até lá. Com o marido, dois anos antes, tinha feito o longo passeio. Recordava com precisão a beleza do lugar e sobretudo a beleza do dia em que subiram ali. "Era um meio-dia tranquilizador", disse Beatrix, "com neve, neve pura, até onde a vista alcançava. Lembrarei daquele dia para sempre."

Depois das sobremesas, me senti animado e loquaz e acabei contando a Yvette e Beatrix toda a minha juventude no Bronx e meus namoricos com Daisy Blonde (dei o nome das três mulheres com as quais a enganei, e a enganei por pura morbidez e para sentir ainda mais atração por ela) e contei casos psiquiátricos que me chamaram a atenção ao longo de minha carreira, e falei também de meus pais, concretamente dos que acabaram no fundo de um rio estrangeiro, pois dos outros pais não disse nada. Yvette tomou tudo como uma graciosa invenção minha de última hora. Até pôs em dúvida o suicídio de meus pais no Hudson, o que me chateou um pouco. Disse que tudo o que eu tinha contado era uma formidável fantasia poética. "Que foi que disse?", perguntei imediatamente. Pensei que, se ela não podia acreditar naquele amor de juventude no Bronx nem em casos psiquiátricos que tinham estado sob minha tutela, eu podia menos ainda acreditar que acabasse por qualificar minha juventude com as duas mesmas palavras com que Walser definira *Jakob von Gunten*, essas palavras que um dia foram o título de um romance que eu imaginei ter comprado na estação de Atocha em Madri.

Seria o caso de pensar numa pequena ou numa grande casualidade? "Fantasia poética, foi isso o que eu disse", repetiu Yvette, sem entender o que se passava comigo. Sob os efeitos do espesso vinho de Buchberger, comecei a achar que aquela curiosa coincidência era mais um dos sinais especiais que ultimamente buscavam ter um papel decisivo na minha vida. Fiquei um tanto comovido. E ainda me restavam algumas partículas de comoção quando Yvette e Beatrix me deixaram, duas horas depois, no aeroporto de Zurique. Me despedi delas com dois beijos rápidos e todo o meu agradecimento, e me mostrei simpático enquanto escondia que não sabia para onde ir, preferia que não se dessem conta disso, não queria causar pena, escondi até o último momento que ninguém me procurava apesar de eu já estar desaparecido havia três semanas.

Foi uma despedida muito rápida. Que Yvette não tivesse acreditado que parte da minha juventude tinha se passado no Bronx e que, além disso, tivesse considerado que Daisy Blonde era simplesmente uma invenção, me confirmou que *os outros* nos obrigam sempre a ser como eles nos veem ou como querem nos ver. Nesse sentido, a presença ou companhia dos outros é perniciosa, reprime a plena liberdade de que deveríamos dispor para nos construirmos uma personalidade e uma identidade adequadas a nossa forma de ver a nós mesmos. Pensar que somos o que cremos ser é uma das formas da felicidade. Mas aí estão sempre os outros para nos ver de outra maneira e nos impedir a construção de nossa felicidade iludida e, junto com isso, a construção de nossa personalidade favorita, muitas vezes mais complexa, por certo, que a de um personagem de ficção. "Saudações a Dulcineia Blonde", gracejou Yvette. "Sinto pelo naufrágio de seus pais", disse Beatrix. Tudo isso não impediu que eu me despedisse delas com gratidão. Mas fiquei um tanto abalado ao ver como às vezes as coisas eram difíceis. Para mim era impossível não pensar em minha vontade, ainda recente mas já firme, de ser eu mesmo apesar de saber que eram sempre os demais que nos criavam. "Não sei quem sou, mas sofro quando me deformam", lembrei que dizia com frequência um colega do hospital psiquiátrico de Manhattan.

Quando comecei a caminhar sozinho pelo aeroporto, olhei para trás várias vezes para comprovar que realmente tinha ficado só, isto é, para confirmar com toda a segurança que por fim já não havia ninguém que pudesse pôr em dúvida episódios de minha complexa e estranha, mas, afinal de contas, verdadeira vida. E encaminhei meus passos para uma banca de revistas, onde encontrei as notícias espanholas do dia. Na cafeteria ao lado da banca, dei uma rápida folheada nos jornais e confirmei que tudo seguia igual e que ninguém se perguntava, por exemplo, por onde eu andava. Em vez disso, falavam muito sobre o centenário de Salvador Dalí, sem dúvida um desaparecido mais ilustre. Sentado ali numa das incômodas cadeiras de ferro daquela cafeteria, me pus a lembrar das breves lufadas teatrais que algumas horas antes tinha visto diante dos apartamentos de Herisau. E lembrei-me de que, nos anos 1920, em Berna, Walser escrevera uma série de textos breves, conhecidos como *cenas dialogadas*, nos quais se podiam encontrar verdadeiras miniaturas em forma de obras-primas. Saberia disso o magrelo Farnese? Por um momento pensei em voltar, tomar um trem e regressar a Herisau, alugar um apartamento no imóvel sombrio e lá me dedicar a meus escritos secretos de psiquiatra aposentado, e talvez – ainda que fosse só para importunar aquele maçante personagem – pedir ao magrelo Farnese que me aceitasse como assistente de direção de sua obra teatral, talvez inclusive sugerir que pusesse naquela obra o título de *Fantasia poética, cenas dialogadas*.

Depois, tentando me esquecer da não muito recomendável ideia de voltar, afundei de novo meu olhar nos jornais espanhóis e fui parar no título de uma notícia em que se dizia que Israel estava cogitando expor seu arsenal atômico. Não foi o título exatamente o que me chamou a atenção, mas os últimos parágrafos da notícia: "Se Israel se visse obrigado a ratificar essa convenção pelas novas ideias de desarmamento, quem ficaria em evidência seriam a Síria e o Egito, países que dispõem também de importantes arsenais químicos".

Síria e Egito! Umas horas antes o Egito havia irrompido por meio da figura de Omar. Agora aparecia, agregada ao Egito, a palavra Síria, que já aparecera recentemente também com toda aquela história da pedra síria de Caim. Talvez eu me encontrasse de novo diante de um daqueles sinais misteriosos que eu não sabia se estavam me dando uma oportunidade para ser dono da minha vida ou, pelo contrário, sem contar comigo, buscavam reforçar meu destino de cartas marcadas.

Acaso a conjunção entre Egito e Síria era um sinal para que eu voltasse a Herisau? Ou antes para que voltasse à Rue Vaneau? Lembrei de Simon Tanner, o personagem que Walser criou para seu romance *Os irmãos Tanner*, esse homem que "se arrastava pelos cantos e fissuras da vida". Ao doutor Pasavento convinha algo parecido. Mas onde estavam, para ele, esses últimos cantos? Onde seria o melhor lugar para desaparecer de verdade, de uma vez por todas? Em Herisau? Ou talvez no lugar menos pensado e no qual talvez menos o procurassem, em Barcelona?

Apressei meu café e me vi longe de Herisau, me vi de repente em minha casa em Barcelona, sentado em minha poltrona favorita, me esforçando exclusivamente para esquecer o ruído mundano. Viveria escondido em minha cidade natal, transformado em homem modesto e oculto por trás da sombra de Walser. E procuraria ser visto só o indispensável, sabendo-me protegido pela arte de desvanecer do próprio Walser, convertido num ser menor que ele, trabalhando para ser cada dia mais "um magnífico zero à esquerda, redondo como uma bola", tentando viver como o faria um aluno refratário às fórmulas necessárias para conseguir as mais altas qualificações. Passaria o dia convencido de que eu, o doutor Pasavento, era pura ausência, um fantasma com uma valise vermelha e um chapéu de feltro e muitos informes psiquiátricos. Está claro que em Barcelona certamente nenhuma senhora Tobler compreenderia meu caráter. Mas isso não podia ser mais do meu agrado, pois ser incompreendido era justamente o que me protegeria.

3

Mas eu também podia ir para o deserto. Jakob von Gunten não dizia, ao final de sua peripécia no instituto, que ia para o deserto com *herr* Benjamenta? "Quero ver se em meio ao nada também é possível viver, respirar, ser, desejar e fazer sinceramente o bem, dormir à noite e sonhar. Bah! Agora não quero pensar em mais nada."

O interlocutor ideal de Jakob poderia ter sido W. H. Hudson, que teria sabido lhe contar o muito que amava aquela terra no fim do mundo, a deserta Patagônia, "suas cores, os aromas, os sons, o tato e o gosto, o azul do céu, o verdor do solo, a cintilação do sol na água, o cheiro da terra seca ou úmida, do vento e da chuva, certas cores das flores e da plumagem dos ovos das aves, como o púrpura brilhante da casca do ovo do tinamu".

"O tinamu! Bah! Agora não quero pensar em mais nada", eu disse a mim mesmo ali na cafeteria do aeroporto de Zurique. Na realidade, aspirava a "me converter por inteiro no exterior da natureza" e, durante o resto de minha vida, negar o essencial, o mais profundo: minha angústia. Mas voltei a cair no pensamento. Comecei a me dizer que para ter acesso à simples existência literária, para lutar contra essa invisibilidade que desde o princípio os ameaça, os escritores têm que criar as condições de sua *aparição*, isto é, de sua visibilidade literária. Mas – também pensei – existe a manobra contrária, que é muito mais difícil. Tendo como objetivo o caminho inverso (o de recuperar sua invisibilidade), alguns escritores, como acredito ser o meu caso nesses momentos, empreendem a dificultosa tarefa de ir criando uma escrita secreta ao mesmo tempo que vão organizando silenciosamente as condições de sua *desaparição*, essas que haverão de permitir-lhes um dia desarmar essa visibilidade que sentem cada vez corroê-los mais, pois solapa gravemente sua relação com a dignidade e a lucidez do silêncio.

Pensei mais ou menos tudo isso e, pouco depois, deixei a cafeteria e comecei a passear por aquela ampla zona do aeroporto, sem me decidir a comprar passagem alguma. Ainda continuava escutando os ecos do que acabava de pensar e caminhei por tanto tempo que até cheguei a topar com um canto muito escuro em que a gente podia entrar e desaparecer da vista de todo mundo durante alguns segundos para pouco depois, com quatro passos, como se a gente fosse o mesmíssimo pai severo de Chateaubriand, *reaparecer* e fazê-lo com um semblante severo que em seguida se convertia no semblante de um homem no fundo dubitativo, um semblante que não enganava ninguém, pois era o que, naqueles momentos, me saía da alma. Estive por um longo tempo absorto nessa manobra, que consistia em ir da luz à sombra e vice-versa. Até que, por fim, fantasma de mim mesmo e enredado entre a luz e a sombra, decidi dar uns passos mais e sair do recinto para respirar ao ar livre. Saí. Respirei. E me senti muito bem. E foi como se, por fim, tivesse descoberto meu caminho ideal, que consistiria tão só em dar uns passos mais e logo me sentir em casa e, sem ruído algum, ficar por fim ao ar livre, *à parte já*.

4

O doutor Ingravallo acaba de decidir há alguns instantes que parece paradoxal que eu ame o desaparecimento de qualquer intenção em meus escritos e, ao mesmo tempo, não cesse de contar que escolhi o desaparecimento como motivo central do que escrevo. Longo silêncio. A ele parece bem que eu só entenda a escrita como reflexo de um mundo interior, privado. Mas acrescentou que isso que eu escrevo, por mais íntimo que seja, ele pensa em publicar se eu desaparecer, pois algumas dessas páginas não só exigem um leitor, como até chegam a estender a mão a este, quando não diretamente o inventam. Dito isso, concluiu, você não deveria continuar tentando me enganar, é um absurdo você escrever com uma das mãos enquanto com a outra desvia minha atenção para que eu não perceba que escreve. Na verdade, você se mostra ridículo buscando romper com a outra mão essa casca de ovo de tinamu que encontrei para você ontem, lá fora, entre o pó patagônico.

5

Ao voltar a entrar no saguão do aeroporto de Zurique, sofri um breve ataque de angústia, provocado talvez por minha indecisão absoluta na hora de decidir para onde ir, em que lugar do mundo pensava me ocultar a partir de então. O breve ataque consistiu em que de repente tive a rara impressão de que, embora sabendo que estava no saguão, eu me encontrava no exterior, e não no interior, que é todo saguão, em um exterior do exterior em que eu acabava de me fundir num abraço simbólico com o ar livre. Por esse exterior ou saguão do aeroporto, que até pouco antes tinha sido um interior (e certamente continuava sendo para todo mundo, menos para mim), agitava-se uma grande variedade de sombras de passageiros projetadas sobre a parede dianteira do meu cérebro. Apesar de estar confuso e aturdido e perturbado por minhas indecisões e por minha exagerada solidão, tive certo instinto de sobrevivência e tomei rapidamente uma decisão lógica, a de voltar ao lugar onde havia me sentido tão felizmente à parte. Voltei ao ar livre e passeei junto ao ponto de táxi e, no final, depois de múltiplas dúvidas, tomei um deles em direção a Zurique. No trajeto não se pode dizer que algo me aborrecesse. Passei a me lembrar de novo do napolitano Ettore Majorana, aquele homem que inventou a bomba atômica e depois, quando se declarou a Segunda Guerra Mundial, embarcou para Palermo e desapareceu sem deixar rastro e nunca se soube se tinha sido sequestrado, se tinha evaporado misteriosamente ou então se tinha vivido o resto de seus dias escondido num mosteiro. E depois passei a me perguntar por meus planos de futuro. Perguntei se pensava em sequestrar a mim mesmo me escondendo em Zurique ou em Barcelona, ou se pensava em desaparecer na longínqua Patagônia, ou ainda me ocultar nesse mosteiro moderno que era o manicômio de Herisau. Ou o quê?

Ao chegar a Zurique, só podia ver a cidade como um grande cenário. Me sentia como que um tanto atordoado. Por mais que tentasse vê-la de uma maneira mais realista (tal como a havia visto cinco anos antes em minha visita anterior), tinha continuamente a impressão de estar no interior de estúdios de cinema rodando um "exterior, noite", isto é, continuava um tanto perturbado, com as confusões próprias de alguém recém-saído de uma caverna platônica. Uma grande tramoia e muitos atores, era isso o que eu via. Resignado a continuar vendo irremediavelmente as coisas de Zurique assim, fui até a Spiegelgasse, uma pequena rua que nada tinha a invejar a minha Rue Vaneau quanto a história, tensões e sinais. Ali tudo mudou. O influxo dessa rua tão especial me fez bem e deixei de estar no interior do cenário e senti que voltava ao ar livre, como se tivesse por fim entrado em contato com as cores, os aromas, os sons, o tato e o gosto, o azul noturno do céu e o reflexo da lua na água do rio Limmat. E tudo isso apesar de, de repente, ter reaparecido o temível doutor Ingravallo para me falar justo quando eu estava parado diante do número 1 da Spiegelgasse, em frente ao local onde esteve, nos anos 1920, o Cabaré Voltaire, o lugar onde num dia de fevereiro de 1916 nasceu o dadaísmo.

O doutor Ingravallo me falou com a intenção, segundo ele, de me animar a prosseguir em minha loquacidade de *escritor sem*

o. Preferi calar. “Diga que o dadá é agora seu tema, única e exclusivamente porque você está diante do Cabaré Voltaire e é um escritor de circunstância”, disse. Com certeza tinha razão, mas eu não disse aquilo, permaneci calado. Mas tinha razão o doutor Ingravallo. Depois de tudo, pensando bem, agora mesmo, sem ir mais longe, ocorre a coincidência não muito casual de que o dadaísmo também é meu tema, e talvez o seja unicamente porque quero contar que da Spiegelgasse a primeira coisa que vi foi o número 1 da rua, local onde se fundou o dadá e onde... etc.

Gosto de escrever pelo mero fato de escrever. A exemplo de Walser, desconfio que se possa comunicar a angústia, acho às vezes insuficientes e superficiais as palavras, embora talvez sirvam justamente para ocultar a angústia. Agrada-me escrever por escrever, do mesmo modo que há viajantes que não viajam em busca de países remotos e de estímulos externos, mas pelo prazer intrínseco da viagem.

De fato, essa forma de escrever lembra o *método do lápis*, esse método que Walser aplicou aos 526 microgramas que dele se conservam e que Bernard Echte e Werner Morlang seguem decifrando, em seus escritórios suíços. Há hoje em dia a hipótese de que eram o tipo de papel e seu formato o que condicionava que Walser escrevesse a lápis seus microgramas, isto é, o que originava nele seu processo de escrita e às vezes também o terminava, porque em muitos microgramas o texto ou o falatório (elástico, como sempre) terminava sem grandes problemas quando acabava o papel. Segundo Werner Morlang, essa afinidade (geradora de inspiração) entre os materiais e o traço do lápis devia constituir, para Walser, um dos maiores encantos de seu método. Depois de tudo, o uso frequente de papéis que o acaso punha a seu alcance coincidia com seu mais essencial princípio poético e ético, aquele princípio walseriano segundo o qual todo acontecimento, por mais cotidiano e banal que possa parecer, merece ser tema para a poesia.

Com certeza tinha razão o doutor Ingravallo no que me dizia, mas eu não quis lhe dar a satisfação de responder. Então, meio aborrecido, o doutor se fez dadaísta. "Diga que dadá é dudu e didi", falou. Para continuar contrariando-o, senti a tentação de lhe mostrar que podia me divertir sem ele e me pôr a escrever na fachada onde o Cabaré Voltaire havia sido um grafite de estilo dadá, na realidade, de homenagem ao dadaísmo. "*Je me suis suissidé en Suisse*"*, por exemplo. Mas abandonei logo qualquer ideia transgressora e comecei a subir lentamente pela Spiegelgasse, uma rua curta, mas bem intensa, e passei diante do número 12, em frente à casa onde viveu Lênin antes da Revolução Russa. E me lembrei daquela lenda que diz que um dia, ao ar livre, Tristán Tzara e Lênin jogaram xadrez nessa rua, e conjeturei ali mesmo o que pode ter sido aquele encontro entre um representante da vanguarda da agitação cultural e um da agitação simplesmente.

Segui depois avançando pela Spiegelgasse, minha Rue Vaneau de Zurique, e me plantei diante da casa onde em 1837 morreu o dramaturgo Georg Büchner, e depois fui até o número 23, o imóvel em cujo segundo andar um jovem Robert Walser escreveu uma parte de *As composições de Fritz Kocher*, esse primeiro livro que assentou as bases de sua futura deserção da escrita: "Nada é mais seco que a secura, e para mim nada vale mais que a secura, que a insensibilidade", escreveu nesse livro. Ainda que às vezes frases tão

* Trocadilho do verbo francês *suicider* por *ssuissider*. Algo como "Eu me suicidei na Suíça". [N.E.]

secas como essa ele compensasse com *composições* que eram cantos ao mundo: "Por que há bosques? Tudo tinha que ser um bosque sussurrante, o mundo inteiro, todo o espaço, o mais elevado e o mais fundo, tudo, tudo tinha que ser um bosque (aqui sob a clara voz), senão, nada". Walser já estava, naqueles dias, na Spiegelgasse, tentando não pensar, não se angustiar, ocultar-se através de frases, por trás das quais escondia sua visão do mundo, um mundo ao qual creio que já então, secretamente, ele via como um amor submerso.

Na própria Spiegelgasse encontrei para aquela noite um quarto na pensão Rychner, e estou quase certo de que esse quarto era o mesmo em que eu estive, cinco anos antes, na minha visita à cidade. Era um quarto que me trazia boas lembranças, apesar de ter ficado nele nada menos que com minha mulher. Foi só entrar no aposento e as boas lembranças (os momentos que pude passar a sós nesse quarto quando minha mulher saía para fazer compras nas caríssimas e pretensiosas lojas dessa altiva cidade) voltaram a mim, e me senti muito bem de novo ali, sozinho.

Teria me parecido que não passou tempo algum desde a minha estada anterior, não fosse o fato de que, ao sair à sacada, descobri que era quase como me aproximar da janela na Rue Vaneau, com a diferença de que ali, naquela rua de Zurique, em lugar do apartamento de Marx, podia-se ver o andar onde Lênin tinha vivido. Fiquei por um tempo contemplando o local do andar de baixo, que se converteu numa loja onde se vendiam *souvenirs* de todo tipo em torno da figura de Lênin. Que pensaria ele se visse aquilo? Importava realmente saber o que ele pudesse pensar de qualquer coisa do mundo atual? Observei as pessoas que iam entrando e saindo daquela loja (algumas com pequenos Lênins de porcelana em miniatura), e depois decidi dar por terminado aquele dia que, eu sabia, dificilmente esqueceria. Ou talvez acontecesse o contrário e eu o esquecesse com assombrosa facilidade? Refleti que não devia me sentir aborrecido por ser um mar de dúvidas. Estava mais perdido que nunca, mas não tinha que sentir isso como algo prejudicial.

Na manhã seguinte, nevava em Zurique. Saí do hotel com o chapéu de feltro e meu guarda-chuva e fui tomar o café da manhã no velho e famoso Café Odeon, onde sempre se disse que Lênin, assíduo cliente daquele local, pôde trocar mais de uma palavra com James Joyce, outro frequentador do lugar. Ah, o Odeon! Lembrei que ali Mata-Hari estreou como bailarina. E depois imaginei uma cena impossível, imaginei Lênin tomando um café enquanto lançava olhares furtivos a um exemplar de *Dublinenses*. Depois, me pus a pensar nas mil voltas mentais que lá, sentado talvez no mesmo lugar onde eu estava, deve ter dado James Joyce em torno do doloroso tema da esquizofrenia de sua filha Lucia, a quem teve de internar no asilo mental de Zurique, o Burghölzli, para que o doutor Naegeli a submetesse a um tratamento.

Sem saber que ia voltar em muito pouco tempo (naquele mesmo dia!), pensei que se algum dia regressasse a Herisau perguntaria ao doutor Kägi e ao doutor Farnese pelo doutor Naegeli. Ah, o Odeon! Precisamente lá Carl Seelig, em 1957, se encontrou com o jovem Jochen Greven, que se interessava pela obra do então esquecido Walser. Um jovem Greven, que com o tempo ia se converter no mais importante artífice da recuperação da obra de Walser, ia ser seu máximo patrocinador e redescobridor depois de lutar tenazmente durante anos para reunir toda a obra dispersa.

Greven descreveu assim o encontro com o testamenteiro de Walser: "Seelig me convocou ao prestigioso Café Odeon, disse que só tinha uma hora para mim. Depois vi que se comportava assim porque estava cansado de jovens que se aproximavam dele para saber algo de Walser. Muito amável, muito cortês, me perguntou quais eram meus projetos. Mostrou furtivamente uns manuscritos não publicados e não tive nem tempo de vê-los, menos ainda de prestar atenção à letra. Carl Seelig tinha um conceito de Walser não muito profundo. Situava-o à margem da literatura moderna, uma espécie de poeta regionalista de extração urbana".

Greven voltaria a se interessar por Walser alguns anos depois, em 1963, depois da morte de Seelig. Ele se lembrava muito bem daqueles manuscritos que tinha visto fugazmente alguns anos antes e que agora estavam depositados no escritório de um tabelião de Zurique. E seria o próprio Greven, ao conseguir acesso a eles, que os batizaria com o nome de microgramas e, além disso, descobriria que Seelig não estava certo quando dizia que aqueles papeizinhos de apertada caligrafia a lápis não eram mais que a prosa indecifrável de alguém que praticava uma literatura secreta que pretendia se distanciar do mundo e dos leitores.

Lembrei de tudo isso e em seguida pensei de novo em Mata Hari e, depois do frugal café da manhã, saí às ruas nevadas de Zurique, abri meu guarda-chuva e me despedi daquele café. Ah, o Odeon! Não sabia aonde ir, não sabia que ia voltar tão depressa a Herisau. Não sabia para onde iria, mas sabia que não demoraria em partir de Zurique. Vi dois homens do outro lado do rio discutindo por alguma coisa, gesticulando com desespero, tentando cada um, por sua conta, que o outro compreendesse o que no fundo nem ele mesmo compreendia. Eu me perguntei se tudo aquilo não era um desperdício absurdo de gestos. E se não havia nada para compreender e isso era tudo, ou quase tudo, e assim estava tudo bem? Apesar disso, poderia ser que nossas incompreensíveis vidas, histórias de cruéis destruições, trouxessem com elas mesmas uma compensação a tanto desastre e desespero: o pensamento final de que o conjunto inteiro não era nada, só um gesto facial mínimo, um sorriso.

Voltei ao hotel para pegar a valise vermelha, paguei e fui embora de lá, e me lembro de que no bonde, indo para a Estação Central, vi um fino e aprumado e certamente demente cavalheiro, que passeava sem guarda-chuva, alheio à neve, com andar arrogante. Isso acabou por me fazer decidir. Eu partiria de lá. Zurique às vezes se tornava uma cidade exageradamente altiva. Não era nem de longe um lugar ideal para mim e, até onde eu sabia, também nunca tinha sido para Walser.

6

No trem que me conduzia de volta a Herisau me pus a imaginar que eu rodava pela Itália num carro alugado, ia dirigindo rumo ao sul, e de repente me encontrava às portas da cidade de Parma. Estacionava junto ao rio e, ao pensar subitamente no magrelo Farnese, me lembrava de que lá havia um teatro que levava seu nome, e eu o visitava. Depois, passeava pela praça do Duomo e do Battistero e entrava numa livraria da Strada Cavour, onde encontrava *Il caso dello scrittore sfumato*, uma novela de Juan Marsé que acabavam de traduzir para o italiano. Eu lembrava muito bem da história que se contava ali: um escritor famoso, cada vez que saía na televisão, perdia nitidez, ia ficando turvo pouco a pouco.

Imaginei que comprava o livro de Marsé e me dirigia ao antigo Caffé Centrale, também na Strada Cavour, e ali desfrutava de um esplêndido sorvete de chocolate e nata. E pouco depois voltava ao carro e saía em busca da famosa cartuxa do romance de Stendhal, *A cartuxa de Parma*. Tinham me dito que podia encontrá-la e vê-la, mas que devia levar em conta que o mais provável era que tivesse sido inventada por Stendhal. Para vê-la era preciso tomar uma estrada e sair da cidade, e o que se acabava encontrando era uma insignificante cartuxa em que se instruíam futuros guardas de trânsito. Seria verdade? A cartuxa seria agora uma escola municipal? Eu me lembrava de outra cartuxa, a de Sevilha, aquela à qual eu nunca cheguei. E terminava por não ver o último refúgio de Fabrício del Dongo, porque andava preocupado com outros assuntos e outros refúgios.

Logo depois de sair da cidade, numa paragem deserta naquele momento, a uns dois quilômetros de onde se dizia estar a cartuxa de Parma, eu deixava o carro jogado numa valeta e, levando na valise vermelha só o imprescindível, fazia a pé o caminho de volta a Parma. O carro ficava com as duas portas abertas, e dentro alguns documentos pessoais, meu passaporte, a metade dos livros que transportava na valise, o pijama, a câmera fotográfica, tudo isso e muito mais ficava no assento de trás, revolto e abandonado para sempre. Era como se eu, no fundo, embora ninguém ainda tivesse percebido minha desaparição em Sevilha, estivesse querendo que começassem a me procurar. Era como se debaixo da minha paixão por desaparecer sempre tivessem pulsado paradoxais mas evidentes intenções de afirmação do meu eu.

Na realidade, deixando aquelas duas portas abertas, acabava de imitar o que fizera Agatha Christie na noite daquela sexta-feira 3 de dezembro de 1926, quando deixou Styles, sua casa no condado de Berkshire, e desapareceu deixando seu carro com as portas abertas, talvez procurando que a procurassem.

Quanto a mim, só posso dizer que, naquele trem que me conduzia de volta a Herisau, imaginei tudo isso, imaginei que deixava em Parma meu carro alugado, deixava-o com as portas abertas e saía a pé pela estrada esperando que não me encontrassem nunca, ainda que talvez, com aquele carro abandonado daquela forma tão chamativa, na realidade não estivesse buscando outra coisa senão que me procurassem ou, no mínimo, percebessem pelo menos que eu tinha evaporado.

Imaginei, então, que deixava o carro lá, espetacularmente jogado na valeta, e ia a pé até Parma e dali, pela ferrovia, até Milão, e de Milão partia para Zurique num trem no qual viajava durante toda a noite para, na manhã seguinte, subir a um trem regional que me levava de Zurique a Herisau, cidade na qual, ao chegar, começava a vagabundear pelas ruas ao mesmo tempo que evocava frases de Walser que sempre me acompanhavam: "Ao escritor costuma-se etiquetar em vida como um personagem ridículo; seja como for, é sempre uma sombra, está sempre à parte, alheio ao inefável prazer de estar no centro, prazer do qual desfruta o resto das pessoas; só é importante quando escreve sem descanso, isto é, às escondidas".

Quando cheguei à Herisau real, não quis começar a vagabundear imediatamente por suas ruas, suponho que para não imitar de forma tão exata o que acabava de imaginar no trem de Zurique, de modo que me sentei para comer num restaurante. Nada teria para contar daquele almoço não fosse o fato de que, enquanto comia um prato de espaguete, prestei atenção em uma panela da cozinha e pensei que não estava claro que tivesse que se chamar dessa forma, panela. Foi estranho. Quanto mais a olhava, mais me parecia que, se algum dia tivesse que escrever sobre ela com meu lápis neste caderno, não ia poder dizer que era uma panela. Parecia uma panela, quase era uma panela, mas não se tratava de uma panela da qual se poderia dizer panela, panela, e ficar satisfeito.

Depois dessa breve e talvez ridícula crise de linguagem, saí do restaurante com alguns humanos e compreensíveis desejos de me aliviar. E comecei a caminhar, fui em busca de uma das rotas mais clássicas de Robert Walser, nesse caso a mais clássica de todas, a rota em que encontrou a morte, a rota que, por causa da neve, eu não pude explorar dois dias antes.

Entre faiais e abetos, subi pela ladeira do Schochenberg até Rosenberg, onde contemplei as ruínas que há no alto e de onde se desfruta uma grande vista sobre as montanhas de Alpstein. Tentei aspirar a plenos pulmões o puro ar invernal e notei que me faltava algo e não sabia o que era. Pouco depois encontrei um vaso com umas flores secas no lugar onde, num 25 de dezembro, caiu morto Robert Walser. Fiquei emocionado. Depois de tudo, havia chegado ao centro exato de meu mundo. E o que havia encontrado nele? Para dizer a verdade, encontrei aquele vaso com umas flores secas e certa sensação de vazio. Mas era muito emocionante. Mas, isso seria tudo? Seria aquele o centro de meu mundo? O centro exato? Continuei comovido, mas com constantes desconfianças com relação ao mundo e, sobretudo, com relação a mim. Senti falta de que nevasse naquele momento, embora certamente se estivesse nevando eu não teria podido chegar até lá. Pensei que, na falta de neve, poderia pelo menos chover. Teria caído bem escutar o ruído regular da chuva no silêncio da tarde, um tipo de rumor que sempre teve para Walser algo de encantador. Mas não chovia, não nevava. Sem a neve, aquele lugar parecia perder parte de seu sentido. Acabei recitando para mim mesmo, à maneira de oração laica, o poema *Neve*, de Robert Walser:

Neva que neva, a terra se recolhe
num lamento branco e vasto, muito vasto.
Se agita sob o céu em enxame
de flocos sem consolo, a neve, a neve.
Te dá um sossego, uma amplitude;
branco pela neve o mundo me comove.
E assim, a nostalgia, antes pequena e agora grande,
apodera-se de mim e torna-se lágrima.

Fiquei ali, no centro exato de meu mundo, pensando que no abandono da escrita, por parte de Walser, não houve nunca um pateticismo romântico. Houve só sabedoria e liberdade, um vazio e uma indiferença que se resolviam na oferenda de um leito eterno na neve e na pureza. E achei que via a pureza da neve refletida, por exemplo, nestas palavras de *Jakob von Gunten*: "As fadigas, os grosseiros esforços que são necessários para alcançar neste mundo honrarias e fama não foram feitos para mim".

Talvez alguns simples flocos detidos no ar fossem suficientes para que quase se eternizasse minha ambígua emoção naquele lugar. Mas a ausência do lamentoso branco da neve me impulsionou a partir. Não era possível naquele momento que o mundo me comovesse. Comecei a me aborrecer, que era o pior que podia acontecer no centro exato de minha vida. Enquanto descia lentamente pela montanha, relacionei aquele tédio inesperado com uma lembrança dos dias em que vivia no Paseo de San Juan e, sendo muito menino, tinha ido com meu pai a um velório e, na saída, me fechei numa profunda mudez, que rompi quando cheguei em casa e disse a minha mãe, que acabava de se interessar por saber como tinha sido tudo: "Mamãe, pensei que me chatearia muito morrer".

Um pouco mais tarde, já de volta a Herisau, andando pelas ruas da cidade, talvez para terminar com qualquer novo desgosto causado pela indiferença do mundo em relação a mim, eu passei a me convencer de que era perfeito ser um escritor *esquecido*. E voltei a lembrar daquela que vinha se tornando a minha frase preferida de Walser: "És capaz de viver sem que ninguém se lembre, nem remotamente, de que existes". E pensei que, no fundo, viver dessa forma era estar constantemente conhecendo uma experiência de tranquilidade e de morte. Quando esta, por certo, chegasse, seria como a vida. No fundo, viver daquela forma – como se a cada momento tivesse uma experiência da morte – me colocava diante da possibilidade de ter uma visão de futuro, de talvez ver algum dia o que se poderá ver depois do desaparecimento do sujeito no Ocidente. E em qualquer caso, seja como for, eu sentia que viver dessa forma, isto é, ser um escritor esquecido, estava me criando a agradável sensação de conseguir aquilo a que aspirava Kafka: "O que eu queria era seguir existindo sem ser importunado".

Pensei em tudo isso e em seguida voltou a mim a efígie do caminhante Walser, avançando na neve rumo à morte, e me lembrei de uma das sequências mais prodigiosas de *Jakob von Gunten*, quando o narrador se imagina convertido num humilde soldado de infantaria a serviço de Napoleão e escreve que avança sobre a neve, com o exército do imperador, para Moscou: "Certos da vitória, vencedores antecipados de futuras batalhas, continuaríamos avançando sobre a neve. E ao final, depois de intermináveis marchas, se produziria o ataque e eu talvez sobrevivesse e seguisse marchando. Agora rumo a Moscou!, diria um de meus companheiros. E, sem saber por que, eu renunciaria a responder. Já não seria um homem, e sim só uma peça mínima na maquinaria de uma grande empreitada.

Nunca mais saberia nada de meus pais, nem de meus parentes, nem de minhas canções, tormentos ou esperanças pessoais, nada sobre o sentido e o encanto de minha terra natal".

Convertido numa "peça mínima", segui caminhando pelas ruas de Herisau, e segui pensando no agradável que era ser um escritor esquecido, ser póstumo em vida, já não ver seu próprio nome em parte alguma, pois toda literatura – pensei – é uma questão de nome e nada mais. *Ter um nome*, a expressão dizia tudo. Um nome! Pensei que isso é a única coisa que, no final, resta de uma pessoa e que ficamos muito perplexos ao ver que inúmeros escritores sofrem e se atormentam por tão pouca coisa.

Eu inclusive tinha a sorte de ter mudado de nome, embora talvez não pudesse evitar que no final, de mim, ficasse esse novo nome. Doutor Pasavento. Mas era preciso confiar em que, com um pouco de sorte, nem isso acontecesse. Depois de tudo, conseguir o desaparecimento pleno não era algo que eu teria descartado de meus planos para o futuro. Pensei nisso e de repente – me lembro que foi justo quando começou a nevar – me dei conta de que a qualquer momento podia topar com Beatrix, que vivia ali com sua família, e, se ela me visse (tendo em conta que, dois dias antes, ela certamente tinha pensado que se despedia de mim para sempre), podia levar um susto considerável.

Apesar do risco de topar com Beatrix, andei por um longo tempo pelas ruas da cidade, parando de vez em quando para tomar uma cerveja. E quando ao entardecer me encontrei, mais ou menos casualmente, com o magrelo Farnese, atravessei seu caminho e contei que tinha visto em Parma o teatro que leva seu nome, o que não lhe interessou nem um pouco, ou melhor, num primeiro momento ele não entendeu do que eu estava falando. Ficou com uma nítida expressão de perplexidade. "Ah, é o senhor", disse finalmente. "Exato, sou o doutor Pasavento e voltei para dar uma mão em sua peça de teatro, em sua fantasia poética. Para falar em termos walserianos, queria ser seu *ajudante*." Voltou a se mostrar perplexo e reconheço que não era para menos. "Escute aqui", disse finalmente, "não preciso de nenhum ajudante para minha peça. E o senhor vá com cuidado, porque desse modo vão acabar levando-o ao manicômio."

Pelo fato de ele me ver como um aspirante a desequilibrado, fui mais longe e, já que não tinha nada a perder, falei de algo que tinha acabado de me acontecer, propus que pusesse em sua peça de teatro o título de *Os Pasavento*. Ele me encarou entre irritado e assombrado, como se não pudesse acreditar no que estava ouvindo.

Não me atrevi, mas teria gostado também de dizer que trabalhar numa obra com esse título, *Os Pasavento*, podia ser terapêutico para mim, podia me ajudar a perder minha identidade de doutor em psiquiatria, pois haveria tantos Pasavento no cenário que seria impossível me localizar, eu me perderia entre eles. Tanto os loucos como os enfermeiros se chamariam Pasavento, e assim minha identidade se desagregaria o suficiente para que, ainda que só no teatro, eu conseguisse desaparecer, que era meu projeto mais obsessivo nos últimos tempos.

Teria sido bom dizer isso naquele momento, mas não disse nada. Em lugar de falar sobre perder minha identidade, eu me limitei, muito timidamente, a perguntar: "Por acaso o meu título lhe desagrada?". Ele ficou pensativo. Não parecia o mesmo Farnese charlatão de um dia antes. "Escute aqui", disse finalmente, "descubro no senhor, querido e extravagante colega, um caso de loucura que não conhecia. Vai ficar muito tempo em Herisau?" Respondi que talvez sim. "Então está convidado a incorporar sua história na montagem teatral. Conte ao público sua intenção de mudar o título. Isso se encaixará bem entre as outras histórias esquisitas." Disse isso exclusivamente para rir de mim e, sobretudo, para que eu saísse do seu pé, mas naquele preciso momento não me dei conta disso e, como um idiota, respondi que aceitava, encantado, a sua oferta. "E cuidado com o doutor Kägi, não deixe que ele o veja e o interne", disse ele com um tom já mais descaradamente jocoso, e só então comecei a ver com clareza que zombava de mim.

Só voltei a encontrá-lo dois dias depois, quando eu já tinha alugado meu apartamento (feio de doer, aliás), dois andares abaixo do seu. Topamos um com o outro na porta do elevador, quando Farnese saía e eu, ao contrário, a contragosto, voltava para casa. Arqueou uma sobrancelha, ficou surpreso por voltar a me ver e sobretudo por me ver ali. "Estou passando uma temporada no quarto do terceiro andar", disse. Aquilo não pareceu agradar muito a Farnese, mas ele não disse nada, só fez um gesto como que dizendo "cada coisa que me acontece!", e saiu para a rua.

"Tenho direito a mudar de vida", eu disse em voz muito baixa. Não me ouviu, suponho.

7

O doutor Ingravallo acaba de me lembrar que, apesar dos dias transcorridos, ninguém ainda se deu conta do meu desaparecimento. "É mais dramático do que você imagina", ele me disse com evidente disposição de solapar meu moral e quem sabe movido pela ideia de interromper a evocação da minha segunda visita a Herisau. Quem sabe. Talvez suas palavras tenham obedecido simplesmente a um impulso de raiva ao me ver tão feliz aqui ultimamente e recuperando minha tranquilidade que havia perdido em meus tempos de escritor engolido pelo mundo da vaidade e da fama.

"Você tirou dinheiro de tantos caixas eletrônicos", me disse, "pagou com cartão de crédito em tantos lugares que a verdade é que, se alguém tivesse denunciado o seu desaparecimento, a polícia já o teria localizado perfeitamente. Mas ninguém o procura, essa é a pura verdade. A rotina bancária faz chegar a sua mulher a pensão mensal, e os outros andam ocupados com seus amores ou com seus mortos, ou com escritores que lhes dão mais dinheiro ou mais prazer que você. E, enfim, você está sozinho com sua solidão. É penoso, e lamento por isso. Convivo tanto com você que até adquiri um repulsivo apreço por você. A bem da verdade, isso não me agrada. Mas ninguém o ama, e isso também é verdade. E, o que é pior, a coisa não tem remédio. Ainda que você se tornasse um homem afetuoso, alguém sempre preocupado com os outros, infinitamente desprendido e amável, simpático e não problemático, nem assim o amariam. Estamos sós, cada um consigo mesmo e com sua própria morte e sua vida solitária e desastrosa, estamos todos muito sós. Mas direi uma coisa que talvez o console. A solidão é o afrodisíaco do espírito, como o diálogo é o da inteligência."

As últimas palavras, as de consolo, tiveram a virtude de me animar. Com uma caligrafia cada vez mais minúscula e que já quase parece uma homenagem aos microgramas de Walser, com uma caligrafia que exige apontar muito bem o lápis, eu me limitei a tomar nota dessas últimas palavras de Ingravallo e depois olhei pela janela e vi um pequeno pássaro, que me despertou uma repentina ternura. Em segundos, passei da ternura à ansiedade e me pareceu que já era hora de terminar com meu retiro de tantos dias de escrita compulsiva. Sem dúvida, me convinha dar uma volta por Paris.

8

Passei onze dias em Herisau. E posso dizer que não houve um só deles em que eu não fosse ao túmulo de Walser e não visse as lápides verticais.

Que esses dias fiquem como um mistério insondável, *à la* Agatha Christie.

No décimo primeiro dia, a penúltima sexta-feira de janeiro, parti subitamente da triste Herisau e deixei para trás histórias que pretendo calar.

E, tomando o primeiro trem, iniciei o longo e lento regresso a Paris, ao hotel da Rue Vaneau.

Nesse hotel fui inesperadamente muito bem recebido. "*Bonjour, monsieur* Pasavento", me cumprimentou a gerente, que parecia ter aprendido muito bem meu sobrenome e resolveu me dar aquele que disse ser o melhor quarto do hotel, o número 65. Eu não sabia sequer que havia um sexto andar no edifício. No novo quarto, a vista sobre os jardins de Matignon não podia ser mais ampla, generosa, esplêndida. Um bom lugar, pensei, para espiar a fundo os jardins do primeiro-ministro.

Ontem, por volta das dez da manhã, depois de catorze dias de intensa escrita e prolongado recolhimento no hotel (dedicado a contar o que tinha me acontecido desde o caos de minha noite de Ano-novo até o momento em que, após minha volta de Herisau, o doutor Ingravallo me falou da solidão como afrodisíaco do espírito), decidi sair para dar uma volta por Paris.

Desci as escadas, alcancei o saguão do Suède. E de repente vi ali, junto ao balcão da recepção, Eve Bourgois, que naquele momento estava cumprimentando o jovem escritor de Zurique, Peter Mermet, a quem reconheci em seguida pelas fotos do catálogo da Christian Bourgois. Tinha duas malas no chão e tudo parecia indicar que acabava de chegar ao hotel, disposto para uma semana de promoção de seu livro mais recente. Não tive nem tempo de me compadecer dele.

"*Bienvenue*", estava lhe dizendo Eve Bourgois naquele preciso instante. Várias pessoas que tomavam o café da manhã nas mesas do saguão pareciam contemplar com certo interesse a cena da recepção. Eu tinha certeza de que Mermet, a exemplo de Lobo Antunes, não me conhecia nem um pouco. Mas o problema para mim não era Mermet, e sim de novo Eve Bourgois, pois podia me reconhecer. Tentei não ser visto, mas ela, como se tivesse ouvido meus passos, virou-se naquele mesmíssimo instante e me viu, ainda que não tenha reagido nem feito o menor gesto que me permitisse pensar que me reconhecera. Foi incrível. Dei dois passos à frente e fiquei bem diante dela. Mas continuou impassível, o que me pareceu enormemente estranho. Aquilo era muito insólito. E não pude evitar de falar com a própria Eve, mesmo sabendo a que me arriscava.

– É que pensávamos que você tinha se enclausurado para escrever um romance sobre a Rue Vaneau e que seria imperdoável perturbá-lo – Eve me explicou pouco depois, com toda a naturalidade.

Eu mal sabia o que dizer. A sublimação de meu mundo de desaparecido acabava de desmoronar de uma vez.

– É que achávamos – continuou Eve – que você estava metido numa clausura radical e preferimos respeitar o isolamento que escolheu para trabalhar. Mas, bem, nos alegramos muito de poder cumprimentá-lo. Está escrevendo um romance sobre a Rue Vaneau, não é mesmo?

Fui a imagem viva da perplexidade até que decidi falar. Disse a verdade. Não era um romance, mas sim anotações em cadernos, muitas delas escritas na Rue Vaneau, embora em algumas das anotações recentes eu tivesse começado a insinuar ou a simular que escrevia na Patagônia.

– Ah! – disse ela.

Mermet interveio e comentou que gostaria de ir a essas terras tão distantes, passear pelos pampas e conhecer a vida dos *gauchos*.

– Certamente é o melhor lugar para desaparecer – disse eu. – De fato, sempre pensei que viajar à Patagônia deve ser como ir até o limite de um conceito, como chegar ao fim das coisas.

– E, por outro lado – disse Eve –, vejo você aqui agora e sei que está na minha frente, mas também sei que parece não estar.

– Então o senhor acredita que desaparecer é chegar ao fim das coisas? – disse Mermet.

9

Abro a janela e entra o ar fresco do fim do mundo. Se eu tinha alguma obra, essa deve ter-se perdido para sempre na Europa, no banheiro do térreo do Lutetia, um grande hotel do Boulevard Raspail, a quatro passos da Rue Vaneau. Eu me transferi para esse hotel tão próximo ao Suède quando, depois de meu encontro com Eve e Mermet, me pareceu que não devia continuar nem um minuto mais em meu hotel, devia desaparecer de verdade. Fui para o Lutetia, que ficava dobrando a esquina. Uma breve caminhada por Paris. Fui ao Lutetia para pensar o que num primeiro momento tinha pensado que pensaria no Suède, ou seja, fui pensar, ou melhor, me perguntar onde, em nome de Deus, estava o lugar ideal para me apartar, de uma vez por todas, do ruído mundano.

Lembro de minha entrada no hotel Lutetia, onde me propusera a não ficar mais do que um ou dois dias, tão só o tempo que precisasse para decidir qual era o tal lugar ideal que eu procurava. E me lembro perfeitamente de meu breve contato com a mulher alta e loira do amplo espaço – parecia um cenário de cinema dos anos 1940 – da recepção. Cheguei com minha valise vermelha e a bolsa de couro preto. Mostrei meu passaporte, pedi um quarto e em pouco tempo me inscreveram no livro de registro. Me deram a chave do quarto.

– Eu me chamo Pasavento, sou o doutor Pasavento. Mas também atendo por telefone a quem perguntar pelo doutor Pynchon – disse eu.

A recepcionista arqueou uma sobrancelha e parecia que ia pedir que repetisse ou esclarecesse o que tinha dito, mas não foi assim, certamente porque era uma grande profissional e amava ser a cúmplice perfeita de seus clientes. Só me pediu que colocasse no papel a grafia correta do sobrenome Pynchon. Coloquei.

– De acordo, *monsieur.* O senhor responderá também as ligações que perguntem pelo doutor Pynchon. Aqui está sua chave, *monsieur*...

Vi que tinha esquecido meu sobrenome. Instintivamente olhei para trás, para a rua, olhei para lá do Boulevard Raspail, na direção da Rue Vaneau, e pouco depois disse:

– Doutor, doutor Pasavento.

TOILETTE E LIBERDADE

No Lutetia, ao tomar posse do amplo aposento que dava para o Boulevard Raspail, lembrei de uma leitura recente, da alegria do viajante e ensaísta inglês William Hazlitt sempre que, depois de uma caminhada, chegava a alguma pousada na qual era um perfeito desconhecido. Para Hazlitt, viajar incógnito era muito excitante: "Sentir-me senhor de mim mesmo, sem a carga de um nome".

Depois, tal como tinha decidido de antemão, levei à prática o peculiar gesto de liberdade que pensei em realizar numa das *toilettes* daquele luxuoso hotel que, era bom não esquecer, tinha um passado medonho, havia sido quartel-general dos nazistas nos anos da ocupação alemã. Fui ao térreo e, trancado num dos reservados do banheiro de cavalheiros, isolado nele e com a segurança de que ninguém me via, numa sossegada intimidade com o murmúrio da água que me dizia "faça, faça", tirei a caneta hidrográfica comprada para a ocasião e escrevi em espanhol, no alto da parede (para que fosse difícil de apagar), algo absolutamente vulgar, nada genial:

Senhoras e senhores, para o nosso benefício,
Não o façam na tampa, mas sim no orifício.

Terminada minha façanha, guardei a caneta hidrográfica. Abri a porta. Me misturei de novo com os clientes do hotel. Fiquei pensando que talvez nunca na vida tivesse feito *algo* tão fascinante. Havia nesse *algo*... algo estranho e embriagador, devido provavelmente à terrível *evidência* da inscrição unida à absoluta *ocultação* do autor, ao qual era impossível descobrir. E também devido ao fato de que era algo que estava abaixo de minha capacidade criativa, o que poderíamos chamar de prazer descomunal de me esconder nas regiões inferiores do meu talento.

Que maneira mais ideal de escrever e não ser visto, pensei. Que maneira mais maravilhosa de não ser importunado pelos que uma vez viram você, por exemplo, na televisão e não se lembram de que prêmio você ganhou, mas sentem que devem felicitá-lo por esse galardão e você, ainda por cima, se crê obrigado a ser simpático porque ainda lhe parece que deve administrar sua glória.

Depois abandonei o banheiro da liberdade e subi para o quarto, onde escrevi uma carta que depositei algumas horas depois (endereçada a Eve) no pequeno balcão da recepção do Suède:

> É possível que ninguém, a partir de hoje mesmo, nunca mais tenha notícias de mim. Que ninguém creia que fui abduzido por alguma criatura de um planeta distante. Sou eu mesmo meu próprio sequestrador. Os cansaços, os grosseiros esforços necessários para alcançar honrarias e fama neste mundo não foram feitos para mim. Quero me esconder de tudo e de todos, não ter que aparecer mais em público, não ter que viver em meio às exasperantes intrigas do mundo literário. Quero levar a vida de um Salinger, por exemplo, ou a de um Thomas Pynchon. Ou a de um Miquel Bauçà, um escritor escondido no centro de Barcelona e a quem alguns conhecem como "o Salinger catalão". Quero levar a vida de todos esses escritores que admiro porque conseguiram continuar escrevendo e existindo sem serem importunados.
>
> Seguirei escrevendo, mas, à diferença de Salinger, Pynchon e Bauçà, não o farei para publicar, porque também vou parar de publicar. Tentarei voltar a ser aquele jovem que escrevia sem sequer pensar em publicar e a quem todos deixavam em paz. Talvez seja a melhor fórmula para que possa voltar a ser aquele jovem, que acordava antes da aurora, de pijama, com os ombros cobertos por um xale, o cigarro entre os dedos, os olhos fixos na rosa dos ventos de uma chaminé, vendo nascer o dia, entregue com implacável regularidade, com uma

perseverança monstruosa e *amateur*, ao rito solitário de criar minha própria linguagem. É isso que tentarei voltar a ser. E farei isso num país distante, fora do alcance dos olhares de todos. Ali a hora nova, como diria Rimbaud, será pelo menos muito severa. Saberei escrever para meus abismos pessoais. E àqueles que cruzarem o meu caminho direi que busco a verdade. Eu o direi como que me ausentando, como quem se afasta para poder saudar a beleza.

10

Escrever para desaparecer, para ausentar-se. Tanta beleza foi acumulada nesta terra patagônica que apreciá-la até perde o sentido. Mas, isso sim, às vezes não posso evitar e caio rendido de admiração diante da bondade de qualquer coisa ínfima. Uma folha de relva ao entardecer, por exemplo. Ou então diante da beleza de algo descomunal. Uma esplanada verde e plana, com suas três mil cabeças de gado negro pastando, espalhadas por ela, por exemplo.

Desaparecer e ausentar-se ao escrever e escrever para ausentar-se. Talvez agora, com o desaparecimento radical, chegue a verdadeira hora de minha escrita. Em todo caso, cheguei ao fim das coisas. Acabei a jornada patagônica e, a cada dia, fui deixando lentamente o mundo exterior. Uma vez mais, o ar do fim da Terra me queimou os pulmões e seu clima extremo me bronzeou. Os meus membros já são quase de ferro (tal como queria tê-los Rimbaud), e minha pele se tornou muito escura, e meus olhos, bem furiosos. Mas não voltarei à Europa. Daqui não me movo. Depois de tudo, já sou, por fim, plenamente capaz de viver sem que ninguém se lembre, nem remotamente, de que eu existo. É meu grande triunfo.

Estou bem em minha casa, ainda que não se cansem de dizer que nela há um fantasma. É verdade que à noite escuto ruídos estranhos, mas sempre tendo a pensar que é o doutor Ingravallo que arrasta móveis. Gosto de me dedicar a não fazer nada, mas também a mover móveis, melhorar a casa. Meu trabalho de ajudante do doutor Altafini é uma maravilha, porque só tenho que não fazer nada. O que mais faço durante o dia é me dedicar a contemplar a natureza. Essa atividade me devolve aos dias felizes de minha juventude, quando passava horas estendido num descampado, olhando para o céu, com minha mente num estado de pura inocência, firmemente ocupado em não fazer nada.

À diferença de antes, quando escrever era uma forma de administrar minha futura glória, hoje em dia me dedicar muito, dia após dia, a estas breves notas não pode ser considerado de modo algum um trabalho, mas um prazer imenso. Como também é para mim um prazer ficar extasiado, horas a fio, olhando as vigas do teto deste estúdio, umas vigas que me fazem lembrar as da biblioteca de Montaigne, lá na torre onde nasceu o ensaio, aquelas vigas em que ele gravou sentenças gregas e latinas que ainda hoje o visitante pode ler.

Do cômodo que dá para o sul, que é meu dormitório, posso ver, com uma vista privilegiada, um velho e orgulhoso e solitário umbuzeiro. Apesar de, como todos os umbuzeiros, crescer muito lentamente, acredito que o vejo crescer, que capto o instante exato em que o faz. Capto-o ao me fixar com aderência visual absoluta a qualquer uma de suas folhas, dessas folhas grandes e de cor verde-escura que parecem folhas de louro e que – por sorte fui advertido a tempo – envenenam.

Hoje, 20 de fevereiro, primeiro aniversário do desaparecimento de Maurice Blanchot, digo a mim mesmo que tudo envenena.

Anoitece e acabo de voltar para casa depois de um trajeto com o cavalo a todo o galope. Em mim se combinam, cada dia mais, ação e pensamento, embora a ação – pelo menos é o que espero – siga vencendo, e o pensamento diminuindo, o que não significa que eu não pense. Penso, mas dando a esse verbo seu sentido mais walseriano. Quanto à ação, esta consiste em galopar ou passear e em nunca atender a nenhum doente de loucura, porque aqui não há ninguém que esteja louco, justamente porque todo mundo está. De modo que meu trabalho é inútil, o que possibilita ainda mais que eu não faça nada.

Espero a noite cair para recordar o umbuzeiro que fica ao sul e me lembrar de Blanchot, que está em meu norte e do qual quero gravar nas vigas do teto algumas palavras que há alguns dias são, por sua vez, meu único norte:

> A obra escrita produz e expõe o escritor, mas uma vez feita não dá testemunho senão de sua dissolução, sua desaparição, sua defecção e, para dizê-lo brutalmente, sua morte, da qual por outro lado nunca fica uma constância definitiva.

O fim do mundo certamente está nessas palavras que acabo de transcrever em meu caderno, à espera de colocá-las nas vigas. Olho para o norte, sobre a planície rasa, deixando vagar o olhar a oeste das altas árvores, azuis na distância, que assinalam a localização da casa vizinha, a fazenda de Santa Siriana. Aqui, em alguns dias, ao entardecer, compartilho o mate com o doutor Altafini e com nossos pacientes, sou o único médico psiquiatra num raio de não sei quantos quilômetros. Acompanho o doutor Altafini em suas batidas pela região, em sua visita médica semanal aos *gauchos* dispersos nessa região. E, dia a dia, confirmo que nenhum deles precisa de auxílio psicológico, talvez sim do tipo físico, e para isso já existe o doutor Altafini.

São homens felizes em sua loucura e deriva solitária, são felizes conduzindo de dia as ovelhas e esperando de noite à saída seguinte do sol para poder voltar tão contentes e tão absolutamente dementes a seus rebanhos. Estão sempre vivos e sempre loucos, e não precisam de manicômios, só do ar livre. Quanto a mim, acho que, como diria um poeta, certos céus afinaram minha ótica. E aqui há jornadas que são como semanas, e não é estranho que seja assim, porque todos os dias a gente vê o mesmo, sempre o mesmo, salvo os diferentes céus. E em todo caso é uma alegria poder dizer que para trás – em compensação para tanta dor antiga – vai ficando fulminada para sempre a identidade, para trás vai ficando essa carga pesadíssima. Eu, aqui, para alguns sou o doutor Pasavento, e para outros, Pasavento, e basta. Por isso às vezes tento fazê-los ver que quando estão comigo estão com os Pasavento, incluindo o doutor Ingravallo, ao qual não nomeio para que não achem que é meu fantasma.

Posso ver todos os dias, se saio de minha casa, uma grande variedade de tipos duros e solitários, *gauchos* espalhados por um espaço infinito em que o silêncio também é solitário, ainda que solidário. Ajudo no que posso e eles também me ajudam – somos como uma discreta e clandestina comunidade inconfessável – e conheço a bela infelicidade indo a cavalo por este país do vento, neste lugar misantropo onde todos os dias que saio, ao voltar, deixo para trás a montaria e, tentando inutilmente imaginar o rosto do vento, faço a pé o caminho final, que consiste em dar um passo adiante e entrar no meu refúgio. Entro em casa e olho o umbuzeiro e, em seguida, sem som nem palavras, já estou à parte.

II

Ao redor de uma fogueira às vezes surgem as histórias que os solitários contam. "Tomávamos mate em infinitos finais de tarde", disse ontem o velho Ramón, dono de uma cicatriz espetacular no ombro esquerdo. "Quantos eram vocês?", perguntou o doutor Altafini. "Minha mulher e eu", respondeu Ramón. Um breve silêncio. "Ela sempre rodeada de papagaios e outras mascotes. É triste, mas é hoje o que mais me lembro de Julia." Outro silêncio. "Nunca vi sua mulher nem as mascotes. Tem certeza de que teve mulher?", perguntou outro velho, também chamado Ramón, embora o chamemos por seu sobrenome, Roca, para distingui-lo do outro. "E olhe que conheço você há séculos", acrescentou Roca. "Morreu um ano antes à sua chegada, por isso você não a conheceu", disse Ramón. E se produziu um silêncio que o próprio Ramón rompeu ao contar a infeliz história da morte de sua mulher poucos meses depois de terem se instalado na fazenda de Santa Teresita. Quando sua mulher morreu, ele acreditava na vida no além, e isso o levou desde o próprio dia do enterro a esperar que a pobre Julia se pusesse em contato com ele. "Eu pensava", nos disse, "que não estava morta e que logo se poria em contato comigo. Eu pensava que, estivesse onde estivesse, ela se lembraria de mim e viria me consolar. Todo dia, quando anoitecia, eu me sentava num canto do alpendre da minha casa e passava horas a esperá-la. É certeza que virá, eu pensava. Embora também pensasse que talvez eu não pudesse vê-la, mas que ela me daria um sussurro no ouvido, um roçar da sua mão na minha, algum sinal incontestável. Toda noite esperava que aparecesse no canto do alpendre, mas os dias foram passando e nada de ela aparecer. Passei a esperá-la no telhado. Contemplava a planície e via onde pastavam os cavalos da fazenda, e esperava o roçar de mão ou o sussurro, esperava que ela chegasse. Não veio nunca e um dia, por fim, me rendi à ideia de que estava morta. Eu tinha ficado sozinho no mundo, em companhia de seus papagaios e das outras mascotes. Ela só permanecia na terra por intermédio daqueles animais que foram também morrendo todos. Agora dela só restam estas palavras e esta emoção, a lembrança dos papagaios e a certeza de que não há vida depois da morte."

"É uma história triste", disse Roca, "mas se fosse verdadeira você já teria me contado antes. O que parece é que você inventa suas lembranças."

12

Hoje fui pela primeira vez à cidade, fui a El Calafate. Um longo percurso de carro para, entre outras coisas, ver como ali a primavera já está chegando. Andorinhas, pintassilgos, tordos, tuins. Também nuvens e turistas. As nuvens desembocaram numa fina garoa muito passageira. Fiquei consternado porque comprei um jornal e soube da tragédia de Atocha em Madri. Um atentado com cerca de duzentos mortos. Uma matança espantosa. Fiquei como um imbecil contemplando o céu e pensando naquele carro fúnebre que *errava por Paris*, aquele carro que me deu na telha inventar em Atocha, já faz quase três meses.

À noite, de novo em casa, continuei lendo, incrédulo, a notícia e terminei por sair e montar no cavalo. Percorri umas milhas e visitei o doutor Altafini, a quem contei que me perseguia a sensação de que talvez a minha passagem por Atocha e a invenção do título de um livro que não existia tivessem a ver com a matança de Madri. Expliquei que sempre suspeitei que o que eu escrevo acaba se projetando, ainda que de maneira deformada, sobre a realidade. O doutor Altafini me encarou quase incrédulo e terminou me chamando de pretensioso.

"Suas palavras me confirmam como são variadas as espécies de vaidade deste mundo", me disse. E sua frase não poderia ter me ajudado mais, foi inclusive liberadora, pois conseguiu fazer com que eu me desembaraçasse de uma carga pesada e absurda, ao mesmo tempo que me permitiu confirmar que o doutor Altafini é um homem muito agudo e, tal como eu já sabia, enormemente sensato, o que vem sempre bem numa terra como esta, onde o vento da loucura faz estragos espetaculares.

Bebi uísque com ele e terminei voltando para casa meio adormecido sobre o cavalo, um cavalo que cada dia aprecio mais, já que é bom conhecedor do caminho de volta e foi avançando lentamente em direção ao meu modesto refúgio. Depois, desmontei e fiz a pé o caminho final, dei uns passos e entrei na minha casa. Olhei para o umbuzeiro e em seguida, sem som nem palavras, já fiquei à parte.

Recuperei em seguida o sono que tinha quando vinha a cavalo e voltei a adormecer, dessa vez sonhando que galopava montado numa coruja-do-mato impossível, numa coruja gigantesca. Certamente era a coruja que descobri, não faz muito tempo, no alto do celeiro que o proprietário anterior da casa utilizava para armazenar a lenha, e onde agora só há uns barris de farinha vazios e empilhados um em cima do outro. Me causou uma viva impressão ver a coruja num desses barris, talvez porque não a esperasse. Encontrei-a de repente segurando um filhote de pombo morto entre suas garras e com o rosto cheio de susto voltado para mim, e me impressionou tanto que, no sonho, acabou convertida num cavalo.

Quando acordei, me pareceu ouvir os passos do fantasma da casa, e para não sentir medo imaginei que o doutor Ingravallo, querendo conferir comicidade à situação, se aproximava de mim e, me chamando de senhor, perguntava: "E me diga, doutor Pasavento, o senhor fuma quando está doente?". Um longo silêncio. Tudo evidentemente absurdo, mas eficaz. É que isso nunca falha: para fugir de um fantasma é ideal trazer o fantasma dentro da gente. Claro que hoje me inquietou meu próprio fantasma, pois sua voz já não é uma variante da do cantor Reggiani, sua voz me fez lembrar a de um amigo morto.

13

Esta noite olhei pela janela do meu quarto e me concentrei no firmamento, sobretudo na estrela Sírio, tentando me conectar com a distante Rue Vaneau. De certa forma reagi como o pobre Ramón quando buscava entrar em contato com sua mulher defunta. Estive por um longo tempo ali concentrado em Sírio. E não deixa de ser curioso pensar que essa estrela é a mais brilhante de todo o firmamento, enquanto Walser foi, e segue sendo, a mais feliz e obscura das estrelas da literatura.

Fiquei um bom tempo aguardando um sussurro no ouvido ou um roçar de mão estranha na minha, ou então qualquer outro sinal do outro mundo que pudesse me devolver, por uns instantes, à distante Rue Vaneau, para saber o que estava acontecendo nela naquele exato momento.

Lembrei daquele dia em Capri, quando não sabia como tornar verossímil a aparição repentina de um fantasma no meu primeiro livro e transferi meu problema a Bernardo Atxaga, que me escutou com paciência e acabou me dizendo que era tudo muito simples, bastava escrever que tinha me aparecido um fantasma.

Eu me concentrei em Sírio e fui ao fim do mundo em busca do fantasma do invisível, do espírito imortal da Patagônia.

Um sussurro do vento no ouvido. E tudo se precipitou. Era de dia em Paris. Um escritor que me lembrou Álvaro Mutis avançava, em companhia de uma mulher, pela Rue du Bac e se detinha em frente ao número 120 dessa rua. Um edifício elegante. Em cima do grande portão do pátio interno uma placa recordava que ali havia morrido René de Chateaubriand, em 1868.

"Aqui esteve o visconde durante os anos de sua velhice", dizia com ar pensativo o homem parecido com Álvaro Mutis. "Cada vez que passo por Paris eu paro diante dessas janelas e imagino Chateaubriand velho, quase esquecido, pobre. Andava por este bairro com seu cabelo branco alvoroçado, seu rosto de personagem romântico, como se tivesse saído de seus próprios romances."

"O inventor da melancolia moderna", disse ela.

Novo golpe de vento no ouvido. Pude então ver que não era que o homem fosse parecido com Álvaro Mutis, mas sim que era o próprio Álvaro Mutis, o escritor colombiano.

"Chateaubriand", escutei que dizia, "teve um consolo maravilhoso. Viveu aqui com madame Recamier. Essa mulher, a grande beleza do Consulado e do Império, terminou sendo para ele uma companheira leal, de uma bondade, de uma gentileza e de uma ternura extraordinárias."

Deram uma olhada furtiva no mapa de Paris. "Olhe, a Rue Vaneau", comentou ela. "Segue reto e, depois de um quarteirão, à esquerda. Lá temos um encontro com André Gide", disse ele.

Lembrei das primeiras linhas do capítulo 9 de *O jogo da amarelinha*, de Julio Cortázar: "Depois de atravessarem a Rue de Varennes, entraram na Rue Vaneau. Chuviscava, e a Maga apoiou-se ainda mais no braço de Oliveira, encostando-se ao seu impermeável que cheirava a sopa fria".

Durante uns segundos perdi-os de vista, até que reapareceram no número 1 bis da Rue Vaneau. "Aí está", disse Mutis com uma voz que parecia tremer de emoção, "sua casa ficava no sexto andar. Gide e a *Petite Dame* viveram juntos aqui por 26 anos. Aqui morreu Gide em 1951. Foi uma morte admirável, serena, madura."

Durante alguns segundos os dois permaneceram em silêncio olhando para as janelas do sexto andar, onde de repente, numa delas, uma cortina se moveu. Foi como se Gide e a *Petite Dame* tivessem aparecido por um instante. Mutis sorriu e continuou falando: "Fico fascinado com essa estranha relação. Gide, que assumiu finalmente sua homossexualidade, vivia separado da esposa sem ter se divorciado. Quando ele enviuvou, a *Petite Dame*, sua amiga de sempre e também viúva, lhe propôs um dia, num café, que juntassem suas malas e cuidassem um do outro. Gide aceitou e eles se mudaram para o 1 bis da Rue Vaneau. Levaram a arte de viver juntos a sua expressão máxima. Entendiam-se perfeitamente apesar de terem ambos um gênio muito forte, e apesar da vida muito particular que Gide continuava levando. Havia entre eles uma cumplicidade absoluta. Um amor tecido com uma amizade muito forte, e uma tácita convenção de jamais oprimir um ao outro, de jamais restringir a liberdade de decisão e de escolha do destino que tem cada ser humano".

"É uma relação muito moderna", disse ela.

"Não sei", respondeu Mutis.

E seguiram andando pela Rue Vaneau. Ao passarem diante da embaixada síria, nem sequer a olharam. O mesmo aconteceu com a mansão de Chanaleilles e com a farmácia Dupeyroux. Foram ignorando todos esses lugares tão familiares para mim. Com certeza, nem remotamente suspeitam que na Rue Vaneau há uma ameaça latente. Eu me dei conta do quanto eles estavam distantes do meu mundo. De todo modo, por um momento tive a esperança de que durante a caminhada pela rua acabariam lançando um olhar ao Hôtel de Suède e assim, à sua maneira, não me deixariam tão só nesta vida. Mas passaram também ao largo, em silêncio, pensativos. Como se a ameaça calada daquela rua estivesse emitindo sinais e eles não fossem capazes de registrar nem sequer uma faísca deles.

Vi-os parar em frente ao hoje luxuoso prédio de apartamentos de Marx, mas só para voltar a olhar o mapa de Paris. Por um momento, me pareceu ver a pobre Jenny Marx aparecer na janela. "Ao final da rua, já na Rue de Sèvres, está o metrô, que, embora não pertencendo a esta rua, leva o nome de metrô Vaneau", disse Mutis.

Seguiram caminhando e eu senti que por uns instantes até caminhava com eles. Ao chegar à Rue de Sèvres, dobramos à esquerda e, a quatro passos da entrada do metrô, nos plantamos diante da fonte pública de Fellah, uma belíssima fonte de princípios do século XIX, um testemunho da egiptofilia que se apoderou de Paris naqueles tempos. Nós a admiramos por alguns longos segundos. Depois, eles desceram ao metrô e ouvi que Mutis comentava que Julio Cortázar costumava dizer que nem todo mundo que desce ao metrô reaparece depois na superfície. Eu não desci. Voltei sobre meus passos. De novo me concentrei na estrela Sírio. Um sussurro do vento no ouvido. E tudo se precipitou.

Pouco depois, de um lugar que nada tem a ver com a Patagônia (este fim da Terra de onde, uma vez mais, acabo de simular que escrevo), enviei um e-mail a todos, absolutamente todos, os meus contatos. Enviei, para ser exato, do Hotel Lutetia, onde hoje passo minha terceira e última noite e onde nos últimos três dias fiquei pensando onde iria viver, ao mesmo tempo que ia escrevendo em meus cadernos que estava na Patagônia.

Desse hotel de Paris, a quatro passos da Rue Vaneau, de sua sala de internet, enviei uma mensagem a todo mundo. Uma despedida mais breve e quem sabe – pode ter-se extraviado – mais efetiva que a carta que deixei no balcão do Suède endereçada a Eve. Uma despedida eletrônica, dirigida a antigos amigos e conhecidos, e também a inimigos, a todos:

> Quem lhes fala é o doutor Pasavento, escondido no mundo feliz dos eclipsados. Oculto (como alguns de vocês já sabem) na Patagônia. Não acredito que lhes seja possível encontrá-lo neste espaço imenso onde vive e, aliás, nem tentem. Ele quer se sentir longe de tudo. Viver uma maravilhosa existência de zero à esquerda, de escritor sem obra, de soldado de Napoleão esquecido.

Depois de enviar o e-mail, entrei numa situação que julguei adequada, pois me pareceu que, se alguém, a partir de agora, decidir me procurar, é quase certo que faça isso na Patagônia – parece convincente esse "como alguns de vocês já sabem" –, que me procure onde precisamente não estou, nem nunca estive. Penso que foi um gesto acertado dizer a todos que estou na Patagônia quando na verdade me encontro a milhares de quilômetros dela. Inevitavelmente pensei em Walser quando falava dessa estranha depravação de "alegrar-se secretamente ao comprovar que a gente se oculta um pouco". Em meu caso, mais que "um pouco", vou me esconder por completo.

Nos últimos dias, escrevi como se estivesse na Patagônia, é verdade, mas na realidade, enquanto levava meu caderno de ajudante do doutor Altafini, eu estava no Lutetia. E agora, minutos antes de deixar o Lutetia e Paris para sempre (porque desta vez deixo mesmo Paris, não sou tão teimoso), enviei esse e-mail coletivo para que me procurem num lugar equivocado. Acho que por fim poderei ver plenamente realizada a mais nobre de minhas aspirações, me converter no doutor Pynchon.

14

Nos últimos tempos a marginalidade, a simples desocupação, a paixão pelo discreto Walser, a bela infelicidade, a feliz e ociosa divagação contínua e ir para a cama com Lidia se encontram entre minhas atividades favoritas. Parecem muitas, mas no fundo são poucas. Recuperei a atividade sexual, o que já não era sem tempo. Consegui finalmente me sobrepor às frustrações que me produziram as histórias de amor que tinham me deixado tão bloqueado. Uma vez por semana, às quartas-feiras, visito o bordel da senhora Carballo e lá me encontro com Lidia, com quem passo horas suavemente obscenas. O prazer que Lidia me dá é ilimitado e, embora tenhamos uma relação estritamente contratual (às quartas, com horário fixo), confesso, ou melhor, digo a mim mesmo que acabei por sentir certo afeto por ela. Até cheguei a pensar em lhe propor que alguma vez nos vejamos numa de suas horas livres, mas não me decido a dizê-lo. Que fará ela fora do bordel? Só sei que vive com uma família do Bairro Alto e que diz ter dezenove anos, mas suspeito que seja mais jovem. Acho que mente em quase tudo, mas obviamente isso não me importa muito. Sempre me ronda a ideia de propor a ela esse encontro em uma de suas horas livres, um almoço junto ao mar, me interessar por ela. Mas finalmente acabo pensando que talvez as quartas-feiras já sejam o suficiente. Fora do bordel, tudo poderia se complicar desnecessariamente. Há dias em que sinto ciúme dos outros clientes, ainda não é quarta e me pergunto como serão na cama os outros homens que ela recebe. Às vezes me torturo com perguntas desse tipo.

Desde que deixei o Lutetia e Paris e cheguei a esta cidade, minha vida melhorou. Já pouco escrevo, ou em todo caso o faço mais espaçadamente, muito de quando em quando e, obviamente, cada vez mais para mim mesmo. Me entreguei ao sexo sem amor, e isso acho que é o que mais me serenou. E, enfim, sobretudo me entreguei ao ócio, com as vantagens resultantes dessa entrega, pois consigo trazer, por tabela, a atividade do pensamento. Por outro lado, vou ao cinema, passeio muito, tomo café na tertúlia dos psiquiatras do Frenopático Monenembo, compro livros na Batangafo, uma boa livraria. Às vezes, em meu quarto, fico com os olhos abertos, completamente ausente. Quando isso acontece, é quando paro para pensar. Já não tenho os preconceitos de antes. Agora posso me dedicar a pensar sem a má consciência de *não estar fazendo nada* ou então – indo ao terreno oposto – sem aquela impressão que tinha Walser de que pensar complicava tudo e que certamente Deus está com os que não pensam.

Só muito de vez em quando me vem certo remorso num sentido ou em outro, e então encontro a desculpa ideal para permitir que entre em mim, sem que eu chegue sequer a pensar nela, a ideia de escrever alguma prosa breve em um ou outro papelzinho. Já não tenho tanta afeição aos cadernos, ainda que exatamente agora esteja escrevendo num deles. Mas a verdade é que não há um só dia em que não sinta a tentação de abandonar o Moleskine da vez e passar a algo ainda mais frágil, passar ao micrograma urdido com umas tantas frases errantes, geralmente próximas ao ensaístico. Me atrai a ideia de deixar que o tipo de papel e seu formato condicionem o que eu escrevo a lápis, isto é, originem meu processo de escrita e às vezes também o terminem. Mas, na realidade, em geral, já quase não escrevo, ou o faço muito de vez em quando. Me dedico antes à elaboração de pensamentos, que depois não passo para o papel, não os transmito, me compraz saber que faz tempo que não transmito nada. É como se assim me afastasse ainda mais de minha condição, já felizmente encerrada, de escritor voltado a publicar o que escrevia.

Felizmente consegui o que me parecia tão temível, consegui me tornar um desses escritores que, ao não escrever ou escrever com pouca constância, se transformam em monstros que andam vagabundeando pelos arredores da loucura, mas a minha é uma loucura contida que me permite ser respeitado nos mais variados lugares, no bordel e na tertúlia dos psiquiatras, por exemplo. Uma loucura em liberdade, sem internação em Herisau. Uma vida mais próxima à vida. Uma vida de um zé-ninguém sem ninguém. Embora às vezes eu faça de conta que tenho amigos. Sou visto com frequência na tertúlia dos psiquiatras do Frenopático. Que belo nome, penso agora. Que nome antigo, Frenopático. Que nome tão fora de moda, por outro lado. Fora de moda, isso sim, como tantas coisas aqui nesta cidade que, por outro lado, se rege pelos contrastes, pois junto ao escandalosamente antigo conta, por exemplo, com modernos cinemas, livrarias e arranha-céus, e até há uma livraria no alto de um arranha-céu, no alto da Torre Funchal. Na realidade, o velho e o novo se acoplam à perfeição nesta cidade que, é preciso dizer tudo, é um local aterrorizante e maravilhoso ao mesmo tempo (como o bordel que frequento, que reúne também ambas as características, e as duas parecem unidas por um fio quase invisível que faz com que não se distinga uma da outra), e esse certamente é um de seus maiores encantos.

Penso, mais uma vez, que Walser vivia num permanente e invejável estado de bela infelicidade, e me felicito por ir me aproximando, livremente, desse estado tão almejado. Contribuem para minha serena tristeza dos últimos tempos o amor comprado, e o fato de que, além do mais, devido à situação geográfica da cidade e da espécie de turismo que chega aqui, eu tenha a quase absoluta segurança de que não vou ser visto pelos que em minha vida anterior me viram me dá uma paz interna extraordinária. Eles mesmos, com sua indiferença, me ajudaram a ser invisível e, no que diz respeito à vida que levo, acabaram conseguindo que eu tenha me tornado, por fim, um perfeito Pynchon, o romancista que odeia a fama, o escritor sem rosto que prefere viver no anonimato, de modo que só sabemos dele que estudou engenharia aeronáutica, que foi aluno de Nabokov na Universidade de Cornell e que vive em Nova York, sua cidade natal.

Não sabia que era tão fácil ser um Pynchon. Esta noite quero celebrá-lo. "Já sei com quem o fará", me diz o doutor Ingravallo, intuo que rindo sarcasticamente. "Quanto tempo faz que você esqueceu a Daisy Blonde? Vai acontecer o mesmo com a Lidia?", ele me pergunta, e volta a rir. "Não tem por que voltar a me acontecer", respondo, e explico que com Lidia tudo é simplesmente amor de quarta-feira, comprado. Por sorte, Lidia não é a Bomba, eu lhe digo, é pequena e sensual e é um alívio, além disso, que não seja esbelta e imponente e não ande me encarando de uma varanda cor-de-rosa num fim de tarde californiano. Todas no final me traíam. Lidia não pode fazer isso. Lidia nunca irá a Malibu, por exemplo, jamais vai deixar este porto e esta cidade. Tudo isso eu digo a ele, e o doutor ri. "Lidia também o trairá", me diz ele.

15

Hoje é 1º de maio. Penso em Jenny Marx, que nasceu na Rue Vaneau num dia como este, mas nasceu muito antes que *seu* dia (porque para mim é *seu* dia) pertencesse ao mundo da festa do trabalho. A ela dedico as linhas que seguem e que são produto de uma decisão repentina. Depois de uma boa quantidade de dias esplêndidos sem escrever nada, pensei que já era hora de voltar a pegar o lápis, pois eu também não tinha por que ser tão radical. Pensei que, já que trabalho como pensador ocioso e hoje é o Dia do Trabalho, escrever seria o equivalente a descansar. Meu mundo ou o mundo ao revés. Quem diria que chegaria um dia na vida em que descansaria escrevendo?

Só de umas semanas para cá é que sou um escritor verdadeiramente oculto. Um escritor a quem aqui conhecem como doutor Pinchon, sem dúvida uma derivação de Pynchon, porque disse a muitos aqui, ao chegar, que era o doutor Pynchon e o entenderam à sua maneira. Não sou mais que um escritor secreto, de ânimo hoje em dia muito baixo. Não sou mais que um escritor oculto, mas de modo algum sou desses narradores modernos que chegam a cidades sem nome. Não, já houve suficientes literatos que se moveram por lugares de cujo nome nunca quiseram se lembrar. Por mais que não esteja escrevendo aqui um romance nem me dirija a alguém mais que a mim mesmo, acredito ter a mesma responsabilidade dos que escrevem para serem lidos.

Estou aqui diante de um mar e de um porto e diante de um abismo, vejo a linha do horizonte desta janela do sétimo andar do hotel e passeio por alamedas mentais neste fim do mundo em que se plantou meu cérebro, mas não escrevo de um lugar sem nome. Escrevo deste quarto do Hotel Madeira da bela cidade de Lokunowo. O hotel está situado na primeira linha da praia, embora para chegar a essa praia e ao grande porto seja necessário atravessar uma imensa praça-rua conhecida pelo nome de Bangasu: uma longa esplanada ou espaço retangular de areia fina que, dependendo do modo como se olhe, parece uma espécie de Boulevard Raspail que tivesse se estirado de forma portentosa. Mais que isso, às vezes cheguei a pensar que não saí do Lutetia e do Boulevard Raspail. Mas então vejo o mar e comprovo que evidentemente não estou em Paris. O mar. Vejo-o agora. De uma cor avermelhada que provavelmente logo, ao cair da tarde, passará a ser cinza e de uma delicadeza suave. É um mar em que nestes preciosos instantes serpenteiam longas faixas amarelentas de espuma velha. Contemplá-lo me extasia. O porto de Lokunowo é fascinante em todas as horas. Tem surpresas para o viajante que nunca viu antes mapa algum do lugar e não sabe o que vai encontrar nesta maravilhosa e ao mesmo tempo horripilante pequena cidade. Atrás do hotel, por exemplo, a cidade vai se tornando lentamente irracional e culmina na colina do chamado Bairro Alto, onde vive

Lidia. É uma zona de perigosas ruelas labirínticas que às vezes me lembram o Bronx. Chamam a atenção nessa zona de *bas-fond* as elegantes árvores recortadas que, em grotesco contraste com o fedor das ruas, parecem saídas de um jardim francês. "São coisas da Prefeitura. Eles gostam de simular que há ordem e geometria onde não há", me dizem dois psiquiatras da tertúlia do Monenembo.

Atrás dessa difícil colina, atrás do Bairro Alto, a uma distância de dois quilômetros do meu hotel, fica já a selva virgem. Desde que cheguei aqui, sempre pensei que, apesar de ter um nome muito atrativo, Lokunowo deveria se chamar Port de la Selva. Em todo caso (salvo no nome, que não parece o mais adequado para ela, mas que mesmo assim é muito belo e apropriado para mim, pois soa como Lugar Novo ou *Locus solus*, isto é, *Lugar solitário*, aquele romance de Raymond Roussel que tanto me fascinou quando o li, há anos), esta cidade se parece bastante com a que eu havia imaginado. Falam quase em espanhol, embora talvez o mais pertinente seja dizer que são os espanhóis que falam quase como se fala aqui. O turismo é seleto, predominantemente inglês, e muito escasso. Não chegam muitos visitantes, o que não impede que eu sempre tenha o temor de que alguém me reconheça. É que pequenos grupos de espanhóis e de catalães não faltam. Mas não tenho medo deles. Quando cruzo com eles de vez em quando, quero acreditar que as possibilidades de que algum deles me reconheça são bastante remotas. E, por outro lado, ao clássico chato – um companheiro de colégio, por exemplo, ou a amiga de uma antiga namorada, ou até o típico parente distante que se aventurou neste lugar exótico – sempre posso dizer que se confundiu, que não sou Pasavento. Desde que cheguei aqui tingi o cabelo de vermelho, deixei crescer a barba e ando com óculos escuros de sol e meu inseparável chapéu de feltro, herança indireta de Walser. E minha forma de vestir também mudou muito. Quero acreditar que estou irreconhecível. Às vezes, nos dias em que ando meio ensandecido, digo a mim mesmo que sou o louco do cabelo vermelho. São dias em que sou feliz me enganando e nos quais ando expansivo e saúdo com gestos alegres alguns amigos ou conhecidos negros, e até ando como eles, com ritmo de sala de blues.

Os cidadãos da raça negra de Lokunowo constituem a terça parte da população. À noite, ouço alguns cantar, eu diria que entoam velhas canções de seus antepassados escravos. Anotei uma dessas canções, uma canção que me intriga, porque não a entendo nem entenderei nunca, o que me satisfaz muito, porque podem ter mudado, nos últimos meses, muitos aspectos da minha personalidade, mas continuo sendo o mesmo que ficava maravilhado diante de algo que simplesmente não entendia mas que o fascinava, certamente por isso, por não entendê-lo: "Dias de barro e sol/ no rochedo de Cantarel./ Sua boca é de fel/ Entre fios de Li Astol".

"Boa tarde, doutor Pinchon", me disse há alguns minutos o alto e velho camareiro negro do serviço de quarto. Estive a ponto de lhe perguntar quem era Li Astol. Ele me trouxe a comida ao quarto, pois hoje não tenho vontade de me misturar com ninguém e tampouco me apetece ir à tertúlia do Frenopático, nem ao bar do Hotel Lubango, onde tomo previamente um café, esse hotel que está no extremo oriente da praça-rua de Bangasu e que, depois de erguer a cabeça, numa breve pausa no que escrevo, acabo agora de contemplar durante alguns segundos. Gosto desse hotel e também do café que servem lá. Mas hoje não quero ver ninguém. Vi o camareiro porque não havia outro remédio se eu quisesse que me trouxessem algo para comer. Mas hoje não estou para ninguém. Gosto de me sentir assim, adoro experimentar essa sensação extrema de notar que, quando estou só, não estou. É que, se ninguém pode me perceber, evidentemente e por pura lógica, *não estou.*

Hoje quero desfrutar sozinho da sensação agradável que me chega com a brisa da tarde lokunowesa. Claro que vivo muito bem aqui na qualidade de doutor Pinchon, não posso me queixar. Vejo bons filmes nas agradáveis salas desta cidade, encontro jornais espanhóis e grande quantidade de livros que me apetece ler, passeio pelo porto e em geral por toda a cidade, converso com médicos psiquiatras (há dias em que penso que o mundo está mais cheio de doutores do que eu pensava), medito sobre a eternidade e sobre outras miudezas, tenho um amor pago, vejo bom futebol na televisão e um futebol muito ruim quando vou aos estádios do Lokunowo e do Sporting, as duas equipes da cidade. E, enfim, a tarefa de escrever eu a releguei a uma atividade que agora só pratico muito de vez em quando e de uma forma muito livre e estimulante.

Sei que perdi dinheiro em Paris ao realizar o desigual intercâmbio financeiro com aquele sérvio do bairro do Marais, mas sei que a longo prazo a operação vai me beneficiar. Para começar, minha pista financeira se evaporou por completo. E calculo que pelos próximos três anos não me verei obrigado a voltar a trabalhar. Mas até então confio ter estabilizado minha situação, pois penso em investir de imediato em três ou quatro – os que possa comprar – apartamentos junto ao mar. Três anos, por outro lado, ainda me parecem muito, pelo menos no dia de hoje. E, enfim, é tão certo que vivo muito bem como que por fim estou realmente oculto, oculto de verdade, entocado em Lokunowo, escondido num lugar a centenas de milhares de quilômetros da Patagônia, onde me agrada imaginar que alguns – certamente minha mulher entre eles – talvez andem neste mesmo instante rastreando minhas pegadas. A verdade é que qui nos quais tudo é lindamente ordinário e então não é necessário que espere nada, nem sequer essa nova estrela que procuro. São dias em que se deixa notar uma brisa que sopra de uma forma tão ligeira, tão suave e tão voluptuosamente grata que tenho a impressão de respirar o bem-estar absoluto.

Em suma, encontrei um lugar ideal para não ser visto. Logo se esquecerão de mim, se é que isso ainda não aconteceu. Só minha mulher, pela questão financeira, parece um perigo. Mas quero acreditar que ficará um bom tempo ainda fazendo com que me procurem na Patagônia. Estou muito bem aqui. Agora mesmo, por exemplo, desfruto aspirando o ar puro de minha bela infelicidade. Sinto-me bem. E justamente por causa disso vou dar mais um empurrão ao meu abandono da escrita de caderno. Me proponho a castigar este Moleskine, escondê-lo numa gaveta do elegante móvel lokunowês que tenho diante da cama. Assim, não só eu estarei escondido, mas também minha escrita. É que, em dias como este, me basta o que está à vista. Uma palmeira, uma longa esplanada de areia fina, uns pássaros desconhecidos, o capim alto de um caminho pouco aberto. E aquele Hotel Lubango no outro extremo da praça-rua de Bangasu que, quando deixa acesas as luzes à noite, me lembra o Lutetia de Paris. E também a esperança de encontrar um dia, definitivamente, minha nova estrela. Eu a mereço, com toda a certeza. Depois de tudo, minha vida – agora posso ver com clareza – não foi mais que uma queda, a clássica viagem interior em si mesmo, uma jornada rumo ao fim da noite, a negativa absoluta de regressar a Ítaca, o desejo de ficar aqui para sempre, escrevendo para desaparecer.

A estrela que procuro está fora de mim, sem dúvida. É possível que seja meu *gênio* pessoal, esse espírito que se aninha em cada um de nós e que no meu caso ainda vive fora de mim, nem sequer entrei em contato com ele. Em todo caso, hoje me basta e me sobra ver o que tenho diante de mim. Um abismo, uma linha do horizonte. O sol da tarde. A cor do ar. O rochedo de Cantarel à beira do mar. O bordel que está me esperando todas as quartas. Certa alegria nesta cidade que me lembra uma Lisboa em miniatura. Os jasmins do terraço. O ameaçador Bairro Alto, onde na Farmácia Assíria me vendem interessantes ansiolíticos sem receita. E essa floresta atrás. Essa floresta! Em dias como hoje não me faz falta ver nada extraordinário. Já é muito o que se vê.

16

Esta noite, olhando distraidamente o jornal no saguão do hotel, fiquei paralisado ao ler o obituário dedicado a Maxime Rodinson, historiador, linguista e orientalista, morto em Marselha ontem, 23 de maio, aos 89 anos. "Escritor prolífico, comprometido com a causa palestina. Nascido em Paris no seio de uma modesta família judia de origem russo-polonesa, foi um brilhante autodidata que se doutorou em letras na École de Langues Orientales. Casou-se em 1937. Entrou no ano seguinte para o Partido Comunista e entre 1940 e 47 viveu no Líbano. Ao voltar a Paris, em 1948, instalou-se num apartamento da Rue Vaneau que se tornou um ponto de reunião de arabistas de todo o mundo, lugar de encontro entre Oriente e Ocidente."

Tive que voltar a ler o trecho sobre a Rue Vaneau. Duas, três vezes. Longa é a sombra dessa rua, pensei.

Em seguida terminei de ler a notícia: "Depois, nos anos 1960, instalou-se em Marselha. Militava pela aproximação das duas margens do Mediterrâneo, pelo pluralismo e pelo diálogo das culturas. Contribuiu para modificar aquele tipo de interpretações sectárias do islã que defendem que a religião é incapaz de se incorporar à modernidade".

MICROGRAMA LOKUNOWÊS

Hoje cheguei antes da hora habitual à tertúlia do Monenembo e, enquanto esperava os sisudos psiquiatras (tenho simpatia por eles, mas os acho um tanto ridículos), folheei alguns jornais e, ainda não refeito da notícia do outro dia sobe o ilustre arabista da Rue Vaneau, li que ontem, 1º de junho, Bachar El-Assad, o presidente da Síria, acompanhado de sua esposa Asma, visitou no palácio da Zarzuela o rei Juan Carlos e a rainha Sofia da Espanha. Fiquei um momento com o olhar fixo na foto do cumprimento entre os dois casais. E em seguida fiquei pensando no sol, que brilhou com força esta manhã. E nas moscas, que voavam muito baixo e pareciam abelhas porque eu tinha a impressão de que não paravam de zumbir em torno de meus tornozelos na relva. Mas saí dali sem nenhuma picada, prova evidente de que eram moscas. Teria sido bom olhá-las, examiná-las com certa atenção, não só para comprovar que não eram abelhas, mas também para saber se era verdade aquilo que Flaubert afirmava: que todas as moscas são diferentes.

17

Passei a morar no Lubango, só para mudar, ou melhor, porque fica ao lado do Frenopático, onde tenho essa tertúlia que o doutor Bodem e seu amigo doutor Monteiro dirigem, e a verdade é que fica mais cômodo ir à reunião diária saindo de meu quarto de hotel, pois só tenho que descer umas escadas e me plantar no edifício ao lado e começar a escutar o que dizem os bondosos e ao mesmo tempo risíveis doutores.

Hoje foi um dia em que, ao contrário das últimas semanas, dediquei pouco tempo à atividade de refletir, talvez porque tenha pensado o tempo todo que, depois de tantos dias sem fazer isso, hoje tinha que escrever. E isso, escrever, eu sentia que não podia fazer sem antes ter incorrido num antigo e reles costume da minha juventude, que consistia em sair à rua e esperar que me acontecesse alguma coisa para depois contá-la. De modo que decidi sair e entrei num táxi e lhe indiquei a direção da floresta. Uma vez diante dela, na entrada do território selvagem, não me atrevi mais do que a uma brevíssima incursão, que realizei em companhia de um dos guias que andam por lá. O taxista concordou em me esperar depois que lhe paguei um dinheirão. Quanto ao guia, também se mostrou exigente e me cobrou cinco mil dinares, muito mais do que marcam as tarifas oficiais. Mas, bom, voltei da expedição com alguns interessantes apontamentos sobre a efêmera experiência, apontamentos suficientemente valiosos para que eu não me sentisse incomodado pelo dinheiro gasto.

As primeiras chuvas do verão deste equador caem hoje sobre a noite de Lokunowo enquanto eu, agora, levado pela ativa linguagem do aguaceiro, evoco o aspecto tenebroso que vi na entrada da floresta, mas só na entrada porque, à medida que fui penetrando nela, comecei a me sentir possuído pelo aspecto inquietante das formas, e também pelos enigmáticos odores e ruídos desconhecidos que encontrei lá. Parecia que, no geral, tudo aquilo era muito atraente, mas também muito pavoroso e, se devo ser sincero, era muito sombrio o mistério da frondosidade. Teria sido bom me aventurar mais na floresta, mas o guia, talvez porque já houvesse cobrado e também porque me viu perigosamente frágil diante da grandeza do selvagem, não me recomendou que o fizesse. Limitou-se a me advertir de não sei que riscos e, afinal, voltamos para trás.

De volta ao Lubango, troquei de roupa e fui à tertúlia do Monenembo, onde dissertei sobre os mistérios da floresta como se fosse um grande especialista no tema. Em seguida, me meti a comparar a floresta com a literatura e comecei a dizer a todos que só se escreve com paixão, com verdade, quando se está em perigo por alguma coisa, pois nessas ocasiões a mente trabalha sob pressão, não como quando se está em condições normais e a mente permanece improdutiva, pois isso é um aborrecimento sem fim.

"E como o senhor sabe de tudo isso?", perguntaram, estranhando um pouco. Estive a ponto de dizer que fui escritor profissional, mas calei ao mesmo tempo que pensava que talvez por trás daquele confuso impulso de confessar quem eu tinha sido em outros tempos se escondesse certa nostalgia dos dias em que escrevia com bom ânimo e notável constância diária. Em todo caso, desviei a conversa para as vantagens e inconvenientes da vida de psiquiatra aposentado (e desiludido da psiquiatria) e da vida de ócio total que levo. E escondi também – acho que não teriam me entendido – certa saudade que às vezes sinto dos dias em que vivia na Rue Vaneau.

"Há que renunciar ao mundo para compreendê-lo", me disse então o doutor Bodem. Não tive outro remédio senão perguntar razão desse comentário. "É que o senhor, antes de chegar a Lokunowo, tal como nos contou, era um psiquiatra muito ocupado, mas não sei por que eu suspeito que, à diferença de outros doutores, era uma pessoa atormentada porque não conseguia compreender o mundo. Aqui em Lokunowo começou a entendê-lo, não é assim, doutor Pinchon?"

Para evitar muitos problemas, eu disse que sim, que era assim, que era verdade que começava a entender o mundo aqui em Lokunowo, mas que também tinha que dizer que, para ser mais exato, houve outra época na minha vida, quando era criança e também entendia o mundo, talvez porque simplesmente ainda não tinha começado a interrogá-lo. "Há muitos psiquiatras que, quando se aposentam, passam à literatura. Talvez eu me engane, mas não estranharia se logo, agora que tem todo o tempo do mundo, o senhor se convertesse num escritor", disse então o doutor Monteiro, com evidente ingenuidade.

Ao entardecer, à saída da tertúlia, continuei me movendo, procurando acontecimentos que depois pudesse contar. Foi um dia sem dúvida ativo. Por exemplo, entrei no cybercafé da Avenida Huambo, esquina com a praça Bangasu. Depois de tanto tempo, eu me dispunha a abrir a caixa de e-mails quando me dei conta de que era melhor não fazê-lo, não indagar nada. Para quê? Melhor não olhar para trás, seguir adiante com a minha vida e minha lua nova de Lokunowo. Nos jornais espanhóis que leio aqui, ninguém me dá por desaparecido. Devo supor, então, que pensam que estou na Patagônia e que, no fundo, para eles dá na mesma o que tenha sido feito da minha vida.

Todos ficaram para sempre para trás. Pensei nisso à noite, no meu quarto do Lubango, decorado por alguém com senso de humor, pois do contrário não entendo o que faria sobre a cabeceira da cama essa fotografia emoldurada da distante cidade de Lucknow. Nunca tinha ouvido falar dessa cidade irmã de Lokunowo, ainda que irmã só no nome. Lucknow, na Índia, a capital do estado de Uttar Pradesh. Que mente refinada teve a ideia de colocar ali uma fotografia da cidade indiana? Que artista se esconde por trás do decorador do hotel? Perguntei e me deram um nome. A decoração dos quartos foi uma colaboração especial do doutor Humbol, o melhor escritor desta cidade sem tantos escritores.

Foi um dia tão dinâmico que até o breve sonho que acabo de ter foi desse jeito. Enquanto escrevia sobre tudo isso, fiquei meio adormecido, ou adormecido por inteiro, não sei. O fato é que tive um breve sonho no qual uma jovem triste, pequena e sensual, uma jornalista do estilo de Lidia, queria me entrevistar. A triste, frágil e bela jovem me trouxe a lembrança de umas palavras de Tchekhov: "Não há maneira de entender por que Deus concede beleza, meiguice, tristes e doces olhos a pessoas fracas, infelizes e inúteis, e por que são tão atraentes".

"Não será prejudicial para o senhor me conceder essa entrevista", ela me dizia. "E por quê?" "Porque não fazem nenhuma com o senhor há muito tempo e, ainda que seja um pobre escritor derrotado e esquecido, sempre pode animá-lo psiquicamente ver que ainda resta uma jornalista cultural que se lembra do senhor."

Ela conseguiu me irritar e me transformou numa dessas pessoas que refutam tudo. Quando terminei de refutar suas elucubrações equivocadas, me deixei dominar por um sentimento que oscilava entre um profundo tédio e a sensação agradável de ter sido, por fim, descoberto em meu esconderijo.

"Vamos, doutor Pinchon, eu gostaria que me confirmasse que o incomoda toda a parafernália que rodeia o mundo do escritor", ela me disse. Eu podia não responder, mas preferi fazê-lo. "Comecei a escrever para me isolar", expliquei, "primeiro para me isolar da família nos longos verões em Port de la Selva. Passávamos o dia na praia, de manhã e de tarde, e eu, em meus doze anos, para fugir da ideia de grupo, me punha a escrever embaixo de uma árvore. Eu me fiz escritor para me isolar da família, para ter um trabalho solitário no qual me deixassem em paz todas as famílias deste mundo. Mas não contava com as conferências, por exemplo. Não sabia que publicar um livro trazia como consequência dar conferências, entrevistas, ser fotografado, dizer o que a gente pensa do êxito mundano, apresentar os livros dos outros, dar autógrafos, exibir-se em público, declarar-se entusiasta da tradição literária de seu país (às vezes tão só para demonstrar que se é patriota e um escritor completo), ser aspirante a prêmios literários aos quais não se aspira..."

"Mas o senhor, doutor Pinchon", disse ela, muito carinhosa e como que não querendo me ferir demais, "o senhor já não deve se preocupar com coisas assim. Não sabe que já faz muito tempo que o esqueceram?"

MICROGRAMA SÍRIO

Três dias seguidos chovendo, se diria que são as chuvas de Ranchipur, é como se estivéssemos em Lucknow, na Índia. No jornal, depois de ler as crônicas de futebol, topei com a notícia do sequestro de dois jornalistas franceses no Iraque. Christian Chesnot e Georges Malbrunot. O primeiro trabalha na Radio France Internationale e o segundo é colaborador do *Le Figaro*. É estranho, mas mal se menciona o terceiro homem, pois foram três os sequestrados. Mas os títulos só falam dos dois jornalistas. É preciso ler a letra miúda da notícia para, no final de tudo e quase de passagem, ficar sabendo que também o motorista dos dois franceses foi sequestrado. O motorista é sírio, chama-se Mohamed Al Yundi. E, bom, já termino, porque o formato deste papelzinho condiciona o que escrevo, e este minúsculo papel está se acabando e, além disso, faz alguns dias que ando com tantas paranoias e ao mesmo tempo sinto uma tal saudade da Rue Vaneau (de sombra cada vez mais alongada, lógico) que temo muito que acabe vendo a notícia do sequestro conectada com essa rua.

18

Li no jornal que Bernardo Atxaga acaba de publicar a tradução para o espanhol de seu livro *O filho do acordeonista.* Uma vez mais, voltei a me perguntar o que será que ele pensou quando viu que eu não apareci em Sevilha e sobretudo o que deve estar pensando agora se, como é de supor, reparou que, meses depois, continuo invisível. Acreditará que estou na Patagônia, que é onde devem ter-lhe dito que eu estava? Admirará em segredo meu gesto de ter partido para o fim do mundo? Ou faz muito tempo que não pensa em mim e agora, por exemplo, está brincando tranquilamente com suas filhas no jardim de sua casa de Zalduondo?

Ao meio-dia de hoje li a notícia sobre Atxaga no terraço do Bar Li Astol, o mais moderno da cidade. E então, pouco depois, na mesa ao lado, ouvi alguém dizer, em espanhol, com voz deliberadamente alta: "Creio que todos os apaixonados, menos você e eu, são egoístas e mal-educados". Quis saber quem tinha dito isso e por que buscava minha atenção ao dizê-lo em voz tão alta. Era um jovem que estava de mãos dadas com a sua namorada. Me causou terror a mera ideia de que fosse um espanhol que tinha me reconhecido. E se fosse um jovem escritor incipiente que sabia quem eu era e queria chamar minha atenção para me passar algum original? Eu me concentrei no jornal, mas não podia me livrar da ideia de que talvez tivesse sido reconhecido pelo jovem. Fiquei nervoso e decidi sair dali e confiar em que meu cabelo vermelho e minha indumentária não tivessem dado ao jovem a segurança absoluta de que era eu, ou melhor, de que era aquele Pasavento que alcançara certa fama em outros tempos.

Chamei o garçom, paguei a conta e voltei para o hotel. Já no meu quarto, me entretive recordando o sonho que tive ontem durante a hora da sesta e que me pareceu estranhamente *conectado* com minha recente leitura do aparecimento do livro de Atxaga. Um sonho labiríntico. No interior da cidade de San Sebastián havia uma cidade indiana, provavelmente Lucknow, onde falavam em espanhol. Eu me fotografava num templo hindu de grandes e estranhas estátuas, mas quando queria voltar a meu hotel não só não sabia como se tomava um táxi, mas tampouco sabia o nome desse hotel. Um hindu, que falava um espanhol perfeito, me sugeria que tomasse o metrô e descesse na estação de Lasarte. "Que não existe, como as flores do Ártico de Rimbaud", acrescentava o homem. Ao acordar, refleti que esse hindu tinha me lembrado muito o *dottore* Pasavento da Via Contini, um doutor que também não existia.

19

Ao ler que o jogador de futebol Saviola, da equipe do Monaco, sente falta, acima de tudo, dos autógrafos que dava na temporada passada quando jogava no Barcelona, senti uma repentina e muito intensa saudade dos tempos em que eu assinava dedicatórias de meus livros e andava sempre me queixando do muito que me importunavam os leitores, quando na verdade se em alguma ocasião, num ato público, ninguém se aproximava para me pedir um autógrafo, eu ficava desolado, com medo de ter sido esquecido.

Também senti saudade de quando ia a livrarias de Barcelona e contava os minutos que passavam até alguém me reconhecer. Quando isso acontecia, me mostrava seco com quem tinha me abordado, como se tivessem me interrompido em plena meditação transcendental. E, no entanto, não podia me sentir mais satisfeito por ter sido abordado.

E também me lembrei de que os amigos e conhecidos não liam meus livros e sim, em vez disso, liam-nos os desconhecidos, que eram os que tinham interesse por meu mundo, ao contrário dos amigos e dos conhecidos, que, pelo visto, davam por sabido o que eu escrevia, ou melhor, já achavam suficiente ter que me suportar.

Depois, fiquei imaginando que deveria dar uma conferência num grande teatro e que sentia a mesma angústia de falar em público e o mesmo pânico cênico de antigamente, mas que ao mesmo tempo sentia prazer diante da possibilidade de dissertar sozinho, durante uma hora, diante de um público entregue. Em seguida, imaginei fortes aplausos e entrei no torpor que precede toda sesta. "A plateia adora você", ouvi que me sussurrava o doutor Ingravallo.

20

Por acaso a natureza viaja ao estrangeiro?
Robert Walser, *Jakob von Gunten*

Ontem fui ao farol de Bosangoa, e pensei em meu conterrâneo Josep Pla, que vivia não muito longe de Port de la Selva e que, na adolescência, ia andando da sua casa em Llofriu até o farol de San Sebastià e, uma vez lá, sentado sobre as rochas, com um lápis e um caderno na mão, contemplava a paisagem tentando descrevê-la, ou melhor, colocá-la inteiramente – titânica e impossível tarefa – dentro de seu escrito.

O jovem Pla queria descrever tudo o que se via de lá, isto é, seu país, o mundo inteiro. Mas logo viu que a paisagem não cabia em seu caderno. O mundo era maior que seu mundo. Refleti que era o mesmo que, em definitivo, se passava com o Robert Walser principiante quando dizia que não podia escrever por causa da grandiosidade e da beleza da paisagem que rodeava sua casa e cujo peso o oprimia de tal forma que tornava impossível qualquer tentativa de descrevê-la.

Tive hoje uma experiência de tipo juvenil parecida às de Pla e Walser, ainda que numa dimensão diferente. Senti que voltava a ser o adolescente que fui um dia, isto é, o jovenzinho que se propunha a descrever o mundo em sua totalidade e demorou muito em descobrir o fragmento, para não dizer o frágil gênero do micrograma. Foi estranho, ou melhor, curioso. Senti que voltava a ser o aprendiz de escritor que tinha sido um dia. Como se tudo recomeçasse, como se tivesse chegado para mim a hora de começar do zero.

Enquanto ia tomando consciência dessa inesperada sensação, não deixava de lembrar do exemplo de Walser, e essa lembrança parecia querer abortar em mim a repentina inclinação à literatura, me dissuadir de qualquer tentativa de ver a mim mesmo como um futuro escritor. De modo que por um lado eu tinha um juvenil e prodigioso otimismo de principiante que vinha me dizer o seguinte: um dia, serei escritor. E por outro lado a sensata voz do doutor Ingravallo me dizendo que eu já fui e me lembrando que justamente renunciei a sê-lo. Era uma voz que me dizia que, se seguisse por ali, terminaria alentando, pela segunda vez na minha vida, um desmascaramento corrosivo (ao estilo de Walser) da tão exageradamente enaltecida operação de escrever. "E isso", me dizia o doutor Ingravallo, "você já fez, por isso está aqui em Lokunowo, onde, a propósito, o ócio poderia estar se tornando seu inimigo."

As coisas foram assim e na realidade foram mais simples do que nunca, pois no fundo não há nada mais simples que se aproximar do mundo. No farol de Bosangoa, de onde se descortina um grande panorama sobre Lokunowo e seus arredores, eu me detive numa esplanada de laterito de um vermelho-ocre e, sentado num rochedo, contemplei a extraordinária qualidade da luz e quis anotar no caderno tudo o que via de um extremo a outro do horizonte, onde, aliás, olhasse para onde olhasse, não encontrei nenhum ponto em particular ao qual quisesse ir. Mais que me movimentar, pareceu que eu descobria, de repente, que minha tendência mais inata se revelava em estar sentado naquele rochedo do farol de Bosangoa e de lá tentar descobrir a totalidade da paisagem que tinha diante de mim. Ao final só escrevi isto: "Um céu inefavelmente puro. Parece que nunca, em nenhuma parte, o tempo foi tão bom. Quando crescer, quero ser escritor".

21

Hoje apareceu na tertúlia um jesuíta que disse ser amigo do bispo de Lokunowo e que veio recolher assinaturas para o templo expiatório de Dacanda. Ficamos todos estáticos como pedra. Nos pareceu que a tertúlia tinha ficado arruinada pelo resto do dia, vimos muito claramente que não poderíamos falar com a naturalidade habitual. Apareceu esse jesuíta inesperado (vestido, além do mais, como se fosse o próprio bispo) e todo o tempo, em meio à pequena tensão que se criou, eu tinha vontade de, insolente, recitar Neruda: "Um prato para o bispo, um prato triturado e amargo,/ um prato com restos de ferro [...]/ um prato para o bispo, um prato de sangue de Almería".

Com um tom de voz sumamente incômodo, o amigo do bispo falou sobre crianças negras pobres e de um sermão intolerável – "por seu desafiador sentido da subversão", disse – que o vigário de Buali pronunciou domingo passado, a doze quilômetros daqui. A reunião transcorreu por trilhas tediosas e só no final se animou um pouco, e foi quando o homem nos perguntou de supetão: "A nossa espécie está louca?". Ficamos todos perplexos por um momento. Do que pretendia nos falar agora aquele auxiliar? Já tinha as assinaturas para o seu bendito templo expiatório. E agora, o que mais queria? Produziu-se um longo e tenso silêncio. Por um momento parecia que os psiquiatras, com esse mutismo, tinham se tornado inteligentes de verdade e estavam indicando ao jesuíta que ele era um pobre desequilibrado. "A nossa espécie está louca?", voltou a perguntar temerariamente o amigo do bispo. "Há provas de sobra disso", terminou por dizer Monteiro.

Com tanta ladainha do jesuíta, chegou a me parecer que a tarde caía de uma forma mais lenta que de costume. Quando por fim perdemos de vista o amigo do bispo, parecíamos uma turba de meninos celebrando a ausência temporária de qualquer religião. Quase brincando, li para os meus companheiros psiquiatras de tertúlia *Tentativa de escrever o que escreveria se escrevesse*, o breve texto que, como se eu fosse um principiante (na realidade eu sou, não posso ser mais consciente de que devo recuperar a alegria juvenil, o frescor e a liberdade de meus começos), me atrevi a escrever ontem num papelzinho. Trata dos adeuses, de gente que se despede de alguém e que, no momento em que o faz, se dá conta de que muito provavelmente nunca mais voltará a ver a pessoa de quem se despede.

Ao notar que ficavam mais ou menos desconcertados, expliquei que a escrita sempre me atraiu, e depois tentei esclarecer, com um sorriso nos lábios, que o tema escolhido – o dos adeuses – não trazia consigo a ideia, por minha parte, de me despedir deles, de deixar a cidade. "Não é que eu tenha decidido me despedir dos senhores", eu disse, "falo de adeuses para sempre, mas isso não significa que tenha planejado partir de Lokunowo. Estou muito bem aqui."

Foi horrível. De repente, pela cara que vi que eles faziam, descobri que não lhes importava nada que eu deixasse Lokunowo. Até então não tinha passado pela minha cabeça que meus ridículos amigos psiquiatras reagiam a mim da mesma forma que nos últimos meses reagiu todo o mundo, isto é, com uma perfeita indiferença quanto ao meu destino. O doutor Monteiro, por exemplo, desviou o tema e se limitou a perguntar por que eu falava da intenção de escrever o que escreveria se escrevesse. "Por acaso o que nos leu não pode ser considerado um escrito?", perguntou.

"Falo do que escreveria se escrevesse porque ainda não posso dizer que escreva, ainda não posso me considerar exatamente um escritor e, além do mais, acho que não me interessa chegar a ser um", eu disse, e cruzei os braços, como que esperando sua réplica, ao mesmo tempo que me armei de paciência frente a tanta obtusidade na compreensão da minha tentativa juvenil de recuperar o frescor de escrever. "Acho que não entendo você", disse o doutor Monteiro. E então não sei como foi que terminei citando Walser para acabar dizendo: "Sou um admirador desse escritor suíço, um escritor que não se preparava para entrar no mundo, mas para sair dele sem ser notado".

O doutor Monteiro foi o único da tertúlia que tinha ouvido falar de Walser. "Esteve por muitos anos num frenopático suíço, não é mesmo?", perguntou. "Num centro psiquiátrico, para ser mais exato", eu disse. Seguiu-se um longo silêncio durante o qual me pareceu que todos, sem exceção, se perguntaram se eu não tinha pretendido provocá-los ao insinuar que frenopático era uma palavra antiquada.

"O senhor não se considera um frenopata, doutor Pinchon?", me perguntou finalmente o doutor Bodem, rompendo o silêncio. Olhei para ele com atenção e vi que sua expressão era a de alguém que estava pegando birra de mim ou então começava a suspeitar que eu nunca tinha sido psiquiatra e, mais que isso, era um inimigo.

"Repito", disse, "o senhor não é frenopata, doutor Pinchon?"

Vou-me embora, pensei.

22

Olho nenhum enxerga bem dentro do olho das profundezas. Perde-se a água, escancara-se o vítreo abismo, e por debaixo d'água o barco parece seguir agora calmamente, musicalmente, seguramente nadando.

Robert Walser, *O ajudante*

Lembrei-me de que, na juventude, quando comecei a escrever, considerava absolutamente necessário reduzir cada vez mais meu âmbito e comprovar mais de uma vez que não era o caso de eu ter me enganado e estar escondido em algum lugar fora desse âmbito. Esse antigo temor voltou a mim esta manhã, quando me perguntei se não estarei enganado ao me julgar escondido em Lokunowo.

E se na realidade eu estiver oculto nas profundezas de um lugar que está fora de meu âmbito?

SEGUNDA TENTATIVA DE ESCREVER O QUE ESCREVERIA SE ESCREVESSE

Estávamos destinados a algum outro planeta distante, ao outro extremo da galáxia. Eu me pergunto como estarão se arranjando aqueles que estavam destinados a viver aqui, como estarão as coisas para eles nesse outro planeta. Será que o nosso terror vem desse pequeno equívoco de tão grande importância? "Pode ser que sejamos um acidente biológico, o vírus mais bem-sucedido e potente que se tenha criado", diz John Banville, que pensa que nós, seres humanos, tivemos que aceitar forçosamente que o que somos é o autêntico. Mais que isso, inventamos a palavra *normal*. E até nos atrevemos a chamar de *estranhos* alguns de nossos semelhantes. Para encerrar, os normais às vezes chamaram a mim de estranho.

Fico agora pensando nesse pobre marciano que um dia ficará empacado aqui, isto é, *aterrado*. Terá resolvido tudo acerca da humanidade e, num primeiro momento, pensará que o mundo pertence aos automóveis, mas não tardará a ver que os parasitas a bordo dos carros são os que, na realidade, controlam as rédeas. Quando achar que resolveu o problema, descobrirá de repente que espirramos, bocejamos, lançamos uivos silenciosos no meio da noite. Por acaso isso é normal? O marciano conhecerá o terror em que vivemos quando observar que a metade da população mundial raspa o rosto a cada manhã com uma navalha e a outra metade não.

Já desde o momento exato do nascimento, conhecemos o medo e preferimos, dadas as circunstâncias, servir a exercer esse Poder que, como demonstra a famosa História, nunca é de ninguém. Entrar na vida normal é entrar na suspeita de que aqueles que realmente estavam destinados a viver aqui se extinguiram há anos, pois não é possível imaginar que tenham podido sobreviver num planeta feito para nos conter. Não somos daqui. E só a literatura parece se ocupar com seriedade de nosso espanto. Quando Poe escreveu aquele conto de um homem a quem enterram vivo, contou nossa verdadeira história. Daí o terror que ainda perdura naqueles que leram esse conto que dizia a verdade, um medo que se converte num terror duplo se chegamos a Kafka, o morto em vida. Os homens *normais* olharam Kafka sempre com estranheza, na realidade com a mesma estranheza com a qual ele os olhava, consciente de que não tinha um lugar neste mundo: "Duas tarefas do início da vida: reduzir cada vez mais teu âmbito e averiguar mais de uma vez se não te encontras escondido em algum lugar fora dele", escreveu Kafka num texto de juventude, um Kafka que sempre quis nos transmitir que aquilo que nos parece uma alucinação inimaginável é precisamente a realidade de cada um. Se pensarmos bem – nos diz Philip Roth –, veremos que em todos os seus romances Kafka traça a seguinte crônica: alguém é educado para aceitar que tudo aquilo que lhe parece absolutamente injusto e fora de lugar (além de ridículo e muito abaixo de sua dignidade) é de fato o que realmente está lhe acontecendo. Dito de outro modo, *isso que está tão abaixo de nossa dignidade* acaba por ser nosso destino.

23

Passei o dia pensando em minha filha Nora. Na realidade, nunca pude me acostumar à ideia de sua morte. Na realidade Nora foi desde então o eixo central da minha vida atormentada. Ainda que silenciosamente, sua morte foi o que mais contribuiu para o meu afastamento do mundo. Nora, pobre criatura de quinze anos, menina ainda, menina de pranto dilacerante nas últimas horas de sua vida, menina agressiva que naquele último dia cravava as unhas na cara de sua odiada mãe, a quem culpava de tudo, menina de gemidos inumanos. Deixou a lembrança daquele efeito inesquecível, aterrorizante, devastador da droga. Horas finais no inferno. Um patético adeus àqueles olhos de brilho verdoso e cegante, àquele pescoço longo e pálido. Menina de quinze anos morta. Um carro fúnebre no funeral. E Gustav Mahler com suas *Canções para as crianças mortas.* "O sol brilha por toda parte..." *Die Sonne, sie scheinet allgemein...* O pior dia da minha vida. Ninguém sabia o caminho do cemitério.

24

Foi o dia de outubro em que deram o Nobel de Literatura a Elfriede Jelinek. À tarde, na tertúlia, me dediquei a ler aos doutores esse tímido texto de escritor novato que eu intitulei *Segunda tentativa de escrever o que escreveria se escrevesse.* Todos, sem exceção, me escutaram como se a coisa não fosse muito com eles. E o que eu esperava? Por acaso não fazia já dias que tinha percebido que meus amigos psiquiatras agiam comigo da mesma forma que nos últimos meses vinha agindo todo mundo, isto é, com uma perfeita despreocupação por meu destino? Passei a vê-los como seres desprezíveis, como odiosos representantes da monstruosa e ultrajante indiferença que o gênero humano me dispensava.

Todos me escutaram como se a coisa não fosse com eles. E, ao terminar a leitura, o doutor Monteiro se limitou a me dizer: "Olha, aqui nós não entendemos muito de inquietudes literárias. Não é nosso *campo* (sic). Por que não visita o doutor Humbol e mostra a ele todas essas simpáticas divagações literárias? Ele tem um humor semelhante ao seu e acho que, se os senhores se encontrarem, não será nada difícil que se entendam".

Eu sabia. Mais cedo ou mais tarde iam me mandar ao doutor Humbol, eu imaginava, supunha, via a coisa se aproximar.

Nascido em 1937, Fernando Humbol não é apenas o decorador do meu quarto de hotel, como também, há uma infinidade de anos, é o melhor escritor desta cidade (a verdade é que não há muitos outros escritores), embora esteja sem publicar há mais de quinze anos. Até se aposentar, trabalhou como enfermeiro (daí que muitos aqui o chamem de doutor) no hospital da cidade, o Santa Ana. As origens de seu prestígio literário talvez procedam do elogioso prólogo escrito para seu primeiro romance, *A viúva Wycherly e o doutor Vavá*, por seu amigo (e de certa forma colega em medicina), o otorrinolaringologista e escritor português Miguel Torga. Já nesse primeiro livro de Humbol, o humor e a imaginação sobressaíam que só vendo. Desse escritor eu já tinha lido alguns estranhos romances e, além disso, na tertúlia, de vez em quando o citavam com melosa admiração (embora lamentando sempre seu prolongado silêncio dos últimos quinze anos), de modo que eu tinha a impressão de que, cedo ou tarde, acabariam me propondo que o visitasse. E assim acabou sendo. "Por que não visita o doutor Humbol...?"

E, bem, por que não? Lembro que à noite, em casa, escrevi num papelzinho: "Como não tenho nada melhor para fazer, decidi que amanhã irei ver o doutor Humbol, um mito vivo de Lokunowo e decorador deste quarto de hotel".

No dia seguinte, com uma carta de recomendação dos doutores Bodem e Monteiro e uma hora marcada que me havia conseguido o doutor Bieto (familiar do escritor), eu me dirigi ao número 7 da rua Brasia, junto à praça Lemos, que fica a dois passos do Bairro Alto, mas ainda na zona elegante ou, melhor dizendo, justo na fronteira entre as casas distintas e as do setor perigoso. Nesse número 7 os Humbol, uma família muito conhecida de Lokunowo, tinham vivido desde princípios do século XX. É uma mansão soberba, de quatro andares, da qual hoje em dia só o térreo continua pertencendo a eles. Nesse térreo é onde mora o escritor exatamente desde que secou sua criatividade, sua famosa imaginação.

Lembro que, enquanto me encaminhava para a casa – Humbol me esperava às cinco em ponto e tinha exigido que a visita tivesse só uma hora de duração –, ia pensando no que eu podia dizer ao escritor consagrado quando estivesse diante dele, e apenas isso me passou pela cabeça: "Boa tarde, sou o que traz estas cartas de recomendação de alguns psiquiatras seus amigos". Não tardei a compreender que era ridículo me apresentar dessa forma. Mas, então, de que outra maneira eu poderia fazer isso? Devia me pôr a falar, por exemplo, do doutor Kägi? E, aliás, o que eu tinha a dizer sobre o doutor Kägi? Por acaso desejava inconscientemente que Humbol me acolhesse na sua casa por um tempo? Por acaso confundia a casa do doutor Humbol com o manicômio de Herisau? Devia perguntar se era verdade, como se dizia em Lokunowo, que havia quinze anos estava escrevendo um romance de mais de dez mil páginas? Ou se era verdade que tinha ficado sem ideias, vítima da alta exigência de suas primeiras obras, tão minoritárias por outro lado?

Muitas perguntas passaram pela minha cabeça (nenhuma convincente) ao mesmo tempo que eu pensava que não tinha sentido visitá-lo, mas, ainda assim, segui andando para sua casa. Finalmente, decidi deixar de tantos rodeios e de tão absurdas perguntas e temores e simplesmente dizer a Humbol que eu tinha sido sempre um escritor principiante e agora era um psiquiatra aposentado que queria tentar a sorte na literatura. Tinha ido vê-lo, eu diria, para pedir humildemente algum conselho sobre o que eu tinha começado a escrever. Como levava no bolso os papeizinhos com minhas duas *Tentativas*, eu perguntaria se podia ler para ele aqueles dois pequenos, breves, mínimos ensaios narrativos. Pediria conselhos, diria: "O senhor aprova minha visão do mundo? Fui psiquiatra para ganhar a vida, mas na realidade sempre quis ser escritor para explicar que, embora não entendamos nada, a literatura dá sentido a tudo".

Bati à porta. Abriu o próprio doutor Humbol. Era muito parecido com as fotos que havia na contracapa de seus velhos livros. Lembrava o ator Charles Laughton, mas mais gordo, o que não é dizer pouco. Aspecto de homem com a ironia sempre à flor da pele. "Sinto-me orgulhoso de ser o único privilegiado que pode ver o verdadeiro rosto de *mister* Pynchon", me disse logo de entrada. Estava possivelmente ironizando, mas eu ainda não podia ter certeza de nada. "Não é preciso que me faça reverência alguma", eu me atrevia a dizer, tentando lhe mostrar que também não me faltava certo senso de humor.

"Permita-me que lhe diga que ser norte-americano o prejudica", disse então à queima-roupa. Isso me desconcertou, não soube bem o que dizer. Acabei perguntando por que, por que me prejudicava o fato de ser norte-americano. "Porque se não o fosse, se fosse, por exemplo, cidadão lokunowês, já lhe teriam dado ontem o Nobel em lugar de dá-lo à sua tradutora para o alemão. Porque já sabe, não?

Deram o prêmio a essa austríaca que tem um gênio de ouriço, sua tradutora." Eu sorri, um tanto confuso. "Outro ano, quem sabe", disse. Começou a dar voltas em torno de mim, a me olhar de muito perto, quase a me farejar. "Queria colocar só uma questão, diga simplesmente se é Pynchon ou Pinchon", disse de repente. Embora eu tenha captado perfeitamente a diferença entre seu *y* do primeiro Pynchon e o *i* latino do segundo, não soube o que responder. De repente, ele se pôs a dar instruções a uma jovem negra muito vistosa que, num primeiro momento, por sua forma de vestir, tinha me parecido ser uma camareira: "Não tire o pó do visível, Pamela. A casa está já definida em seu exterior. Tente limpar o interior mais interno. Busque esse alçapão que está em todas as casas de escritores. Faça com consciência o seu trabalho".

É claro que me pareceram extravagantes essas palavras, mas não se pode dizer que tenham me surpreendido demais, pois me lembravam muito o estilo literário de Humbol. Por outro lado, logo vi que tudo tinha uma (relativa) explicação. Pamela na realidade era sua amante, e aquele era um jogo entre eles, e o que se passava era simplesmente que, buscando efeitos eróticos, ela se fantasiava de camareira. "Perdoe-me pela interrupção", disse Humbol, "mas é que esta mulher anda sempre ciumenta das forasteiras que entram em casa e precisa que eu lhe dê instruções que a acalmem." Fiquei em guarda. "Mas eu não sou uma forasteira", disse. "É só uma maneira de falar. Pode-se falar de muitas maneiras. E o senhor, criador de heróis paranoicos e grande prestidigitador da linguagem, sabe isso de cor. Ou o senhor não é Pynchon? Vamos resolver de uma vez por todas esse assunto. O senhor é Pinchon ou Pynchon?"

Confiando em que tudo aquilo fosse um simples jogo literário e que eu pudesse desdizer qualquer uma das minhas afirmações, disse que era Pynchon com *y*, não com o *i* latino com que escreviam meu sobrenome em Lokunowo. Tinha ido me esconder naquela cidade porque em Nova York começava a correr o risco de ser descoberto. E também disse que não havia me incomodado nada que o Nobel tivesse ido parar nas mãos de Jelinek, minha excelente tradutora para o alemão, pois compartilhava com ela sua paixão absoluta pela vida e pela obra de Walser. "O inverno trará mais frio", me disse então Humbol como resposta. E pouco depois, vendo em mim certa desorientação, acrescentou: "Não faça essa cara de quem não entende nada. A frase é sua. Não se lembra dela? O inverno trará mais frio. Tirei de seu romance *Mason & Dixon*. Ou o senhor não é Pynchon?".

Para não perder os papéis, comecei a pensar que, depois de ter sido tantos doutores nos últimos tempos, colocar a questão de se eu era ou não o doutor Pynchon era além do mais algo tão fútil como, por exemplo, pretender que um pastor tentasse ensinar a suas ovelhas os matizes que serviam para reconhecer os lobos. E, para reforçar a ideia de como era insubstancial essa questão, lembrei-me de que, como dizia Pynchon, o duplo pensamento é uma forma de disciplina mental que acaba sendo muito simétrica e útil se somos capazes de acreditar em duas verdades contraditórias ao mesmo tempo.

Por acaso eu mesmo, por exemplo, não vinha desde o último 16 de dezembro querendo desaparecer, mas ao mesmo tempo sentindo às vezes saudade de meu mundo anterior, e até de vez em quando desejando antes o contrário, isto é, reaparecer? Em psicologia social tudo isso se conhecia havia anos com o nome de *dissonância cognitiva*, embora outros a chamassem de *compartimentação*. Alguns, como Francis Scott Fitzgerald, tinham chegado a dizer que era o indício mais claro do gênio. Walt Whitman ("Eu me contradigo? Muito bem, me contradigo") considerava que agir assim era um estimulante sintoma de que o sujeito é amplo e contém multidões. Para o aforista estadunidense Yogi Berra, era chegar a uma bifurcação no caminho e tomar as duas direções. Para o gato de Schrödinger era o paradoxo quântico de estar vivo e morto ao mesmo tempo.

Pensar em tudo isso me aproximou muito do mundo de Pynchon e, mais que isso, me deu uma inesperada segurança. E, alguns minutos depois, saber quem eu era tinha sido plenamente solucionado. Cheguei a um pacto com o doutor Humbol que resolvia muitas coisas e sobretudo evitava que, já que contávamos só com uma hora, seguíssemos perdendo tempo tolamente. Não seria o caso de dar mais algumas voltas. O melhor era chegar a uma solução o quanto antes.

Eu era Pynchon & Pinchon.

"Agora", disse a ele, "eu gostaria que enfrentasse o incômodo de ler dois microgramas ou microensaios, chame como quiser, que não são mais que minhas tentativas de escrever. E lembre-se de que eu mesmo, Pynchon & Pinchon, repeti até a saciedade que a escrita não é senão uma longa e lenta aprendizagem."

Eu me dispunha a ler a primeira das *Tentativas* quando Pamela reapareceu, muito decotada e em roupa de sair, e se despediu dizendo que ia fazer umas compras e voltaria em menos de uma hora, se antes disso ninguém a violasse e a fizesse chegar tarde. Fiquei vermelho. De repente me senti um jovem escritor principiante de verdade. Por outro lado, me dei conta de que tinham se posto de acordo em conseguir que eu estivesse lá o tempo justo. Pamela deu uma piscadela a Humbol que queria dizer: "Acaba logo com esse chato".

Minutos depois, após a leitura de meus dois microgramas, o doutor Humbol (que, ao me escutar, tinha o tempo todo assumido um ar de tédio) disse que apreciava sobretudo a *Segunda tentativa*, porque no fundo tratava desse processo pelo qual todos passamos e que consiste em sermos acusados de algo que desconhecemos, sermos processados por esse delito estranho, e finalmente sermos executados como cães sem ter sabido em nenhum momento por que nos matam. "Nós", disse ele, "não merecemos essa infelicidade de que todos padecemos. O assombroso é que pouquíssimos se rebelam contra ela. Mas é evidente que vivemos por baixo do que nossa dignidade exige." Eu disse que me alegrava muito saber que lhe agradava o que eu tinha escrito. "Lembra-se de que, na busca das causas da tragédia que alcança a todos, Kafka sempre acabava descobrindo que, por trás de tanta miséria e desgraça, se encontrava *uma grande organização*?", perguntou ele.

Não, não me lembrava disso. Mas preferi não atrapalhar a conversa. Disse que sim, que me lembrava. E então ele me perguntou o que eu pensava exatamente dessa *grande organização*. Preferi não dizer nada, ser precavido. Imaginei que uma tormenta estalava em redor da casa. "O que mais me agrada em seu micrograma, assim como em sua obra pós-moderna em geral, é que para o senhor o que conta não é a realidade, e sim a verdade", disse Humbol. Retive perfeitamente toda a sua frase, a diferenciação entre realidade e verdade. Pareceu que sobrava aquilo de "obra pós-moderna" e o recriminei por isso. "Bom, acaso não lê os grandes livros de teoria e crítica literária de nosso tempo e o que eles dizem do senhor, doutor Pynchon & Pinchon?" Preferi seguir mudo por mais um tempo e, depois de quatro frases impertinentes sobre um crítico norte-americano, ele acabou falando de outra coisa, de meu "famoso tratamento literário da paranoia" e de minha não menos célebre e "nada equivocada suspeita-consciência pynchoniana de que tudo está conectado".

Foi então que, movido por um ataque incontrolável de saudade e, claro, também para desviar a incômoda conversa sobre o verdadeiro Pynchon (sobre o qual me dei conta de que eu sabia menos, muito menos coisas que Humbol), falei da Rue Vaneau e das estranhas conexões que eu tinha captado nela. "Lá sim a gente nota que poderia ser que tudo estivesse muito conectado. A Rue Vaneau me pareceu um microcosmo da tensão do mundo inteiro", eu disse. E falei da casa de Gide, da embaixada da Síria, do arabista Maxime Rodinson, da misteriosa mansão das sombras imóveis, da farmácia Dupeyroux, da empresa Mortis que exterminava ratos, do apartamento de Marx e do Hôtel de Suède. Falei dos sinais do mundo exterior, das ondas invisíveis que conectavam a embaixada da Síria com os jardins de Matignon. Falei até do metrô Vaneau com sua bela entrada *art déco* e ele me falou então de Rafik Hariri, o primeiro-ministro libanês, que era muito amigo do presidente da República Francesa. Hariri tentava conviver bem com a vizinha Síria, que ainda mantinha tropas no Líbano. Entre Damasco e Paris as relações haviam melhorado nos últimos tempos, embora a França mantivesse muitas reservas em relação aos sírios, e vice-versa.

Quando terminou de falar, foi buscar um Havana puro que pouco depois, junto à janela principal da casa, acendeu com grande deleite. Daquela janela se via ao fundo um fugidio fragmento do porto de Lokunowo, pelo qual, naquele momento – pelo ruído da sirene –, se intuía que estava passando um silencioso e belo navio branco. Bem ao lado dessa janela havia um quadro que me lembrou muito o que Yvette Sánchez tinha pendurado em seu escritório de

San Gallen, aquele quadro em que eu tinha julgado ver uma bela vista sobre uma grande imensidão branca, misteriosa, sonhadora, toda envolta numa nuvem de um branco mais branco que a enigmática imensidão.

"Que há com o meu quadro?", perguntou de repente o doutor Humbol. Não pensei duas vezes na resposta. "É que acho que o vi em outro lugar." "Impossível, sempre esteve aqui, perto desta janela", disse, taxativo. "Mas essa imensidão branca..." "Que imensidão branca? Escute, senhor Pynchon & Pinchon, o senhor não deveria interpretar tudo que vê. Ouça o que eu digo, relaxe, não *desconstrua* tudo."

Abriu a janela e, com toda a grande humanidade de sua gordura, lançou a fumaça do Havana em direção à cidade, que se tornou por alguns momentos, para mim, uma grande imensidão branca, misteriosa, sonhadora, toda envolta numa nuvem de cor branca mais branca que a enigmática imensidão.

"É que vivi em Paris", Humbol me disse de repente enquanto me oferecia uma caixa de biscoitos da marca Funchal. "Pegue, pegue quantos quiser." Eu sabia que em sua biografia aparecia uma longa estada numa cidade estrangeira depois de se aposentar como enfermeiro e como escritor, mas não me lembrava de que a cidade fosse Paris. "Logo fará dois anos que voltei de Paris, onde vivi precisamente por dois anos", continuou falando, "vivi na Rue Oudinot. De modo que conheço bastante bem a Rue Vaneau, que, como o senhor certamente sabe, é uma rua vizinha à Oudinot, onde, aliás, viveu o pai de Victor Hugo. Sabia disso? Eu sei muito sobre aquele bairro. Dois anos são dois anos, amigo."

Eu desconhecia tudo, incluindo aquilo do pai de Victor Hugo, mas o fato é que, de tanto ignorar, até desconhecia que a Rue Oudinot se comunicava com a Rue Vaneau. O doutor Humbol passou a me demonstrar que tinha amplas noções tanto de uma rua como da outra. Da Rue Oudinot parecia saber tudo. Quanto à Rue Vaneau, não eram poucas as coisas que sabia. Sabia que também Julien Green tinha vivido naquela rua, e conhecia perfeitamente o Hôtel de Suède. Nunca tinha ouvido falar da empresa Mortis, mas conhecia outras coisas. Por exemplo, sabia que no número 17 ficavam os escritórios da Maison IX. Eu nunca na vida tinha ouvido falar desses escritórios e por um momento cheguei até a pensar em Lidia, pois achei que Humbol (possivelmente informado por Bodem, Monteiro e companhia) tinha me soltado uma indireta sobre a Maison Rouge, meu bordel de Lokunowo. Mas não era isso, de modo algum. "A Maison IX", Humbol não demorou em explicar, "é uma casa afiliada à federação de astrólogos francófonos. Frequentei bastante o lugar. São especializados em astrologia psicológica. Um lugar perfeito para situar a ação de um romance."

Eu quase não podia acreditar. A longa sombra da Rue Vaneau reaparecia com todo o seu mistério no interior da mansão do doutor Humbol. Não me ocorreu nada melhor que dizer que em certa ocasião eu ouvia o doutor Pasavento dizer que as coincidências não são casualidades.

"E esse doutor, quem é?", perguntou, sorrindo. "Um colega do hospital de Manhattan onde trabalhei por um bom número de anos", respondi, e aproveitei a ocasião para contar minha vida no Bronx e em Manhattan, na Nova York do século passado. Falei de Robert De Niro e de minha namorada, La Bomba, e de meus lugares favoritos naqueles dias, falei do Metropolitan Museum, do Oyster Bar da Grand Central Station, da livraria Gotham, da balsa a Staten Island e, sobretudo, do Fulton Fish Market e dos restaurantes italianos de que Scorsese gostava.

Mais que Scorsese ou De Niro, ao doutor Humbol chamou a atenção o doutor Pasavento, seu sobrenome. "É um nome metafísico, meu Deus. Passa e passa o vento e passa o mundo, Pasavento, Pasamundo, Pasamonte, vagabundo, vaga o vento, vou ao monte, *don* Genís de Pasamonte...", disse num tom descaradamente zombeteiro. "E o senhor se diverte bastante na tertúlia dos doutores dinossauros?", perguntou de repente, mudando de novo de conversa. Contei a grotesca visita do jesuíta que era amigo do bispo, e a história não pareceu diverti-lo muito. Isso me permitiu voltar à Rue Vaneau, perguntar o que mais sabia daquela rua.

"Pois sei também que ali viveu o melhor escritor que a Rue Vaneau já teve em toda a sua história, e que eu tenho esse escritor ali embaixo", disse ele. "Como ali embaixo?", perguntei, novamente desconcertado. Apontou em direção ao fundo da sala de estar onde me explicou que havia um alçapão que conduzia diretamente ao porão onde ele mantinha a parte mais seleta de sua biblioteca. "Entre o mais seleto", disse, "estão os livros do melhor escritor da Rue Vaneau." Pensei que se referia a André Gide, parecia o mais razoável. Mas não era Gide, não era Green, não era Rodinson, não era eu, nem sequer era Marx.

Era Emmanuel Bove.

Fiquei surpreso, claro. Sabia vagamente quem era Bove, lembrava de uma fotografia que tinha visto dele no *Le Monde*, mas não muito mais. Quanto ao alçapão, não existia. Humbol o chamava assim porque, segundo me disse, gostava de imaginar que vivia numa mansão mais espaçosa, com sua família completa. A pobre família Humbol, que teve que vender mais da metade daquele edifício e agora vivia no Bairro Alto, uma catástrofe. Às vezes gostava de pensar que vivia num castelo. Mas, na realidade, o que havia em lugar do alçapão eram umas escadas pintadas de um azul muito psicodélico, pelas quais se chegava a um branco e rigoroso porão, onde ele tinha o escritório em que havia quinze anos tentava, em vão, escrever romances.

A cada dia se vivia o mesmo drama naquele escritório, o drama do silêncio. Atenuava sua falta de imaginação, disse ele, lendo ou relendo os melhores autores, Bove entre eles. "Se confia em mim e não tem medo de que eu feche o mortal alçapão e o enterre com Bove para sempre, me siga ao andar de baixo", disse. Eu o segui pelas escadas, e lá estavam sua inútil mesa de trabalho e seus livros, entre os quais se encontravam todos os que tinha escrito Bove, "o escritor secreto da Rue Vaneau".

De Bove, embora eu não soubesse muito bem o que tinha escrito, lembrava de uma capa do suplemento de livros do *Le Monde* de poucos anos antes, onde perguntavam, com um grande título, algo como "*Avez-vous lu Bove?*" ("Você já leu Bove?"), e essa pergunta e esse título iam acompanhados de uma fotografia do escritor, uma fotografia que forças naturais pareciam ter carcomido, deixando-a meio gasta, embora por sua estranha poesia a gente tivesse a impressão de que demoraria a esquecer dela: um pobre homem desolado, posando junto a um cãozinho branco, simulando se sentir feliz com seu chapéu de feltro, olhando, na praia de Nice, com uma elegância triste, a câmera implacável do tempo. Eu me lembrava bastante bem dessa foto porque, num primeiro momento, Bove me recordou fisicamente a mim mesmo.

Em pouco tempo de permanência no porão, o lugar começava a revelar seu jeito de espaço confortável. Era um local muito bem pensado para se passar horas nele, e além disso, pensado para possíveis visitantes e, evidentemente, sobretudo pensado para escrever, ainda que não se devesse perder de vista que daquele lugar se foi esfumando dia a dia, ao longo de quinze severos anos de esterilidade, a inspiração do pobre Humbol.

Decidi relembrar do porão mais famoso da história da literatura, o de Kafka. E mencionei que ele dizia que, para poder escrever, sentia necessidade de um porão em que gozasse de um completo isolamento. O doutor Humbol sorriu e me disse que era bonito o que havia dito Kafka, mas que, por motivos óbvios, ele não podia compartilhar essa impressão. Dito isso, me mostrou um dos livros de Bove, recomendando-me que o lesse. Era uma tradução para o espanhol de *Mes amis* (*Meus amigos*), o romance que em 1924 revelara esse autor ao público francês. Segundo me contou, o jovem Bove tinha 26 anos quando o publicou. No romance se contava a história de um vagabundo solitário que, acima de tudo, desejava ser querido. Um mundo sujo, obscuro, marginal, aparecia através do olhar ingênuo e sempre lúcido do protagonista. Abri uma página ao acaso e li: "Sempre foi assim em minha vida. Ninguém jamais correspondeu ao meu amor. Não peço senão amar, ter amigos, e permaneço sempre só. Dão-me a esmola, depois fogem de mim. A sorte realmente não me favoreceu".

Pensei: é como eu.

Na contracapa desse romance, Fabienne Bradu contava que, quando Bove jogava xadrez com André Gide, sempre o deixava ganhar, porque a ideia de fracasso não o feria tanto quanto a seu adversário. E também nessa contracapa se contava que uma pessoa que o havia conhecido disse sobre ele: "Modesto e discreto, preferindo o silêncio à publicidade, parecia estar sempre buscando que o esquecessem do mesmo modo que outros buscam ser conhecidos".

Quando eu ainda estava folheando *Meus amigos*, Humbol me passou *Un père et une fille* [Um pai e uma filha], outro livro de Bove. Na contracapa desse novo exemplar se podia ler que Samuel Beckett havia dito que Bove era "o maior dos autores franceses desconhecidos" e que Peter Handke havia afirmado que "ninguém como Bove teve jamais um sentido tão agudo do detalhe". Mercedes Monmany, a autora do texto daquela contracapa, terminava dizendo: "A infância e a juventude de Bove não poderiam ser mais desoladoras e horríveis, mas isso não necessariamente explica seu original domínio da estética da discrição e do fracasso, muito próxima da que pela mesma época cultivava o suíço Robert Walser".

Walser!

Pensei: Bove é o Walser da Rue Vaneau.

Disse a mim mesmo que, pensassem o que pensassem os demais, para mim ficava cada vez mais evidente que havia no mundo uma rede de coincidências que não eram casualidades, mas antes levavam à suspeita de que em algum lugar havia uma relação que, de quando em quando, cintilava entre um tecido esgarçado.

Pouco depois, faltando ainda cinco minutos para que minha estada ali terminasse, Humbol começou a me levar para a porta. Enquanto quase me empurrava para ela, me explicou o quanto se sentia próximo de Bove e acabou me revelando – com a natural surpresa de minha parte – que o edifício da Rue Vaneau em que viveu Bove ao longo do ano de 1928 era nada menos que o número 1 bis, isto é, o imóvel de Gide. Bove viveu lá por um ano em estrita solidão, no térreo, no *rez-de-chaussée*.

Gide no alto.

E Bove embaixo.

Depois, em 1929, Bove tinha se transferido para um edifício do Boulevard Raspail, ignorava-se em que número. "E como poderíamos saber disso?", perguntei. "'Poderíamos', o senhor disse?", falou Humbol, me fulminando com o olhar, pois, além de já praticamente ter terminado a hora de visita que me havia concedido, ele acabava de perceber que, sem perceber, eu estava levando para a rua o exemplar de *Meus amigos.* Com um espontâneo gesto antipático, me pressionou a devolvê-lo. Quase resistindo a isso, abri de novo suas páginas ao acaso e li:

"Era um belo dia de primavera. O sol estava sobre minha cabeça. Eu andava sobre minha sombra".

Isso não parecia escrito por Robert Walser?

Citei Walser e então Humbol agiu como se se sentisse obrigado a me dar informação sobre o que outros escritores pensavam de Bove. Disse que Antonin Artaud tinha dito que seu estilo consistia em se negar a fazer literatura, em fugir do literário e de suas servidões, começando pela maior de todas, a do estilo. "Bove lembra Walser. Sempre tentando se desprender da opressão da identidade de escritor, porque intuía que, desvencilhando-se dessa identidade, poderia ser mais livre", havia dito Philippe Ollé-Laprune. "Não gostava que o vissem, queria passar despercebido. E, a exemplo do suíço Walser, tinha uma profunda alergia a todas as formas da grandiloquência", tinha dito Mathieu Lindon. "Como escritor aspirou sempre a não ser alcançado por nenhuma ideia de grandeza e isso o levou a inventar uma estranha modalidade da microscopia narrativa", uma vez disse Colette Fellous. E Peter Handke, que o traduziu para o alemão, sustentava que Bove deveria se converter no santo padroeiro dos escritores (puros), acima inclusive de Kafka e num nível parecido ao de Tchekhov e Scott Fitzgerald.

"Sei tudo sobre Bove e poderíamos falar durante horas, não fosse por já não termos nem um minuto, passou já o tempo, passou a hora que havíamos combinado", disse Humbol enquanto me instava a lhe devolver imediatamente o livro *Meus amigos* com o qual – disse ele – eu pretendia sair de sua casa.

Antes de devolver, abri o livro ao acaso e li em voz alta, apressadamente, outro fragmento: "Certos homens fortes não estão sós na solidão, mas eu, que sou fraco, estou só quando não tenho amigos".

"Bom, agora chega, Bove é meu", disse Humbol de forma quase carinhosa, e pouco depois, me arrebatando o romance, começou com novos empurrõezinhos nervosos a me levar para a rua. Mas antes de se despedir definitivamente, talvez para não parecer tão brusco e mal-educado, me falou com admiração das labaredas que Bove lançava por meio de frases curtas e contundentes. Esse não estilo de que tinha falado Artaud estava marcado pelas frases breves e certeiras e os contínuos pontos-parágrafos que sem dúvida lhe permitiam chegar ao final de uma página com mais humildade e rapidez que muitos outros escritores. E, para que eu atentasse mais para isso, leu para mim, já em plena rua, um pequeno fragmento de Bove, feito de labaredas:

> Tento dormir, mas penso em minhas roupas, dobradas na valise, que se amarrotam.
>
> Minha cama se aquece. Não mexo os pés, a fim de não arranhar os lençóis, pois isso me arrepia.
>
> Asseguro-me de que a orelha em que me apoio está bem plana, que não está dobrada.
>
> As orelhas afastadas são tão feias!

O doutor Humbol sorriu e, com certa solenidade irônica (sobretudo quando me chamava reiteradamente de doutor Pynchon), passou a me recomendar que não me esquecesse dessa sublime forma de escrever a labaredas. "O senhor, doutor Pynchon, escritor de enigmática existência, pode tentar fazer o mesmo", concluiu. E em seguida, me dando as costas, entrou na casa. Ouviu-se, bem sonora, a batida da porta.

Tudo isso aconteceu faz um mês. Mas só hoje me decidi colocar por escrito, só hoje me deu vontade de tomar o lápis e o caderno e relatar o ocorrido há um mês na casa do doutor Humbol, e de passagem registrar aqui a notícia que chegou hoje do Iraque.

Parecia que pôr tudo isso no papel me ajudaria a me sentir mais próximo da Rue Vaneau, pela qual sinto cada dia maior interesse e saudade. De um tempo para cá eu me sinto tragicamente exilado desse fantasma vivo que é para mim a lembrança da Rue Vaneau, e escrever sobre tudo aquilo que me parece relacionado com ela me faz bem, me ajuda.

A notícia do Iraque diz que os *marines* encontraram Mohamed Al Yundi, o motorista sírio dos dois jornalistas franceses que já estão sequestrados há 86 dias. Os soldados americanos encontraram o sírio amarrado, num lugar não revelado da cidade de Faluja. Ao que parece, os sequestradores abandonaram o motorista e levaram para outra parte os dois reféns franceses. Abandonaram lá o sírio, embora o tenham aconselhado a se salvar atravessando o Eufrates a nado, uma tarefa difícil tendo as mãos amarradas e, além do mais, não sabendo nadar. Mohamed Al Yundi optou por ficar onde estava. "O governo de Paris não fez comentários, à espera de que sua embaixada em Bagdá possa obter dados confiáveis."

Embora eu já estivesse esquecendo o lápis e o caderno e cada dia mais perto de me tornar a sombra da sombra de uma sombra, senti hoje que tinha que escrever sobre tudo isso. E o fiz não só para me sentir mais próximo da Rue Vaneau, mas certamente também para tentar que a *grande organização*, esteja onde estiver, saiba que, a exemplo de Bove, sou dos que caminham sobre sua sombra, sim, mas ao mesmo tempo sou dos que andam atrás da sombra da organização e, na medida do possível, não querem perder um só detalhe do que está acontecendo. E escrever é justamente uma forma tanto de ir tomando nota dos detalhes como de permanecer alerta.

O doutor Ingravallo poderia agora me dizer que acredito ver demais onde talvez não haja nada. Como também poderia me dizer que às vezes parece que continuo vivendo no Lutetia e vou a uma tertúlia perto da Rue Vaneau. O doutor Ingravallo poderia me dizer muitas coisas, já sei, mas para mim a única coisa que conta agora é saber que permaneço alerta e que faço assim muito bem, porque a *grande organização* chega a todas as partes, intuo que são forças invisíveis e não humanas que controlam nossa vida e que, a bem da verdade, eu não soube detectar até pôr os pés na Rue Vaneau e perceber que umas forças invisíveis estavam lá. Às vezes cheguei até a pensar que a própria Rue Vaneau, como outros lugares estranhos do mundo, é uma criatura consciente, animada por uma energia originada no interior da terra, num interior onde habitam seres que nos enviam constantes mensagens à superfície e fazem com que, em pessoas permeáveis como eu, se vá desenvolvendo, como noto que está me acontecendo nestes últimos tempos, uma progressiva melancolia romântica que me leva a me sentir profundamente pynchoniano (em sua vertente retrógrada, que existe como existe tudo o que se pode nomear) e nostálgico quando não estou na Rue Vaneau ou, simplesmente, não falo dela.

Dia após dia, não deixo de corroborar todas essas intuições da mesma forma que também confirmo, uma vez mais, que quando se está sozinho por muito tempo, quando a gente se acostuma a ficar só, quando a gente se adestra para ficar só com a Solidão da gente, cada vez mais coisas são descobertas por toda parte, onde para os demais não há nada.

25

Cometi o erro de voltar ao terraço do Li Astol, e se falo de erro é porque nessa ocasião, como no primeiro dia, sentou-se à mesa ao lado o jovem espanhol que fala com sua namorada em voz alta. Desta vez, estava sem a namorada e falava em lokunowês, também em voz bastante alta, com um sujeito que conheço de vista porque passo todo dia em frente a seu açougue da rua Bouava, esquina com Bangasu. É um açougueiro a quem vi várias vezes nas diferentes livrarias da cidade. Um açougueiro provavelmente ilustrado, ainda que com evidente aspecto de idiota.

Nada teria acontecido se o jovem não falasse do misterioso desaparecimento do matemático Alexander Grothendieck, um desaparecimento do qual fazia muito tempo que eu não ouvia falar. Na minha paranoia, cheguei a me perguntar se não falavam desse matemático de propósito, para que eu os ouvisse. Por um momento tive a impressão de que o jovem espanhol queria estreitar o cerco sobre mim, averiguar de uma vez por todas se por trás do meu cabelo vermelho e da extravagante indumentária se escondia um escritor da sua terra.

Para não despertar suspeitas, não saí do Bar Li Astol antes que eles próprios saíssem, de modo que tive que escutar toda a conversa. Tive que escutar tudo que comentavam sobre Grothendieck. Que nasceu em Berlim nos anos 1920, que foi adotado por uma família de Hamburgo enquanto seus pais participavam com os anarquistas da Guerra Civil Espanhola; que seu pai tinha morrido em Auschwitz, que se reencontrou com sua fascinante mãe em 1939; que estudou em Montpellier e em Paris e se doutorou em Nancy; que se tornou, nos anos 1960, o matemático mais brilhante do mundo; que em 1970 recusou os fundos do Ministério de Defesa da França; que em 1990 evaporou misteriosamente mudando de casa a um lugar desconhecido dos Pireneus onde, diz a lenda, continua trabalhando, mas só para si mesmo, discretamente e longe, muito longe do poder, embora corra o rumor de que ele pensa que nada tem tanto poder e tanta força como o que é vão.

Estive a ponto de interrompê-los e contar o muito que esse caso do matemático desaparecido me fazia lembrar o de Ettore Majorana, o cientista de Nápoles cujo rastro se perdeu. Mas eu soube ser prudente. Não esqueci que os da mesa ao lado poderiam estar mais interessados na minha possível identidade do que no desaparecimento de Grothendieck ou de Majorana. Permaneci em silêncio, simulando que não escutava nada de nada, e me concentrei na leitura, no *Le Monde*, de uma notícia sobre a Síria, que me trouxe lembranças da Rue Vaneau e de quando eu estava contemplando os jardins do primeiro-ministro da França e escutei pela televisão que o primeiro-ministro na Síria havia sido trocado.

A notícia que li no terraço do Li Astol dizia que Rafik Hariri, o primeiro-ministro libanês, perdeu sua queda de braço com a Síria (que ainda mantém exército na Líbia) e se demitiu ao não poder formar um governo. Também se podia ler, embora com explicações obscuras, que com a demissão de Hariri podia dar-se por concluída uma etapa de estabilidade política entre o Ocidente e o Líbano.

"A lua de mel entre a Síria e a França terminou", concluía o *Le Monde.*

Fiquei profundamente tocado. Também a minha lua de mel com a Rue Vaneau teria terminado? Foi curioso como em poucos segundos passei a estar mais inquieto por essa lua de mel truncada do que pelos vizinhos de mesa que pareciam me espiar. Em todo caso, tudo se complicou mais ainda quando veio o garçom, que depois de sete visitas ao bar já conhece meu sobrenome, e me perguntou se queria mais alguma coisa.

– Toma outro uísque, senhor Pinchon?

Imediatamente o jovem e o açougueiro me olharam, me olharam muito, muitíssimo. Refugiado atrás dos meus óculos escuros, mantive a compostura. Como se não tivesse acontecido nada, disse ao garçom que sim, que trouxesse outro uísque. Prescindi dos olhares dos supostos caçadores de escritores ocultos e mergulhei de novo na leitura do jornal. "A saída de Hariri supõe, além do mais, o desaparecimento de um dos artífices mais importantes da reconstrução do Líbano, depois de quinze anos de guerra civil. Durante os anos em que permaneceu à frente do governo, esse grande amigo de Chirac não só conseguiu ressuscitar Beirute das cinzas como também, além disso, conseguiu estabelecer as bases de um espetacular avanço econômico."

– Seu uísque, senhor Pinchon – disse o garçom, de novo inoportuno por pronunciar meu nome.

Voltaram a me olhar muitíssimo os da mesa ao lado. Virei uma página, outra página, li as notícias de esporte. Bebi de um só gole o uísque. E em seguida fui embora. Parecia que a rua cheirava a asfalto, como quando a recapeiam.

26

Novembro, dia 19. Chegam notícias da vida nova do motorista sírio. São pouquíssimas, mas não é o caso de se queixar, pois poderiam ser ainda mais escassas. Mohamed Al Yundi, encontrado há uma semana em Faluja pelas tropas norte-americanas, chegou ontem à França, acompanhado da mulher, dos dois filhos, de dezoito e dezesseis anos, e da filha, de quinze. Al Yundi se limitou a dizer que fazia já mais de um mês que os sequestradores o haviam separado dos jornalistas franceses e que só esperava que tudo acabasse bem. Não sei bem por que, mas retive sobretudo o dado de que sua filha tinha quinze anos. Como Nora, pensei. E isso humanizou ainda mais a notícia da volta do motorista para casa.

Passei a última semana lendo Bove. Depois da visita a Humbol, encontrei *Meus amigos* na livraria Batangafo e encomendei outros livros do autor. Não demoraram muito a me chegar vários romances e uma interessante biografia de Bove na qual pude confirmar que, de fato, viveu em 1928 no térreo do 1 bis da Rue Vaneau.

Meu exemplar de *Meus amigos* inclui uma fotografia invernal em branco e preto em que se vê o Walser da Rue Vaneau de gravata, abrigo preto e elegante chapéu, posando junto a sua filhinha Nora no que parece ser um terraço que dá para um jardim. A foto é triste e, muitas vezes, quando a olho, embora nem sempre, creio ver uma grande semelhança entre Nora Bove e minha filha Nora Pasavento quando tinha os três anos que aparenta ter Nora Bove na fotografia. Isso me leva a um estranho desespero. Nunca, até agora, tinha sentido tanto desespero ao recordar minha filha Nora, mas não quero culpar o pobre Bove por isso.

Às vezes, quando à noite ando pelo porto de Lokunowo, caminho como se fosse o homem que sofria porque não tinha amigos, isto é, como se fosse Victor Bâton, o anti-herói de *Meus amigos*. Caminho como ele e tento inspirar compaixão e, quando vejo que um passante se aproxima, olho para as águas profundas e em seguida escondo o rosto entre as mãos. Normalmente, os passantes me olham por uns instantes, mas logo seguem seu passo, indiferentes.

No entanto, ontem se aproximou de mim um pobre marinheiro e me disse: "Parece que você quer morrer".

"Melhor seria dizer que quero desaparecer", respondi.

Caía a noite e havia lua cheia, e até se via Sírio no céu estrelado de Lokunowo.

"Eu também quero morrer", disse o marinheiro.

"Melhor seria que você tentasse desaparecer", eu disse, repentinamente irritado, pois me pareceu que ele se intrometia demais na minha vida. Tinha deixado de simpatizar com aquele marinheiro. Além do mais, ele me fazia dialogar à base de labaredas, como nos livros de Bove.

"É preciso morrer", disse ele.

"É preciso desaparecer", corrigi.

E, o mais rápido que pude, fui embora de lá.

Desapareci.

27

Reapareço para dizer a mim mesmo que continuo indignado com o artigo que li ontem, de um escritor espanhol da minha geração a quem acredito conhecer bem e que sei que está mais obcecado pelo reconhecimento (que não chega para ele) de sua obra do que pela paciente construção dessa obra. Esse reconhecimento não chega exatamente porque seu talento é submergido pela extrema obsessão pelo sucesso que o guia sempre, e também, já que é preciso dizer tudo, porque seus romances, refugiando-se numa vaga ideia de vanguardismo, acabam mostrando sempre a alarmante falta de um parafuso. O fato é que escreveu um combativo artigo em que apoia e defende que Elfriede Jelinek tenha justificado seu não comparecimento à entrega do Nobel de literatura dizendo aos suecos que "o pior lugar para um artista é a fama" e que "a marginalização é o lugar do escritor".

Tudo seria mais ou menos correto se não fosse pelo fato de o artigo começar citando e manipulando Robert Walser, de quem diz que é "autor do romance *Jacobo von Gantan*" (obviamente o título está errado, se refere a *Jakob von Gunten*, e isso delata que ele não conhece muito bem o livro), e citando suas célebres palavras: "Horroriza-me a ideia de que pudesse ter êxito na vida".

Há nessa dupla citação uma frivolidade indignante. É que o autor do artigo toma alegremente o nome de Walser em vão ao trazê-lo à baila só para poder dizer que ele compartilha com Elfriede Jelinek "uma suprema paixão pelo autor suíço" e assim, na realidade, poder falar de si mesmo e de como o tratam mal a crítica, os escritores e os editores, embora nada diga sobre como o tratam mal também os leitores, que não são idiotas e, se ele fosse um gênio, já teriam estendido a mão e se não fazem isso é porque viram que falta um parafuso.

"Agora, quando está na ordem do dia utilizar a literatura para triunfar socialmente na vida, essa atitude de desapego...", escreve. Pode enganar a quem não o conhece, mas quem sabe algo dele não ignora que nunca teve essa atitude de desapego e que lhe agradaria muito o Prêmio Nobel de Jelinek e, por fim, que de modo algum lhe horrorizaria a ideia de ter êxito na vida.

Ainda assim, ele declara se identificar com a atitude de desapego de Jelinek e de Walser. Não posso acreditar. Se diz isso é porque não o leu ou porque foi incapaz de se aprofundar realmente nos motivos da renúncia de Walser ou, simplesmente, porque o utiliza sem escrúpulos para seus fins turvos e egocêntricos. Acho que nem tudo é lícito na hora de lançar uma diatribe contra os que não lhe deram reconhecimento como escritor. Há, além do mais, uma imoralidade na mensagem que o artigo quer transmitir, pois leva o cândido leitor a crer que ele se acha perfeitamente à vontade na renúncia ao sucesso, que se sente bem na marginalidade. Se soubesse em que consiste realmente essa marginalidade, não citaria Walser. Além disso, ignora que em todo esse assunto da renúncia às atenções há sempre – com exceção de casos profundamente sinceros como os de Walser ou Bove – tanto luz como sombra, porque se mescla normalmente o desejo de êxito com o profundo desejo de não tê-lo. É um assunto mais complexo do que parece. Em seu artigo ele só expõe sua ambição – que julga muito nobre – de não alcançar o sucesso, e oculta por completo os aplausos suecos com que sonha. Conviria a ele saber que, como diz Imre Kértesz, se alguém busca o êxito só tem dois caminhos, ou consegue ou não consegue, e ambos são igualmente ignominiosos.

28

Sento-me numa cadeira – uma cadeira de jardim que se dobra – e penso no futuro. Quero acreditar que um dia serei feliz, que um dia alguém me amará. Mas já faz tanto tempo que conto com o futuro!

Emmanuel Bove, *Meus amigos*

Encontro-me tão submetido à influência das leituras do Walser da Rue Vaneau que procurei esta tarde em Lokunowo uma cadeira dobrável de jardim. Não tardei a encontrá-la. Bastou ir ao jardim de Roa, bem perto do Hotel Lubango. Lá, à sombra de uma palmeira que me lembrou as que eu via do meu quarto do Hotel Troisi de Nápoles, eu me sentei e pensei no futuro, ou melhor, tentei pensar nele, porque todo o tempo, me interrompendo, me vinham à lembrança umas frases de Juan Rulfo que na aparência nada tinham a ver com o que eu estava pensando e me impediam de me dedicar a refletir sobre o meu futuro: "Eu vivo muito isolado, sempre muito isolado. Vou daqui a meu escritório e nada mais. Vivo angustiado".

Finalmente, ainda que de passagem, consegui pensar no futuro quando me disse que para pensar nele era preciso antes decidir se queria viver tendo amigos (sabendo que igualmente seguiria sem os ter) ou preferia continuar isolado e ir dizendo que "vivia angustiado", o que ia dar no mesmo, isto é, em não ter amigos.

Terminei por compreender que essa dúvida hamletiana era precisamente a única coisa que me impedia de pensar de verdade no futuro. Levantei da cadeira dobrável e, me livrando da obsessão *boviana* pelos amigos, explorei uma melhor forma de poder abordar meu futuro e me pus a pensar em Dreiländereck, isto é, *o recanto dos três países*. É um espaço ajardinado que visitei quando, num inverno, passei por Basileia. Nele a gente se encontra na França, na Suíça e na Alemanha ao mesmo tempo. Dando um só passo, muda-se de país no mesmo instante. As fronteiras ficam por momentos reduzidas a um simples jogo. Em Dreiländereck a gente pode se sentir sempre a um só passo da grande fronteira entre as fronteiras, a fronteira que apaga todas, isto é, o futuro, a fronteira de todos. E então, como se fosse uma consequência lógica do que acabava de pensar, de repente me passou pela cabeça que talvez eu estivesse a um só passo desse futuro. Bastava dar um só passo. Estava nesse momento em frente ao Lubango e me dispunha a entrar no hotel por sua porta giratória. Dei o passo e, como desejando cair num devaneio, quis acreditar que estava dentro da porta giratória do Hotel Lutetia e que de um só passo me transplantava para Paris.

Mas não. Isso se pode fazer escrevendo, onde alguém pode saltar tranquilamente de um lugar a outro. Mas não na vida real, que tem suas limitações. Vi que continuava dentro da porta giratória do Lubango. E me pareceu então ver que a cada dia aumenta mais em mim essa saudade da Rue Vaneau, uma rua que imagino animada por uma energia originada em seu próprio subsolo.

Às vezes, digo a mim mesmo, penso coisas que são muito de Thomas Pynchon, talvez seja sua energia que me chega vinda da América. Acho que se levassem o fantasma de Pynchon que se esconde em Nova York à Rue Vaneau, veria ainda mais conexões que as que vejo nela e captaria imediatamente o ar estagnado de calada ameaça que, subindo do subsolo, vai se arraigando cada dia mais no asfalto daquele oásis de paz em pleno centro de Paris, aquele oásis que é pura e tensa calma, com tudo a ponto de estalar.

PRIMEIRA TENTATIVA SUICIDA

Isaac Bashevis Singer me impressiona quando atua como contista, por exemplo, em *Gimpel, o louco*, um relato no qual, nesta manhã, achei uma frase que me parece a pérola concentrada da angústia: "Não há dúvida de que o mundo é um mundo completamente imaginário, mas contíguo ao mundo real".

Parece que a frase comentava a tensão metafísica em que vive o homem moderno quando vê que é tão impossível crer em Deus como viver sem ele. E lembrei de um dia em que, no alto da torre de Montaigne, perto de Bordeaux, achei que a pessoa que me acompanhava era Deus e pouco depois achei que muito pelo contrário.

A cada momento se faz mais patente que vivo numa tensão entre eleger certa visibilidade e desaparecer completamente. Também a mim esse mundo real de que fala Singer não parece, por si só, uma alternativa aceitável. Quando Singer o descreve como uma mescla de matadouro, manicômio e bordel, me faz lembrar a cidade de Lokunowo, que, aliás, pode parecer às vezes tão escassamente real.

SEGUNDA TENTATIVA SUICIDA

Às vezes penso que, se eu não tivesse tido a coragem suficiente para levar a cabo o meu desejo de desaparecer como escritor e romper com tudo, sempre teria me restado a consoladora possibilidade de levar até o fim esse desejo *escrevendo-o*, sempre teria podido utilizar o poder oferecido pela escrita de ficção para, ainda que fosse só no papel, me tornar a pessoa que na vida real não me atrevi a ser. Mas, por sorte, tive essa coragem e não foi necessário recorrer à ficção. Acho que a coragem me foi dada por minha própria timidez.

Lembro agora de uma frase de Walser em *Jakob von Gunten*: "A timidez nos deixa sempre meio loucos".

29

Foi no dia 8 deste mês, dezembro. Na televisão do Li Astol disseram que, naquela manhã, um cidadão sírio tinha sido detido em Irún, no País Basco, por sua relação com os islamitas implicados na matança de Atocha. Eu tinha parado no Li Astol para tomar um café e me preparar psicologicamente para a nova visita que tinha que fazer a Humbol. Em quinze minutos ele me esperaria na sua casa.

Ao ouvir a notícia de Irún, logo parei para pensar que dificilmente, nos dias seguintes, iria poder dissociar os dois fatos, a notícia e minha visita à casa do doutor. E assim acontece agora. Não posso dissociá-los. A realidade me perturba, se intromete – sobretudo se a julgo procedente ou conectada com a Rue Vaneau – em minha vida de pacífico cidadão normal que vive uma nova vida aqui em Lokunowo, onde me obstino no anonimato, mas sem poder evitar que meu rosto se contraia suspeitosamente quando ouço algo que relaciono com a Rue Vaneau e que me dá motivo para suspeitar da realidade e me perguntar qual seria a autêntica verdade de fundo, a que sem dúvida há de estar por trás dessa realidade tão cúmplice das aparências e das luzes falsas.

Ao escrever isso, penso que é provável que esteja sob a influência daquilo que, possivelmente com toda a razão do mundo, me disse Humbol em minha primeira visita a sua casa: "O que mais me agrada em seu microgram a é que, para o senhor, o que conta não é a realidade, mas a verdade".

Enfim. O doutor Humbol me abriu naquele dia, pela segunda vez em poucos dias, a porta de sua casa. Estava de roupão e tinha o cabelo bastante revolto. Também ele parecia estar revolto. Ao ver que o observava de cima a baixo, me disse: "A genialidade está na gordura". Achei que estava de bom humor, mas em seguida fez cara de poucos amigos. "Gordo de ovo virado", disse ridiculamente de si mesmo. E logo a expressão de sua cara se tornou raivosa. Certamente tentava me lembrar que havia passado a semana inteira resistindo a me receber.

"Entre, entre, Pynchon", disse com muita má vontade. Logo vi que dessa vez estava só. "A que se deve tanta insistência em me ver?" Passei a explicar que tinha ido lá com a esperança de que fosse amável a ponto de ter a paciência de escutar a leitura de sete prosas experimentais, sete breves e novas *Tentativas* que eu tinha acabado de escrever. Pedi que fosse compreensivo comigo, que entendesse que a interrupção de minhas atividades como psiquiatra me abria novos horizontes vitais e fazia com que me interessasse pelos exercícios literários. Só iria lhe roubar alguns minutos, e sua opinião seria extraordinariamente valiosa para mim.

Entre outras coisas, eu achava que com isso reforçava a minha identidade de psiquiatra perante toda a Lokunowo, pois tinha quase certeza de que toda a Lokunowo sabia do que se passava na casa de Humbol. "Sete tentativas? Que chatice!", disse Humbol, me convidando em seguida, com certo ar de tédio, a me sentar no amplo sofá da sala de estar. Mostrei meus papéis, fiz com que visse que não continham palavras demais. "Uf, que ponta mais fina tem o seu lápis... E que letrinha pequena, meu Deus", disse ele. "São só sete prosas breves, como vê, *Sete tentativas suicidas*, assim as chamo, são muito curtas, não tomarão muito de seu tempo", disse eu.

“Só faltava mesmo serem suicidas”, comentou com notável sarcasmo. E acendeu um cigarro. Assim como na minha visita anterior, na qual havia sacado um Havana puro, também desta vez não me convidou a fumar. “Venha, eu o escuto. Quanto antes acabarmos, melhor”, disse, e me pareceu que era exagerado e um tanto teatral seu enfado e que talvez exagerasse de propósito. Passou pela minha cabeça que, com sua cara de aborrecimento, talvez tentasse dissimular seu modesto entusiasmo ao ver que, apesar de ser um escritor em crise havia quinze anos, ainda despertava o interesse dos principiantes na arte da escrita. E se afinal ele até nutria a ilusão de que lhe pediam conselhos literários ainda que fosse um escritor que tinha iniciado seu declínio fazia anos?

Li para ele a *tentativa* que tinha Singer como protagonista e, ao levantar a cabeça para ver sua reação, vi que estava me olhando estupefato. Logo deixou escapar um riso misterioso. “Siga, siga com a *Segunda tentativa*”, me apressou. Ao baixar a cabeça para ler meu segundo papelzinho, eu me dei conta de que estava parecendo cada vez mais com o professor Morante, que em Nápoles me lia microensaios. Como era possível que eu viesse me convertendo num espelho do professor? Logo encontrei justificativas. A solidão, pensei. E a necessidade de falar de Bove e assim me sentir perto da Rue Vaneau.

A *Segunda tentativa suicida* eu acabei pulando, sem que aparentemente ele percebesse. Acabei não lendo, porque me pareceu que, de alguma forma, o breve texto dava pistas e delatava muito que eu não era um principiante, e sim um escritor que tinha ido a Lokunowo para se esconder e que, tendo feito tábula rasa de toda a sua obra anterior, se pusera a escrever como se nunca tivesse escrito nada ou estivesse recomeçando de novo, pusera-se a escrever o que escreveria se escrevesse, talvez tentando pôr em marcha uma literatura feita de miniaturas, fora do alcance já de todo o público (exceto de Humbol, a quem havia decidido tornar meu último leitor), uma literatura privada, secreta e robustamente nova, experimental, não profissional, uma narrativa muito breve e muito próxima ao ensaístico. Não valia nada ter conseguido que a escrita tivesse se tornado para mim tão residual como profundamente libertadora.

Passei a ler para ele a *Terceira tentativa suicida*, na qual falava abstratamente de como se desprender da opressão da identidade de escritor e propunha uma recusa radical da fama e do mundo das vaidades literárias, sugeria aos novos literatos que se dedicassem a não ter rosto, a carecer de imagem o máximo possível, a se concentrarem no estritamente literário, no trabalho da escrita em si. E citava Descartes, que situa o *sujeito* no centro de sua filosofia e que nos últimos parágrafos do *Discurso do método* diz desejar que sua obra seja lida e quer saber o que pensam os leitores, mas não quer *se destacar*, porque a fama é "contrária ao sossego, que tenho em mais alta conta que todas as coisas", por isso "agradecerei que me deixem viver com toda a liberdade".

A *Quarta tentativa suicida* era uma tímida homenagem a Angelo Scorcelletti e nela se dizia que ler esse autor, fiel discípulo de Blanchot, era como se deixar abduzir por uma vertigem verbal que conduzia ao desaparecimento, à fascinação diante do nada e da morte, à negação de tudo, que no fundo era a única forma de se afirmar perante a negatividade do mundo atual e diante dessa falsificação da literatura que tudo submerge nestes tempos obscuros em que temos que viver.

A *Quinta tentativa suicida* era um verdadeiro *tour de force* (entre outras coisas porque estava escrita num reduzidíssimo espaço, no verso do cartão de visitas do doutor Monteiro) e sem dúvida a peça mais ensaística de todas. Girava em torno da natureza solitária da criação artística e do fato de que, à diferença do grosseiro e tão retratado Quixote, o misterioso Hamlet seguia sem poder ser identificado com rosto algum, o que o tornava um verdadeiro homem moderno de nosso tempo.

A *Sexta tentativa suicida* era uma homenagem a Walser e falava de meu *método do lápis* (escrever com a consciência do principiante e a lápis, em papeizinhos, e que a duração do texto se acoplasse à folha que lhe serve de suporte) e de passagem falava também da minha admiração por aqueles escritores já reconhecidos que, num momento determinado da vida, tinham conseguido *se eclipsar* com grande perfeição, ocultos em suas próprias palavras, satisfeitos de sua invisibilidade.

Finalmente a *Sétima tentativa suicida* falava, já sem disfarces, de escrever para desaparecer: "A história do desaparecimento do sujeito no Ocidente não começa com o nascimento do sujeito nem termina com sua morte, mas é a história de como as tendências do sujeito ocidental a se autoafirmar como fundamento o conduzem a uma estranha vontade de autoaniquilação, e de como essas tentativas *suicidas* são por sua vez esforços de afirmação do eu".

"Acabamos! As tentativas são todas esforços de afirmação de seu eu", disse Humbol com uma risadinha e um ar de tédio que me pareceu impostado. Eu não soube o que dizer. Embora estivesse orgulhoso de minhas *Tentativas* (e continuo estando agora, no momento de escrever isto, porque creio que me abrem um horizonte de microscópica escrita livre para os próximos anos), eu me sentia diante do gordo Humbol como se eu fosse o professor Morante de Nápoles, e isso me propiciava abrigar certo complexo de inferioridade.

Olhei a mim mesmo no antigo espelho vertical que havia ao lado do sofá e me vi um tanto ridículo ali, com meus papeizinhos e minha ilusão de novato. Aonde queria chegar?

Inesperadamente, Humbol me ofereceu um cigarro, que aceitei, embora não o tenha fumado; ficou entre as minhas mãos e eu não sabia o que fazer com ele – vi que estava mais nervoso do que pensava. Terminei colocando o cigarro atrás da orelha.

"Olhe", disse então Humbol, "o senhor parece um bom catalogador dos males que afligem os escritores famosos, mas lhe escapou um. E é um mal que cedo ou tarde chega aos escritores com imagem pública, como é o meu caso. Chega o dia em que, à maneira de castigo por ter alcançado certa fama, uma série de escritores iniciantes nos procura para que leiamos ou escutemos seus deprimentes escritos e emitamos nossa opinião sobre suas desastrosas obras."

Decidi não me dar por atingido porque intuí que, se fizesse isso, estaria perdido. Humbol, que me observava sorridente, tirou de repente de uma caixa de ébano um papel de enrolar cigarro e me ofereceu, como a me indicar que, apesar de tão minúsculo (ou exatamente por isso), eu o utilizasse para uma nova *tentativa suicida.* "Com essa letra tão pequena, pequeníssima que o senhor faz, aí cabe tudo, pode escrever um romance num papel de cigarro", disse ele. Simulei que não estava consciente da provocação e passei a comentar como tinha sido proveitosa a leitura de *Meus amigos*, de Bove. Supus que por ali nos aproximaríamos da Rue Vaneau, e não me enganei. Mais que isso, me pareceu observar que Humbol se animava repentinamente, como se a Rue Vaneau lhe desse vida, como se a tivesse dado já desde o justo momento em que, pela primeira vez, eu lhe falei dela. Supor que isso podia ser verdade me deu ânimo para continuar. Fizemos um breve rodeio verbal e desembocamos na rua de Paris que quase tão inadvertidamente vinha se situando, junto à Síria, no centro da minha vida.

Humbol começou então a me contar, com reprimido entusiasmo, que o escritor Emmanuel Bove tinha sido vizinho na Rue Vaneau de um interessante pintor, Émile Artus Boeswillwald, que teve seu ateliê naquela rua até o dia de sua morte. Segundo Humbol, esse pintor era a pessoa mais famosa de todas as que até então tinham morrido atropeladas por um carro na Rue Vaneau. Sofreu esse acidente em 20 de março de 1935 ao sair de seu ateliê, e sempre se especulou a possibilidade de que o bom Bove, se não tivesse se mudado para o Boulevard Raspail, talvez tivesse podido salvá-lo, pois em mais de uma ocasião foi buscá-lo no ateliê para sair para comer, e não era difícil imaginar o empurrão providencial de última hora que teria podido lhe dar o jovem Bove, deixando-o longe das rodas do veículo criminoso.

Dito isso, Humbol sorriu. Eu não sabia muito bem se tinha inventado a figura desse pintor acidentado, mas refleti que averiguar aquilo não era o mais urgente. "Vejo o senhor tão enredado com a Rue Vaneau e com as coincidências que registra nessa rua que não recomendo que se aproxime dela no próximo 20 de março, quando se completam setenta anos do atropelamento de Boeswillwald. Poderia ser também o dia de sua morte", disse de chofre Humbol com evidente ironia, seguramente se divertindo às minhas custas. Será que já me via como um pobre homem melancólico que vivia atado à necessidade de ouvir notícias relacionadas com uma rua de Paris?

Como eu não queria abandonar a conversa sobre a Rue Vaneau, perguntei se era possível visitar o apartamento que Bove teve no número 1 bis daquela rua. O doutor Humbol, que não estava esperando exatamente essa pergunta, reagiu com rapidez. "Eu já fiz isso", disse. "Agora vive lá uma tal Signoret, uma senhora que nega aos leitores de Bove que ele tenha vivido na Rue Vaneau, não sei por que faz isso. O certo é que aquele pequeno apartamento ou *rez-de-chaussée* está um tanto carcomido e melodioso."

Melodioso? Aumentou minha suspeita de que o doutor Humbol podia estar brincando ou inventando. "Na realidade", disse ele, "Bove não chegou a ficar nem por um ano naquele espaço hoje em dia horrendo. A senhora Signoret o atulhou de pássaros que cantam e de papagaios que berram nuns poucos metros quadrados que deveriam hoje ser conservados como um santuário da literatura, com placas memoriais que dissessem que lá jogaram xadrez, em 1928, o grande Gide e o pequeno Bove, e que este sempre se deixava vencer porque não o preocupava nem um pouco sentir-se ferido por uma derrota, fosse esta qual fosse."

Alguns minutos depois, quando reapareceu o tema quase obsessivo de Émile Artus Boeswillwald, ele o descreveu como um homem que andava sempre coberto por um barrete vermelho, que usava óculos de armação metálica e bigode. Se eu não estava muito enganado, não era assim que os detetives que tentam descobrir o aspecto atual de Pynchon dizem que o escritor se disfarça quando sai para fazer compras em Nova York? De novo Humbol zombava de mim? Ou estava tentando me contar, com toda a seriedade do mundo, que Pynchon tinha morrido atropelado em 1935 na Rue Vaneau? Aí, com todas essas questões, acho que fiquei meio louco. Não sei. Passei a pensar como se fosse tão ou mais paranoico que o próprio Pynchon, um paranoico renomado. Não faria Humbol parte da *organização*, não seria ele um dos integrantes das forças invisíveis que, segundo o falso Pynchon de hoje (que teria usurpado havia anos a personalidade do pintor atropelado ao sair de seu ateliê), controlam nossa vida e forjam tramas secretas e subsolo de algumas ruas do mundo, a Rue Vaneau entre elas?

Isso tudo parecia para lá de paranoico e muito simples ao mesmo tempo. Por exemplo, se a gente se punha a pensar no 20 de março, isto é, na data do atropelamento do pintor Boeswillwald, observava que era a mesma que a do começo da segunda guerra do Iraque, em 2003. Era tão preocupante pôr-se a pensar que tudo estava muito relacionado que era preferível se tranquilizar e ver o gordo Humbol como o que, dadas as circunstâncias e as repentinas paranoias *pynchonianas*, eu preferia que fosse: um gordo sem mistério, que fumava Havanas e escutara com relativa paciência minhas *Tentativas*.

Olhei para ele e, vendo-o tão à vontade, voltei a me perguntar se não seria o tema da Rue Vaneau que, por motivos que me escapavam, estimulava a imaginação de Humbol. Ele parecia se divertir inventando moradores dessa rua. Ou não os inventava? Começou a me dizer que Émile Artus Boeswillwald tinha sido o primeiro mestre de Camille Claudel, a bela escultora que foi amante de Rodin e que, a exemplo de Robert Walser, viveu uma grande parte da sua vida encerrada injustamente num manicômio. "A mulher mais genial de sua época", disse Humbol, e passou a me contar que Boeswillwald tinha sido o primeiro mestre daquela mulher, ainda que, isso sim, à diferença de sua discípula, tenha sido um artista conservador, um pintor intimista que propunha algo que hoje obviamente não se faz, uma pintura cheia de emoção e sensibilidade. Foi atropelado por um carro à altura do número 50 da Rue Vaneau, bem na frente de onde fica hoje o centro de relação cultural franco-indiano, que inclusive ele frequentava bastante quando vivia em Paris. Lá trabalhava Rose, uma amiga norte-americana de origem indiana, uma garota que nasceu em

Lucknow, cidade de nome tão parecido com o da minha querida Lokunowo. "O senhor talvez não saiba, mas fui eu que decorei os quartos de seu hotel, o Lubango. Só para que saiba, cobri as paredes com fotografias de Lucknow feitas por Rose. Em seu quarto o senhor deve ter alguma. Prestou atenção nisso?" Eu disse que sim e que me pareceu francamente divertida e muito "gramatical" a ideia do obscuro decorador do meu aposento.

Um círculo mais que se fechava, pensei. E outro se abria, porque agora eu sabia que, por mais surpreendente que me parecesse, a fotografia de meu quarto estava diretamente conectada com a Rue Vaneau. "Como o mundo é pequeno", disse eu, e imediatamente vi que a Humbol parecia que eu havia dito uma bobagem. De repente, passou a se mostrar ligeiramente agressivo. "Seu sósia Pynchon pode se sentir bastante orgulhoso do senhor. Quase o supera na obsessão de *conectar* tudo", disse. Começou a me dar a entender que eu devia deixá-lo sozinho, pois tinha muito trabalho. Que tipo de trabalho? Não quis me responder. Decorava algum outro hotel? Lançou-me um olhar terrível. Tentando retardar a minha saída da casa, tentei despistá-lo mudando o rumo da conversa. Voltei a assumir plenamente o papel de escritor experimental e principiante.

"Quantos prêmios ganhou?", perguntei.

"Quem? Eu? Nenhum."

"O que pensa deles?"

"Dos prêmios? Gostaria de ganhar um que tivesse um bom montante financeiro. Mas como não escrevo..."

"O senhor dá muita importância à invenção em literatura. Acha que ela está muito ausente nos outros escritores de sua geração?"

"Que é isso agora, uma entrevista? Escute, não sei, porque não leio meus contemporâneos."

“Ou seja, o senhor não está em dia com o que se publica.”

“Não, nem um pouco. Por isso, caso voltasse a escrever, jamais pediria a alguém que me lesse. Não sou como o senhor, *mister* Pynchon.”

De repente se pôs em pé e me disse que outro dos problemas de não ser um Salinger (“que soube se proteger extraordinariamente bem dos curiosos”) era que todo mundo achava que podia entrevistá-lo. “E eu não tenho nada especial a dizer. Se me ponho a falar, tenho que dizer as frases que diz qualquer cidadão. Não sou original nem um ser extravagante, sou um homem que se casou duas vezes, que tem três filhos e agora uma amante, o senhor já a viu outro dia. Gosto de cinema e teatro e já não escrevo. Levo uma vida de pequeno-burguês completamente assimilado pelo sistema. Fui um pobre enfermeiro e meu temperamento é de pobre enfermeiro. Por isso vêm em busca de que eu cuide deles, os infelizes escritores principiantes. Mas eles não sabem como sou medíocre, ainda que me pareça com Charles Laughton. Pois não pense que não sei que me pareço com Charles Laughton. Sim, eu sei, já me disseram mil vezes. Mas não tenho o talento daquele bufão. Careço de todo interesse, acredite. Sou um pobre bobo que gosta de Bove. Está vendo? Sou um imbecil que não sabe fazer nem jogos de palavras. Desapareça, Pynchon. Faça-me o favor, desapareça.”

Passou a implorar que eu fosse embora. Que o desprezasse se necessário, mas que o deixasse. “Pequeno-burguês completamente assimilado”, repetiu sorridente, como se tivesse gostado de dizer aquilo. Mas pouco depois, como se estivesse muito abalado, escondeu o rosto entre as mãos e ficou como alguém que está a ponto de se jogar de uma ponte sobre as águas. Eu me perguntei o que aconteceria se naquele momento, por exemplo, entrasse a negra

Pamela na casa e visse que eu havia destroçado seu amante, que o havia deixado literalmente desesperado. Mas em seguida vi que nada de tudo aquilo era sério, tratava-se simplesmente de uma tentativa de conseguir que eu fosse embora de lá o mais rápido possível. Como eu não me mexia, ele disse: "Está vendo? Esse é outro dos inconvenientes das visitas dos principiantes. A gente acaba tendo que expulsá-los para o seu próprio bem, porque percebe que deveriam estar estudando ou escrevendo em lugar de estar perdendo tempo visitando um velho elefante que, ainda por cima, não escreve mais".

Foi em direção à porta. Um minuto mais tarde eu saía para a rua, e pouco depois ouvia a sonora batida da porta. De repente me senti um pouco aturdido e estranho. Ouvi a porta se abrir novamente atrás de mim e em seguida escutei – atordoante, terrível – a voz do doutor.

"Eu sou Ninguém, e o senhor, quem é?"

Não me atrevi a me virar, muito menos a responder. Fui embora de lá caminhando de um modo estranho, pousando o calcanhar antes da sola do pé. Ainda levava atrás da orelha o cigarro não fumado.

30

Uma semana depois, pela manhã, encontrei Humbol na rua, e não posso dizer que tenha sido um encontro muito casual. Segundo ele mesmo me disse, fazia umas duas horas que estava dando voltas pelos arredores do meu hotel. Tinha imaginado que, se cruzasse comigo, me contaria o último rumor que circulava por Paris. Um amigo da Rue Oudinot lhe havia dito que se suspeitava que dentro da embaixada síria da Rue Vaneau havia outra embaixada camuflada, a da Suazilândia. "Sabe de que país estou falando?", perguntou. "Não, nem sequer sei se existe realmente a Suazilândia", respondi. Humbol sorriu. "Fica ao lado da África do Sul, tem um rei negro muito despótico que gasta tudo com mulheres e carros de luxo. A capital se chama Mbabane, ou algo parecido. O país tem uma dívida externa impressionante. E não publicam livros." Esta última coisa me fez rir.

"É difícil acreditar que a embaixada de um país de meia-tigela esteja dentro da embaixada da Síria, muito difícil", disse eu, sentindo que os papéis tinham se invertido, pois agora era eu que me sentia um tanto oprimido pela sua companhia e ele que me perseguia. Por que "o grande escritor" se dedicava agora a me contar uma história bastante inverossímil sobre a Rue Vaneau? Que significava aquele interesse cada vez maior por essa rua?

Voltou à carga. "Meu amigo, o homem da Rue Oudinot, deu uma volta por *sua* Rue Vaneau e tirou fotografias de alguns dos edifícios da rua. Arriscou literalmente a pele, porque há lugares que parece um tanto arriscado fotografar e lá, além do mais, como o senhor bem sabe, há muita polícia. Fotografou a embaixada da Síria, por exemplo. Quer saber o que mais ele fotografou? Logo poderemos ver, pois ele disse que me enviaria as fotos bem depressa pelo correio."

Essa história de seu amigo da Rue Oudinot tinha um ar de ser verdadeira e eu disse que sim, que estava de acordo, que me dissesse o que seu amigo tinha fotografado. No fundo, eu não gostava de estar muito surpreso diante da notícia daquela imprevista reportagem fotográfica da *minha rua.*

O homem da Rue Oudinot, que adorava brincar de detetive particular, havia se vestido como um, com gabardina e chapéu de feltro, como se fosse Alain Delon naquele filme de Melville intitulado *O samurai.* Havia se disfarçado de hermético assassino de aluguel e, armado com sua pequena máquina Olympus, passeou por toda a Rue Vaneau. Fotografou, além da embaixada síria, a misteriosa mansão das sombras imóveis, a farmácia Dupeyroux, a entrada dos escritórios da empresa Mortis, a fachada da casa de Marx, o Hôtel de Suède, a janela da casa do térreo em que tinha vivido Bove e onde já seguramente não vivia a senhora Signoret porque exatamente no centro dessa janela havia um adesivo infantil e um nome. Uma menina tinha lá o seu quarto de brinquedos.

"Logo chegará a foto e poderemos ver esse adesivo. É uma maçã", me disse Humbol, com uma ternura que achei exagerada. "Agradeço por seu interesse pela rua, mas acho que não deveria ter se incomodado tanto", disse eu. "Mas não foi um incômodo. Meu amigo da Rue Oudinot, por exemplo, desfrutou muito, lhe agrada correr riscos e passou um momento muito interessante quando fotografou a janela com a maçã, pois tinha quase certeza de que podiam confundi-lo com um pedófilo."

De tudo o que o detetive-fotógrafo tinha registrado, chamava a atenção – e eu devia saber disso o quanto antes – o desaparecimento da entrada do Hôtel de Suède, que agora estava em obras. Permanecia em pé só a recepção, mas o saguão tinha sido posto abaixo e uns operários trabalhavam na sua reforma. Os operários, com o consequente perigo para o detetive da Rue Oudinot, também tinham sido devidamente fotografados. Não me comoveu, mas me deixou tocado saber que tinham desaparecido daquele saguão as vitrines que exibiam livros e que eu tão intimamente ligava à minha infância e ao cine Chile de Barcelona, onde anunciavam a programação das semanas seguintes em vitrines também parecidas e também já desaparecidas.

Pouco a pouco fui compreendendo de onde vinha todo aquele repentino e curioso interesse do doutor Humbol por *minha* Rue Vaneau. Ele próprio foi me explicando. Já não escrevia, havia quinze anos que não o fazia, e não pensava em voltar à escrita, mas achava divertido "ir investigando, com a impagável ajuda do amigo, sobre a Rue Vaneau". Havia renunciado a escrever, mas não se reprimia demais na hora de "escrever na vida". Em lugar de pressionar as teclas de uma máquina elétrica, soltava na rua ou na sua casa palavras, frases, parágrafos inteiros, e tudo sem necessidade de imprimir. Tinha me tomado como personagem de um romance que ele escrevia tão somente na vida e que girava em torno dos mistérios da Rue Vaneau, esses mistérios dos quais eu tive a gentileza de aproximá-lo. Graças ao que eu lhe contei sobre essa rua em minhas duas visitas, ele havia perdido sua apatia dos últimos tempos e lhe ocorreu uma história de ficção em torno de mim e da Rue Vaneau, ainda que fosse uma história só para ser escrita no vento ou no ar, porque no papel não pensava em colocá-la jamais.

Embora possa soar estranho, tudo isso não poderia ter me parecido mais oportuno e maravilhoso. Sua repentina e peculiar volta à escrita me caía como uma luva, pois trazia consigo uma grandíssima e repentina liberação. É que vi imediatamente, com toda a clareza, que a recuperação da imaginação narrativa de Humbol me liberava da minha, e permitia que eu pudesse voltar a sentir a mesma sensação salvadora daquele dia em que um viajante me arrebatou um táxi na estação de Santa Justa de Sevilha e, repentinamente, me deixou aliviado de certas responsabilidades e obsessões.

Uma vez que Humbol se encarregava delas, já não seria necessário que eu me visse obrigado a imaginar minhas histórias, e menos ainda a contá-las a mim mesmo. Podia me dedicar com mais tranquilidade do que nunca ao microscópico e ao ensaístico, em suma, às minhas prosas breves.

Era perfeito. Humbol teve a gentileza de me roubar o mundo da ficção. Eu não podia me sentir mais agradecido por seu gesto. A partir daquele momento, poderia me dedicar ao que realmente me interessava, que era escrever muito de vez em quando em meu caderno, mas sobretudo poderia me dedicar a certas investigações sobre a verdade que, em forma de prosas breves, trasladaria esporadicamente, com minha letra cada vez mais minúscula, a meus papeizinhos.

Senti um agradecimento infinito a Humbol, confiando, por outro lado, que sua recém-inaugurada tendência pegajosa não chegasse longe demais.

"Como o senhor imagina daqui a Rue Vaneau?", perguntou Humbol se aproximando demais de mim.

Eu me afastei, quase com vontade de ir embora.

"Sai, sai", disse eu, mas acho que não me ouviu. "Invente o senhor", estive a ponto de dizer. Mas vi sua expressão desolada, que me deu pena. Decidi responder. Não tive que pensar muito.

"Pois olhe, eu a imagino como uma paisagem urbana em silêncio. Claro-escuro e imobilidade à espera de uma catástrofe."

Seu rosto se animou. Fiquei com vontade de dizer que era perfeito que fosse ele que, a partir de então, se encarregasse essencialmente das ficções sobre aquela rua de Paris, daquelas ficções nascidas da realidade. Teria sido bom dizer que, se ele se ocupasse do fator imaginativo, eu poderia me dedicar por fim à verdade, à busca da verdade, normalmente escondida por trás da realidade e também da grande maioria das ficções.

Na noite daquele dia, já na cama, dormi pensando que me dedicaria a esse tipo de verdade indefinida, da qual esperava me aproximar através da intuição, mas só para ir além dela, da intuição. Mais além. Lembrei do que dizia Schönberg: "Quem quiser ir mais além deverá desaparecer". Apaguei a luz.

31

Decidi tirar umas férias de três dias. Disse a mim mesmo que, quando alguém já está há tempo razoável afincado numa cidade, o normal é que de vez em quando saia de férias. Fui para Sevilha em busca dessa normalidade. Na manhã de 15 de dezembro, a uma semana do solstício de inverno, saí de Lokunowo num avião da Iberia e, depois de uma escala em Tenerife que ia ser breve, e "por problemas técnicos" se prolongou talvez demais, aterrissei em Madri, onde passei a noite na praça de Santa Ana, no Hotel Miau, um hotel cujo nome parecia inventado, e quem sabe tenha sido por isso mesmo que decidi pedir um quarto nele. Foi difícil dormir e só consegui pelo método de imaginar variadas situações nas quais eu tomava um táxi no aeroporto de Barajas e, ao dar o endereço e o nome do hotel, mais concretamente ao dizer Miau, os taxistas me tomavam por um piadista ou um louco.

Na manhã seguinte, tomei o AVE em Atocha e em pouco tempo estava em Sevilha, onde tratei de averiguar o que sentia alguém ao chegar com a máxima pontualidade, mas com um ano exato de atraso, a um compromisso na cartuxa de Sevilha.

E o que senti? A distância da cidade, pois a cartuxa não está exatamente no centro de Sevilha. E um céu coberto com frio intenso e neve aguada. E, para completar, ninguém ao redor, nem sequer uma pessoa à vista. Eu completamente só, abrigado com dois cachecóis, na porta do mosteiro. Chega-se tarde a um compromisso quando se chega às oito em ponto, a hora combinada, ainda que exatamente um ano depois? Sim, chega-se tarde, chega-se muito tarde. E, além do mais, aparece um fantasma. A princípio, vendo-o se aproximar lentamente na imensidão, me pareceu que era o fantasma de mim mesmo em fuga sem fim. Quando o vi mais perto, me pareceu que caminhava como eu sempre tinha pensado que caminharia o doutor Ingravallo, se caminhasse. E nesse momento me lembrei de quando, sendo um escritor iniciante, eu não sabia como tornar verossímil a aparição repentina de um fantasma em minha escrita e pedi conselho a Bernardo Atxaga, que me disse que era muito simples, bastava fazê-lo aparecer.

Quando na porta da cartuxa o fantasma chegou já muito perto de mim, pude ver que não tinha rosto. Falou comigo, arrastou muito a voz para dizer: "Para desaparecer é preciso antes ter sido visto por alguém". E, ainda com algumas dúvidas, me pareceu que sua voz era a mesma que tinha o doutor Ingravallo naquele dia em que sua voz soou como a de um amigo meu morto. Seguiu arrastando a voz para me falar brevemente do poeta Nicanor Parra e da falta de um rosto com o qual possamos identificar Hamlet.

Perguntei ao fantasma onde vivia. "Domicílio indeterminado", disse secamente, e em seguida riu com uma risada que me pareceu muito familiar, e ao mesmo tempo estranha, como a que só pode produzir alguém sem pulmões. Aumentou a força do vento e senti mais frio. "Para poder ver o mundo, o poeta deve se tornar invisível", disse ele. E dessa vez já não tive dúvida alguma, reconheci plenamente a voz do amigo. "Para poder ver o mundo, o poeta deve sumir no anonimato", acrescentou. E pouco depois desapareceu.

32

Na manhã seguinte, ao acordar em meu quarto no Hotel Zenit de Sevilha, recordei aquele dia em Paris no qual abri os olhos convencido de que tinha única e exclusivamente a memória do doutor Pasavento. Dessa vez, meu despertar foi diferente, ainda que só ligeiramente. Abri os olhos sem saber quem era e me invadiu um pânico que me pareceu estar muito relacionado com o próprio ato de acordar. Não sabia quem era nem onde estava, mas em todo caso já sabia sim alguma coisa: era alguém que, um dia, em Paris, havia acordado convencido de que tinha única e exclusivamente a memória do doutor Pasavento.

Acordar dessa forma me fez lembrar que já em muitas outras ocasiões eu tinha refletido que nossa identidade é um mistério. Morremos a cada dia e nascemos a cada dia. Estamos continuamente nascendo e morrendo. Por isso o problema do tempo nos afeta mais que os outros problemas metafísicos. Porque os outros problemas são abstratos. O do tempo é o nosso problema. Quem sou eu? Quem é cada um de nós?

Lembrei de umas palavras de Kafka escritas (e depois riscadas) no começo de *O processo*, umas palavras em que ele dizia: "É necessária uma infinita presença de espírito, ou melhor, presteza para, ao abrir os olhos, apreender tudo o que ali está, de certo modo, no mesmo lugar em que foi deixado ao anoitecer". E também lembrei que um pouco mais adiante Josef K. dizia a si mesmo: "Por isso, o instante do despertar é também o instante mais arriscado do dia; uma vez superado, sem que a pessoa tenha sido deslocada do seu lugar para algum outro, ela pode então passar tranquila o dia inteiro".

Quem era eu? Alguém que recordava palavras de Kafka, pensei. E de repente, como se tivessem dado uma considerável corda na minha memória, comecei a recuperar uma grande quantidade de lembranças, embora visse que continuava sem saber quem eu era exatamente. Para não perder mais tempo com isso, resolvi que era o doutor Pynchon, o mesmo que residia em Lokunowo e estava de férias em Sevilha. Eu era o doutor Pynchon, registrado, isso sim, com nome falso no Hotel Zenit. E de repente, me deixando arrastar por minha repentina memória torrencial, me lembrei do outro Pynchon, do escritor de Nova York. E ao mesmo tempo me lembrei também da cidade de Nova York e de um poeta do Bronx, a quem eu conheci em outros tempos e que se gabava de ser amigo do escritor oculto que respondia pelo nome de Thomas Pynchon. Era uma lembrança estreitamente ligada ao passado, aos dias em que eu trabalhava no hospital psiquiátrico de Manhattan. John Weldon Smith era o nome do poeta. Na última vez em que eu o vi, ele estava muito irritado no pátio central do hospital falando mal de sua alcoolizada mulher, à qual um juiz tinha dado a tutela da filha de nove anos que tinham em comum. Eu lembrava de Weldon Smith falando de tudo isso com seu amigo, o doutor Ryan, e depois ficando só, sentado num banco do pátio, um banco próximo da janela da minha sala. Eu o admirava não só por seus poemas, mas também por sua capacidade de levar a cabo atividades muito diversas, porque, além de poeta, era crítico de cinema na *Time*, roteirista de tevê, pintor amador, e naquele momento trabalhava num projeto científico-cinematográfico para o meu hospital psiquiátrico: rodava um filme sobre a inter-relação entre gestualidade e oralidade nos esquizofrênicos, com a colaboração do psiquiatra alemão Karl-Heinz Ruesch e do doutor Ryan. Naquele dia, da janela da minha sala, fiquei por um bom tempo espiando Weldon Smith e o teria arrancado de seu sonho e lhe dirigido a palavra se não fosse o fato de que ele me intimidava bastante. De modo que só o espiei naquele dia, o último em que o vi, porque uma semana depois, em 14 de julho de 1975, a polícia encontrou abandonado o carro de John Weldon Smith, com a chave no contato e as portas abertas na ponte do Brooklyn. De seus pertences só encontraram, no assento traseiro, um avental branco do meu hospital psiquiátrico. Nunca se soube se tinha se suicidado (falou a vida toda em fazê-lo, embora sempre de forma muito poética), ou se tinha desaparecido, coisa que tinha dito que faria algum dia, tinha dito isso a seus amigos, muitos deles poetas, músicos, romancistas (alardeava ser amigo de Barth, mas sobretudo presumia saber onde vivia escondido o escritor Pynchon), pintores ou cineastas muito conhecidos do Bronx ou de Greenwich Village. O fato é que dois dias depois resgataram das águas, perto da ponte do Brooklyn, o corpo de um suicida, mas não era o de Weldon Smith, e sim de um caixeiro-viajante que também havia abandonado o seu carro na ponte do Brooklyn.

De meu admirado poeta nunca se soube mais nada. Seus pais disseram que de modo algum teria se matado sem deixar alguma coisa escrita para sua filha de nove anos. E começou-se a considerar mais provável o fato de que teria desaparecido ou que andasse vagando pelo mundo vítima de amnésia. Meses depois, a irmã de sua alcoolizada mulher, durante um cruzeiro ao Havaí e à Austrália, julgou ver Weldon Smith no convés de um barco que se afastava do porto de Sydney. Era, pelo menos, alguém muito parecido com o poeta desaparecido na ponte do Brooklyn. Mais que isso: deu-lhe adeus com a mão. Também foi visto, um ano depois, no porto de Honolulu. Dessa vez os que o viram, dois médicos do meu hospital, disseram ter certeza de que era ele, embora o tenham visto só por alguns segundos, quando já se afastava no convés de um veleiro com bandeira australiana.

Lembrava de tudo isso no meu quarto do Zenit até que dei por solucionada a reconstrução de minha identidade. E então saí do lúgubre (dava para um pátio interno) aposento. Era uma bela manhã de inverno. Tudo parecia magnífico. O sol luzia nas alturas. As ruas transmitiam uma alegria contagiante com a algazarra das pessoas. Caminhando junto ao rio Guadalquivir, senti o tempo todo que andava sobre minha sombra. Pensei comigo que certamente, embora não pudesse ver a mim mesmo, eu tinha naquela manhã um ar de Emmanuel Bove. Passeei sem temor de ser reconhecido (cabelo vermelho, chapéu de feltro muito encasquetado, óculos escuros) por um mercadinho em que havia várias barraquinhas vendendo todo tipo de livros.

Procurei algum dos romances que tinha escrito em minha vida anterior. Havia tantos livros que a lógica me dizia que decerto em alguma das barraquinhas acabaria encontrando – com um desgosto fingido – algum livro meu, de terceira ou quarta mão, oferecido a um preço irrisório. Mas o pior veio quando, depois de meia hora de busca e de um rastreamento exaustivo, eu me dei conta de que, por mais que examinasse, nunca encontraria nenhum de meus livros ali. Para não me angustiar ensaiei um aforismo: Nada envaidece tanto uma pessoa como sentir-se completamente esquecida. Anotei isso no recibo do Hotel Zenit, para o caso de mais tarde querer escrever num papelzinho à parte. E, enfim, não pude evitar ser tomado pouco depois por certo pessimismo quando vi com toda a clareza que não tinham sido necessários muitos meses para que em meu país eu me tornasse alguém completamente esquecido.

Tanto no estrangeiro como num manicômio eu podia viver assim, como um ser esquecido. Mais que isso, era como eu desejava viver. Queria ser fiel a uma máxima de Walser: "O mais belo e triunfante é ser um autêntico pobre-diabo". Eu não podia estar mais de acordo com essa ideia, mas não podia suportar o fato de me sentir isolado em minha própria terra.

Decidi que aquele era meu último dia na Espanha. Eu me despediria para sempre daquele país voltando a visitar a catedral de Sevilha. O que naquele templo eu imaginasse, pensasse ou recordasse, se converteria na única lembrança que conservaria daquele ridículo país de trôpegos fantasmas católicos.

No caminho para a potente catedral me entretive observando banais felicidades de rua. As pessoas passeavam e, sob as árvores desfolhadas, uma banda municipal dava um concerto. Perto dali, um grupo de crianças com roupas muito escuras ria e brincava. Uma brisa ligeira trazia e levava aromas, despertando em mim absurdas nostalgias. "Densa como uma lágrima caiu a palavra Espanha", pensei, recordando assim um verso que escrevi quando jovem. Ou era Cernuda que o tinha escrito e, além do mais, escrito muito melhor? Será que eu ainda me lembrava de algum verso de Weldon Smith? Vi em seguida que só de um, o que de todo modo era suficiente: "A acumulação triunfal na manhã festiva...". Parecia que o poeta do Bronx havia se disposto a falar da Sevilha que eu estava vendo naquele dia.

E vi também uma menina belíssima com um balão azul e vermelho e um traje adornado com babados, e vê-la me trouxe lentamente a dolorosa memória de minha filha Nora, e muito pouco depois, também com lentidão, a lembrança da filha de Weldon Smith, a quem eu tinha visto várias vezes quando acompanhava seu pai no hospital e ela ficava no pátio central a mandar sorrisos aos pobres internos. Lembrei do hospital, de Nora, da filha de Weldon Smith e do próprio Weldon Smith, de tudo eu lembrei de repente quando, pouco depois, entrei na catedral, sentei num banco e assisti à missa. Ao contrário de minha visita anterior, dessa vez o templo estava muito cheio. De repente me pareceu que um paroquiano ao meu lado me perguntava de onde vinha a minha paixão por desaparecer. Teria Deus voltado à terra depois que o deram por morto, ou era uma impressão equivocada como a que eu tive um dia no alto da torre de Montaigne? Olhei bem para o paroquiano e não me pareceu que tivesse dito nada, o que, de cara, significava que não era Deus, mas um simples paroquiano. Deve ser um alívio para esse homem não ser Deus, pensei.

– De onde vem a sua paixão por desaparecer? – ouvi que voltavam a me perguntar.

Olhei de novo para o paroquiano. Agora estava de joelhos, submerso em suas orações, impenetrável, como se tivesse se dado conta de que eu o estava fiscalizando. É holandês, pensei. Ainda agora eu não saberia dizer por que pensei que era holandês, talvez porque eu tenha recordado os quadros de igrejas vazias do pintor holandês Saenredam. Em todo caso, não tinha sido ele que havia feito a pergunta. Tampouco Deus. Era Ingravallo? Era o fantasma da cartuxa? Ou talvez o fantasma do berço do ensaio?

Estive na catedral por um longo tempo sem poder tirar da cabeça uma cena de que não me lembrava fazia tempo e que me acompanhou pelo resto do dia e de forma já obsessiva continuaria me acompanhando inclusive quando o avião, dessa vez sem escalas, me devolveu a Lokunowo na noite daquele mesmo dia. A cena lembrada se erigiu na última lembrança daquele país ao qual não pensava mais em voltar na minha vida, a última lembrança que me ficaria da Espanha e de seus trôpegos e patibulares fantasmas monárquicos, independentistas, liberais, republicanos, católicos todos.

Essa lembrança seria para sempre a lembrança do momento na catedral de Sevilha em que recordei uma tarde de inverno, perdida já no tempo, uma tarde em Barcelona em que minha mulher e eu falávamos distraidamente de amigos que *eram* ou não escritores, e nossa filha Nora, com três anos, nos escutava um pouco mais que atentamente, até que fechou os olhos e em seguida nos encarou de uma maneira estranha, e nos assustamos. Parecia que queria nos dizer alguma coisa.

– E o que sou eu? – nos perguntou de repente.

Ela não disse "quem sou eu", mas sim "o que sou eu".

Não sabíamos o que fazer, o que dizer, o que ser, nós próprios.

– Você é uma menina – eu disse finalmente.

Tinha os olhos cada vez mais arregalados. E bebia um refresco.

– Não, o que eu sou? – disse, muito inquieta, e estava a ponto de cair no choro.

– Outro dia explicaremos – disse sua mãe.

– Não, o que eu sou? – insistiu.

Sua gravidade petrificava. E o refresco, naquelas circunstâncias, parecia de uma banalidade infinita.

Também com a lembrança de uma filha se podem queimar os navios. Ao voltar a Lokunowo, fui muito consciente de que para trás ficava para sempre a terra natal. Para trás ficavam muitas nuvens negras e ficava Ítaca, ligada agora tão só à lembrança de uma tarde de inverno e à pergunta de uma menina morta. Adiante ficavam os países estrangeiros e os manicômios, a neve sobre os túmulos verticais, o movimento perpétuo e a constância da viagem para dentro de si mesmo, a expedição rumo ao fim da noite e o desejo de viajar sem retorno.

REALIDADE

Com a mesma pontualidade com que chegou o inverno astronômico a Lokunowo, isto é, às 14 horas e 42 minutos, hoje, 21 de dezembro, entrou em todos os teletipos do mundo a notícia de que o Exército Islâmico do Iraque comunicou à rede Al Jazira que libertou Christian Chesnot e Georges Malbrunot, os jornalistas franceses sequestrados em agosto no Iraque. A Al Jazira entregou os dois jornalistas à embaixada da França em Bagdá.

Que boa notícia para Humbol, pensei imediatamente. Eu aí, nesse tipo de notícia, já me perco, a realidade me transborda. Eu fiz muito bem em ceder a Humbol tudo isso que passa por ser a realidade, porque é endiabradamente complexo e enganoso e, além do mais, me afasta, com movimentos ignóbeis, da verdade.

VERDADE

Contemplo o momento da libertação dos dois jornalistas franceses como se o presenciasse num grande teatro em cujo cenário há um pano de fundo com um céu pintado e reina a claridade de uma manhã ao ar livre. Mas a manhã é enganosa porque, quase imediatamente depois da libertação dos jornalistas, escurece em plena cena, quero dizer que muda o cenário. Com esse tipo de ilusões teatrais nada complexas, o melhor que se pode fazer é observar tudo sem muita ansiedade, sabendo que faz parte das regras do jogo dramático. Mas chega um momento em que a gente já não pode com tanto engano e se cansa da tramoia midiática e quer conhecer a verdade. Então, tentando se aproximar mais dessa verdade, a gente se dirige ao fundo do cenário e, como se fosse o mesmíssimo Kafka, "corta a lona, passa entre os panos de céu pintado e por cima de uns escombros e foge para a ruela real, úmida, escura e estreita, que por sua proximidade com o teatro segue se chamando rua do Teatro, mas que é verdadeira e possui toda a profundidade da verdade".

Estou seguro de que, ainda que se dê o caso de serem só verdades indefinidas, a busca não carecerá de sentido. A viagem será longa, mas digamos que já estou fora do teatro, na ruela real, úmida, escura e estreita. Essa ruela é o melhor atalho que conheço para chegar à misteriosa rua única da minha vida. Acaso é a verdade sobre a minha vida o que realmente quero investigar? Ou é a rua da verdade a que me interessa? Não sei, sigo andando pela ruela úmida e escura. E não esqueço que para adentrar na verdade preciso desaparecer de verdade.

33

Acendo a luz. Volto a lembrar de que quem quiser ir mais além deverá desaparecer. Depois afugento pensamentos e evoco a tertúlia de ontem com os psiquiatras do Monenembo. Última reunião do ano, antes da noite de Natal. Ao lhes contar que tinha tirado uns dias de férias, o doutor Monteiro se perguntou em voz alta – todos o escutaram com atenção e se notava que tinham falado do assunto durante minha ausência – se eu não levava uma vida dupla. "Bom, muitos dos senhores já sabem que frequento o bordel. É a isso que se referem?", perguntei. Algumas risadas. E em seguida disseram que obviamente não se referiam a isso. "Estamos falando do que conversamos ontem, quando o senhor ainda estava de férias. Sobre um lugar-comum entre psiquiatras. Comentamos que a maioria dos adultos normais se acha perfeitamente preparada para iniciar uma vida secreta, ainda que não para mantê-la", disse o doutor Bodem. Mostrei certa perplexidade. "Comentamos", quis me esclarecer o doutor Bieto, "que a capacidade de guardar um segredo é fundamental para um desenvolvimento social sadio, e também comentamos que o desejo de experimentar outras identidades pode permanecer até depois de já bem avançada a idade adulta."

"Num sentido muito profundo, um homem não tem uma identidade, a não ser que tenha um segredo", disse o doutor Betancourt, e em seguida, virando-se para mim: "O senhor não está de acordo, doutor Pinchon?".

"Aqui, como psiquiatras, todos concordamos que a capacidade para guardar segredos é essencial para um desenvolvimento sadio, para que a mente se mantenha em forma, se mantenha ágil. E o senhor, o que diz disso, doutor Pinchon?", me disse Monteiro.

Eu me senti um pouco acossado.

"Não sei. Dá a impressão de que todos os senhores têm sua respectiva amante e levam uma vida dupla, têm lares paralelos", respondi contra-atacando.

"E o senhor não, doutor Pinchon, não participa desse desenvolvimento sadio?", perguntou o doutor Costa.

"O senhor não tem segredos?", perguntou o doutor Pinha.

"O senhor nunca desejou alguma vez experimentar ter outras identidades?", perguntou o doutor Martinho, o mais sério da tertúlia.

"É, por exemplo, sinal de boa saúde mental manter em segredo as relações passadas em que ainda se continua pensando. Como é também muito sadio utilizar diferentes identidades para manifestar problemas e resolvê-los. O senhor não vê assim, doutor Pinchon?", disse Bieto, me encarando com uma inquietante fixidez.

Aquilo era um interrogatório.

"Mas o que os senhores querem saber?", perguntei.

"Se leva uma vida dupla. Isso é tudo. Se o senhor é o que não é, mas também é o que é", disse Pinha.

Era como se todos perdessem a sua condição de doutores enquanto me perguntavam ou me diziam algo pela segunda vez. Passavam a ser para mim um simples sobrenome, sem a pompa do tratamento doutoral. É que eu tinha começado a vê-los todos não como médicos, mas como detetives enxeridos.

"Não levo nenhuma vida dupla. Além do mais, como se faz isso de utilizar diversas identidades?", perguntei.

"Uns fazem isso pela internet. Inventam nomes falsos para si e resolvem problemas se correspondendo com desconhecidos numa zona, a virtual, relativamente livre de consequências", explicou o doutor Souza.

"E outros simplesmente se camuflam sob um nome falso", sugeriu Monteiro.

"E outros, como eu, escrevendo", disse eu.

"Que quer dizer com isso?", perguntou o doutor Pinilla, que parecia estar sempre nas nuvens e sem saber de nada.

"Que escrever é fazer-se passar por outro", disse eu, "e por isso é uma atividade tão recomendável, pois o sujeito não precisa levar nenhuma vida dupla, ele a escreve e pronto. Senhores, é bom que saibam que escrever essas *Tentativas* que os senhores escutam com tanta negligência me permite levar uma vida muito sadia."

"E Pinchon é seu sobrenome?", perguntou Bodem.

"É. Sou Pynchon", eu disse com uma gravidade que não era habitual em mim, como se me sentir encurralado me impulsionasse a descobrir a segurança que eu sempre aninhara em mim mesmo.

Percebi nesse momento as vantagens de falar e não escrever. O *i* latino de Pinchon, por exemplo, poderia se converter num *y* sem que aparentemente ninguém notasse.

"Mais alguma pergunta?", disse eu, com gravidade já total.

"E qual é seu outro sobrenome?", perguntou o doutor Lopes.

"Maas", respondi quase sem pensar, rapidamente, em homenagem ao personagem pynchoniano Edipa Maas.

Ao mesmo tempo, o "maas" parecia uma pergunta.

"Mas ou Maaaas?", quis saber infantilmente Lopes, fazendo um pouco de teatro.

"Com certeza o senhor gostaria de se chamar de outra maneira...", disse Bodem.

"Ingravallo, por exemplo. Eu gostaria de me chamar Ingravallo", respondi. "Não é muito comum e soa bem. Mas estou contente em ser Pynchon. Tenho a impressão de que se chamar Pynchon equivale a ser uma pessoa da qual não se sabe nada. Essa certamente deve ser a mola invisível que os impulsiona a me perguntar se me chamo Pynchon. Não esqueçam que também sou psiquiatra. Posso estar afastado do trabalho, mas me lembro de tudo o que estudei e também do que eu mesmo, por conta própria, averiguei."

"E acha que é sadio levar a vida de um Pynchon?", disse Monteiro.

Pergunta estranha e que certamente vinha insistir que meu sobrenome verdadeiro não era Pynchon, embora desse a impressão de que Monteiro funcionava por sua própria conta, de que suas perguntas se dirigiam num sentido diferente dos dos outros. Não se devia esquecer que Monteiro não ignorava que havia um escritor muito famoso que se chamava Pynchon e que vivia em Nova York. Ou Humbol o havia informado recentemente disso, ou então ele sempre soube, pois, afinal de contas, tinha conhecimentos literários e referências, ainda que vagas, da existência, por exemplo, do escritor Robert Walser. E, quanto aos outros tertulianos, podiam ter sido informados por Monteiro dessa circunstância, mas não me parecia esse o caso, os outros perguntavam à toa, convencidos de que aquela era simplesmente uma tertúlia de psiquiatras.

Agora, verdade seja dita, todos me olhavam com evidente atenção e receio. E eu começava a me sentir na ruela real, úmida, escura e estreita. E ao mesmo tempo tinha a impressão de estar descendo de escuna por um rio tranquilo. Afinal, não tinha cometido nenhum delito. O único problema era se quisessem continuar indagando e acabassem por me devolver à minha indesejável identidade anterior, ou à anterior à anterior, ainda mais indesejável.

"E me diga uma coisa, doutor Pinchon, até quando pretende nos esconder seu verdadeiro nome?", perguntou Monteiro, implacável.

"Aqui nada é fácil", me indicou, muito oportunamente, o doutor Ingravallo. E foi por pouco que não movi a cabeça para dar razão à minha voz interior.

"Tampouco há de estranhar que falemos disso. Trata-se da velha questão de quem é quem e se somos ou não quem julgamos ser", tentou me explicar o sisudo Souza.

"Quem o senhor acredita ser?", perguntou Bieto, homem muito simples e direto.

Eu me levantei e disse que amanhã seria outro dia. Sonhava com não fazer nada, tombado sobre a cama, em meu quarto de hotel. Disse isso a eles. "Além do mais", acrescentei, "não quero ser ninguém."

"Ninguém?", perguntou Costa, incomodado ao ver que eu escapulia.

"Está bem", disse eu, também enfadado, "meu verdadeiro nome é Emmanuel Bove e nasci em Paris, de mãe espanhola e pai francês. De acordo? Passei a adolescência no Paseo de San Juan de Barcelona e a juventude no Bronx de Nova York. Ali conheci o verdadeiro

Pynchon, que me deu permissão para utilizar seu nome e despistar seus perseguidores, todos aqueles que querem averiguar qual é o seu rosto. Sou psiquiatra, nisso não lhes menti. E é verdade, levo uma vida dupla, mas só quando vivo em Lisboa, onde tenho uma esposa perfeita e maravilhosa e uma filhinha chamada Nora, mas pelas noites vou de bar em bar e vou para a cama com mulheres a quem humilho e degrado até limites insuspeitos. Se ando por estas terras é porque no dia em que me aposentei decidi tirar um período de férias em Lokunowo e de passagem descansar de minha vida dupla em Lisboa. Satisfeitos, senhores?"

"E, então, quem é o verdadeiro Pinchon?", perguntou Pinilla, sempre nas nuvens.

34

No dia seguinte, em plena praça Bangasu, Humbol se plantou diante de mim. Tinha já as fotografias da Rue Vaneau. Pobre homem, pensei. A cada dia era mais forte a impressão de que eu devia deixar imediatamente Lokunowo, onde eu mesmo vinha complicando demais a vida. Faria bem em ir me esconder o mais depressa possível em algum lugar menos civilizado que Lokunowo, um lugar onde já não tivesse que ser nem sequer o doutor Pynchon.

Vi as fotos. Vi o adesivo infantil, uma inocente e pequena maçã no vidro da janela da casa de Bove. Teria Bove realmente vivido lá? Parecia mentira vendo aquela pobre maçã vermelha. Vi a embaixada da Síria no momento em que por sua porta passavam três cidadãos que se viravam para olhar com receio para a câmera. De fato, o detetive da Rue Oudinot havia arriscado a pele. Vi a farmácia Dupeyroux com os resplandedentes cristais de suas vitrines. E dentro, pensei, a atendente que só para mim não quer vender aspirinas francesas. Vi a casa das misteriosas sombras. Aparência de normalidade à luz do dia, mas também claro-escuro e imobilidade à espera de uma catástrofe. Vi os operários destroçando a entrada do Suède. Vi o apartamento de Marx sem operários. Meti-me na pele de Jakob von Gunten e me vi servindo a Marx no calor de seu lar. Eu me comportava como um mordomo muito servil com Marx, mas ao mesmo tempo um tanto perverso, obcecado em lhe passar informações sobre a lucidez de Walser com perguntas como esta: "A quem dão de comer as conquistas interiores, senhor?". Perplexidade passageira de Karl Marx. "Já lhe respondo eu mesmo. A ninguém. Por isso me encantaria ser rico, passear de carruagem e esbanjar dinheiro. Nada de conquistas interiores. Leve-me à mansão de Chanaleilles, senhor." Vi a mansão de Chanaleilles e nela, fumando um grande Havana, Saint-Exupéry me dizendo: "Estou totalmente de acordo com o regulamento dos aviadores".

Vi também – mas não em foto – o presente de Natal que Humbol pensava em dar à mulher de seu segundo filho, "uma mulher que se chama Dorotea e é como um menino", detalhou. Humbol estava animado e parecia mergulhado num mundo de ficção permanente, constante. Parecia confirmar-se que, desde que me conheceu e eu falei dos mistérios da Rue Vaneau, tinha ficado mais que preso àquela história que desejava escrever no ar. "O senhor quer dizer como uma menina", disse eu, me referindo a Dorotea. Ficou mordendo o lábio inferior. "Não, como um menino, quero dizer como um menino. E não me faça entrar em mais detalhes, doutor Bove", disse, deixando mais do que evidente que havia falado com os psiquiatras da minha tertúlia.

"Doutor Bove", frisou, olhando francamente nos meus olhos. Em seguida, explicou que havia encontrado o presente para Dorotea havia anos num antiquário de Praga. E me mostrou com um sorriso que escondia uma angústia de ruela real, úmida, escura e estreita. Uma angústia muito grande, sem dúvida. O presente era um desses jogos que parecem feitos para testar a paciência do jogador, e não muito maior que um relógio de bolso. Na superfície de madeira cor de mogno estavam entalhados uns caminhos labirínticos azuis que desembocavam numa pequena cova. O objetivo consistia em, movendo e inclinando o tabuleiro, conduzir a bola primeiro a um dos caminhos, e depois à cova. Imaginei que quando a bola estava desocupada se maldizia os que queriam introduzi-la – como uma morta vulgar – na cova.

"Todos nós acabaremos como esta bola, não lhe parece?", me disse Humbol ao ver que eu me fixava muito nela. "Não, não me parece", respondi muito sério, quase aborrecido. "Pois eu acho que sim, que é esse o nosso destino, mas que, enquanto isso, o melhor que podemos fazer é nos adentrarmos nos labirintos de uma grande conspiração internacional. O senhor não está vendo agora um detetive que descobre uma intriga cujo centro se situa no apartamento do 1 bis da Rue Vaneau, no *rez-de-chaussée* onde viveu Bove? Não vê uma intriga conectada diretamente com uma aparentemente inocente maçã infantil que, na realidade, é um olho que espia as entradas e saídas da embaixada da Síria?"

"Pois penso que não, senhor. Por aí não vamos a parte alguma", eu disse, cada vez mais incomodado. Eu havia dado a ele de presente um romance (para que o escrevesse no ar ou onde quisesse), mas não estava disposto a escutar idiotices. Me despedi bruscamente enquanto dizia com meus botões que devia abandonar Lokunowo de imediato. Já tinha deixado para trás para sempre minha terra natal e minha tendência natural a escrever ficções. Agora me convinha continuar deixando para trás outros lastros.

Alguns minutos depois eu entrava com passo decidido no cybercafé da Avenida Huambo, esquina com a praça Bangasu. Entrei ali com a ideia de examinar, depois de muito tempo, meu correio eletrônico. Quem sabe tinha chegado a hora de me atrever a saber o que as pessoas me escreviam. Mas não demorei a me dar conta de que fazia vários meses que tinha sido cancelada minha conta no servidor Terra e, portanto, era impossível ter acesso à minha correspondência eletrônica. Então pensei em navegar por um tempo pela internet, procurar saber quais eram as últimas notícias que tinham sido publicadas sobre mim na Espanha e no mundo. Na Espanha, nem sequer uma notícia. E no mundo, igual. Seria para desanimar, não fosse porque aquilo, na realidade, era muito favorável a meus interesses. Supondo que eu ainda fosse minimamente lembrado, o mais provável era que me situassem vagando pelo fim do mundo, pela Patagônia. Não havia perigo de me localizarem. Por acaso não era isso que eu estava procurando? Decidi deixar de examinar notícias sobre aquele estranho escritor que eu tinha sido em outros tempos e tentei ver se diziam algo sobre um tal Pinchon, que passeava por Lokunowo. E encontrei só informações sobre um prato de "*pinchon* [tentilhão] recheado com castanhas e *foie*" servido num restaurante de Port de la Selva. Dei muita risada, tanto pela inesperada aparição de um "*pinchon* recheado" como pela associação, não menos inesperada, desse "*pinchon*" com Port de la Selva, o paraíso de minha infância.

Pynchon e Port de la Selva!

E por um momento voltei uma vez mais a me perguntar se essas coincidências com as quais alguns de nós convivemos eram casualidade, destino ou um exemplo prático da teoria das probabilidades. E pensei que, em todo caso, o que tinha que fazer era deixar de me manter alerta diante dessas ocorrências. Tudo isso tinha que ficar para gente como o doutor Humbol. Em qualquer caso, movido ainda um pouco pelo que até então tanto me atraía, busquei no Google a associação "Pasavento + Rue Vaneau". Não era tão fácil deixar para trás a Rue Vaneau. Procurei e não encontrei nada, só um duro e estarrecedor vazio. Também não havia nada em "Pinchon + Lokunowo", nem na variante "Pynchon + Lokunowo". Depois desses fiascos, pensei em buscar em "Chesnot + Malbrunot", e ali, entre uma multidão de entradas, dei com uma revista digital que se autodenominava *revolucionária* e na qual, no interior da para mim obscura notícia da libertação dos jornalistas franceses, parecia se abrir um foco de luz que dava diretamente a uma incerta verdade que podia estar por trás da sempre nada transparente realidade.

Li ali que Mohamed Al Yundi, o motorista sírio, depois de ser encontrado em Faluja por militares norte-americanos em 12 de novembro, tinha sido imediatamente encarcerado e torturado durante cinco dias. Embora a notícia não tenha chegado à imprensa escrita, o motorista, contra a surpreendente opinião da RSF (Repórteres sem Fronteiras), estava havia dias em Paris querendo denunciar o *US Army* por esses "maus-tratos, torturas e ameaças".

O que ele queria denunciar era que, ao ser descoberto numa casa abandonada de Faluja, tinha sido algemado pelo exército e conduzido, por ruelas úmidas e estreitas, a um campo militar onde recebeu golpes brutais de botas militares na cara, e depois trasladado aos arredores de Faluja, onde o haviam interrogado de joelhos enquanto perguntavam o paradeiro das pessoas que o haviam sequestrado e das que o haviam ajudado. Passou por três simulacros de execução, com a pistola encostada na cabeça. E, por fim, tinha sido interrogado por civis que se divertiam lhe aplicando descargas elétricas. Mostraram a ele fotos de pessoas procuradas, e não reconheceu nenhuma. Depois quiseram levá-lo para a casa onde havia sido encontrado, mas desistiram disso por causa dos combates. Só então o deixaram ir embora.

Quando saí do cybercafé, disse a mim mesmo que também isso eu deixava para Humbol e seu observatório da realidade com destino à ficção. Nos dias em que vivemos, pensei, a verdade vai por um caminho bem diferente da realidade e, naturalmente, também bem afastado da ficção.

Talvez para aliviar o espanto que me causou a descrição das torturas ao motorista, imaginei Mohamed Al Yundi primeiro tomando um requintado aperitivo na embaixada da Síria na França e discutindo como os turvos ou, no mínimo, enigmáticos representantes da Repórteres sem Fronteiras. E em seguida o imaginei saindo extenuado à Rue Vaneau, detendo-se por um momento no umbral da mansão das três sombras imóveis e, depois de alguns passos vacilantes, seguindo seu caminho. Segui-o com a imaginação até onde pude e o vi dobrar a esquina (como se estivesse dentro de *O jogo da amarelinha*, o romance de Cortázar) e o vi penetrar na Rue de Varenne pelo mesmo lugar em que muitos anos antes, sob a chuva, a Maga tinha se apoiado no braço de Oliveira. E me pareceu que Mohamed Al Yundi caminhava, como eu, rumo ao umbral do desconhecido.

OBRIGADO POR ME DEIXAR ESCREVER O TÍTULO

Ontem peguei um papelzinho e escrevi: "Para bem longe Humbol com suas ficções", escrevi umas vinte vezes, acho. Freneticamente.

Depois, destruí o papel. Hoje voltei a escrever a frase, fiz isso neste papelzinho que vai sem título e que depois darei ao doutor Ingravallo para que o arquive ou lhe dê, ele mesmo, um título adequado. Eu darei a ele para que, como se se tratasse de um Max Brod qualquer, o publique com meus cadernos quando eu já tiver desaparecido por completo. Os papeizinhos deverão ser lidos separadamente e considerados humildemente escritos por mim, enquanto os cadernos será melhor atribuí-los ao próprio Ingravallo. Não aspiro a ser o autor de mais nada, só o responsável por uns quantos papéis que deverão ser chamados *papeizinhos da solidão.*

35

Há algumas horas, Ingravallo e eu estávamos sentados diante do tanque do jardim de Roa contemplando o gelo branco e grosso que o cobria. Um tanque consideravelmente grande, um dos orgulhos da cidade. No gelo ficavam, como cicatrizes, multidões de lembranças da passagem implacável das dúzias de patins que circulavam diariamente por ali. Como era dia de Natal, não havia ninguém. Dia de Natal e 48º aniversário da morte de Robert Walser. Não se via nem a sombra de uma sombra qualquer. Frio. Só Ingravallo e eu. E a companhia de um livro de Bove, seu *Journal écrit en hiver.*

"Quando duas pessoas conversam, uma delas deve guardar silêncio. Por exemplo, agora estamos conversando e enquanto eu falo você tem o dever de permanecer calado", disse Ingravallo. Não quis contrariá-lo. Além do mais, suas palavras me pareceram corretas. "Se falássemos ao mesmo tempo, nenhum dos dois poderia ouvir o que diz o outro", continuou Ingravallo, falando agora com um sotaque afrancesado a meio caminho entre Cortázar e Serge Reggiani e me dizendo, de repente, que os ingleses inventaram o Iraque. Eu me perguntei para que ou por que ele terá dito isso. Uma frase muito breve, mas contundente. Repetiu-a. Os ingleses inventaram o Iraque. Estive a ponto de dizer que essa era uma frase para Humbol, e acho que ele esperava que lhe dissesse exatamente isso. Mas preferi me calar. Depois me perguntou como eu pretendia fazer para averiguar a verdade que se escondia por trás do caso Mohamed Al Yundi. "Por que beco ou labirinto você quer chegar à cova?", me disse então Ingravallo, e riu. Acha uma graça imensa em imitar Humbol. Depois, acrescentou: "Ou será que você pensa em averiguar tudo a partir do seu quarto do Lubango, sem se mexer? Vai agir como se fosse Descartes, e não um detetive ativo?".

Suponho que, ao me falar de Descartes, quis se referir ao fato de que este pensou e viu o mundo sem se mover de seu bem aquecido estúdio de Ulm, na Alemanha. Com a evocação do estúdio bem aquecido vieram a nós dois urgentes desejos de deixar de contemplar a pista gelada e nos aproximarmos do fogo da lareira do saguão do Lubango. E em pouco tempo abandonamos o jardim de Roa. Já no hotel, diante do fogo, voltamos a Descartes, ao solipsismo, à ideia do eu e do outro, a todas essas velhas questões, algumas de Montaigne e outras de Descartes.

"Nosso sentido do eu", disse então Ingravallo, "está formado pelo infindável monólogo, pelas conversações que mantemos conosco mesmos e que duram toda a vida." Produziu-se um longo silêncio, eu tinha meus olhos postos na lenha em brasa, e os de Ingravallo pareciam situados no mundo do invisível. "E tudo isso", eu disse finalmente, "acontece na mais absoluta solidão. Porque é impossível, por exemplo, saber o que estão pensando as outras pessoas. Do outro só podemos ver seu exterior, e isso quando podemos ver. Do outro só podemos escutar suas palavras, mas não podemos ver os pensamentos, não é mesmo?" Outro longo silêncio até que Ingravallo me disse que, por mais distante que o indivíduo se encontre num sentido físico (ainda que esteja numa ilha deserta ou encerrado numa solitária), descobre que está habitado por outros. "Paradoxos da solidão. Quanto mais sozinhos estamos, menos nos encontramos conosco mesmos e, em troca, encontramos o mundo", disse ele. Seguiu-se uma longa pausa. Quase tive medo de interromper suas reflexões. Finalmente voltou ao mundo da fala. "Você faz bem em delegar a Humbol todas as investigações sobre a realidade. Ele que invente, quero dizer, ele que escreva os romances, ainda que sejam romances no ar", disse ele, sem dúvida muito solidário com minhas decisões mais recentes. E pouco depois conseguiu me surpreender quando me recomendou que buscasse o enigma da poesia e não perdesse mais tempo com outros mistérios.

Depois do silêncio que se seguiu a essa recomendação, ele pediu meus cadernos para poder escrever neles. "Eu pretendia fazer isso", eu disse. E dei os cadernos a ele sem mais problemas, acho até que andava desejando que ele os pedisse. Dei também meus papeizinhos e ele se foi com tudo. "Serei eu agora que tentarei escrever o que escreveria se escrevesse", ele disse, arrastando muito a voz. Voltei à leitura do livro invernal de Bove e me senti de repente atraído quase de forma magnética por duas frases desse escritor: "Embora eu não saiba contar histórias, sei dizer a verdade. Quem sabe seja esse o meu destino na Terra". Lembrei que, comentando justamente essas duas frases, Peter Handke chegou à conclusão de que Bove era grande. "E entendo por 'grande' saber ceder seu lugar ao outro", explicou Handke na ocasião. De repente, me perguntei se essa não era uma das melhores qualidades de Ingravallo. Não ser visto lhe permite, mais do que a ninguém, ceder o lugar ao outro.

36

Morreu em Barcelona Miguel Bauçà, o Salinger catalão. A notícia, lida casualmente num jornal, me surpreendeu e acabou por me deixar completamente paralisado. É como se tivesse morrido o meu duplo, com a diferença de que por ele parece que estão dispostos a chorar, coisa que não creio que façam jamais por mim.

Morreu no final de dezembro, mas ninguém se perguntou onde ele estava, ninguém o procurou. Nisso é igualzinho a mim. Ninguém o procurou porque, não em vão, por vontade própria, vivia em domicílio desconhecido e não se relacionava com ninguém, levava uma vida oculta num prédio no centro de Barcelona. Fazia anos que não apareciam fotografias suas e ninguém mais sabia que aspecto físico apresentava. Foram os vizinhos que, alertados pelo fedor, avisaram a polícia. De modo que não se sabe exatamente em que dia morreu. Fazia muitos anos que não se relacionava com ninguém e, para se comunicar com seus editores, utilizava uma caixa postal. Só encontraram seu corpo no mínimo uma semana depois de sua morte e a notícia não tinha se tornado pública até hoje, 11 de fevereiro. O historiador Miguel Barceló escreve: "Depois de um extraordinariamente longo desaparecimento da vida pública que se supõe que um escritor tenha que levar, agora que se confirmou sua morte seria improcedente fazer interpretações sobre os possíveis significados da literatura de Bauçà. Para começar, não está nada claro qual era o tema de sua escrita. Sobre o que escrevia? Que eu saiba, ninguém ainda falou sobre isso".

Creio que ele se adiantou a mim em tudo, porque com certeza Bauçà levou à prática, através de si mesmo e de seus textos, o tão gasto e abusado "desaparecimento do sujeito". Fico sabendo pelo correspondente do jornal em Maiorca que Bauçà estudou filosofia e letras na Universidade Central de Barcelona. Bebedor, tipo duro, um tanto intratável, foi professor de catalão até sua aposentadoria, antecipada há mais de duas décadas. Em 1971 se autodefiniu como "uma miséria instável, não admitida, vergonhosa, ou, dito de outro modo, um status não estável, permanentemente vergonhoso". Havia sido casado e tinha uma filha, mas recusava o contato familiar. Tornou-se um observador da realidade por meio da internet e da cadeia de notícias CNN, segundo se intuía de seus escritos torrenciais e expressivamente herméticos. "Ele teria adorado sua última circunstância, o fato de não saberem que tinha falecido", reconheceu ontem seu editor. "É assombroso. Vivia justo no centro de Barcelona e não se deixou ver ao longo de mais de trinta anos", disse Angelo Scorcelletti. "Um exercício de desaparição muito bem-sucedido", acrescenta agora o doutor Ingravallo, arrastando muito sua voz.

37

Morreu Rafik Hariri na cidade de Beirute. Um atentado terrorista com muitos quilos de dinamite. "Grave crise entre França e Síria, embora o regime de Damasco condene o atentado", diz o subtítulo do *Le Monde* de hoje, 12 de fevereiro, no qual se conta que os acontecimentos começaram a sair de controle há quatro meses. Antes de outubro, Beirute tinha recuperado sua antiga fama de cidade alegre e tranquila do Oriente Médio. A política de reconstrução dirigida por Hariri, os investimentos financeiros, o apoio de dirigentes internacionais como Chirac (amigo de Hariri) tinham renovado a vida naquela cidade. Mas em outubro tudo começou a resvalar para o caminho selvagem ao romper-se o equilíbrio sírio-americano que permitia que Damasco mantivesse sua tutela militar sobre os assuntos internos libaneses. Nesse outubro, Rafik Hariri se demitiu do cargo de primeiro-ministro e aderiu às forças de oposição ao presidente Lahud. E ali tudo começou a se complicar.

Longa sombra da Rue Vaneau. A notícia haverá de interessar a Humbol, pensei.

38

Eu me dirigia ao terraço do Li Astol quando me encontrei frente a frente com o jovem espanhol de voz alta, sua namorada e o açougueiro, mais uma mulher que eu não tinha visto até então e que me pareceu o vivo retrato de Lidia. A primeira coisa em que pensei foi que o jovem não é um turista como me pareceu a princípio, pois já está há tempo demais em Lokunowo para isso. Eu tinha quase me esquecido dele e de repente o vejo diante de mim. Segui avançando como se não estivesse acontecendo nada. Mas em seguida vi que, como numa continuação da última vez que o vi, seguia me olhando com interesse, e já nem falo do interesse com que me encarava o açougueiro. Como uma vingança, imaginei que o açougueiro era simplesmente um personagem de romance, de um romance do novo realismo pós-modernista. Enfim, um personagem de Pynchon.

"O senhor é...", me disse o jovem. "Não. Eu não sou. Eu me chamo assim. Eu me chamo Eu não sou", interrompi-o imediatamente. Ficou estranha essa resposta dissuasiva, mas não me pareceu que surpreendesse muito o jovem. "E até quando o senhor será o doutor que se chama Eu não sou?", se atreveu a perguntar, com um sorriso nos lábios.

"Até nunca ser nada", me atrevi a responder. E fiquei em rigoroso silêncio, com a sensação de ter meu cérebro atravessado por uma longa metáfora: restos de cruzes de um cemitério nevado se erguiam e se dobravam sempre que o transtornado vento que circulava por minha mente mudava para um lado ou para o outro.

Uma simples vertigem, na realidade. Mas também certo temor de ter sido descoberto. E a impressão, sempre ao fundo, de que, de fato, o mais conveniente será deixar de imediato Lokunowo.

Dobrei uma esquina, depois outra. Caminhei como se fugisse de alguma coisa. Mais de meia hora e a um bom ritmo. Até que, quase sem me dar conta, me vi na porta da floresta. Comi um sanduíche e em seguida tomei um café no quiosque da entrada. Fui me acalmando. Dei as costas à floresta, com a intenção de me acalmar ainda mais e empreender a viagem de volta, retornar a pé ao Lubango. Então, quando já ia partir de lá, o homem que faz retratos na porta da floresta me perguntou se eu queria fazer um. Duvidei. E finalmente me neguei. Citei Plotino ao pobre retratista. Disse a ele: "Eu mesmo sou uma sombra, uma sombra do arquétipo que está no céu. Para que fazer uma sombra dessa sombra?".

Sorriu como pode sorrir alguém que acredita ter escutado as palavras de um louco. No entanto, o que escutou foi uma reflexão sobre a arte. Porque Plotino pensava que a arte era uma aparência de segundo grau. Se o homem é desprezível, como pode ser adorável uma imagem do homem?

Uma hora depois, ao entrar no meu quarto de hotel, me encarei no espelho e, horrorizado, vi Pynchon, e tive que desviar imediatamente o olhar. Como explicar a mim mesmo esse momento de terror? Talvez, pensei comigo, o retratista da entrada da floresta tenha querido se vingar de mim através desse espelho. Um pouco mais tarde, só alguns segundos depois, eu me serenei. Pareceu absurdo ter visto Pynchon se eu nem sequer sabia que aspecto ele tinha. A menos, claro, que tivesse passado a ser um dos rostos do escorregadio Pynchon.

39

Não contei a Lidia que estava deixando Lokunowo, mas me despedi dela por um tempo. Não me pareceu nada abalada. Olhei-a em silêncio, quase implorando que me implorasse para ficar, mas não reagiu desse modo. "Você deve ter feito grandes estudos sobre manicômios", disse ela com admiração e como se sentisse a obrigação de me elogiar por alguma coisa. Quem teria dito que eu era doutor em psiquiatria? Como eu não sabia o que dizer, ela repetiu os elogios. "Nota-se que você fez muitos estudos sobre manicômios", disse. "Só sobre o meu", respondi. Então tentou me prestar ainda mais louvores por *meu manicômio.*

Ao sair à rua, dei para pensar nos diques, nos cais, nas comportas das margens do Sena. Fazia semanas que não pensava com tanta intensidade em Paris. Depois, comprei o jornal e ali, na primeira página, estava a notícia do dia.

A Síria no olho do furacão.

O presidente da Síria, Bachar Al Assad, anunciou perante a Assembleia Popular do Povo que logo desaparecerão do Líbano todos os soldados da Síria. A desaparição, disse ele, será feita de forma gradual, mas completa.

Eu me perguntei quem ia desaparecer primeiro, os sírios ou eu.

E ao entrar no hotel disse a mim mesmo que aquilo parecia – embora certamente só parecesse – o final de uma longa história de esfumações.

40

Aqui sou, para todos, o doutor Pynchon, sem mais problemas. Passo os dias vivendo nesta cidade de belas arcadas que fica a quilômetros e quilômetros de distância de Lokunowo. Aqui sempre estou bem, sempre estou encantado com tudo. Passo os dias vivendo nesta cidade que parece estar sempre sob uma espectral luz de chuva e onde procuro falar o indispensável com as pessoas, não quero cometer mais erros. Aqui tudo é fácil e me sinto bem comigo mesmo, sempre. Às vezes me lembro de uma coisa que Walser escreveu em *O retiro*: "Vai tu ali, que ali tudo é fácil, quero dizer que estando ali não necessitarás nada, e te sentirás bem contigo sempre".

Sinto-me bem aqui comigo mesmo, sempre. Continua não me interessando a realidade, mas sim a verdade. Mas só no âmbito solitário do meu aquecido quarto de hotel eu dedico tempo a indagar sobre a verdade. Aqui me esperam longos invernos gelados e a tortuosa geometria da brancura. Vivo aqui entocado, como se praticasse a natação num gélido mar sem fundo no centro da Terra. E sou como aquele bandido walseriano que se diluía e ocultava tanto no texto que acabava inclusive se desdobrando em dois. Mas não estou aqui para escrever muito, e sim para me dedicar à arte de desvanecer. Minha estratégia consiste em me esforçar para ser visto só o imprescindível e a tentar desaparecer cada dia mais.

Minha verdadeira vida, Ingravallo a vive por mim. Justo quando acredita que chegou a hora do silêncio, venho eu com outra de minhas histórias. Eu o chamo de doutor e lhe peço que anote a história, e ele me diz que não é doutor. "*Non sono dottore*", protesta, arrastando muito a voz, "*non sono dottore.*" E se vai. Mas em pouco tempo volta, volta justo quando sou eu que me disponho a cair no silêncio, volta então Ingravallo com algum relato seu. Ontem me veio com a história de alguém que se perdeu em Sevilha, viajou ao norte da Suíça e viu túmulos verticais na neve e acabou buscando, através do enigma da poesia, a verdade da rua única de sua vida. A história de alguém a quem a beleza do mundo conduzia à desolação, a história de alguém que agora se vai, mas fica, mas se vai. Mas volta.

Eu nunca o vi gravitar tanto no centro de sua bela infelicidade, nunca se mover no umbral exato desse mundo ulterior que ele intui perfeitamente que está por trás da bruma, como se já só se dedicasse a esperar que se dissipe a névoa e apareça como visível o que até agora era tão somente invisível, como se já se dedicasse unicamente a esperar a entrada nessa visibilidade que haveria de lhe permitir justamente tornar-se invisível.

“Por acaso a natureza viaja ao estrangeiro?”, ele me pergunta agora, e parece estar atravessando a luz da bruma nesta alameda situada no fim do mundo. “Permanecerei aqui. Que motivo poderia ter me arrastado para esta terra desolada, senão o desejo de permanecer aqui?”, diz. E se vai. Mas fica, mas se vai. Acaso ficou? Vejo-o seguir seu caminho e vejo como dá um passo adiante e, pela ruela úmida, escura e estreita, acaba chegando ao seu recanto, e lá, sem som nem palavras, fica à parte.

Créditos das traduções

A frase em latim da p. 12 foi traduzida por Cláudio Aquati.

O trecho de "A supersticiosa ética do leitor", de Jorge Luis Borges da p. 55, foi traduzido por Josely Vianna Baptista. Está no volume *Discussão*, nas *Obras Completas*, vol. I. São Paulo: Globo, 1998.

A tradução do trecho de *Fuga sem fim*, de Joseph Roth, nas pp. 80 e 81, é de Luiza Ribeiro. São Paulo: Difel, 1985.

O trecho em italiano das pp. 118 e 119 foi traduzido por Livia Deorsola e Maria Helena Arrigucci.

O início kafkiano do capítulo 3, p. 175, traz termos da tradução de Modesto Carone para *A metamorfose*, de Franz Kafka. São Paulo: Companhia das letras, 2000.

O trecho de Jorge Luis Borges da p. 201 foi traduzido por Maria Rosinha Ramos da Silva. Está nas *Obras Completas*, vol. IV. São Paulo: Globo, 1998.

A tradução do trecho de *Os tigres de Mompracem*, de Emilio Salgari, da p. 203, é de Maiza Rocha. São Paulo: Iluminuras, 2008.

Os trechos de *Jakob von Gunten*, de Robert Walser, nas pp. 258, 269, 284, 285 e 326, foram traduzidos por Sergio Tellaroli.

A tradução dos trechos de *O ajudante*, de Robert Walser, das pp. 260 e 331, é de José Pedro Antunes. São Paulo: ARX, 2003.

A tradução do trecho de *O jogo da amarelinha*, de Julio Cortázar, na p. 304, é de Fernando de Castro Ferro. São Paulo: Abril Cultural, 1985.

Os trechos de *Meus amigos*, de Emmanuel Bove, das pp. 347, 349, 350, 360, foram traduzidos por Maria Lucia Machado. São Paulo: Companhia das Letras, 1987.

A tradução do trecho de *O processo*, de Franz Kafka, na p. 381, é de Modesto Carone. São Paulo: Companhia das Letras, 1998.

GOBIERNO DE ESPAÑA MINISTERIO DE CULTURA

Esta obra foi publicada com o apoio da
Direção Geral do Livro, Arquivos e Bibliotecas
do Ministério da Cultura da Espanha.

Imagem da capa: *Miscellaneous*, 1968.
© Elliott Erwitt / Magnum Photos

Coordenação editorial: Emilio Fraia
Projeto de capa: Kiko Farkas – Máquina Estúdio
Composição: Gustavo Marchetti
Preparação: Livia Deorsola
Revisão: Maria Fernanda Alvares e Isabel Jorge Cury
Produção gráfica: Lilia Goes

Nesta edição, respeitou-se o novo Acordo Ortográfico da Língua Portuguesa

Dados Internacionais de Catalogação na Publicação (CIP)
(Câmara Brasileira do Livro, SP, Brasil)

Vila-Matas, Enrique, 1948-
Doutor Pasavento: Enrique Vila-Matas
Título original: *Doctor Pasavento*
Tradução: José Geraldo Couto
São Paulo: Cosac Naify, 2009.
416 pp.

ISBN 978-85-7503-873-4

1. Ficção espanhola I. Título.

09-12822 CDD-863

Índices para catálogo sistemático:
1. Ficção: Literatura espanhola 863

COSAC NAIFY
Rua General Jardim, 770, 2º andar
01223-010 São Paulo SP
Tel [55 11] 3218 1444
www.cosacnaify.com.br

Atendimento ao professor [55 11] 3218 1473

TIPOLOGIA Adobe Garamond
PAPEL pólen soft 80 g/m²
IMPRESSÃO Cromosete
TIRAGEM 3 000